国家社科基金
GUOJIA SHEKE JIJIN HOUQI ZIZHU XIANGMU
后期资助项目

符号的重构：翁贝托·埃科的小说叙事思想研究

李娟 著

九州出版社 JIUZHOUPRESS｜全国百佳图书出版单位

图书在版编目（CIP）数据

符号的重构 : 翁贝托·埃科的小说叙事思想研究 /
李娟著. -- 北京 : 九州出版社，2024.6
ISBN 978-7-5225-2989-9

Ⅰ. ①符… Ⅱ. ①李… Ⅲ. ①埃柯 (Eco, Umberto
1932-2016)—小说研究 Ⅳ. ①I546.074

中国国家版本馆CIP数据核字 (2024) 第112143号

符号的重构：翁贝托·埃科的小说叙事思想研究

作　　者	李　娟　著
责任编辑	邹　婧
出版发行	九州出版社
地　　址	北京市西城区阜外大街甲 35 号（100037）
发行电话	(010)68992190/3/5/6
网　　址	www.jiuzhoupress.com
印　　刷	三河市东方印刷有限公司
开　　本	710 毫米 ×1000 毫米　16 开
印　　张	15.5
字　　数	256 千字
版　　次	2024 年 6 月第 1 版
印　　次	2024 年 6 月第 1 次印刷
书　　号	ISBN 978-7-5225-2989-9
定　　价	72.00 元

国家社科基金后期资助项目

出版说明

后期资助项目是国家社科基金设立的一类重要项目，旨在鼓励广大社科研究者潜心治学，支持基础研究多出优秀成果。它是经过严格评审，从接近完成的科研成果中遴选立项的。为扩大后期资助项目的影响，更好地推动学术发展，促进成果转化，全国哲学社会科学工作办公室按照"统一设计、统一标识、统一版式、形成系列"的总体要求，组织出版国家社科基金后期资助项目成果。

全国哲学社会科学工作办公室

目　录

第一章 导　论

第一节　埃科与埃科研究

一、埃科其人其作

时至今日，这样的现象已经不多见：一位人文学者的逝世引起全世界主流媒体、文化界、政客以及普通读者的关注，而翁贝托·埃科[①]正是其中之一。2016年2月19日，埃科逝世的消息自意大利传至世界各地。当时的意大利总理马泰奥·伦齐（Matteo Renzi）悼念道，"作为欧洲知识分子的杰出代表，他将深刻认知历史的智慧与推测未来的强大能力完美结合"[②]。《纽约时报》以《最畅销的学者，驾驭两个世界》为题追溯了埃科穿梭于小说创作与学术研究的一生[③]。与埃科有着数次交集的中国媒体界则推出了众多报道，从各个角度纪念与评述这位以广博深邃著称却不失亲切、幽默的当代学术界巨擘[④]，乃至于一年之后再度推出埃科逝世一周年纪念专

[①] 翁贝托·埃科（Umberto Eco，1932—2016），Eco 之中译包括埃科、埃柯、艾柯、艾科、艾可等，Umberto 之中译包括翁贝托、安贝托、恩贝托、翁贝尔托、翁伯托、乌蒙勃托等，本书采用翁贝托·埃科。引用文献中的中文译法遵从原文，故可能会出现译名不一致的情况，特此说明。

[②] "埃科逝世"专题，凤凰网，http://culture.ifeng.com/a/20160220/47512105_0.shtml。

[③] "Umberto Eco, 84, Best-Selling Academic, Who Navigated Two Worlds, Dies," *The New York Times*（《纽约时报》），https://www.nytimes.com/2016/02/20/arts/international/umberto-eco-italian-semiotician-and-best-selling-author-dies-at-84.html.

[④] 如凤凰网纪念专题"今人所持唯玫瑰之名"，http://culture.ifeng.com/renwu/special/umbertoeco/；澎湃新闻评论《埃科去世：后现代主义跟着它最后一位旗帜性人物，走到了终结》，https://www.thepaper.cn/newsDetail_forward_1433828。

题①。在出版文化界同样引入瞩目的是，埃科的去世进一步激发了其中文译作的结集推出与主题阅读活动的开展②，相关书评报道于传统媒体和新媒体中散见不绝，体现了埃科在中文知识阅读界广泛的接受度。

无论在学术界还是媒体文化界，对于埃科的评论始终离不开这些关键词：学院派、博学、后现代、顽童、畅销书作家——赞誉或批评皆自此而来。涉猎广博、立场温和是大多数人喜爱埃科的理由，同时也有论者指其既缺乏学术的深度，亦不具备写作小说的天分。萨尔曼·拉什迪（Salman Rushdie）更是批评埃科的小说《傅科摆》"毫无幽默感、缺乏性格、完全没有任何可信的对话"，是"有意为之的垃圾小说"。③ 至此，如何全面评估埃科的创作与理论既有必要，亦有可能。在进入其驳杂丰富的思想世界之前，让我们简单回顾一番埃科的人生与学问之路。

1932 年 1 月 5 日，埃科出生于意大利西北部皮埃蒙特区的亚历山德里亚省，其祖父是印刷工人，父亲是一位会计师，母亲则是普通的职业女性。埃科的出生地天主教氛围浓郁，却又不同于意大利其他地区热情洋溢的氛围，而是有着冷静平淡的气质。埃科曾指出，正是这样的环境塑造了他怀疑主义、从不过激的气质。

在童年和青少年时期，达观、幽默的祖母对埃科的成长与教育影响颇大，而祖父庞杂的地窖藏书，从儒勒·凡尔纳、马可·波罗到达尔文等，都成为埃科幼时的精神之源。时值二战烽火，在墨索里尼的独裁统治下，埃科也曾穿上法西斯的服装，参与法西斯的写作竞赛并获得头奖。在皮埃蒙特区的村庄里躲避战火时，少年埃科兴奋于纳粹和游击队之间的交火，并在一定程度上卷入其中。埃科成年后为之产生悔意，并写入其第二部小说《傅科摆》之中。④

---

① 《我们为什么在乎这位意大利知识分子》，界面新闻，https://www.jiemian.com/article/1122309.html；《埃科去世一周年，他的最后一本小说"最接近我们"》，澎湃新闻，https://www.thepaper.cn/newsDetail_forward_1622244。

② 仅统计埃科去世后至 2023 年 8 月的七年间，上海译文出版社新出或再版的埃科作品便有 18 种。

③ "Signs of the Times," *The Guardian*（《卫报》），https://www.theguardian.com/books/2008/jul/17/news.mainsection.

④ 此部分内容来源于：Mike Gane and Nicholas Gane eds., *Umberto Eco*, London: SAGE Publications, 2005, p.12；*The New York Times*（《纽约时报》），"Umberto Eco, 84, Best-Selling Academic, Who Navigated Two Worlds, Dies," https://www.nytimes.com/2016/02/20/arts/international/umberto-eco-italian-semiotician-and-best-selling-author-dies-at-84.html；埃科研究网站 Umberto Eco Readers, https://umbertoecoreaders.blogspot.com/search/label/Eco%20Biography。

　　值得注意的是，埃科 13 岁时参加了意大利天主教行动青年团，并在方济各修会做过一段时间的修道士。这段经历使他接触了天主教的哲学核心——托马斯主义，也为他之后成为一名"中世纪学者"（Medieval Scholar）奠定了基础。1951 年，埃科进入都灵大学学习，与父亲希望其学习法律的意愿相悖，埃科最终选择了中世纪哲学与文学。1954 年，在美学教授刘易斯·帕瑞森的指导下，埃科完成博士论文《圣托马斯的美学问题》，经修改后于 1956 年出版，更名为《托马斯·阿奎那的美学问题》（*The Aesthetics of Thomas Aquinas*, 1956），此书与数年后的另一本专著《中世纪的艺术与美》（*Art and Beauty in the Middle Ages*, 1959）一起，奠定了埃科作为中世纪学者的地位。

　　年轻时的埃科曾在天主教僧侣和哲学家面前讲授漫画——这一组合似乎可以象征埃科一生的学术风格。[①] 在大学毕业期间，由于一批左倾的青年学生与教皇发生矛盾，埃科与天主教行动青年团决裂。在这段时间，埃科经历了严重的信仰和政治观念危机，这使得他最终转向一种世俗主义的价值观念，并开始生发出纯粹的学院兴趣。[②] 毕业之后，埃科进入 RAI（意大利广播电视公司）担任文化编辑，开始与一批前卫的作家、音乐家和画家交往，其学术兴趣则从托马斯·阿奎那转向了詹姆斯·乔伊斯，并协助先锋作曲家卢恰诺·贝里奥创作了电子音乐的杰作《主题（乔伊斯颂）》。此段经历使得埃科从媒介的角度获得观察现代文化的第一手材料，影响了埃科对于高雅文化与大众文化之间关系的立场，在之后的学术与专栏写作中埃科持续关注该议题。

　　五年之后，埃科离开意大利广播电视公司，在米兰的一家期刊社当了非文学类栏目编辑十六年之久。这期间，他还为另外几份报刊撰稿、开设专栏，成为意大利先锋运动团体六三学社（Group 63）的中流砥柱。埃科的这些杂文作品起初与罗兰·巴特的风格比较接近，但在研读了巴特的著作之后，他深感"无地自容"，于是转向更为综合的风格，将前卫文化、大众文化、语言学和符号学融为一体。1962 年，埃科发表了成名作《开放的作品》（*The Open Work*, 1962）。此书乃是埃科在意大利广播电视公司

---

① ［日］篠原资明：《埃柯：符号的时空》，徐明岳、俞宜国译，河北教育出版社，2001，第 4 页。

② Michael Caesar, *Umberto Eco: Philosophy, Semiotics and the Work of Fiction*, Cambridge: Polity Press, 1999, p.1.

工作期间与一群先锋气质的艺术家和理论家交往的成果，也是他对帕瑞森美学思想的进一步阐发。书中的文章原本是埃科在各种杂志上议论先锋艺术的理论批评，后经伊塔洛·卡尔维诺（Italo Calvino）的鼓动，方成为一部系统的关于"开放"概念的理论总结。埃科曾谈到，原打算用"当代艺术理论中的形式和不确定性"作为书名，比较而言，原书名的理论指向更为明确。凭借此书，埃科成为意大利后现代主义思潮的主将。

1964 年，埃科发表了《启示录派和综合派》（*Apocalyptic and Integrated Intellectuals*：*Mass Communications and Theories of Mass Culture*，1964），这是一本用符号学方法研究大众文化的著作。在埃科看来，启示录派代表这样一种观点，即启示录是一本预言末世来临的书，由此可以推测媒体会带来文化的末世来临；与此相反，所谓综合派的观点是，由于媒体引导潮流，因而，文化也只能融入、综合其中。埃科试图在启示录派和综合派这两个乍一看完全对立的观点中寻找互补关系和帮凶关系。[①]从 1964 年开始，埃科在米兰大学建筑系授课，讲授"可视交往"（Visual Communication）理论，进一步尝试用符号学方法研究建筑传达特定社会与政治含义的方式。在埃科之后的小说创作中，我们都能看到埃科早年的这些极其多样化和丰富的学术经历的影子。

1965 年，埃科的论文《詹姆斯·邦德——故事的结合方法》发表于法国符号学阵地《通讯》杂志上，意味着他已经跻身于以罗兰·巴特为核心的符号学阵营。同一时期，埃科又将《开放的作品》中有关乔伊斯的部分修改出版，此为《混纯诗学：乔伊斯的中世纪》（*The Aesthetics of Chaosmos: The Middle Ages of James Joyce*，1966），尝试在中世纪与后现代之间搭上桥梁。埃科认为，中世纪和后现代时代都是消解结构又呼唤结构的，从而构成一个混沌的世界，混沌即中心的丧失，是危机的时代，同时又是成熟的时代，是知识的游戏和储存两者并存的时代。

1968 年，《不存在的结构》（*The Absent Structure*，1968）出版，此为埃科的第一部纯学术化的符号学著作，奠定了他在符号学领域内的重要地位。1971 年，埃科在世界最古老的大学博洛尼亚大学创立了国际上第一个符号学讲席；1974 年，他组织了第一届国际符号学会议，并担任学会秘书长；1975 年，发表符号学权威论著《符号学原理》（*A Theory of Semiotics*，

---

① ［日］篠原资明：《埃柯：符号的时空》，徐明岳、俞宜国译，河北教育出版社，2001，第 61、64 页。

1975，英文版在 1976 年出版），并成为博洛尼亚大学符号学讲座的终身教授；1984 年，出版了《符号学与语言哲学》（*Semiotics and the Philosophy of Language*，1984）。

在李幼蒸先生看来，埃科是迄今为止唯一以系统表述形式和符号学学科名称完成了一般符号学理论著作的学者。比较而言，皮尔斯符号学呈现出极强的综合性和实用性，并表现出逻辑中心主义的倾向；而以索绪尔、索绪尔派的丹麦语言学家叶尔姆斯列夫和后叶尔姆斯列夫的格雷马斯为代表的欧陆符号学系统，则表现出语言中心论和概念系统的齐一性。埃科企图兼取上述两大派之长，另创以语用学通信论为基础的普遍记号代码论。在记号的意指作用和通讯作用之间，在结构主义和行为主义之间采取折中主义立场既是意大利符号学研究的一般倾向，也是埃科一般符号学理论的认识论和方法论基础。① 对埃科来说，符号的宇宙即谎言的宇宙，符号可以被理解为根据习惯代替什么其他物的东西，而解释符号的人，只需是可能存在的解释者即可，而没有必要是现实存在的某某。埃科认为，符号观念不是建立在相等的、由代码所确立的、固定的相关关系和表达与内容的等值之上，而应建立在推论、解释和符号过程的动态之上。符号的对象，不仅是符号所指的东西，还是符号表达的东西，即符号的意义。因而，只有当表达即刻卷入到一种三元关系，并且其中的第三项——解释者——能自动地生成一种信的解释以至于无穷时，符号才被提出。因而，埃科的一般符号学理论强调，符号与解释的过程密不可分。②

1979 年，埃科用英文在美国出版了论文集《读者的角色》（*The Role of the Reader：Explorations in the Semiotics of Texts*，1979），标志着他开始进入诠释批评研究的领域。在这本著作中，埃科区分了开放的作品与封闭的作品，并研究二者之间的辩证关系，指出开放或封闭乃是由读者决定的，而读者又可分为"模范读者"和"经验读者"，前者诉诸符号学式的阅读，后者则往往将阅读与自己的经验联系起来。然而，埃科虽然是一名后现代主义者，却反对当代文学理论研究中对作品的"过度诠释"，为此，他在《诠释的界限》（*The limits of Interpretation*，1990），以及《诠释与过度诠释》（*Interpretation and Overinterpretation*，1992）中提出了"文本意

---

① 李幼蒸：《理论符号学导论》，中国人民大学出版社，2007，第 34 页。
② ［意］翁贝尔托·埃科：《符号学与语言哲学》，王天清译，百花文艺出版社，2006，第 9 页。

图"的概念，力图给予某种漫无边界的诠释方式设立界限。

2004 年，埃科出版了《美的历史》（*On Beauty*），以一种后现代主义的视角去梳理"美的历史"。他首先主张美、善分离，美必须是超脱的："我们谈'美'时，是为一件事物本身之故而享受之，非关我们是否拥有此一事物"，"美丽的事物……即使属于他人，也仍然美丽"。而善事则是"有德之行"，我们会有"但愿此事出自我手之心"，或受其激励而决心做一同样可嘉之事，但只有我们对一善行有嘉许之意却无思齐置身其地之心，才是以美的超脱态度看待此善。① 在埃科看来，任何美、善都是具体的事或物，不存在某种美与善的本质。同时，审美不会激发占有欲，而欲念则可以，因而欲念带来痛苦，美感带来欢乐。最后，美是有历史性的，美随不同的历史时期与文化而转移，美并非绝对、颠扑不破的，美的观念乃是相对的。而此命意，乃是出于对读者的尊重。埃科并没有否定存在某种施诸百世百族而皆准的美的规则，然而他认为自己无意去搜寻，而"只期凸显差异"。因而，伟大的艺术作品与美学价值稀少的作品，对"美的历史"价值相同，并可帮我们了解特定时代的美的理想。2007 年，作为姊妹书的《丑的历史》（*On Ugliness*）出版，再次显示了埃科的后现代趣味。

在媒体界和阅读界，埃科主要以小说家的身份广为人知，其第一部小说《玫瑰的名字》（*The Name of the Rose*，1980）立即令埃科享誉世界。这部年代背景设置在中世纪的小说，以修道院的谋杀案为情节，涵盖政治学、神学、诗学、历史学、语言学、哲学和符号学等诸多学术话语，将20 世纪学术界的种种论题一网打尽：形而上学、意识形态、话语权力、幽默、存在、理性与非理性、结构与解构、所指和能指、误读与诠释等，正如论者所言："'普通读者'喜爱它，因为它是'最高级的惊险小说'、'百科全书式的历史小说'、'伏尔泰式的哲学小说'；'经验读者'喜爱它，因为它是学者为学者准备的文本盛宴。"② 《玫瑰的名字》出版后随即席卷欧美各国畅销书排行榜，被誉为"最高级的惊险小说"，荣获意大利两个最高文学奖和法国的斯特莱加文学奖，迄今被翻译为 40 多种文字，销售上千万册。小说的巨大成功使埃科迅速置身于国际媒体的聚光灯中，法国导演让－雅克·阿诺（Jean-Jacques Annaud）将其改编为电影。尽管埃科始

---

① [意] 翁贝托·艾柯编著：《美的历史》，彭淮栋译，中央编译出版社，2007，第 8、12 页。
② 马凌：《后现代主义中的学院派小说家》，天津人民出版社，2004，第 135 页。

终坚称"这是让－雅克的作品，不是我的"①，但电影这一大众传媒形式毫无疑问为埃科赢得了更广泛的声誉与读者。

《玫瑰的名字》的巨大成功，令埃科陷入"这只是我人生中的一段插曲，抑或我还能写出另一本小说"的疑问。1988 年，埃科出版了第二部小说《傅科摆》（*Foucault's Pendulum*），并再度获得成功，并使他跻身于世界范围内最重要的作家之列。此后，埃科在小说创作领域保持了高产：《昨日之岛》（*The Island of the Day Before*，1994）、《波多里诺》（*Baudolino*，2000）、《洛阿娜女王的神秘火焰》（*The Mysterious Flame of Queen Loana*，2004）、《布拉格墓地》（*The Prague Cemetery*，2010）、《试刊号》（*Numero Zero*，2015）。埃科的小说取得了商业上的巨大成功，部部登上畅销榜单。但另一方面，评论界常常因其形式上的重复、晦涩、掉书袋等埃科式的特色而对其褒贬不一，其中，萨尔曼·拉什迪、理查德·伯恩斯坦（Richard Bernstein）和约翰·威廉斯（John Williams）等人甚至给予了严厉的批评②。

作为公共知识分子的埃科也极为活跃，先后发表了《带着鲑鱼去旅行》（*How to Travel with a Salmon*，1992）、《康德与鸭嘴兽》（*Kant and the Platypus*，1997）、《五则道德箴言》（*Five Moral Pieces*，2001）等亦庄亦谐的杂文集，还为儿童写了三部作品，并数次到访中国。自 1995 年始，埃科积极投身于电子百科辞典的编修工作，主持了《十七世纪》和《十八世纪》部分。③ 与此同时，埃科先后在哥伦比亚大学（1984）、剑桥大学（1990）、哈佛大学（1992—1993）、巴黎高等师范学校（1996）等一流名校讲学，并获得了全世界二十多个大学的名誉博士称号。

埃科无疑是当代欧洲最博学的学者之一。据统计，其著作可分为 8 大类 52 种，包含中世纪神学研究、美学研究、文学研究、大众文化研究、符号学研究和诠释学研究等。当代评论界将埃科视为与普里莫·莱维（Primo Levi）和伊塔洛·卡尔维诺齐名的 20 世纪最优秀的意大利作家之

---

① 埃科研究网站 Umberto Eco Readers, https://umbertoecoreaders.blogspot.com/search/label/Eco%20Biography。

② "Umberto Eco, 84, Best-Selling Academic, Who Navigated Two Worlds, Dies," *The New York Times*（《纽约时报》），https://www.nytimes.com/2016/02/20/arts/international/umberto-eco-italian-semiotician-and-best-selling-author-dies-at-84.html；"Signs of the Times," *The Guardian*（《卫报》），https://www.theguardian.com/books/2002/oct/12/fiction.academicexperts。

③ 马凌：《后现代主义中的学院派小说家》，天津人民出版社，2004，第 112 页。

一。① 《剑桥意大利文学史》将其誉为 20 世纪后半期最耀眼的意大利作家，并盛赞他那"贯穿于职业生涯的'调停者'和'综合者'意识"②。埃科自己也谈道："我总是在同一时间里展开不同的东西，并试图把它们混合在一起，构成一个能够保持持续联系的网络。……如果没有很多事可以干，我会很失落。"③ 在学院研究中，从托马斯·阿奎那的神学美学研究，到艰涩的符号学理论构建，从小说创作到叙事美学，到诠释批评，他跨出书斋，兴致勃勃地关注先锋艺术、大众文化与传媒研究，在公共媒体上发表幽默风趣的小品文章。英国学者迈克尔·凯撒（Michael Caesar）认为，"埃科引人瞩目的不仅在于他那在理论研究和叙事创作之间跨越的能力，而且在他那能够在不同种类和层次的交流中不断进行实验、回归和修正的思想运作方式"④。

二、埃科研究

在诸多后现代学者中，埃科的理论与创作极具典型性，他毫无疑问是典型的知识精英，其学识与学养令人望而却步，几乎涉及了 20 世纪所有重要的人文学研究领域。在一般符号学理论域，他是一个后结构主义者；在叙事美学的研究中，他是一个严肃的游戏人；在诠释批评的思考与实践中，他是一个有界限意识的去中心论者；在美学研究中，他是温和的后现代主义者；作为小说家，他是渊博的学者型作家。埃科的思想乍看呈现出一切具有学术野心的理论企图都有的相同特点——庞杂，乃至矛盾。但细究之，埃科的学术之路始终贯穿一个清晰的立场：既反对人文学研究中的形而上学传统，从而表现出多元化、开放性的姿态，又始终与取消意义确定性的解构主义潮流保持距离，维护着谨慎的学术姿态。而学术界对于埃科也给予了成果丰富的回应与研究。鉴于国内外埃科研究成果体量庞大，本综述区分为国外研究和汉语研究两个部分，再做出总体特点陈述。

① Chadwyck-Healey, *Umberto Eco*, Cambridge: ProQuest Information and Learning Company, 2001.

② Peter Brand and Lino Pertile, *The Cambridge History of Italian Literature*, Cambridge: Cambridge University Press, 1999, p.598.

③ [法] 皮埃尔·邦瑟恩、阿兰·让伯尔：《恩贝托·埃科访谈录》，张仰钊译，《当代外国文学》2002 年第 3 期。

④ Michael Caesar, *Umberto Eco: Philosophy, Semiotics and the Work of Fiction*, Cambridge: Polity Press, 1999, p.4.

（一）国外的埃科研究

自 20 世纪 50 年代埃科以其中世纪研究奠立学术界的身份以来，其写作涵盖符号学、诠释批评、美学和大众文化领域，在虚构创作和随笔写作中同样成绩斐然。随着埃科著作在世界范围内的大量译介出版，国际评论界和学术界对之投以长期和广泛的关注，自 20 世纪 70 年代至今，逐渐形成了埃科研究的盛况。

从研究论文的类别和层次来看，在 Springer 网站上以"Umberto Eco"为关键词搜索，可搜得相关论文 528 篇，其中英语类 428 篇，学科覆盖哲学、文学、语言学和教育学等；在 SAGA 网站以相同方法搜索可得英语论文 604 篇，学科包括人文社会科学、宗教、大众传播和文化研究等。在开放学位论文搜索网站 OATD 上以"Umberto Eco"为关键词搜索，可看到从 1995 年至今，在全世界范围内相关博士论文达到 62 篇，硕士论文 41 篇，语种包括英语、意大利语、法语和西班牙语等。[①]

在研究专著和汇编文集方面，以埃科作为章节内容的著作达到上千种，以埃科为研究专题的达四十多种，研究语种包括意大利语、英语、法语、德语、日语等。现按埃科研究的主要学科分类，以时间为线索择其要者展开综述。

1. 关于埃科的文学作品的研究

自《玫瑰的名字》获得世界性声誉后，研究者们围绕这本小说从不同角度以多样化的批评方式探讨其小说技巧和创作思想，其中包括对小说文本的细读研究，或从文学与符号学关系入手分析，或以文学作品为契机去研究埃科的文本意图理论，大大拓展了我们研究埃科思想体系的视域，推动着埃科研究向纵深发展。该论题的早期研究侧重埃科的文学创作与战后意大利的社会政治之间的关系，如 1984 年出版的《作家与意大利当代社会：随笔集》[②] 是研究埃科作品较早的成果之一，探讨了知识分子身份与文学的政治、伦理维度，为该种视角的探索奠立了基础。《侦探的劫数：侦探小说对后现代美国和意大利小说的贡献》[③] 则将《玫瑰的名字》纳入博尔赫斯、巴特和卡尔维诺等作家的侦探小说创作系列，探讨其对美国和意大

---

① 参见 OATD 网站 https://oatd.org。

② Michael Caesar and Peter Hainsworth, *Writer and Society in Contemporary Italy: A Collection of Essays*, London: Palgrave Macmillan, 1984.

③ Stefano Tani, *The Doomed Detective: The Contribution of the Detective Novel to Postmodern American and Italian Fiction,* Carbondale: Southern Illinois University Press, 1984.

利后现代文学的影响。1985 年，德语研究界出版了《读书：埃科〈玫瑰的名字〉论集》[1] 则是一本早期的集中评论埃科小说的论文集。

20 世纪 80 年代末期出现了几部高水平的埃科小说研究论集。其中，1987 年出版的合著《〈玫瑰的名字〉的钥匙》[2] 成为研读埃科小说的必读书之一，并于 1999 年修订再版，在埃科研究界和读者圈内受到好评。该书不仅提供了对于小说的解读，还提供了对于理解中世纪文化与历史人物颇有价值的诠释性文字。埃科首先以"中世纪学者"的身份步入学术界，其思想受中世纪哲学、美学与宗教影响很深，因此不少研究者从此角度入手对埃科的文学思想进行了深入探讨，开拓了研究埃科文学思想的疆界。1988 年，《命名玫瑰：埃科、中世纪符号和现代理论》[3] 出版，作者特里萨·科莱蒂是一位在现代批评思想中浸润颇深的中世纪学者。在该书中她指出埃科凭借其深厚的中世纪学识，在小说中对语言、意义和批评话语做了意义深刻的阐述，对当代文化和理论议题做出深刻的反思。另一本同样以《命名玫瑰》[4] 为题的论文集出版，开启了从文化角度研究《玫瑰的名字》的背景与文学思潮环境的先河，该书于 2010 年再版，可见其在埃科研究领域中的重要性。同样需要引起注意的是 1989 年出版的《意大利后现代小说：卡尔维诺、莎夏、马尔巴小说中的理性危机》[5]，该书集中探讨了埃科小说的后现代特质。

进入 20 世纪 90 年代，围绕埃科的小说创作出现了更为丰富的研究视角。意大利学者斯文·埃克布拉德的《〈玫瑰的名字〉结构基质之研究》[6] 以形式批评的方式探讨了埃科小说的文本结构。豪尔赫·埃尔南德斯·马丁的《读者与迷宫：博尔赫斯、布鲁斯·道迈克与埃科的侦探小说》[7] 则采

---

[1] Lektüren: *Aufsatze zu Umberto Ecos "Der Name der Rose,"* Göppingen: Kümmerle, 1985.

[2] Adele Haft, Jane White and Robert White, *The Key to The Name of the Rose,* Ann Arbor: University of Michigan Press, 1987.

[3] Theresa Coletti, *Naming of the Rose: Eco, Medieval Signs, and Modern Theory,* New York: Cornell University Press, 1988.

[4] M. Thomas Inge, *Naming the Rose: Essays on Eco and The Name of the Rose,* Jackson: University Press of Mississippi, 1988.

[5] Joann Cannon, *Postmodern Italian Fiction: The Crisis of Reason in Calvino, Eco, Sciascia, Malerba,* Vancouver: Fairleigh Dickinson University Press, 1989.

[6] Sven Ekblad, *Studi sui sottofondi strutturali nel "Nome della rosa" di Umberto Eco,* Kansli: Lund University Press, 1994.

[7] Jorge Hernandez Martin, *Readers and Labyrinths: Detective Fiction in Borges, Bustos Domecq, and Eco,* New York: Routledge, 1995.

用接受批评的方式分析埃科的小说，并与其他两位小说家的作品进行了比较研究。

2000 年以后，学术界运用各种理论方法，从不同层次对埃科的小说持续展开了研究。由于数量众多，本研究仅关注其中主要的部分。《埃科的混沌：从中世纪到后现代》[①] 探讨了埃科的符号学理论、诠释学思想和中世纪研究在其《玫瑰的名字》《傅科摆》《昨日之岛》和《波多里诺》中的体现，以及皮尔斯、维特根斯坦的语言学理论对小说的影响，并指出埃科式"混沌"对于理解后现代文学、文化有着重要意义。2003 年，皮特·邦达内拉与安德烈亚·奇卡雷利共同编辑的《剑桥指南：意大利小说》[②] 一书中，收录了皮特的文章《伊塔洛·卡尔维诺与翁贝托·埃科：后现代大师》（"Italo Calvino and Umberto Eco: Postmodern Masters"），该文在当代意大利文学的框架中比较分析了埃科与卡尔维诺创作的后现代特质，颇具学术价值，后被收录到由迈克·甘恩与尼古拉斯·甘恩共同编辑的《翁贝托·埃科》[③] 中。《社会象征行为：翁贝托·埃科、文森佐·康索罗、安东尼奥·塔布奇的历史小说》[④] 运用了历史学和心理分析的理论分析了埃科的历史小说创作。《补给的文学：埃科、库切和约翰·巴斯小说中的后现代虚构界定》[⑤] 运用比较研究的方法探讨了埃科小说中的后现代虚构特质。《翁贝托·埃科与拉伯雷式讽刺：埃科小说中的巴赫金回声与社会政治批评》[⑥] 探讨了埃科作品的社会政治价值。2016 年出版的《翁贝托·埃科〈玫瑰的名字〉导读》（Study Guide for Umberto Eco's "The Name of the Rose"）是近年埃科小说研究中便于学生集中了解这部小说的指导性著作，包含了情节概要、角色分析、作家专家、历史文本以及拓展阅读等内容，被认为是研读《玫瑰的名字》的必备书籍。除此之外，还有几部重要的研究合集涉及小说研究，本书将另行介绍。

---

① Cristina Farronato, *Eco's Chaosmos: From the Middle Ages to Postmodernity*, Toronto: University of Toronto Press, 2003.

② Peter Bondanella and Andrea Ciccarelli eds., *The Cambridge Companion to the Italian Novel*, Cambridge: Cambridge University Press, 2003.

③ Mike Gane and Nicholas Gane eds., *Umberto Eco*, London: SAGE Publications, 2005.

④ Joseph Francese, *Socially Symbolic Acts: The Historicizing Fictions of Umberto Eco, Vincenzo Consolo, and Antonio Tabucchi*, Vancouver: Fairleigh Dickinson University Press, 2006.

⑤ James Aubrey, *The Literature of Replenishment: The Novels of Umberto Eco and J.M. Coetzee and John Barth's Definition of Postmodernist Fiction*, California: Lord John Press, 2010.

⑥ Nadia Bobbio, *Umberto Eco and Rabelaisian Grotesque: Bakhtinian Echoes and Sociopolitical Criticism in the Fictional Works of Umberto Eco*, Trinity College Dublin, 2013.

2. 关于埃科的符号学、诠释理论、美学思想和大众文化理论的研究

埃科在符号学、诠释理论、美学思想以及大众文化研究中著述丰富，尤其是其"开放的作品"、过度诠释和模范读者等概念在研究界引起广泛的重视，相关研究成果也很可观。

林达·哈奇恩的《后现代主义诗学：历史、理论和小说》[①] 探讨了后现代主义思潮中的文学、视觉艺术、电影、建筑、文学理论、历史和哲学等内容，其中着重分析了埃科的艺术理论。发表于 *Diacritics*（1992 年春季卷）上的《埃科的回声：后现代主义反讽》[②] 进一步探讨了埃科与后现代主义诗学之间的联系，学术价值较高，后被收入论文集《埃科的选择：文化的政治与阐释的含混性》[③]，该论文集代表了 20 世纪 90 年代围绕埃科诠释理论研究所呈现的丰富成果，具有较高的水准，所选文章在 20 世纪 90 年代文化争论的背景中研究了埃科的诸多作品。1990 年，德国学者乌尔苏拉·阿尔博恩 – 里祖托的著作《迷宫里的符号：埃科的文本符号学研究》[④] 出版，掀起了学术界研究埃科符号学理论的热潮，此书对埃科的文本符号学进行了细致研究。1992 年，意大利的邦皮尼亚出版社出版了《历史、理论与阐释：埃科符号学论文集》[⑤] 则是较为集中探讨埃科符号学的论文集，该书不仅介绍了埃科的符号学理论，而且以专题的形式进行评论与分析，成为研究埃科重要的资料来源。同年，《来自混沌：符号学文集》[⑥] 对埃科的符号学理论进行了细致研读。同样在 1992 年，池上嘉彦《诗学与文化符号论》[⑦] 出版，这是日本较早研究埃科及其作品的理论著作，其后篠原资明的《埃柯：符号的时空》[⑧] 于 1999 年出版，为研究埃科符号学理论

---

① Linda Hutcheon, *A Poetics of Postmodernism: History, Theory, Fiction,* London: Routledge, 1988.

② Linda Hutcheon,"Eco's Echoes: Ironizing the (Post) Modern," *Diacritics*, 1992, 22(1) , pp.2–16.

③ Norma Bouchard and Veronica Pravadelli, *Eco's Alternative: The Politics of Culture and the Ambiguities of Interpretation,* New York: Peter Lang Inc., International Academic Publishers, 1999.

④ Ursula Ahlborn-Rizzuto, *Im Labyrinth der Zeichen: zur Textsemiotik Umberto Ecos,* Berlin: Peter Lang GmbH, Internationaler Verlag der Wissenschaften, 1990.

⑤ Umberto Eco and Patrizia Magli, *Semiotica: Storia, teoria, interpretazione: saggi intorno a Umberto Eco*, Milano: The Bompiani Publishing House, 1992.

⑥ William E. Tanner and Anne Gervasi, *Out of Chaos: Semiotics: a Festschrift in Honor of Umberto Eco,* Stockbridge: Liberal Arts Press, 1992.

⑦ [日] 池上嘉彦：《诗学与文化符号论》，东京：筑摩书房，1992。该书中文译本由译林出版社 1998 年出版，林璋译。

⑧ [日] 篠原资明：《埃柯：符号的时空》，东京：讲谈社，1999。该书中文译本由河北教育出版社 2001 年出版，徐明岳、俞宜国译。

和思想的专著。

彼得·邦达内拉的《翁贝托·埃科与开放的作品：符号学、小说、大众文化》[①]与克里斯蒂娜·法罗纳托的《埃科的混沌：从中世纪到后现代》[②]将埃科符号学研究推向高潮。《埃科作品中的自反性文本间性概念》[③]、《埃科诠释符号学中的特别主题：诠释、百科全书、翻译》[④]则结合符号学理论研究了埃科的诠释学思想。

埃科的符号学、美学思想是其思想体系的重要组成部分，且与埃科关于大众文化的研究结合在一起，互为关联。埃科研究专家彼得·邦达内拉于1997年出版了专著《翁贝托·埃科与开放的作品：符号学、小说、大众文化》[⑤]，从埃科的创作过程入手，在对埃科手稿（原稿及再版时的修改稿）的研究上做了大量细致的工作，第一次全面地从中世纪美学、符号学、流行文化等角度，对埃科的美学、文学艺术理论做了溯源性的研究，还在书中提供了一份埃科详细的创作列表和参考书目，为埃科的研究者提供了很多有价值的资料。此书在西方学术界具有重要地位，它是首次用英语写成的学术专著，也是埃科众多研究著作中的扛鼎之作。除此之外，德国学者赫尔克·沙尔克的《埃科与阐释的问题：美学、符号学与文本理论》[⑥]则从符号学与美学的关系这一角度切入，去探寻埃科美学思想的轨迹。《翁贝托·埃科：哲学、符号学与小说》[⑦]将埃科纳入当代欧洲最重要的思想家之列，对其哲学思想、符号学理论和虚构作品做了系统性导读。

3. 关于埃科的综合性论著和传记研究

一直以来，埃科因其涉猎之广而难以被单一学科囊括，除却上述研究成果外，更有一众成果斐然的综合性编著以及传记性研究需要注意。

---

① Peter Bondanella, *Umberto Eco and Open Text: Semiotics, Fiction, Popular Culture*, Cambridge: Cambridge University Press, 1997.

② Cristina Farronato, *Eco's Chaosmos: From the Middle Ages to Postmodernity*, Toronto: University of Toronto Press, 2003.

③ Annarita Primier, *The Concept of Self-reflexive Intertextuality in the Works of Umberto Eco*, University of Toronto Press, 2013.

④ Cinzia Bianchi, *Umberto Eco's Interpretative Semiotics: Interpretation, Encyclopedia, Translation*, De Gruyter Mouton, 2015.

⑤ Peter Bondanella, *Umberto Eco and the Open Text: Semiotics, Fiction, Popular Culture*, Cambridge: Cambridge University Press, 1997.

⑥ Helqe Schalk, *Umberto Eco und das Problem der Interpretation: Ästhetik, Semiotik, Textpragmatik*, Würzburg: Königshausen & Neumann, 2000.

⑦ Michael Caesar, *Umberto Eco: Philosophy, Semiotics and the Work of Fiction*, Cambridge: Polity Press, 1999.

　　早期如法国学者儒勒·格里蒂的《埃科》①、意大利学者皮耶罗·库迪尼的《意大利文学非学院派手册》②、迈克尔·凯撒的《翁贝托·埃科：哲学、符号学与小说》③（1999 年初版，后于 2013 年再版）等是这一领域初步研究的成果。洛克·卡波兹于 1997 年汇编的《阅读埃科：选集》④ 可谓 1990 年代世界范围内埃科研究的集大成者，所选文章探讨了埃科早期的开放作品理论、符号学思想、小说创作以及诠释学理论，全面而丰富。

　　2000 年以后，相关著作成果越来越丰富。其中，《论埃科》⑤ 是一部埃科研究领域中具有导论性质的著作，资料翔实、论证严谨，较为系统地对埃科思想进行了整体性研究，标志着埃科研究逐步走向细致和深入。2004年，《阐释埃科：在阐释的界限上》⑥ 出版，此书于 2017 年再版，全面呈现了埃科研究在跨学科视野中的成果，收录了诸如迈克尔·凯撒、大卫·罗比等学者的文章，既涉及了埃科的小说创作，也关联了埃科的理论涉猎，且注意二者之间的关联，使埃科研究得到了进一步的深入。迈克·甘恩和尼古拉斯·甘恩于 2005 年编辑出版的《翁贝托·埃科》⑦ 收录了 75 篇学术论文，来自 20 多个国家的近百位学者，以专题形式涵盖了埃科研究中几乎所有重要的问题，从意大利诗学传统的影响、中世纪神学的介绍、叙述策略的运用以及在理论方面对诠释与过度诠释的探讨等，成为埃科研究者的指南。《埃科：新评论》⑧ 同样是多学科研究的成果，涉及语言学、哲学、符号学、大众文化研究等诸多方面，且系统评述了埃科的五部小说作品。《埃科、达·芬奇密码和流行文化中的知识分子》⑨ 是最新的埃科研究的作品，重点关注了埃科作为公共知识分子的身份，及其小说创作、学术研究与流行文化之间的关联。此书尤其值得关注的是它探讨了青年时期的埃科

① Jules Gritti, *Umberto Eco*, Paris: Editions universitaires, 1991.

② Piero Cudini and Davide Conrieri, *Manuale Non Scolastico Di Letteratura Italiana*: da *Francesco d'Assisi a Umberto Eco*, Milano: Rizzoli, 1992.

③ Michael Caesar, *Umberto Eco: Philosophy, Semiotics and the Work of Fiction*, Cambridge: Polity Press, 1999.

④ Rocco Capozzi, *Reading Eco: An Anthology*, Bloomington: Indiana University Press, 1997.

⑤ Gary P. Radford, *On Eco*, Belmont: Thomson Wadsworth, 2003.

⑥ Charlotte Ross and Rochelle Sibley, *Illuminating Eco: On the Boundaries of Interpretation*, New York: Routledge, 2017.

⑦ Mike Gane and Nicholas Gane eds., *Umberto Eco*, New York: SAGE Publications, 2005.

⑧ Peter Bondanella, *New Essays on Umberto Eco*, Cambridge: Cambridge University Press, 2009.

⑨ Douglass Merrell, *Umberto Eco, The Da Vinci Code, and the Intellectual in the Age of Popular Culture*, New York: Springer, 2017.

参加天主教青年行动团的历史，及其早期的先锋艺术实验活动。

传记方面，20 世纪 90 年代出现了意大利学者特蕾莎·德·劳雷蒂斯的《翁贝托·埃科》①，该书是较早的传记性作品，简要介绍了埃科的生平，概述并评论了其文学作品，并分析了埃科的文学理论及创作方法。此外还有德国学者迪特尔·默施的《介绍埃科》②、法国学者丹尼尔·希弗的《埃科：迷宫的世界》③。

詹姆斯·孔图尔西于 2005 年出版的《翁贝托·埃科：书目评注版》④是一部重要的埃科研究导读，且得到了埃科本人作序。该书梳理了作家从新现实主义到后现代主义的发展历程，在简要介绍其生平的同时，着眼于对其作品的研究，包括埃科的大众文化研究，其美学思想与意大利诗学传统直接的联系，等等，且附有一份翔实的创作列表和参考书目。

（二）汉语学界的埃科研究

在汉语学界，第一次介绍埃科的文字材料是王祖望的译文《符号学的起源与发展》⑤，文中提到了埃科在国际符号学学界中所起到的作用，以注释的方式对埃科做了简要说明。自此埃科研究持续将近四十年，取得了丰硕的成果，涵盖其小说创作、诠释学思想和符号学理论。从数量上来说，至 2023 年 11 月，研究论文方面，以艾柯、埃科和埃柯三种译法为主题进行搜索筛选，可得博士学位论文 4 篇⑥，硕士论文 48 篇，期刊论文 132 篇，专著 3 本⑦，主要涉猎了埃科的文学思想和诠释学理论。鉴于汉语学界的埃科研究在理论主题上相对集中，现分为小说研究和理论研究两方面予以综述。

1. 小说研究

早在 20 世纪 80 年代，国内已经出现了涉及埃科的小说作品的评论，

---

① Teresa De Lauretis, *Umberto Eco*, Toscana: La Nuova Italia, 1981.

② Dieter Mersch, *Umberto Eco zur Einführung*, Hamburg: Junius, 1993.

③ Daniel S. Schiffer, *Umberto Eco: le labyrinthe du monde*, Paris: Ramsay, 1998.

④ James L. Contursi, *Umberto Eco: An Annotated Bibliography*, Minneapolis: The Minnesota Bookman, 2005.

⑤ T. 谢拜奥克：《符号学的起源与发展》，王祖望译，《国外社会科学》1981 年第 5 期，第 61—65 页。

⑥ 此处数据为直接以埃科为研究主题的博士论文，另有相关的博士论文 13 篇，具体内容在本研究综述中会予以呈现。

⑦ 专著皆为博士论文出版成果，共 4 本，其中有 2 本为同一作者，内容相似，故只计为 3 本。考虑到专著在研究的成熟性上往往超过了该作者的博士论文，本研究综述在论及专著内容时将不再陈述相应博士论文。

如弋边介绍了《玫瑰的名字》在美国受到欢迎的情形和小说的故事情节，认为这部小说从虚无主义出发，人为杜撰情节的痕迹比较明显①。王斑在《高雅的传奇故事》中第一次详细介绍了埃科《玫瑰的名字》的故事内容②。另外钱钟书在其《管锥编增订之二》的 272 页和 601 页两次提到《玫瑰的名字》③。20 世纪 90 年代后，开始有论者比较具体地研究埃科的小说作品。如李显杰认为《玫瑰的名字》是因果式叙事结构的典范，从故事情节、叙事结构、镜头运用等角度对电影《玫瑰的名字》进行分析，指出因果式线性结构模式并不妨碍其思想艺术观念上的创新性和叙事主题上的深刻性与哲理性④。袁洪庚则介绍了当代侦探小说向玄学侦探小说演进的趋势，将《玫瑰的名字》放到古典文学、传统侦探小说、当代侦探小说的语境中，分析了该小说丰富的互文内涵⑤。

2000 年以后，随着埃科小说在汉语学界的译介增多，相关研究也铺展开来，从主题思想、艺术技巧和诠释学理论等方面展开，成果斐然。本综述从三方面展开：

（1）主题思想和艺术技巧研究。刘佳林认为《玫瑰的名字》是在后现代语境下对中世纪修道院生活的描绘，通过不同人物的塑造，揭示了理性与信仰之间的冲突及各自的局限⑥。马凌则对《玫瑰的名字》题目的来源及其内涵做出了分析⑦。张琦从小说的两条线索出发——主人公威廉修士与佐治关于"基督是否可能笑过"的争论和圣方济各修会与罗马教廷关于"基督是否贫穷"的争论，认为《玫瑰的名字》写的并不是知识分子对真理过度狂热的追求之类抽象的主题，而是作者作为一名知识分子，对现代生活中诸如"差异"等问题所做的现实思考⑧。

孙慧在其《〈玫瑰的名字〉的元小说特征探幽》中指出埃科在这部小说里设置了"嵌套式开放型结构"，采用了"多重叙事视角"，通过"互文

① 弋边：《世界文坛动态》，《译林》1984 年第 2 期。
② 王斑：《高雅的传奇故事》，《外国文学》1986 年第 6 期。
③ 钱钟书：《管锥编（第五册）》，中华书局，1986。
④ 李显杰：《因果式线性结构模式：〈玫瑰的名字〉解读》，《电影艺术》1997 年第 3 期。
⑤ 袁洪庚：《影射与戏拟：〈玫瑰之名〉中的"互为文本性"研究》，《外国文学评论》1997 年第 4 期。
⑥ 刘佳林：《火焰中的玫瑰——解读〈玫瑰之名〉》，《当代外国文学》2001 年第 2 期。
⑦ 马凌：《玫瑰就是玫瑰》，《读书》2003 年第 2 期。
⑧ 张琦：《"笑"与"贫穷"——论埃柯小说〈玫瑰的名字〉的主题》，《当代外国文学研究》2006 年第 2 期。

性""拼贴"等后现代主义文本策略的巧妙运用，将真实与虚构、意识与现实交织在一起，构筑了亦真亦幻的文本世界，形成了令人惊叹的叙事效果。这不仅彰显了作者精妙地运用语言的能力，而且也为后现代主义小说的创作提供了不可或缺的范本①。孙慧为国内研究埃科文学作品和思想的成果较丰富的学者，其博士论文《艾柯文艺思想研究》后修改为同名专著出版②，该研究由专题研究入手，采用实证材料分析与理论分析相结合的方法，较为完备地呈现了埃科文艺思想的全貌。同时，该研究采用外围的宏观全景考察与内部的微观细密分析相结合的综合性研究方法，在细读埃科作品的基础上，对埃科思想内部的组织结构、符号学理论、阐释学理论、文学思想及小说创作诸方面做系统微观分析，同时把微观分析的结论置放于宏观社会历史全景中去考证，力图多元化、多维度检视其文艺思想。

此外，杨晓霞、吴翔翔则认为，埃科的小说《昨日之岛》故事信手拈来，文体多样，语言繁缛、怪谲，人物怪诞、典雅，视角变换多样，以及宗教观和空间观都具有明显的巴洛克文学风格③。白春苏则将埃科的《昨日之岛》放在西方荒岛小说的传统中加以分析④。

（2）埃科小说作品与符号学、诠释理论的参照研究。马凌结合埃科的诠释学思想指出，《玫瑰的名字》是作者借以表现自己诠释学理论的文学载体，其深层主题不仅是对中世纪文化结构，更是对逻各斯中心主义的颠覆，因此具有重大的诠释示范意义⑤，而《傅科摆》审视了神秘主义、符号学和诠释学的关系，运用戏拟反讽方式，对神秘主义的运行机制、话语逻辑进行了解剖，并对新历史主义进行了反思，认为埃科在此呼吁一种清醒的限度意识，旨在说明为诠释设限是祛魅的基础，也是治疗后现代主义不确定性的良药⑥。杨慧林以《玫瑰的名字》和《傅科摆》为参照，对"话语生产者的自我建构"予以考察，并以《圣经》叙述与西方艺术的相关诠释为据，回到《达·芬奇密码》所借助的象征符号系统，解析其中的演

---

① 孙慧：《〈玫瑰之名〉的元小说特征探幽》，《山东社会科学》2009 年第 4 期。

② 孙慧：《艾柯文艺思想研究》，山东大学出版社，2015 年。

③ 杨晓霞、吴翔翔：《论埃科小说〈昨日之岛〉的巴洛克风格》，《兰州学刊》2014 第 5 期。

④ 白春苏：《毁灭与重构——荒岛小说的哲学内涵之流变》，《华东师范大学学报（哲学社会科学版）》2015 第 1 期。

⑤ 马凌：《诠释、过度诠释与逻各斯——略论〈玫瑰之名〉的深层主题》，《外国文学评论》2003 年第 1 期。

⑥ 马凌：《解构神秘：〈傅科摆〉的主题》，《外国文学评论》2005 年第 2 期。

变、误读以及意义延伸，从而揭示"精神表达"与象征符号之间的张力①。张广奎认为，一方面小说创作的理论基础是埃科本人的诠释学，而另一方面，小说本身又是埃科诠释学的回证，小说里作者以比喻和象征的手法说明了诠释的局限性和过度诠释的后果，而由物理学上的"熵"概念引出的"诠释熵"理论，更能进一步分析《傅科摆》故事情节所包含的过度诠释及其程度②。

李静的研究为从符号学角度解读埃科小说作品的文章③。其以博士论文为基础的专著《符号的世界》④填补了国内该研究角度的空白。另外李静的论文《中西博学小说的传统与发展》将埃科的小说置于中西方博学小说的传统中进行溯源，对博学小说进行了归纳和分类，如学术博学小说、侦探博学小说、历史博学小说、哲理博学小说等，这是一种有意思的角度⑤。

此外，贺江、于晓峰认为埃科在《波多里诺》中探讨了文本的"开放性"。开放性一共体现在三个方面，即开放式的百科全书、开放式的符号系统、开放式的"运动中的作品"。埃科用他天马行空般的想象构造了一个光怪陆离的符号世界，既召唤了读者的阅读，又对自己的"开放性"美学观做了一次集中的展现⑥。郭全照则指出，埃科的美学思想在动态变化中保持着某种连贯性并不断扩展：从对托马斯·阿奎那美学的研究开始，自中世纪美学资源中获得强大的理论支撑。他关注"开放的作品"理论，涉猎高雅文化与通俗文化，并从乔伊斯那里发掘出"混沌美学"思想，其吸收的各种美学营养也滋育他自己的小说创作，运用独特的形式和不同的文体、语言风格，收获理论难以具有的"独创性"和对不可说之物的"叙述"⑦。

王伟均、于晓峰的《失忆之殇与重塑之旅：论〈洛安娜女王的神秘火

---

① 杨慧林：《"圣杯"的象征系统及其"解码"——〈达·芬奇密码〉的符号考释》，《文艺研究》2005 年第 12 期。
② 张广奎：《论〈傅科摆〉的艾柯诠释学回证与诠释熵情》，《外国文学研究》2007 年第 5 期。
③ 李静：《符号与叙述化：解读〈波多里诺〉》，《外国文学》2009 年第 2 期；《试论艾柯小说的百科全书特征》，《江西社会科学》2010 年第 7 期。
④ 李静：《符号的世界：艾柯小说研究》，四川大学出版社，2016。
⑤ 李静：《中西博学小说的传统与发展》，《中南民族大学学报（人文社会科学版）》2013 年第 4 期。
⑥ 贺江、于晓峰：《百科全书、符号与运动中的作品：论埃科小说〈波多里诺〉的"开放性"》，《兰州学刊》2014 年第 5 期。
⑦ 郭全照：《试论艾柯的美学及其小说实践》，《文艺研究》2014 年第 9 期。

焰〉中埃科的符号叙事》认为,《洛安娜女王的神秘火焰》是埃科运用符号进行文本叙事,阐释其符号学理论的典型案例。该文通过聚焦小说中埃科的符号叙事,探讨埃科是如何通过亚伯失去记忆、寻找记忆与恢复记忆三个层面,实现文本符号系统的形成、符号阐释系统的运作,以及符号意义系统的生成,同时考察埃科进行符号叙事的动机,以及其历史观与文学观的体现[1]。

（3）后现代主义、大众文化题域的研究。胡全生指出《玫瑰的名字》是一部雅俗共赏的小说,它借用侦探小说这一通俗小说框架吸引广大普通读者,与此同时它又以"釜底抽薪"的方式,抹去了传统侦探小说的最终"释然",并运用拼贴、典故等互文性技法,使它在封闭的框架中获得一种后现代小说的开放性[2]。张琦通过比较埃科的《傅科摆》和丹·布朗的《达·芬奇密码》这两部小说,指出小说能否超出通俗文学的界线在于作者:他自身的丰富程度,以及对生活的真诚感受[3]。

2. 理论研究

20 世纪 90 年代,张学斌的《写小说的符号学家》虽为《玫瑰的名字》的书评,但同时介绍了埃科的《符号学和语言哲学》,认为符号学把"存在"的意义作为研究对象,"存在"的最准确的定义是"语言用多种多样的方式所做的表述"[4]。薛忆沩则以《玫瑰的名字》为例来说明符号学展现出了一种有意义的生存,并提到了埃科符号学的核心观点和埃科与西比奥克共同主编的《三个人的符号》[5]。南帆的《诠释与历史语境》一文介绍了埃科的诠释学[6]。

2000 年以后,国内学界围绕埃科的文学思想、诠释理论展开了可观的研究,此外还有少数研究探讨了埃科符号学思想。

（1）诠释理论。此为国内学界关注埃科最多的研究领域,成果也最丰富。刘玉宇比较早介绍了埃科的诠释学理论,指出埃科在确认诠释的不确

---

① 王伟均、于晓峰:《失忆之殇与重塑之旅:论〈洛安娜女王的神秘火焰〉中埃科的符号叙事》,《当代外国文学》2016 年第 4 期。

② 胡全生:《在封闭中开放:论〈玫瑰之名〉的通俗性和后现代性》,《外国文学评论》2007 年第 1 期。

③ 张琦:《〈傅科摆〉与〈达·芬奇密码〉——试论通俗小说的界线之二》,《当代外国文学》2007 年第 4 期。

④ 张学斌:《写小说的符号学家》,《读书》1996 年第 11 期。

⑤ 薛忆沩:《符号学代表一种生活方式（外一题）》,《天涯》1996 年第 2 期。

⑥ 南帆:《诠释与历史语境》,《读书》1998 年第 11 期。

定性的同时，反对一些批评家过度强调诠释者的权力，强调"本文意图"。刘玉宇试图通过对埃科所提出的符号理论的分析，说明"本文意图"在埃科符号学中的理论依据，并指出其局限①。刘全福以埃科的《开放的作品》和《玫瑰的名字》为切入点，指出读者中心论实则是本文与神秘主义媾和的产物，本体论意义上的阅读行为不可能长期趋于边缘，回归作者本意、拒斥本文神秘主义观点、适度限制读者中心论的语境及话语范围至少不会为文艺批评的健康发展带来更多的负面影响②。朱寿兴则在《艾柯的"过度诠释"在文学解读活动中并不存在》中批评了埃科的"过度诠释"理论，认为其错误主要在于：将生活本文诠释、科学本文诠释与文学本文诠释混为一谈，从而抹杀了在文学解读过程中不可能撇开的第一阶段——文学欣赏阶段的丰富多彩的感受、想象和联想所带来的结果这一根本特点，从而也就忽视了在文学解读活动中根本不存在的"过度诠释"的问题③。姜智芹分析到，经典作品具有命题的通约性、内涵的蕴藉性等特征，这同时又带来对其诠释的不确定性。但这种不确定性又非读者的任意解读，它还需要一个限度，要以"本文意图"和"历史语境"为界限，否则就会导致"过度诠释"。论者认为只有"回到文学自身"才是避免过度诠释的有效途径④。周颖从埃科与卡勒的争论出发，围绕"语境"的概念，对三位解构主义大师的代表作进行了细读，认为"语境"在解构之手里表面上没有了界限，实际上是真正的失落⑤。董丽云则结合埃科的《故事中的读者》等书对埃科的阐释理论进行了分析⑥。张良丛则在当代解释学的背景下，指出埃科的诠释理论强调了解释者的主体性的发挥，并走向了文本中心论⑦。

2010—2018 年间，围绕埃科的诠释理论，中国学界或进一步阐释，或生发出自己的理论建构。于晓峰的著作《诠释的张力》⑧是这一时期的埃

---

① 刘玉宇：《诠释的不确定性及其限度——论艾科的三元符号模式》，《中山大学学报（社会科学版）》2002 年第 1 期。"本文意图"为原文如此。

② 刘全福：《意义的回归：阅读中的本文神秘主义批判》，《文艺理论研究》2005 第 4 期。

③ 朱寿兴：《艾柯的"过度诠释"在文学解读活动中并不存在》，《湖南文理学院学报（社科版）》2006 年第 4 期。

④ 姜智芹：《经典诠释的无限可能性与限定性》，《云南社会科学》2007 年第 3 期。"本文意图"为原文如此。

⑤ 周颖：《"无边的"语境——解构症结再探》，《外国文学评论》2007 年第 4 期。

⑥ 董丽云：《创造与约束——论艾柯的阐释观》，《外语学刊》2008 年第 1 期。

⑦ 张良丛：《文本解释的限度和有效性——试论艾柯的文本解释理论》，《文艺评论》2009 年第 1 期。

⑧ 于晓峰：《诠释的张力：埃科文本诠释理论研究》，南京大学出版社，2010。

科文本诠释理论研究的扛鼎之作。该书按照埃科文本诠释理论的发展轨迹和逻辑体系，分 10 个部分展开考察和研究，集中关注并深入分析了埃科诠释理论体系及其在社会文化领域的运用和实践。该书以埃科的文本诠释理论研究为主题，重点分析埃科的主要学术著作而逐步归纳其诠释学思想的理论体系，并考察了它在其他领域的运用，将埃科的诠释理论推向全面和综合，达到了一个新的学术高度。于晓峰本人的系列论文也多围绕埃科的诠释理论展开，不再赘述。孙慧则指出埃科的诠释学理论对后现代主义某些批评家极端的诠释理论是一种反驳，也为当下的文本诠释实践提供了重要的理论依据①。周启超指出埃科的文学作品／文本理论，从艺术作品的"开放性"到文学"文本的权利"，从文学"文本意图"的提出，到文学文本之"使用"与文学文本之"诠释"的区分，已进入文学文本生命机制的探究，引领着文学文本之"开放性"的探索与"文本意图"之控制力的考量，在当代文学理论的跨文化旅行中留下鲜明印迹②。刘玉宇、雷艳妮的《论"隐含作者"与"真实作者"》借助对埃科的文本诠释理论的引申和修正，提出"隐含作者"概念的另一种可能的解释③。

此段时间需要引起注意的是张江、李遇春、陈定家等学者围绕"强制阐释"的概念所著的系列研讨论文：张江的《关于"强制阐释"的概念解说——致朱立元、王宁、周宪先生》，李遇春的《如何"强制"，怎样"阐释"？——重建我们时代的批评伦理》，陈定家的《文本意图与阐释限度——兼论"强制阐释"的文化症候和逻辑缺失》，刘剑、赵勇的《强制阐释论与西方文论话语——与"强制阐释"相关的三组概念辨析》等④。2015 年 7 月 24 日至 26 日，由《文艺争鸣》杂志社主办的"反思与重构：'强制阐释论'理论研讨会"在长春召开，来自学界的三十余位学者展开讨论。这可以说是中国学者在中、西方的阐释学传统下，在后现代消费主

① 孙慧：《安贝托·艾柯反解构的诠释学理论》，《学术探索》2012 年第 10 期。
② 周启超：《作品的"开放性"与"文本的权利"——试论埃科的文学作品／文本理论》，《中国人民大学学报》2012 年第 4 期。
③ 刘玉宇、雷艳妮：《论"隐含作者"与"真实作者"》，《文艺理论研究》2012 年第 4 期。
④ 张江：《关于"强制阐释"的概念解说——致朱立元、王宁、周宪先生》，《文艺研究》2015 年第 1 期；李遇春：《如何"强制"，怎样"阐释"？——重建我们时代的批评伦理》，《文艺争鸣》2015 年第 2 期；陈定家：《文本意图与阐释限度——兼论"强制阐释"的文化症候和逻辑缺失》，《文艺争鸣》2015 年第 3 期；刘剑、赵勇：《强制阐释论与西方文论话语——与"强制阐释"相关的三组概念辨析》，《文艺争鸣》2015 年第 10 期。

义文化的背景下展开的理论对话与建设①。其后张江的《开放与封闭——阐释的边界讨论之一》以及对话文章《文本的角色——关于强制阐释的对话》，宋伟的《艾柯反对艾柯：阐释的悖论与辩证的阐释》为对其进一步的讨论和阐释②。这些系列探讨中有不少涉及埃科的文本诠释思想，在本书后文中将细致呈现。此外，董丽云的《当代西方文本阐释理论研究的现状与限度》、段吉方的《意图与阐释：作者意图回归的挑战及其理论可能》、陆扬的《过度想象与意义的困顿》皆为探讨 20 世纪诠释学的总论性文章，为理解埃科的文本诠释思想提供了有价值的参照③。

还需要关注的是关于埃科的诠释翻译理论的研究。张广奎的《从艾柯诠释学看翻译的特性》④与《论哲学诠释学视角下的翻译诠释的读者化》⑤运用了埃科诠释的局限性及过度诠释的理论，阐述翻译过程中文本、诠释和翻译文本之间的复杂关联。邓志辉则结合埃科的诠释学理论探讨了埃科的翻译思想，指出《翻译经验谈》一书自出版以来就受到学界的诟病乃至否定，但该书是埃科诠释学整体思想这一"大文本"背景下的产物，"悖论"之说实乃"经验读者"忽视埃科作品的文本间性所造成的误读，只有对埃科的诠释学理论进行全景考察后，从"模范读者"的视角才能对其翻译思想做出更客观公允的评价⑥。

（2）符号学理论。国内在此领域的研究并不多，除去前文提到的李静的专著涉及埃科的符号学思想外，孙慧也指出，埃科的符号学理论在叶姆斯列夫的多重二元符号论的基础上，引入皮尔斯符号理论中的解释符，形成了表达、内容、解释符三位一体的符号模式，强调符号的衍义与意义生成过程的密切联系，形成了开放的符号学理论，为当下的符号学理论实践提供了重要的学理依据。孙慧认为，埃科符号诗学的文化逻辑学构想将符

① 参见李明彦：《"反思与重构：'强制阐释论'理论研讨会"综述》，《文艺争鸣》2015 年第 8 期。

② 张江：《开放与封闭——阐释的边界讨论之一》，《文艺争鸣》2017 年第 1 期；张江等：《文本的角色——关于强制阐释的对话》，《文艺研究》2017 年第 6 期；宋伟：《艾柯反对艾柯：阐释的悖论与辩证的阐释》，《文艺争鸣》2017 年第 11 期。

③ 董丽云：《当代西方文本阐释理论研究的现状与限度》，《国外社会科学》2014 年第 1 期；段吉方：《意图与阐释：作者意图回归的挑战及其理论可能》，《社会科学战线》2017 年第 6 期；陆扬：《过度想象与意义的困顿》，《社会科学战线》2017 年第 6 期。

④ 张广奎：《从艾柯诠释学看翻译的特性》，《外语教学》2007 年第 3 期。

⑤ 张广奎：《论哲学诠释学视角下的翻译诠释的读者化》，《外语教学》2008 年第 4 期。

⑥ 邓志辉：《并非符号学家的悖论——从〈翻译经验谈〉看安贝托·艾柯的诠释学理论》，《文艺理论研究》2008 年第 5 期。

号学研究从语言符号学理论外推至非语言的其他文化系统，为透视当今文化现象开辟了新视角，同时也为文化符号诗学的发展提供了有益启示①。

朱桃香则结合埃科的符号学理论探讨了其读者理论和叙事观，其成果集中体现于三篇论文：《翁伯托·艾柯读者理论的符号学解读》指出对读者作用的思考和讨论贯穿在埃科的理论专著、散论和小说中，把作者、文本和读者纳入符号学框架之下，演绎其文本符号三角，把读者的解读看作动态的过程，来体现文学交际特征②；《试论翁伯托·艾柯的"百科全书迷宫"叙事观的演绎》探讨了埃科对"百科全书迷宫"叙事所进行的形上追问，显示其对古典文化进行现代转化的理路③；《试论艾柯的百科全书叙事观演进》在迷宫文学谱系中考查埃科的百科全书叙事观演进，揭示他从20世纪50年代到万维网时代这一叙事思想的发展轨迹④。

（3）其他角度。由于埃科涉猎深广，国内学界亦有别种角度的探讨。王东亮的《埃科的"小辞"》对埃科的散文随笔做了介绍⑤。李洁在《图书馆的文学隐喻与现代图书馆》一文中，展示了埃科和博尔赫斯在他们的文学作品中对"图书馆"概念的解读和对图书馆发展的预言，并将他们的预言与现今图书馆的发展做了对照，旨在从一个新的角度来看待图书馆和"图书馆"概念的发展⑥。

赵汀阳的《文化为什么成了个问题？》指出埃科等人主张一种积极的跨文化沟通，并对埃科的"百科全书派"理论和"网状迷宫"式的知识体系进行了理论分析⑦。田时纲则关注了中译本《美的历史》中存在的众多的翻译错误，该译本甚至对本书的另一位作者哲罗姆·德·米凯莱只字未提，他认为《美的历史》中译本是个错漏百出的残品⑧。于晓峰在其《意大利新

---

① 孙慧：《符号的衍义与意义的生成——安贝托·艾柯的符号学理论》，《求索》2013年第4期；《符号的意指与交流——论安贝托·艾柯符号诗学的文化逻辑学构想》，《山东社会科学》2013年第11期。
② 朱桃香：《翁伯托·艾柯读者理论的符号学解读》，《湘潭大学学报（哲学社会科学版）》2016年第3期。
③ 朱桃香：《试论翁伯托·艾柯的"百科全书迷宫"叙事观的演绎》，《当代外国文学》2017年第1期。
④ 朱桃香：《试论艾柯的百科全书叙事观演进》，《学术研究》2017年第5期。
⑤ 王东亮：《埃科的"小辞"》，《读书》1999年第4期。
⑥ 李洁：《图书馆的文学隐喻与现代图书馆》，《图书馆理论与实践》2007年第2期。
⑦ 赵汀阳：《文化为什么成了个问题？》，《世界哲学》2004年第3期。
⑧ 田时纲：《〈美的历史〉中译本错漏百出——从"目录"和"导论"看译者对艾柯的偏离》，《文艺研究》2008年第3期。

先锋运动与六三学社——兼论翁贝托·埃科的先锋派诗学》中回顾并分析了埃科早年与六三学社的关联及其先锋艺术实验活动与理念 [1]。

　　另一些涉及埃科且需要引起重视的包括以下著作。李幼蒸的《历史符号学》[2] 讨论了埃科的符号学理论；李彬在《符号透视：传播内容的本体诠释》[3] 的第五章第四节以《重建文本的客观性》为题，将埃科与利科并列在一起，对埃科的文本理论做了专门介绍。余虹、杨恒达、杨慧林主编的《问题 2》[4] 中，收录杨慧林的文章《"笑"的颠覆性与神学逻辑——〈玫瑰的名字〉的神学批判》，该文从"笑"的文学传统与哲学的"驯化"、"渎神"的"合法形式"与哲学的"共谋"、在"冬眠"与"玩世不恭"的两极之间三个层次以基督教文化的视角对《玫瑰的名字》进行了解读。戴锦华的《镜与世俗神话：影片精读 18 例》[5] 中专列一节从文化分析的角度对电影《玫瑰的名字》进行了解读。张大春的《小说稗类》[6] 内收录介绍埃科小说的文章，其中《不登岸便不登岸》，是作家出版社版《昨日之岛》的序言。许正林在其《欧洲传播思想史》[7] 的第十一章对埃科的符码论和符号产生论进行了介绍与研究。马凌的《后现代主义中的学院派小说家》[8] 将埃科放到后现代主义学院派小说家的背景之下，对埃科小说的整体特征和思想内涵做出了较为透彻的分析。

　　在汉语学界，还需要关注的是台湾地区的学者对埃科展开的广泛研究。埃科作品在台湾地区译介较早，所引起的学界关注也较多。孙慧在其《艾柯文艺思想研究》中做了比较全面的呈现，作者认为台湾地区学界从符号学、叙事学、女性主义等角度切入，细致研读埃科作品（2009 年之前），且将埃科置于世界文艺理论大背景下与其他学者的学术思想进行分析与思辨，弥补了大陆学界埃科研究的相关缺失，为我国埃科研究注入了新鲜血液。近些年，台湾地区学界又出新研究，如卢姵的《"后现代主义"的缺席：1980 年代〈玫瑰之名〉在大陆的跨文化转译》是其中比较有意思的

① 于晓峰：《意大利新先锋运动与六三学社——兼论翁贝托·埃科的先锋派诗学》，《学术探索》2012 年第 8 期。
② 李幼蒸：《历史符号学》，广西师范大学出版社，2003。
③ 李彬：《符号透视：传播内容的本体诠释》，复旦大学出版社，2003。
④ 余虹、杨恒达、杨慧林：《问题 2》，中国人民大学出版社，2003。
⑤ 戴锦华：《镜与世俗神话：影片精读 18 例》，中国人民大学出版社，2004。
⑥ 张大春：《小说稗类》，广西师大出版社，2004。
⑦ 许正林：《欧洲传播思想史》，上海三联书店，2005。
⑧ 马凌：《后现代主义中的学院派小说家》，天津人民出版社，2004。

文章，该文指出《玫瑰的名字》的两种汉译本在 1980 年代中后期应时而生，然而由于必要的理论知识空缺和文艺话语空间的饱和，译文不得不在出版时对源语文本进行了一定程度的改编，作品不得不褪去它"后现代主义"小说的文本特质，被改写为一部通俗性质的类型化文本以满足读者对作品的奇观性与故事性需求 [①]。

总体看来，埃科研究在国际学术界相对全面与深入，研究成果卓著，专著及论文的内容基本上涵盖了埃科研究的方方面面，既包括对埃科小说作品的细读研究，也涉及埃科的符号学、诠释学理论与其创作的结合；对埃科在符号学、诠释学、语言学、大众文化和宗教研究等各领域都展开了细致的研究；对埃科的文学、学术之路与意大利诗学传统、二战后意大利的文学环境之间的联系也进行了细致的探讨，对埃科思想各领域进行了系统而全面的分析。总体来说，国际埃科研究界宏大的学术视野、新颖的研究视角、多元的研究方法等都为本研究提供了丰富的资料，对本书的撰写具有重要的借鉴启发作用和实践意义。

2000 年以后，国内的埃科研究也趋于丰富，但仍集中在埃科的单部小说作品研究以及文本诠释理论研究上，视角相对单一。近年，于晓峰、孙慧和李静的三本著作是相对系统化的埃科研究专著，但主要也是集中于埃科的文学思想、文本诠释学和读者理论，对其符号学理论、美学思想、大众文化研究等方面则缺乏全面关照之下的阐释，尤其缺乏对埃科作为人文学者的整体诗学维度的把握，在处理与埃科相关的作家和学者时，也缺乏必要的平行比较研究。

总的来说，汉语学界的埃科译介已经形成规模，比较全面，但相关的埃科研究与西方学界相比还存在一定差距，尤其在借鉴、运用西方学者的研究成果上比较匮乏，因而在整体的研究视野上存在缺失。但这些研究成果，都取得了相当的成就，而且有独创的见解，尤其是系统性研究的博士论文的出现和研究专著的出版，都是国内埃科研究的长足进步，对本书的撰写有重要的参考价值。

3. 跨文化视角下埃科的作品在中国的传播与接受

在当前的学科范式下，作家、作品大多仍囿于文学研究的范畴，埃科这样的当代学院派精英作家尤为如此。然而文学作品从写作到出版，最后

① 卢嫚：《"后现代主义"的缺席：1980 年代〈玫瑰的名字〉在大陆的跨文化转译》，《辅仁外语学报》（新北）2017 年第 14 期。

抵达阅读，这一系列过程中所涉及的经济考量、文化观念和媒体运作等社会化关系同样重要。对文学传播的场域、语境和文化符号系统的强调，为埃科作品在中国的跨文化旅行提供了阐释学的面向。基于其在中国文化土壤的阐释与传播，本研究的最终指向是理解由媒体界、出版界、学术界和读者所共构的阅读行为，及其呈现了当代中国怎样的精神气质与文化惯习。

相较于其他类型的文学作品，翻译作品的跨文化特质更集中提出了阐释与传播的问题。翻译使作品在异质文化中产生持续的生命，它本身就是扩展至文化层面的跨文化阐释。作为起点的译介出版，其选择机制不仅关乎作品的文学价值，还与读者的选择、市场的流通和本国的智识氛围有关。译本的选择自一开始往往伴随着各方考量，译本的传播也并非单向的压倒性接受，而是在地话语与源地话语之间的双向选择，最终形成相对稳定的阐释体系，该交叉共享地带，正是文学研究可以进一步发问的所在。因而，跨文化传播的视角对文学阐释研究可以形成有益的扩充。正如爱德华·霍尔所指出的："文化隐藏的现象远远超过其揭示的现象。奇怪的是，它隐藏的东西对文化的参与者最为有效……真正的难题不是理解外域文化，而是理解自己的文化……研究异域文化所能得到的不过是象征性的理解，研究的终极目的是更好地了解自己文化系统的运行机制。"[1]

这提示我们去关注文化与传播的同构关系。它表现为广泛的文化价值、传统和表征系统对传播运作及其意义建构过程的影响，这种影响不仅存在于跨文化的语境关联中，还包括文化生产与传播内容的形式要素、观念和文化根源。在对约翰·杜威思想的创造性发挥中，詹姆斯·凯瑞把传播看作是创造（created）、修改（modified）和转变（transformed）一个共享文化的过程，"其典型的情形是：对从人类学角度看传播的人来说，传播是仪式和神话，对那些从文学批评和历史角度涉及传播的人来说，传播就是艺术和文学"[2]。

当代阅读研究也在传统文学批评的视野之外，探讨在社会场域和文学场域里，出版方、大众传媒、学术共同体与"普通读者"等不同话语方的介入与互动，所共同构成的文学作品的传播接受图景。其中，阅读史领域的两位学者罗杰·夏蒂埃与罗伯特·达恩顿的研究对于文学研究多有借

---

[1]　[美] 爱德华·霍尔：《无声的语言》，何道宽译，北京大学出版社，2010，第 27 页。

[2]　[美] 詹姆斯·W. 凯瑞：《作为文化的传播："媒介与社会"论文集》，丁未译，华夏出版社，2005，第 28 页。

鉴价值。在他们看来，费夫贺与马尔坦等代表的法国年鉴学派虽多有建树——采用统计学、文化社会学的方法对书籍的生产、印刷、排版、装帧、成本、发行和消费等相关环节做出了全面细致的梳理——然而对技术层面和物质层面的计量分析并不足以完成对阅读的解释。谁在读，为什么读和如何读的问题并没有得到充分的展现，作为阐释者的读者身份仍然模糊。

在夏蒂埃看来，需要追问的是："当一位读者面对一个文本时，他如何构造其中的含义，他如何把该文本变为自己的东西？"这是由于："在特定的时间和地点，一位读者总是一个共同体的成员，这一共同体与他分享着与书写文化有关的同样的基本关系。"[①] 受布尔迪厄的"场域"理论启发，达恩顿提出了书籍的"交流循环"（communication circuit）模式，作者、读者与出版者在该模式中建立互动关系，借此检查文本在社会中扮演角色的手段。在其意趣盎然的《屠猫记：法国文化史钩沉》中，达恩顿试图运用格尔茨的方法探讨"心灵史"，关注阅读不仅在于研究人们读什么，还包括"如何阐明这个世界，赋予意义，并且注入情感"[②]。不难看出读者反应批评和接受理论对于阅读史研究的影响，读者逐渐被视作历史的或社会的建构，这促使学者转向阅读的政治学和历史学研究，也为文学的传播研究提供了新的阐释面向和社会学维度。对此达恩顿指出："文学理论包裹在一大堆令人看了眼晕的名词里……但是把它们作为整体来纵观，我们会找到一些文学批评家和图书史家共同关心的问题。"[③]

在跨文化传播视角和当代阅读研究的跨学科视野中，本研究试图去思考：一、媒介中的埃科，包括埃科作品在国内的译介出版与大众媒体对其人其作的报道及形象建构；二、阅读中的埃科，分别从学院派研究与"普通读者"的理解两方面展开。这些内容并非彼此独立存在的，而是相互渗透和影响的，是置身于中国当代文化思想土壤中对异质文化的跨文化阐发与吸纳。同时，对相关研究大而全式的综述并非本研究的旨趣，"思想的交流"才是主角，本研究试图厘清：在当代中国的接受视野和阅读期待中，埃科的哪些思想是重要的，哪些气质与内容是在中国的知识界催生或者强

---

① [法] 罗杰·夏蒂埃：《过去的表象——罗杰·夏蒂埃访谈录》，载李宏图、王加丰选编《表象的叙述》，上海三联书店，2003，第 134 页。

② [美] 罗伯特·达恩顿：《屠猫记：法国文化史钩沉》，吕健忠译，新星出版社，2006，第 1 页。

③ [美] 罗伯特·达恩顿：《拉莫莱特之吻：有关文化史的思考》，萧知纬译，华东师范大学出版社，2010，第 153 页。

化的？这既在文学阐释的理论视域中，亦在跨文化的对视交流里，让我们有机会瞥见当代知识界的心灵和心态的一隅。

（1）媒介中的埃科：形象塑造与价值实现

在汉语出版界（此处限于中国大陆），上海译文出版社打造"翁贝托·埃科作品系列"之前，已陆续有若干埃科的作品出版。最早的可溯至重庆出版社的《玫瑰的名字》（1987），该版本为多人合译，中国人民大学出版社于1990年出版埃科的《符号学理论》。这两种书目前除了图书馆有收录外，图书市场已难觅其踪影。其后作家出版社推出埃科三部小说，分别为《玫瑰的名字》（2001），《昨日之岛》（2001），《傅科摆》（2003），采用的皆为台湾地区译本，是国内早期的埃科迷较多接触到的版本。新星出版社译介了埃科早期的先锋派理论作品《开放的作品》（2005）与随笔集《误读》（2006）、《带着鲑鱼去旅行》（2009）[①]，在虚构小说之外进一步呈现了埃科作品的多重面向。需要注意的是，此三种作品皆为三辉图书公司策划出版，该公司长期致力于人文社科类精品、小众图书的引进出版，尤为关注欧美思想界具有重大影响力但在国内鲜为人知的当代知识分子，包括埃科、尼尔·波兹曼、安·兰德、托尼·朱特、马克·里拉、普利莫·莱维等重要作者，埃科是其较早策划出版的作者，可见中国的出版者对埃科作为公共知识分子的定位。

生活·读书·新知三联书店聚焦于埃科的小说批评和诠释领域，推出《悠游小说林》（2005）和《诠释与过度诠释》（2005）两种。同期百花文艺出版社出版了《符号学与语言哲学》（2006），为国内读者了解埃科的符号学思想提供了关键作品。此外，中央编译出版社则关注了埃科的美学史著作《美的历史》（2007）、《丑的历史》（2010）。至此，包括其他零星译介的作品，埃科的写作在国内图书出版界已得到较为完整的呈现，涵盖了小说、先锋派理论、符号学、诠释学和公共随笔创作等主要门类。

自2007年开始，上海译文出版社（以下简称"译文社"）开始系统性地译介埃科的作品，结合埃科访华与媒体热点，有意识地将其打造为该出版社的重要品牌。在笔者对该社"埃科作品系列"责任编辑的访谈中，对方提到译文社从2004年开始策划埃科作品，其考量在于，在国际上埃科既是符号学、哲学领域的重量级学者，又是受到大众欢迎的小说家、评论

---

① 其中《带着鲑鱼去旅行》另有广西师范大学出版社、中信出版社两种版本。

家，是欧洲家喻户晓的公共知识分子，享有极高声誉，但在国内只有零散的作品出版，且采用的是台湾地区自英文转译的版本。全方位的作者定位是译文社在策划选题初期就力求做到的，其第一份文案里对埃科的描述就是"文艺复兴人""半神式的人物"。因埃科身份多样，创作类型多样，而且在每个写作类型都达到相当的高度，自一开始译文社便已有在小说之外，出版埃科的随笔、文论、美学、符号学专著的思路。①

译文社出版埃科的第一部作品并非最负盛名的《玫瑰的名字》，而是《波多里诺》(2007)。这一方面由于《波多里诺》在当时是埃科的最新小说，策划方认为其从内容的可读性、新鲜感来说是不错的首发选择，另一方面恰逢埃科有访华行程，出版社邀请他来上海做新书首发活动，此间在主流媒体的书讯报道、专题、书评人的评论以及读者讨论会等方面发力推介，将取得良好的效果。埃科的作品并非易读品，但依旧取得不俗的销售业绩，在装帧上亦有平装、精装、纪念版等多种形式，成为译文社持续维护的品牌。其中《玫瑰的名字》持续加印，至2020年共有十几个印次，过十万册。② 与大多数作家只有代表作销售喜人的情况不同，埃科作品中的每一本销售得都不错。

媒体对埃科及其作品的报道一方面呼应了出版社的策划定位，另一方面也从大众文化传播的视角建构着埃科的精英知识分子形象。从报道的数量与质量来看，中国的媒体界有两次埃科热潮，第一次是2007年埃科访华，应译文社之邀在上海做新书首发活动，另一次则是2016年埃科去世，众多重量级媒体刊文纪念。可以看到，各家媒体对埃科的报道视角有较强的连续性和整体感，其主题可概括为"精英与顽童"。

媒体对埃科的精英形象塑造首先是通过其博学来强调的，这一点主要体现为其涉猎领域的广泛与小说作品中海量的知识，尤其是中国读者所不了解的欧洲中世纪。"埃科是罕见通才，可以在不同文化领域间自如跳跃。他博览群书且记忆力超群，私人藏书达5万册之多"③ "他理应被归类为本世纪早已式微的知识贵族中的一员：一个只有在类似18世纪的时代，从

---

① 本论文中涉及上海译文出版社"埃科作品系列"的出版策划和销售等相关材料，均来自笔者对该系列编辑的访谈。两位被访人较为低调，不希望在此透露身份信息，特此说明。

② 该系列编辑认为，《玫瑰的名字》之所以销售最佳，一方面在于其书名能够给人想象空间，另一方面则是有改编的同名电影加持。

③ 《意大利作家埃科的中国之行》，新浪网，http://news.sina.com.cn/c/2007-03-26/1005 12615340.shtml。

斯宾诺莎、笛卡尔和康德之类的博雅之士身上才得窥其丰采的人物"①，"在学科与学科之间、历史与现实之间、学院与社会之间游刃有余地纵横穿梭"②。这与译文社自策划之始对埃科作为"文艺复兴人"的定位保持了共构性，也可看出在埃科作品以及埃科形象的建构与传播图景中，是出版方与大众媒体协同创造了媒介的场域。

对埃科作为公共知识分子的强调是其精英形象绘制的另一个层面。无论是三辉图书公司着重于埃科系列作品中的公共写作，还是其后上海译文出版社进一步译介出版其随笔集《树敌》（2016）、《康德与鸭嘴兽》（2019），媒体界都敏锐地捕捉到了这一重要特质。"在他的观念里，一位终其一生都在重复海德格尔理论的哲学教授并不能算是一名知识分子，因为批判性创造，即批判我们现今所做之事或创造出更好的做事方法，是智力功能的唯一标志。"③这种对知识分子关注现实境况、发挥批判能力的素质的强调，亦体现在媒体对其小说作品的解读中。④

更让媒体感兴趣的是埃科的"顽童"气质，这提供了一种对"精英"的抵消，暗示了大众传媒的合理身份。界面新闻在引述埃科回答《卫报》采访时所谈及的"我不是原教旨主义者，非要说荷马和沃尔特·迪士尼之间毫无区别，但是米老鼠和日本俳句可以具有同样的意义"，指出其"能够在高端文化和通俗文化两个看似互不兼容的领域自如施展才华，显然令埃科获得比同辈更加丰富的生存经验"。⑤这一方面与埃科本人的媒体从业经历有关，另一方面源于埃科长年涉足媒体专栏写作，亦对大众传媒多有研究，其《开放的作品》（1962）、《启示录派和综合派》（1964）、《詹姆斯·邦德——故事的结合方法》（1965）等论著或论文写作，将乔伊斯的现代主义经典与007系列故事放在同等位置上阐述，显示了一种后现代学术对界限与框架的消解。

与此同时，埃科小说作品的后现代气质——通俗性与高级性之间的

---

① 《我们为什么在乎这位意大利知识分子》，界面新闻，https://www.jiemian.com/article/1122309.html。

② 《艾柯：被剑桥文学史誉为20世纪后半期最耀眼的意大利作家》，澎湃新闻，https://www.thepaper.cn/newsDetail_forward_1433861。

③ 《我们为什么在乎这位意大利知识分子》，界面新闻，https://www.jiemian.com/article/1122309.html。

④ 《意大利作家埃科：人是在智慧的垃圾中成长》，《东方早报》2016年2月23日。

⑤ 《我们为什么在乎这位意大利知识分子》，界面新闻，https://www.jiemian.com/article/1122309.html。

游离感，亦为媒体提供了充足的阐释空间。无论是早期的《玫瑰的名字》《傅科摆》《昨日之岛》，还是后期的《波多里诺》，都有着充分的通俗元素：修道院谋杀案，圣堂武士与暗杀，海难幸存，十字军东征传奇故事等。故事的主题对唯一真理的消解，以及一以贯之的怀疑主义气质，也被媒体视为对传统精英立场的质疑。我们看到，从出版社到媒体，关于埃科的形象叙事形成一个稳定的链条：精英与反精英。前者提供了媒介生产的价值，后者以反对的形式为这一形象本身塑构了张力，从而体现了大众传媒所需要的"冲突性"。这种形象塑造与价值实现一起，构成了埃科及其作品在中国传播的重要场域。该场域内的话语交流还有待另一个重要的角色来共同完成：读者。

（2）阅读中的埃科：学院派的阐释与"普通读者"的理解

我们已经看到阅读接受的维度在文学研究以及书籍史研究中的重要价值，而对埃科的理解与阐释在当代中国的阅读界则呈现为两端：学院派与普通读者群。这两个群体有一定的交叉性，比如在专业研究期刊上发文的学者也可能会以普通读者的身份在传统媒体或网络上撰写相对轻松的评论[1]，同时学者与普通读者亦会相互征引观点（埃科去世后各家媒体的纪念专栏都不同程度地采访或邀请学者撰文）。但从对埃科作品的切入点来说，学院派的阐释与普通读者的理解仍呈现出明显的差异，这与各自所属的媒介场域的性质有关。

在前文的论述中可以看到，学院派对埃科的阅读与接受，始终严格限制在学术圈的话语场域中，其兴趣集中于埃科小说作品的主题意象、艺术技巧和诠释学理论，以及埃科诸多学术涉猎之间的思想呼应。学者们或以"理解埃科"为要旨，在埃科本人的学术体系、西方诠释学理论以及后现代小说范畴内从各个维度分析埃科；或从中国的阐释学语境出发，探讨其诠释学思想在本土的意义和接受限度。二者都体现了鲜明的对话意识，亦是典型的学术共同体内的话语生产与建构。

关于普通读者群体对埃科的接受状况，豆瓣网是一个比较适合观察的

---

① 这里最突出的是复旦大学的马凌教授，她是国内学界较早关注埃科的学者之一，同时又以"malingcat"的 ID 在豆瓣网和媒体上发表了数篇有关埃科作品的书评和纪念文字。

平台。这一方面是由于埃科的阅读门槛本就比较高[①]，另一方面是由于豆瓣网是当前网络平台中具有文艺气质和接受水准的读者群体的主要汇聚地。埃科作品的爱好者在该平台成立了"Umberto Eco"小组（由马凌创建，小组讨论条目达到 13 页次），以埃科作品为主题的豆列中最集中且更新及时的包括"我收集的 Eco"（更新至 2020 年 6 月 28 日）与"Umberto Eco 作品大陆版"（更新至 2020 年 7 月 9 日）。需要引起注意的是，这两条豆列的制作者皆为专业的图书编辑，亦为埃科作品的深度爱好者，可见在埃科作品的传播链条中，出版社、责任编辑、非直接相关编辑、学者与普通读者在网络媒体、传统媒体和学术刊物等媒介平台上，共同构成了一个多元化的传播图景。

尽管豆瓣显示的评价人数不能让我们精确地跟踪埃科读者的阅读情况，但比较不同作品的标记数，我们可以发现，它们与出版社给出的销售状况是吻合的。考虑到存在不同版次，我们以各版次中的最高评价数和最高评分进行比较，可以看到埃科不同类别的作品中最受读者欢迎的分别为：小说《玫瑰的名字》，随笔集《带着鲑鱼去旅行》，美学作品《丑的历史》，小说理论《悠游小说林》。

表 1-1 部分埃科作品的豆瓣数据（数据收集截至 2022 年 4 月 15 日）

书名	版次	评分	"读过"人次	"在读"人次	"想读"人次	评论数（含短评）
《玫瑰的名字》	4	8.9	10499	3247	41165	3541
《带着鲑鱼去旅行》	4	8.2	3977	350	6775	908
《丑的历史》	2	8.5	3636	1123	18533	959
《悠游小说林》	2	8.9	2116	295	3775	466

除了对《玫瑰的名字》的共同关注外，大众读者的阅读兴趣显示出与学术圈中的埃科研究比较大的差异：较少关注埃科的诠释学和符号学理论，更多关注其轻松搞怪的随笔，以及消解正统美学史的写作。而《悠游小说林》原本就是埃科的诺顿讲座合集，既面向学者和学生，也适宜大多数小

[①] 上海译文出版社"埃科作品系列"的责任编辑在回答笔者的访谈时认为，埃科的小说作品是面向大众读者的，虽然里面可能有历史学、符号学方面的知识，但是抛开这些，读者然可以享受跌宕起伏、悬念丛生的阅读乐趣；随笔涉及社会生活的方方面面，写得很有幽默感，也是面向大众读者的，不过有些内容从思辨的深度来看，偏向对政治、经济、社会更多关注、更多思考的读者；文论更偏向从事写作、从事文艺的读者，或做这方面研究的读者；符号学专著偏向的则是符号学专业、语言哲学专业的读者。

说爱好者。网络媒介中的写作与学术写作的体例、语言和风格原本就有较大差异，所以比较二者的美学特质并不能看出埃科在不同读者群之间的接受差异，但主题式观察在此有一定的价值。也就是说，学者与大众读者各自从埃科的作品中发掘什么主题作为自己的阅读价值，而这又体现了怎样的期待视野？

以《玫瑰的名字》的豆瓣评论为例（此次略去了马凌的几篇书评，因其主要延续了学术写作的风格），读者主要以享受推理乐趣为要旨（如《论玫瑰之不可读》），或是对其中涉及的教派感兴趣（《你被那些教派搞晕了吗》），或是抱怨晦涩难懂（以短评为主）；而在作品集的编辑看来，此书之所以声名远播，除了小说本身的诡谲魅力之外，还在于有同名电影的加持（电影明星肖恩·康纳利为其主演）。《带着鲑鱼去旅行》则以其戏仿的轻松风格受到读者喜爱，我们从评论《刻薄是一种乐观的生活态度》《老顽童翁贝托·埃柯》《褒贬的完美智商指南》《坏笑》等可见一斑。《丑的历史》则颠覆了读者对美学的惯常印象，有震撼效果。

这形成了一个同构性的传播与接受空间：埃科作品在中国的译介与阅读，从出版社的选题导向，到大众媒介的形象塑造，到学术圈的专业阐释，以及大众读者的理解，"精英"与"反精英"之间的张力始终存在。这既体现了埃科本人的复杂性，也显示了跨文化接受中，中国本土的智识氛围对埃科的思想谱系中特定内容的偏好。它提示我们，对埃科作品的接受传播研究，可以从达恩顿指出的"心态"的角度，为我们理解中国当代知识界提供一个有趣的视点。

（3）阐释埃科：阅读交流的循环

从广义上来说，文学研究是一种关于人及其所置身的世界的阐释学，而文学作品的阅读接受更集中体现了阐释学特质，传播维度的加入则在经典的文学阐释学之外为我们拓宽了来自社会以及圈层互动的视野。我们可以将埃科本人的创作和其跨越学院与大众之间沟壑的努力视为其文本传播链条的发端。在中国的跨文化旅行中，其文本经由出版方对其作品价值与商业属性的综合考量、译介、大众媒介的报道与形象塑造，最终抵达两种场域的读者群体（有部分交叉），完成了阅读接受。而阅读消费同时作用于出版方，促使其根据销量状况实行加印，或出精装版和周年纪念版等。这是一个动态的群体互动传播的过程，充满了可阐释的空间。

这种阐释首先与埃科的文本所具有的特质有关。埃科本人曾提出"高素质畅销书"的概念来形容后现代学院派小说：它区别于通俗畅销书，亦与现代主义以来小说远离普通读者的特质有所不同。埃科认为："（高素质畅销书）包括提供虽然运用博学的影射以及高级艺术风格手法却仍然能够吸引广大群众的故事；换句话说（在最成功的情况下），即是利用非传统的方式混合两种不同构成成分……它吸引了所谓'畅销书特质'的理论家想要对此提出解释但又倍觉困惑，因为这种作品教人读来津津有味，即便它包含了一些艺术价值，而且牵涉到昔日一度是高级文学专属的特权。"① "高素质畅销书"的出现，与接受群体的需要有关，创作者不能低估"通俗"读者群体持续扩大的事实，他们已经厌倦"容易"而且读来立刻就能获得慰藉满足的文本，另外，往常被认为是"外行"的读者，其实已经透过各种渠道吸收了当代文学的诸多技巧，以至于当他们面对"高素质畅销书"时，反而不会像某些社会学家那样不知所措。

可以说，"高素质"和"畅销"这两个关键词可以用来形容埃科一生的写作的最重要特点，其对综合性的追求始终贯穿在他对经典价值的维护与对大众文化的民主态度中，正如其去世时《纽约时报》以"最畅销的学者，驾驭两个世界"为题追溯了埃科穿梭于小说创作与学术研究的一生②。在接受《南方周末》记者采访时，埃科将自己定位成"一个在星期一到星期五在大学里教书的作家"，同时也是一位在报刊开设专栏议论时事的公共知识分子。对于知识分子的身份，埃科的态度比较暧昧。

一方面，他认为知识分子与普通公民无异："媒体总是对知识分子寄予了太多的希望，其实到目前为止我认为知识分子对很多事情是无能为力的，好像这座房子着火了，你手头有一本诗集，但是这个诗集对你来说根本没有用……"③ 对于自己的公共行为，埃科也淡化知识分子的色彩，认为这不过是一个公民的职责。

另一方面，在淡化了传统知识分子的"精神导向"色彩以后，埃科强调了专家知识分子的特殊地位。在与米兰主教卡罗·马蒂尼关于当今文化中信徒与非信徒共同关心的议题进行讨论时，马蒂尼主教曾担心，两人的

① ［意］安贝托·艾可：《艾可谈文学》，翁德明译，皇冠文化出版有限公司（台北），2008，第255页。
② "Umberto Eco, 84, Best-Selling Academic, Who Navigated Two Worlds, Dies," *The New York Times*（《纽约时报》），https://www.nytimes.com/2016/02/20/arts/international/umberto-eco-italian-semiotician-and-best-selling-author-dies-at-84.html.
③ 《艾柯："我是一个经常被误读的人"》，《南方周末》2007年3月15日，网络来源可参见 https://ptext.nju.edu.cn/bf/05/c12146a245509/page.htm。

措辞会被读者指责为"晦涩"，埃科回答道："是否有人觉得我们过于艰涩并不重要，那些觉得艰涩的人无疑已被大众传播媒体调教成习惯使用简易的词语思考。让那些读者学习深刻的思考吧！因为不论是奥秘本身还是证据，均非显而易见。"①

埃科虽然取消了知识分子精神的超越性维度，却保留了知识专家的身份，这种精英与反精英之间的张力贯穿于埃科的理论写作与小说创作中，在其作品的传播与接受中被各方选择性吸取。同时，对"畅销"的追求也体现了埃科对文本接受方的思虑与尊重，但该种考量并未走向极端。埃科试图达成一种知识圈层的自洽，其内部的话语生产和结构享有自治权，从"模范作者"到"模范读者"形成阐释学循环链条。这种自洽还在于他对自身限度的明确意识，即便涉足公共世界，也多采用反讽的形式，批判的同时实行对知识分子批判能力本身的消解。

这种知识分子的骄傲与审慎并存的心态在当代中国的知识界（广义的）颇受赞许。无论是专家型知识分子，抑或出于个人喜好而阅读的大众读者，还是担任作品译介工作并追求书籍商品价值的出版方，围绕埃科作品的精神特质形成了一个完整的交流生态，同时在传播与接受的过程中进一步加强了对埃科的阐释与形象塑造。这一形象既是埃科本人的，亦与当代中国本土的文化心态相关，是一场丰富、多义的跨文化之旅。

围绕埃科，一种同构性的特质呈现在文本作品、媒介的形象建构和双重话语体系的阐释中，共同落实着"精英"与"反精英"互动交融的智性气质。作为"标准作者"的"埃科"对其读者存在着开放式的召唤关系：一方面，"高素质"是对埃科的作品创作风格的把握，它体现在多学科领域的交叉，艰深的符号学理论建构，百科全书式小说风格的建立上。在前文的分析中我们可以看到，中国的出版方、媒体不遗余力地强调其"博学"与"文艺复兴式"知识巨人的特色，而学术体制内对埃科展开的研究，同样表现出强烈的理论解释色彩，与埃科本人的学术风格贴合。另一方面，埃科并不强调"精英"与"大众"的截然分野，相反，他以其长期坚持的大众媒体专栏写作表达了知识分子走出学院象牙塔的理念。他关注公共话题，警惕现代知识分子"无所不知"的精英倾向，拒绝本质主义判断，主张宽容多元，且在随笔写作中发展了另外一种截然不同的轻松、戏谑的

① ［意］安贝托·埃科、［意］卡罗·马蒂尼：《信仰或非信仰——哲学大师与主教的对谈》，林佩瑜译，究竟出版社（台北），2002，第109页。

文风。

这种具有较高智识门槛，同时又保持了开放性的宽容立场，被出版界和阅读圈捕捉到了。作为学院派人物的埃科，也因此获得了中国当代知识界的回应。这里尤其以复旦大学的学者马凌为代表。作为学术圈和媒体双栖的作者，她是最早关注埃科作品的评论者之一。其系列文章既是对埃科作品的学术阐释，亦是当代知识界接受埃科的维度之体现。现列如下：①

表 1-2　马凌的埃科评论

埃科的作品	马凌的评论文章	网址或期刊
《玫瑰的名字》	1. 玫瑰就是玫瑰 2. 诠释、过度诠释与逻各斯	1. https://book.douban.com/review/1009950/ 2. 《外国文学评论》2003 年第 1 期
《傅科摆》	解构神秘：《傅科摆》的主题	《外国文学评论》2005 年第 2 期
《无限的清单》	无限，无序，却又很美	https://book.douban.com/review/6324941/
《丑的历史》	东施之爱	https://book.douban.com/review/3308572/
《悠游小说林》	自由的读者，不自由的森林	https://book.douban.com/review/1013158/

在《玫瑰就是玫瑰》一文中，马凌指出："埃科既富于百科全书式的博学，又兼有后现代顽童式的洒脱，在学者和作家双重身份间的自由切换，使他的高深符号学理论沾染上世俗的活泼，也使他的通俗文学作品保有知识分子的睿智，是难得的一位征服了欧美两大陆、跨越了雅俗两界河的人物。"《玫瑰的名字》在读者圈引起的轰动体现了埃科"精英"与"反精英"气质的双重融合："'普通读者'喜爱它，因为它是'最高级的惊险小说'，'经验读者'喜爱它，因为它是学者为学者准备的文本盛宴。"而这与埃科本人对"诠释与过度诠释"以及作品开放性的思考是高度契合的。对故事的理解与解释应当遵循文本本身的叙事结构，尊重文本的界限，克制某种中心论促使下的对深度、本质或真相的过度阐发，从而走向某种"学问的渊博与心智的迷茫"，甚至为理念去禁锢与杀戮（正如埃科的多部小说中涉及的主题）。"《傅科摆》的超越之处在于，它写出了秉承后现代精神的知识分子如何玩火自焚，并且引导人们思考应该如何对待历史"，"既不僭用科学之名，也要避开游戏的陷阱"（《解构神秘：〈傅科摆〉的主题》）。马凌的解读道出了中国当代知识界在思想领域的审慎和节制倾向，表现为对宏大叙事的警惕，对历史语境的观照与对个体命运的关怀。

① 因马凌（malingcat）本人将相关评论文字收录于其豆瓣个人账户中，故此处仅列出豆瓣网址，下列相关引用均出自本表格中的网址，不再另行标注。

开放与包容也应当成为解读埃科的另外一个重要维度。马凌在《东施之爱》中提道："从苏格拉底开始，本书中援引的大师名家，个个都是一时翘楚、百代之才，通过他们的审丑史当能发现，人类对于丑是越来越宽容了。这其中，艾柯没有明说，许多大师名家其实正是丑的缔造者和辩护者。在某种意义上，自由主义的深深处，一直活跃着'小众趣味''不良趣味'，甚至'恶趣味'。"而在这篇评论的读者留言中，也有对于"差异性"的强调。而在《无限的清单》中，"艾柯对清单中的异端、混乱和诗性津津乐道，显然怀有欣赏与宽容"。《悠游小说林》里则强调"模范读者……乐于在森林中发现蘑菇、青苔、小红帽和大灰狼，不会乱扔垃圾，不会偷猎动物，只是单纯地分享着探秘的快乐。他们是最受作者欢迎的客人，也是合理享受文本的读者"。

在大众媒介日益发达的今天，中国的专家知识分子开始更多地将学术旨趣投向象牙塔之外。"普通读者"亦能获取曾经只有在学院之内才能享有的专业智识训练，"精英"与"反精英"之间的界限日益消弭。这样的知识与教育氛围为当代知识界阅读与接受埃科的作品提供了丰厚的土壤，也与埃科创作的旨趣相投合。我们在其中可以看到作者、出版方、市场和读者的交流循环，共同建构着围绕埃科作品所生产的传播图景。这不仅为我们理解埃科本人的创作提供了思路，更为我们解读跨文化视野下来自中国语境的阅读接受行为提供了丰富的文学传播个案。

第二节　本书构想

一、主要内容与主要观点

在现有的研究中，埃科经常作为学院派和小说创作两个领域的后现代主义代表而被探讨。然而正如学者汪晖在埃科去世时评价其"是启蒙一代旧文人，又是进步知识分子"，以及意大利前总理伦奇强调埃科的"人文主义情怀"[①]，埃科思想的丰富性与综合性，及其与传统人文诗学之间的关联仍亟待厘清。另外，"后现代主义"这个概念尽管有多重内涵，但其消

① 《意大利博学家翁贝托·埃科逝世》，凤凰网，http://culture.ifeng.com/renwu/special/umbertoeco/。

解性、扁平性与游戏化的特质是不言而喻的。纵观埃科一生的小说创作、理论建构、大众文化批判与公共写作，其内涵远远超出后现代的光谱之外。学术界对埃科诗学思想的整体把握仍有待进一步开拓，此为本研究的出发点。

本书尝试跳脱出后现代的论域框架，在重构诗学的思想范畴内把握埃科的叙事思想，探讨其基于传统人文主义、现代性美学和后现代思潮进行整合、综合以及重构的努力，及其在文学叙事领域的系统呈现。这使得埃科超越了 20 世纪叙事学的话语范畴，走向了有着鲜明美学趣味的叙事诗学。

当代学术界对重构和重构主义的探讨主要围绕历史学和美学两个维度展开，虽然在学科归属上有所不同，但都不约而同地回应了后现代主义对于传统人文学科的消解，且立足于"后"时代反思了诸如真实性、历史叙事与文学叙事、美学哲学化等经典研究命题。本书将埃科置于重构主义的思想视野中加以研究，并非对重构主义史学和重构美学的理论平移，而是发掘其"家族相似"的特质，并进一步扩充和展示。就埃科本人而言，其同时涉猎历史小说创作、美学研究和叙事研究多重领域，在席卷欧美知识界的后现代氛围中广泛吸取各方思想资源，呈现出一定的后现代趣味，同时又不失经典意义上的人文知识分子的审慎姿态。其百科全书式的知识层积和精英气质在本质上又是反后现代的。埃科的综合性气质，在学术思想史视野中表现出强烈的重构主义倾向，此为本书的基本理论构想。

本书在重构主义的思想视野下，将研究焦点聚集在埃科的叙事诗学上：一方面将埃科的叙事思想与小说创作置于诗学理论史的传统中，另一方面通过横向的比较，考察其重构性特质。本书指出，埃科叙事思想的重构性特质具体表现为：想象性叙事的真实性阐述，对叙事形式与叙事技巧的注重，对叙事传统与文本间性的强调，尤其体现在叙事阐释理论中"标准读者"、过度诠释等概念的提出。埃科对学院派游戏化、智性趣味的偏好，与其作为公共知识分子的伦理担当一起，展示了其对于真、善、美这些经典人文理念的坚守，从而使其区别于大多数后现代知识分子。本书并非单一的埃科叙事理论研究，而是将埃科放到西方人文知识分子的谱系里，来探讨后现代语境中叙事研究的人文维度和诗学可能。

在结构安排上，本书的主体由四部分构成。第一部分题为《叙事之真：想象的重构》，乃关于埃科的想象论和真实论的研究。在埃科看来，

"小说世界是现实世界的寄生虫"，它既要从现实生活中汲取赖以存活的营养，又构成一个自成一体的独立世界，其独立性来源于虚构的力量。埃科认为虚构作品的真实性并非来自对现实世界的亦步亦趋，而是将艺术家的想象力与艺术技巧施于文本，重构一个具有可信性的可能世界。这里可以看到埃科对传统文论的思考与再利用，亦能体现其迥异于后现代文论家的旨趣。本部分还需对埃科提出的"经验作者"与"模范作者"两个概念进行论述。通过这两个概念，埃科表达了这样一种文学理想：将创作者的主体经验从小说创作中清除出局，以追求对小说艺术的非人格化理解。

第二部分题为《叙事之美：形式的游戏》，从美学角度探讨埃科的形式论思想，指出其试图通过"游戏"概念重构叙事艺术的自主世界。本章将从埃科的"开放的作品"理论入手，将其形式论观点置于 20 世纪诗学研究的形式主义风潮之中，通过与新批评派、俄国形式学派以及结构主义理论的比较研究，指出埃科虽然有着后现代主义的气质，却又是文学经典的捍卫者。作为一名学院派知识分子，埃科因其广博的学识和优雅的品位而不自觉地站在了经典的立场，从而走向了艾略特的传统。在对利维斯、艾略特以及新批评派传统的吸收中，埃科进一步强调了经典的艺术自主性，却相对抹去了前者强烈的道德内涵，回避了价值追问，削弱了形式的文化内涵与精神维度。这种避重就轻并不能摆脱后结构主义理论的意识形态围攻，反而使得形式论在一件单薄外壳的保护中陷于伦理的孤立状态。在此，笔者在对审美游戏说和艺术自律的美学传统的梳理中，将埃科与马修·阿诺德、特里林、利维斯等人的批评实践进行进一步比较，来重新审视形式论的意义与问题所在。

第三部分题为《叙事之度：文本的界限》，此为埃科叙事思想的重要组成部分，涉及埃科的诠释思想研究。对埃科而言，诠释既是开放的、多义的，也是应当设立"疆界"的。对"疆界"的确立，埃科经历过一次较大的转变，从中可以窥见当代文论之间的碰撞与纠葛，以及由此生发的深入、持久的思考。《开放的作品》时期的埃科，尚认为诠释的钥匙掌握在作者手中，而到了后期，尤其是从《诠释与过度诠释》中收录的文章可以看到，埃科将信任交给了抽象的"文本意图"，尽管如此，某种科学主义的痕迹贯穿始终，这是埃科不曾改变的。在埃科看来，文本的"含混性"可以通过语言学符号学的方式予以条分缕析，也就是说，"含混性"成了技巧传达的诸多可能性，而这将诉诸"模范读者"的经验性阐释和重构。

笔者还将就经验读者及印象式批评展开论述，来探讨埃科的经验概念在文学理论史上的位置与意义。

第四部分以《叙事之惑：可能的真理》为题，对埃科叙事诗学思想中的价值论维度进行考察。笔者指出，埃科的诗学价值论之核心即游戏诗学，它提倡某种情感或智识的需要在叙事建构的虚拟世界中释放，从而与现实人生完全无涉。笔者指出，叙事艺术必定具有游戏性，这体现在叙事的虚构性、超功利性以及审美的自由品质上，但是，这不意味着叙事可以等同于游戏。游戏诗学，究其实质，乃是一种主张"轻逸"的美学，在埃科看来，"轻"与"重"的对立是必然的，对真理的诉求必然导致精神的专制乃至实际生活的灾难。在此，笔者将通过对游戏概念的梳理，结合埃科的小说创作，以及与诸多学院派作家的比较，提出埃科的重构主义叙事诗学中鲜明的游戏特质，进一步探讨叙事艺术的游戏之谜。该部分最终落实于"知识与生活"的关系问题上，通过对埃科、米兰·昆德拉、纳博科夫、索尔·贝娄以及库切等学院派作家的分析，提出这些知识分子小说固然在风格上迥异，却都从各自的视角表达了一种人生忧思和伦理焦虑。

本书的结论部分将整合论述埃科的重构主义叙事诗学，将其置于20世纪后现代主义和解构主义美学冲击带来的理论空间中，阐述其试图规避诗学的超越性维度，回到叙事艺术的审美自主性和阐释者的专业技巧中，实现对经典诗学理论和美学命题的再构。

二、研究方法、理论创新和学术价值

本书以埃科的叙事思想为研究对象，在研究方法上主要采用了以下几种：

（一）历史考察与共时分析相结合。将埃科的叙事思想放在诗学理论史的范畴加以研究，探索其在真实与虚构、形式与技巧以及诠释的限度等命题上对经典文论传统的扬弃；同时，埃科处于结构主义、解构主义以及后现代大众文化理论等诸多声音汇聚的时代，其对同时代诗学理论的解读、吸收或质疑同样需要关注。

（二）跨学科的综合与阐释。埃科的理论建树颇广，从中世纪研究、符号学理论构建、文学理论的探讨到诠释学等均有涉猎，因此跨学科的研究思维与方法对本研究而言就非常重要。但笔者并非在各自单一学科范畴内研究埃科，而是试图在综合的视野下，阐释其理论的内在勾连，从而为构建埃科的叙事诗学提供内在的理论机理。

（三）宏观把握与微观分析相结合。本研究既注重对叙事理论的展现，亦注重对叙事文本的细读，同时将埃科的叙事思想置于 20 世纪战后欧洲的人文思想史脉络中解读，既强调埃科的理论家身份及其学术建构，亦看重其作为人文知识分子的思想贡献。

（四）以"家族相似性"理论为思路，阐释埃科的重构主义叙事诗学。本研究将埃科置于重构主义思想范畴内，探索其对解构主义理论和后现代大众文化的回应，及其基于传统人文思想的重构性的努力。

本研究的学术创新主要体现在三个方面：

（一）将埃科的叙事研究延展至叙事诗学的广度，并加以研究，这就使得本研究超出了叙事学理论的范畴。本研究不满足于技术性分析与概念解读，而是让"叙事"进入人文思想和生命关怀的领域。

（二）与大多数埃科研究将其纳入后现代主义范畴不同的是，本研究意在强调埃科对于后现代文化和相关理论的反思，尤其发掘其对经典人文传统的阐释与利用，指出埃科立足于后现代碎片化时代的整合性努力与重构主义特质。

（三）埃科不仅是成果丰硕的理论家，更是当代人文知识分子的重要代表。理解欧洲知识分子传统，尤其是战后知识分子的流变，对于解读埃科必不可少，而这个角度在当前的埃科研究中几乎为空白。

因此，本研究的学术价值首先便在于将重构主义理论纳入理解埃科的视角，拓宽了埃科研究的深度。当前，重构主义主要在历史学和美学领域得以阐发。在历史阐释领域，建构主义 (constructionism)、重构主义 (reconstructionism) 和解构主义 (deconstructionism) 是三种主要的类型，它们围绕历史与过去、历史的真实性、历史学家的角色、历史知识与权力、历史叙事与文学性等问题表达着各自不同的理论旨趣。重构主义史学对经验的信奉与对叙事能力的强调是并举的。论者普遍认为重构主义的经验主义主张是去除概念、论证、意识形态意味的纯粹的实在论，历史学家通过对证据进行理性地、独立地、不偏不倚地研究，就可以从史料中发现过去真实的故事和真理性解释；之后运用高超、专业的叙事将其表达出来，使人们了解和认识历史，从而做出正确的选择。对于史学家而言，具备专门性技巧、阅历与学识来处理材料的问题是非常重要的。

在重构主义美学思潮中，德国美学家韦尔施因提出审美泛化理论而广受瞩目，而该种理论视角源于其对传统审美问题的反思。他指出传统美学的三大弊病：反感性的独断主义、剔除了世界的独断主义、将自身唯一合法化进而贬低科学和道德的独断主义。而"重构美学"，则是韦尔施针对美学步入后现代社会以来提出的一个迫切命题。韦尔施认为后现代分为两种：混乱的和准确的。他赞同的是准确的后现代，即多元、异质、情感、生活的后现代。同时，为应对当代跨媒介的审美现实，韦尔施采用了维特根斯坦的"家族相似性"理论，指出美学应当多元、异质、包容感性，同时还强调了美学的伦理色彩，认为升华的需要是成长在审美领域里的一个真正的伦理需要。可以看到，韦尔施的重构主义思想表现出鲜明的综合性，既具有后现代的多元特质，又拒绝在游戏化的路上走到极端。

可以看到，埃科无论在虚构叙事、形式论思想还是阐释学观点中，都触及了重构主义在历史叙事、知识与权力、审美与伦理等命题的重要论述，且表现出家族相似的特质，而不仅是"后现代"一个简单的标签可以囊括的。埃科学术思想和叙事诗学的丰富性，将在本书中得到呈现。

同时，本研究对于埃科研究在知识分子学领域的开拓，将对于我们看待消费时代中人文学术、人文价值的何去何从有所启示。20世纪50年代以来，我们已经在智识领域给予后现代视野中的大众文化、消费主义足够的重视，却往往忽略在后现代的纵深处，有一群人，他们是真正的推波助澜者，他们倡导思想无禁忌与美学的民众主义，他们百般嘲讽甚至恶毒地攻击自己赖以为生的事业，他们在图书馆、博物馆、美术馆的经典世界中皓首穷经，又在公共领域撰文为杜尚的小便池摇旗呐喊，在人类的精神世界主导着一场场优雅的智力游戏——他们就是学院派知识分子。

对于埃科来说，面对众说纷纭的公共世界，保持理智的审慎态度是首要的，拒绝某种草率的价值判断是必要的思维作风。这种怀疑论的立场贯穿于埃科的理论写作与小说创作。在关于中世纪史料的研究与运用中，埃科向我们展现了人类历史上一次次"理念屠杀"的惨剧。

然而需要进一步追问的是，那些惨绝人寰的历史悲剧，究竟是理念本身所致，还是某种外力对理念的运用所致？罗兰夫人走上断头台时疾呼："自由啊！自由！多少罪恶假汝之名而行！"这用生命换来的话语令人心惊，它意在提醒我们，不是"自由"这一理想价值本身出了问题，而是罪恶对它的假道而行。我们的"不信"是否应该以"信"为前提？如果是这样，那么，在后现代风气蔚然成风的当下，"信念"可以落实在何处？萨义德认为知识分子理念的出发点应当是"世俗"，埃科也曾就此问题表达看法，尽管没有长篇大论。在应对马蒂尼主教关于非信徒道德基础的疑问时，埃科认为，可以诉诸对"他者"的"同情式理解"。尽管"他者"的概念语焉不详，"同情"却明确地指向了世俗个体。

曾几何时，知识分子开始成为一种模棱两可的称谓，时常引起充满猜忌的争论。它或者指向严肃的梦想气质，一种走出当前实际生活的渴望，献身于超越当下的理想价值的精神——在这种要求下，知识分子为理念而生，在其活动中表现出对人类普遍价值的强烈关切，希望成为提供道德标准和维护有意义的通用符号的人。然而，正如艾森豪威尔那句著名的说辞："我听到过一个关于知识分子的非常有趣的定义：一个人用比必要的词语更多的词语，来说出比他知道的东西更多的东西。"此时，知识分子成为"夸夸其谈的人"，成为"空想家"。人们越来越相信，知识分子在成为精神导师的愿望上，从来就不比古代的巫医或牧师更有说服力。

忽然间，一场针对知识分子的大批判在西方学界全面展开。在保罗·约翰逊看来，现代知识分子，"无论他们是天真质朴，还是老于世故，他们对于道德及意识形态方面的革新，都必然受制于外部权威确定的准则和既定的传统。他们不是也不可能具有自由的精神，成为思想的探险家"。作为一名自封的"道德侦探"，约翰逊感兴趣的是，"知识分子告诉人们该如何行事时，他的道德和判断力的可信程度"。[1] 那些号称爱人类的知识分子爱的只是抽象的人，而不是现实生活中具体的人，他们可以为人类设计出种种美好的蓝图，但在实际生活中，却往往都是极端的个人主义者和自我中心主义者。

这就使得我们需要注意卡尔·波普尔对知识分子更加强烈的指责。在他看来，希特勒的上台，纳粹的横行无忌，远东的悲剧，种种民族主义、种族主义的冲突流血，那些严重的惨剧正是知识分子造成的。知识分子，或那些对理念感兴趣的人，"在理念、原则、理论的大旗下，曾经导致过多少次大规模的人类灭绝悲剧——这都是我们的作品、发明，知识分子的发明所导致的后果"。波普尔认为，知识分子最敏感的罪恶便是傲慢的罪恶，总认为自己掌握了绝对的真理，卖弄学识，使用晦涩难懂的语言，目

---

① [英]保罗·约翰逊：《知识分子》，杨正润等译，江苏人民出版社，2003，第1、2页。

的无非是让人刮目相看。这种自恃博学、矫揉造作的语言不仅意味着语言的堕落，更是思想的堕落与理性的缺席。知识分子力图在世界建立天堂，却把地球变成地狱。①

如果说波普尔批判的知识分子多多少少还有些理念诉求的话，那么，当知识分子进入庞大的现代大学体制，成为专业教书匠以后，问题更加严重了。透过霍布斯鲍姆的观察，我们得知二战结束时，法国学生人数不足 10 万，到 1960 年，已经增加一倍，而在之后十年之内，再度上升至 64 万。高等教育扩张使 20 世纪 80 年代初期欧洲的七个国家里新增了 10 万以上大学教师②。而在美国，1920—1970 年间，人口增加了一倍，大学教师却增加了 10 倍。稳定的生活，相对闲散的环境，使得越来越多的知识分子进入学院，从 20 世纪 60 年代开始，几乎已不存在学院之外的知识分子。

大学被视作对当今知识分子最有利的生存环境。它提供了一个自由的学术交流平台，定期支付报酬，保证知识分子们衣食无忧。它将大学教师的时间分配制度化，使他们能够将大部分时间用于独立思考和自主研究。但是，弊端是显而易见甚至是巨大的，首先便是职业的压力和知识的门类化。在现代大学学术体制中，一个学院知识分子的生涯首先意味着学术阶梯上的不断攀升。"这个过程可能是优秀知识分子取得成就的障碍，因为学术晋升的要求和知识进步最理想的条件并非必然一致。"其次，现代学院科系之间的森严壁垒进一步削弱了作为一个整体的知识的关联性，从而使知识分子日益沦落为职业技工。"他们中的许多人注定成为实用知识的零售商而不是思想观念的生产者。"③

因而，"知识分子既然成了学院派人士，就没必要在公共读物上写文章了；他们不写，最终也就不能写了"④。在拉塞尔·雅各比看来，当知识分子为了面包纷纷进入学院体制内，制造出只有某个小圈子才能看懂的文章和著作时，便算不上是知识分子，即便他们成了激进的社会学家、人类

---

① [英] 卡尔·波普尔：《二十世纪的教训》，王凌霄译，广西师范大学出版社，2004，第 138、139 页。

② [英] 霍布斯鲍姆：《极端的年代（下）》，郑明萱译，江苏人民出版社，1998，第 447—457 页。

③ [美] 刘易斯·科塞：《理念人：一项社会学的考察》，郭方等译，中央编译出版社，2001，第 309、313 页。

④ [美] 拉塞尔·雅各比：《最后的知识分子》，洪洁译，江苏人民出版社，2002，第 5 页。

学家或女权主义理论家。因为他们不再向往玫瑰的芬芳与香槟的醇美——对彼岸世界的理想，已悄悄让渡于现实的利害权衡。在经历 20 世纪 60 年代高扬的乌托邦梦想破灭之后，左派知识分子开始致力于将自己描述为实际的商人，自由主义者也因此失去了从前生机勃勃的战斗姿态，政治的意识形态论走向终结；与此相伴随的是文化多元主义和文化相对主义的泛滥，以及知识分子对大众文化缺乏理智判断的滥俗追捧。人类学研究中的基于文学想象力的"厚描"手法，可以忽略客观性的追求，仅以华丽的铺叙为能事，但这种厚重的审美主义却是以意义稀薄的本土主义为基础的。从政治到文化，雅各比认为知识界已经步入冷漠时代，只是被动地在现状或某种更加糟糕的选择之间徘徊，或者干脆闭上眼睛，放弃对乌托邦的信念与追求。①

如果说保罗·约翰逊与约翰·凯里对知识分子的批评有攻击之嫌的话，那么，波普尔、刘易斯·科塞以及雅各比等人的反思则需要引起我们注意。时至今日，朱利安·班达的话也许并没有过时，"知识分子的作用不是去改变世界，而是忠实于理想，我以为这对于人类的道德是必要的"②。知识分子的价值在于使用理性，而理性是一个批判和理解的原则，理性要求知识分子将真理置于利益之上，"公正、真理和理性只要不带有实践目的就是知识分子的价值"。按照班达的标准，被波普尔所指责的知识分子其实是伪知识分子，是放弃了职守、妥协了独立原则的，是为世俗权力与利益裹挟而去的背叛者。在某种意义上，班达所要求的知识分子必须有这样的理念："我的国度不属于这个世界。"真正的知识分子，是受正义、真理的超然无私的原则感召，保卫弱者，反抗不完美的或压迫的强权的人，是能向权势说真话的人，是耿直、勇敢的个人，是敢于对一切不公正说"不"的人。真正的知识分子，并非要在人间实现乌托邦，而是脚踩人间的大地，心向至善。

萨义德呼应了班达的知识分子观，但他进一步补充道，"真正的知识分子是世俗之人"——这尤其值得强调。知识分子心向往之的崇高事物或终极价值，都以我们在这个世俗世界的活动为起点，也就是说，理想并非存在于抽象的正义天堂，而是为了使现实生活变得更好。一方面执着于现

① [美] 拉塞尔·雅各比：《乌托邦之死：冷漠时代的政治与文化》，姚建彬译，新星出版社，2007，第 161—190 页。
② [法] 朱利安·班达：《知识分子的背叛》，佘碧平译，上海人民出版社，2005，第 59 页。

实人生，另一方面又要在心灵中时刻保留一个开放、怀疑、批判的空间，这是知识分子最大的难题：

> 知识分子的道德和原则不该构成一种封闭的变速器，驱使思想和行动前往一个方向，而且提供动力的引擎只能使用单一的燃料。知识分子必须四处走动，必须有立足的空间并反驳权威，因为在今天的世界里，毫不质疑地屈从于权威是对主动的、道德的、知识的生活最大威胁之一。[①]

然而，一个尴尬的事实是，20 世纪以来，在社会学、政治学以及思想史层面上对知识分子学的讨论可谓轰轰烈烈，此起彼伏，在文学领域却遭遇难堪。这一方面是由于，无论是文学研究者，还是创作者，都纷纷拥入学院，文学研究的学院化乃至大量学院派作家的出现，使得这一领域呈现出种种更加复杂的局面。"高等教育的惊人发展，提供了就业机会，为原本不具商业价值的男女学人，也带来了市场天地。这种情况，尤其在文学上最为突出。诗人在大学开课，至少也成为驻校诗人。在某些国家里面，小说家与教授的职业甚至重叠到极大的程度。"[②] 甚至于，各学校纷纷建立"创意写作"一类的中心机构，向诗人提供"驻校诗人"的栖身处。正如有研究者指出的，学院派作家已经演变为一股强大的力量。索尔·贝娄在芝加哥大学任教三十年；伯纳德·马拉默德获哥伦比亚大学硕士学位，长期任教于高校；纳博科夫任教于哈佛大学、康奈尔大学等院校；菲利普·罗斯曾在艾奥瓦大学、普林斯顿大学、宾夕法尼亚大学等院校任教；而 20 世纪六七十年代对美国产生重要影响的四大作家——巴思、巴塞尔姆、品钦以及库弗，四人就有两人在学院任教。欧洲同样如此，贝克特是巴黎高师的教师，萨洛特长期在各高校授课，尤瑟纳尔在美国巡回讲学，而本篇论文的主角翁贝托·埃科则是博洛尼亚大学的符号学终身教授。[③]

对此，伍迪·艾伦曾讲述这样一则故事予以讽刺。一个私家侦探受命调查一桩案件，他拨通了应召女郎的电话：

---

① [美] 爱德华·W. 萨义德：《知识分子论》，单德兴译，生活·读书·新知三联书店，2002，第 100 页。
② [英] 霍布斯鲍姆：《极端的年代（下）》，郑明萱译，江苏人民出版社，1998，第 755 页。
③ 马凌：《后现代主义中的学院派小说家》，天津人民出版社，2004，第 15—20 页。

"亲爱的，你想聊什么？"

"我想谈梅尔维尔。"

"《大白鲸》还是短一点的长篇？"

"有什么不同呢？"

"也就是价钱。聊象征主义要另加钱。"

"得出多少？"

"50 美元，聊《大白鲸》可能得 100 美元。你想进行比较性讨论，把梅尔维尔跟霍桑进行比较吗？ 100 块可以搞定。"①

查尔斯·赖特·米尔斯将大学教授纳入中产阶级的一种职业类型来考察，作为一个社会群体，白领"因为缺乏信仰体系，使得他们作为个体在道义上孤立无助，作为群体在政治上软弱无力"②——对于同样身处白领阶层的学者，尤其是文学系学者而言，这将是巨大的危机。"文人"，即便不带有"脱离现实"或"于现实无益"的指责色彩，充其量也只是一个中性的描述。大家难免有些心照不宣，即"文人"的世界，与现实世界终究太遥远，遥远得近乎奢侈。它不像"知识分子"那样带着强烈的姿态性，与国计民生纠缠在一起。纳博科夫笔下的普宁，索尔·贝娄笔下的赫索格，库切笔下的卢里因，还有日本作家筒井康隆写就的文学部唯野教授，他们苦苦生活在洛奇向我们展现的小世界中，失去了人格尊严与正常情性。

不仅如此，学院化的文学以及文学研究似乎让大多数人看不懂了，普通读者与专业读者的鸿沟日益扩大。学院里的文学专业研究者似乎只热衷于制造在同行之间引发热议的概念术语，一场又一场的"主义"轰轰烈烈，却又与文学阅读毫无瓜葛。理论的话语霸权——正如卡勒在其《文学理论》中谈到的，当下文学研究中的文学理论"可不是指关于文学的理论"，"而是纯粹的'理论'"。③曾几何时，我们没有任何疑问地认为，文学就是人学，与每一个普通读者相关，她向我们展现生活世界的丰富，人心的复

① [美]伍迪·艾伦：《门萨的娼妓》，孙仲旭译，生活·读书·新知三联书店，2004，第150页。
② [美]查尔斯·赖特·米尔斯：《白领：美国的中产阶级》，周晓虹译，南京大学出版社，2016，第8页。
③ [美]乔纳森·卡勒：《文学理论入门》，李平译，译林出版社，2008，第1页。

杂，并召唤我们对美好伦理的向往。不幸的是，"当阅读不再控制人民时，阅读的隐喻却一直在扩展"，这指的是 20 世纪 50 年代以来由学院的文学理论家们制造出来的越来越精细和复杂的阅读方式，"往往运用模糊不清的、本身便难以卒读的专门化语言，并且过度地将真实世界化简为其文本的踪迹"。①

普通读者从事的通常是指涉性的阅读，与具有社会意义的外部世界和个人情感的内心世界相关，而理论家们的"专业"诠释往往违背文本、违背常识，甚至违背自己在日常生活中的阅读方式。解构主义者们更感兴趣的，是搜寻隐匿于文本中的潜台词和语言学留白，是文本如何产生意义，而不是意义是什么；意识形态批评家则乐于挖开作家"片面的、具欺骗性的见解"，与他们自己更完善、更真实和更具有代言资格的观点做对比。这已经不再限于批评方法之争，而是"正式宣告批评家比作家更有智慧、更有优势"，理论成为创作，它不再是关于其理论对象的研究，而是一个自给自足的整体，一步步地实施着对文学艺术作品的夺权。理论中心主义一方面造成文学批评与普通读者的分离，从而使作为知识分子的大学文学系教授们失去了公共的平台，另一方面也致使文学失去了其现实性的根基。批评从对文学的关注转变为对批评工具自身的纠缠，因而无法完成马修·阿诺德所说的"生活的批评"的使命。在热闹的理论话语纷纷登台同庆之际，是文学寂寞命运的现实。②

这同样影响了文学创作，从而使得小说艺术呈现出鲜明的智性乃至理论化的趋势：

> 一种全新的文学类型随之于 60 年代活跃起来。因为在可能的读者群中，大多数都对培养出这种类型的氛围极其熟悉，即学院文学。它不以一般小说的主题，即男女的情爱为素材，却转而处理其他更为奥妙难解的题目，进行学术的交流、国际的对话，表达校园的絮语、学子的癖性。更危险的是，学术的需要，反过来刺激了合乎这一类解剖式研讨分析的创作的出现，大文豪乔伊斯，靠作品中的复杂

---

① [美] 莫里斯·迪克斯坦：《途中的镜子：文学与现实世界》，刘玉宇译，上海三联书店，2008，第 271—272 页。

② 关于文学研究学院化的弊端，笔者曾撰文《喧闹的话语，寂寞的文学》，发表于《读书》2009 年第 2 期。

性——如果不是由于其费解度——而身价十倍……为了可能研讨其作品的学人而作。①

　　与此同时，后现代与学院派已达成完美的合谋，在根本处冲击和改变着我们对文学性质、文学创作以及文学价值的认知与判断，甚至在消解文学及文学研究的价值域上不谋而合。后现代文化的反讽性，平面化，断裂性，对不确定性的探讨，对消解人性主体的整合人格观念的拒斥，对高雅文化与大众文化的消弭，对折中主义与符码混合之繁杂风格的热衷，都对某种去除了价值维度的、以理论游戏为嗜好的学院派文人风气有着天然的亲和力。

　　如此，埃科的后现代小说诗学及其小说创作的研究，方显示出其意义来。诗学研究一方面诉诸个体性、具体性，又往往为人文领域提供了伦理的标杆。传统知识分子学对理想价值的追求，对现实生活的超越性与艺术领域的审美诉求是同一种精神的乌托邦。而知识分子的学院驯化，与理论霸权在文学研究领域的长驱直入，在我们身处的后现代，都不约而同地指向对传统人文理念的怀疑。反映在埃科的小说诗学中，我们将看到，后现代成为一股重要力量的小说类型——有着强烈的智性游戏趣味，行走在昔日高雅文化与通俗文化之间——对于传统的人文研究将有何意义。也就是说，我们将一同前往一个所谓的"仿真"时代，去问询故事与阅读的意义。

---

　　①　[英] 霍布斯鲍姆:《极端的年代（下）》，郑明萱译，江苏人民出版社，1998，第 755 页。

第二章 叙事之真：想象的重构

> "在我看来，虚构领域就亟须若干促人深思的甄别性准则。"
>
> ——F. R. 利维斯《伟大的传统》

先说一则故事。

在《悠游小说林》中，埃科讲述了自己的一次遭遇——此番经历会引起很多小说家的共鸣——在他的小说《傅科摆》的第115章里，有这样一段情节：主角卡素朋在1984年6月24日夜里11点到12点之间，参加完巴黎科技博物馆里的一场异教徒仪式后，沿着圣马丁路前行，穿过欧尔路，走过波堡中心，最后到达了圣玛丽教堂，之后他又沿着几条不同的街步行，每条都有名字，一直到了沃士奇广场才停下。小说发表后，埃科收到一封读者来信，这位读者毫无疑问是小说的狂热爱好者，以至于去国家图书馆看过所有1984年6月24日的报纸。他发现，在卡素朋路过圣马丁路的时间前后，该处发生了一起大火灾，于是这位认真的读者问埃科：为什么卡素朋没有看到这场大火呢？①

这则笑话至少提示我们，虽然真实性问题在叙事诗学领域由来已久，但仍有待进一步厘清。埃科问道："我的读者寻找一场在巴黎确实发生过，却没有被我写进书里的火灾是否有理呢？"②在这位热心读者看来，小说叙事的真实性意味着小说世界与现实世界应该构成对应关系，意味着叙事艺术应当致力于对现实生活事无巨细地再现——这当然是极端的表现。然而对大多数读者而言，叙事的真实性，或者说，叙事的"再现"功能是不证自明的。直到20世纪五六十年代之前，文学批评家们首先确认的通常也

---

① ［意］安贝托·艾柯：《悠游小说林》，俞冰夏译，生活·读书·新知三联书店，2005，第80页。

② ［意］安贝托·艾柯：《悠游小说林》，俞冰夏译，生活·读书·新知三联书店，2005，第81页。

是小说叙事对生活的某种再现，尽管再现的对象既可以是外部的客观现实，也可以是创作者的自我内心世界。亨利·詹姆斯写道："一部小说之所以存在，其唯一的理由就是它试图表现生活。"①

埃科认为，"小说世界是现实世界的寄生虫"，它既从现实生活中汲取赖以存活的营养，又构成自成一体的独立世界，其独立性则来源于虚构的力量。也就是说，小说的真实性乃是虚构行为赋予的，这向我们呈现了一个悖论：因为"虚假"，所以真实。在埃科关于小说叙事的本体论思考中，虚构诉诸故事情节的排列组合与精巧设计，诉诸丰满完善的细节所营造的真实性，因而，真实性问题在埃科看来主要是一个形式论问题。而对于"真实性"所指向的主体意义，埃科则给予坚决的回避，这表现在他对"经验作者"与"模范作者"的概念区分中。对"不可靠叙述者"的偏爱，则体现了埃科关于小说叙事真实性见解的复杂性和矛盾性。

对此，本章将在"真实"与"自我"这两个概念中讨论小说叙事的真实性问题，并甄别"真实的"与"现实的"、"自我的"与"自恋的"此两组概念之间的混淆与疑惑，在埃科的后现代反讽气质中，导向对"真实即重构"的思考。

第一节　筑造符号世界

"摹仿是诗人的标志，是诗人艺术的精髓。"

——莱辛《拉奥孔》

"历史是以全部证据为基础的。小说是以或多或少带有某种色彩的证据为基础的，这个未知数取决于小说家的气质，这个未知数总是改变证据的作用，偶尔还使这种作用发生彻底的变化。"

——福斯特《小说面面观》

一、追求"真实"，而非"现实"

文学的真实性理论当以亚里士多德的《诗学》为先导。亚里士多德将"摹仿"看作人类的一个基本才能，它表现在广泛的艺术创作领域。"史诗的编制，悲剧、喜剧、狄苏朗勃斯的编写以及绝大部分供阿洛斯和竖琴演

---

① ［美］亨利·詹姆斯：《小说的艺术》，朱雯等译，上海译文出版社，2001，第5页。

奏的音乐，这一切总的说来都是摹仿。"① 艺术可以摹仿现实存在的，也可以摹仿现实中不存在的，但必须具有"可信性"，而"可信性"的取得，在一定程度上依赖于情节或布局的讲究。"悲剧必须包括如下六个决定其性质的成分，即情节、性格、言语、思想、戏景和唱段"，其中，情节是"事件的组合"，是六部分中最为重要的，因为"人的幸福与不幸均体现在行动之中；生活的目的是某种行动，而不是品质；人的性格决定他们的品质，但他们的幸福与否却取决于自己的行动"。②

真实性在亚里士多德的理论中表现为摹仿者用什么方法来表现生活，并使其具有可信性，而不在于它是否表现了某种已知的生活。作品对摹仿对象的参照主要不是基于内容上的，而是对其形式中部分的选择、安排和内部调整。它体现为部分与整体，以及部分与部分之间的自然因果联系和制约关系，一切都被织入一个必然的过程中。可以看到，现代西方叙事学理论关于叙事结构、叙事模式以及叙述者、接受者等诸多问题的探讨皆可在亚氏的摹仿理论中找到源头。艾布拉姆斯在引用麦基翁教授对亚氏摹仿理论时解释道：

> 艺术家在摹仿时，把自然的某种形式从其内容上剥离出来——不过这并非"根本的"形式，而是某种可被感知的形式——再将这种形式同他的艺术内容，也就是他所使用的重新结合起来……艺术摹仿自然，与物质世界的内容相联的形式，也就是他的艺术内容所表现的形式。③

在埃科看来，实证式的、考究细节的创作准备在其小说创作中极为重要，在此"文学孕育期"：

> 我收集资料，去各地参观，画当地的地图。在参观不同房屋建筑时，我会记下建筑的布局。也许我会留意一艘船的构造，结果后来在《昨日之岛》中还派上了用场。我还会画出小说人物的面部草图。写

---

① ［古希腊］亚里士多德：《诗学》，陈中梅译注，商务印书馆，1996，第27页。
② ［古希腊］亚里士多德：《诗学》，陈中梅译注，商务印书馆，1996，第64、65页。
③ ［美］M. H. 艾布拉姆斯：《镜与灯：浪漫主义文论及批评传统》，郦稚牛等译，北京大学出版社，1989，第50页。

《玫瑰的名字》时，我为我笔下所有的修士都画了肖像。在为一部作品做准备的那几年里，我就像是生活在一座中了魔法的城堡里——你也可以说，我是生活在自闭性的与世隔绝中。[①]

在埃科写作《傅科摆》中那段被热心读者质疑的情节时，为了寻求场景的真实性，他寻觅到一个"可以告诉我在一年内任何时间、任何经纬度下天空的样子的电脑程序"，甚至"去查了当晚是否有月亮，以及在不同时间它占据了什么位置"，"因为我希望当我叙述的时候同样的场景会真的出现在我眼前，这让我对正在发生的事情更为了如指掌，并帮助我真正进入我的人物"。[②]虽然埃科并不认可读者的质疑，在为该小说做准备工作的时候，"为了描述小说主人公卡素朋从工艺学院到孚日广场，再到埃菲尔铁塔的巴黎夜间漫游，好几个晚上，凌晨两到三点之间，我游走在城市街头，对着一只袖珍录音机，记下我所观察到的一切，这样才不会把街名和道路交叉口弄错"[③]。

埃科的创作多为虚构的历史小说，还原历史的原貌，寻求知识的精确性便成为埃科关于小说真实性的重要规定，这使得埃科无论在创作还是批评诗学中都呈现浓重的知识特征。在写作《玫瑰的名字》期间，埃科言及自己整整有一年的时间没有动笔（《傅科摆》和《昨日之岛》的创作同样如此），而是将大量的时间放在阅读、整理中世纪史料上，所做笔记与分类卡片，达数箱之多。为了使书中那些发生在修道院的故事具有细节的可信性，埃科为此画的迷宫以及修道院的平面图多达几百张，以使得故事中的各元素可以完美运作。"因此我知道如果小说中两个人物边走边谈，从一个地方走到另一个地方需要花多长时间。从某种意义上说，我小说中虚拟世界的布局决定了对话的长短。"[④]这种不厌其烦的细节营造甚至使得该小说的电影改编导演认为此书像是特意为电影剧本而写的。这种努力体现在小说中，我们可以看到——

---

① [意]安贝托·艾柯：《一位年轻小说家的自白——艾柯现代文学演讲集》，李灵译，广西师范大学出版社，2014，第16页。

② [意]安贝托·艾柯：《悠游小说林》，俞冰夏译，生活·读书·新知三联书店，2005，第80页。

③ [意]安贝托·艾柯：《一位年轻小说家的自白——艾柯现代文学演讲集》，李灵译，广西师范大学出版社，2014，第17页。

④ [意]安贝托·艾柯：《一位年轻小说家的自白——艾柯现代文学演讲集》，李灵译，广西师范大学出版社，2014，第17—18页。

　　然而，当我们出现在这个我们本不应该进入的地方时，我惊诧地发现了一个七边形的过厅。那过厅并不很宽敞，没有窗户，跟整个楼层一样，厅里散发出一股长久不通风的霉味，倒是没有丝毫令人恐惧的地方。

　　我说了，那过厅有七面墙壁，其中只有四面墙壁有门洞，门洞两侧的两根小柱镶嵌在墙体内，门洞上方呈圆拱形。沿着封死的墙面矗立着高大的书柜，里面整齐地放满了书册……过厅的中央有一张大桌子，同样也放满了书籍。所有的书册上面都有一层薄薄的灰尘，这表明书是经常清理的。地上也没有什么赃物……

　　我们穿过其中一个门洞，来到另一个房间。这个房间有一扇窗，但不是玻璃窗，而是镂空雕花石膏板。房间有两面墙是封闭的，其余一面墙有一个门洞。跟我们刚经过的那些门洞式样相同，它通向另一个房间。那房间同样也有两面封闭的墙，其余一面墙有一扇窗，另一面墙开有一道门，正对着我们。两个房间门洞上方的字幅跟我们在第一个房间见到的样子相同，但上面的字不同……虽然这两个房间比我们刚进藏书馆见到的那个过厅要小（那个过厅是七边形，而这两个房间是长方形），屋里的陈设却一样：放书的柜子和放在中间的桌子。[①]

　　为了营造《昨日之岛》的真实氛围，埃科亲自去了南太平洋，在故事所描述的精确的地理位置观看海天、鱼群及珊瑚的颜色，而且选在一天许多不同的时段各去一次。他甚至玩起了工艺活，为 17 世纪的船舶绘出草图并且制作小尺寸模型，只是为了弄清楚船舱或是小房到底多大，以及如何从某一隔间走到另一隔间。[②]让我们看看细节如何呈现——

　　在满月光辉的照耀下，他发觉自己正浮在艄斜桅的下方。沿着艄楼悬下一条绳梯（卡斯帕神父称其为雅各的梯子）……也许他每次只能往上爬一点点，每爬一寸都精疲力竭，他翻过护栏，爬过成堆的绳索，发现了艄楼敞开的门……应该是本能让他在黑暗中触摸到那只

---

① ［意］翁贝托·埃科：《玫瑰的名字》，沈萼梅、刘锡荣译，上海译文出版社，2010，第191—192 页。省略号为笔者添加。

② ［意］安贝托·艾可：《艾可谈文学》，翁德明译，皇冠文化出版有限公司（台北），2008，第 372、374 页。

水桶，他爬到水桶边上，努力直起身来，找到了一只系在链条上的水杯……

月光从甲板上渗进来，照亮了这个地方，这才让人看清，这里是船上的厨房，炉子上方还挂着深底圆铜锅。

这里有两扇门，一扇通往艏斜桅，另一扇通往上甲板。他迈向第二扇门的门槛，外面亮如白昼，他看到了整齐摆放的帆索、绞盘、帆布收拢的桅桁、炮孔上架着的几门大炮，以及船尾楼的轮廓。他弄出声响，但没有一个人影作答。他又从舷侧探出头去，在右边大约一海里的地方，他发现一座岛屿的轮廓，岸边的棕榈树正随着微风摇曳。①

小说叙事真实性的取得与创作者对生活世界的准确把握有关。埃科在小说中对细节的追求与其探讨小说真实性的理论研究是高度统一的。其曾以卡夫卡的《变形记》为例，格里高利清晨从混乱的梦境里醒来，发现自己变成一只巨大的甲虫——这当然是一个富于幻想色彩的开头，大多数人都不会认为它会在现实生活中发生。但埃科认为，卡夫卡接下来的细节描写使这个看似荒诞的故事具有了真实性：

他正躺在自己硬邦邦的圆甲壳背上，而当他把头抬起一点点的时候，他可以看见自己穹顶般棕色肚子被分成了好多块弧形的硬片，肚子顶上的被子几乎不能保持位置，就快要全部滑下床。他数不清的腿相比身体的其他部分来说细得可怜，此刻正在他眼前无助地摆动着。②

埃科称此段描写是"现实主义，而非超现实主义的"，乃是出于对其真实性的赞扬。它充满了真实可见可感的细节，借由精细的观察与精致的描写，"卡夫卡需要把一个似乎不可能的故事放在一个似乎可能的背景下"③，这也解释了幻想类小说为何会具有强烈的真实感。

在埃科看来，小说与诗歌的重要区别在于，字词的音韵与意义决定了

① [意]翁贝托·埃科：《昨日之岛》，刘月樵译，上海译文出版社，2017，第2—3页。省略号为笔者添加。
② [意]安贝托·艾柯：《悠游小说林》，俞冰夏译，生活·读书·新知三联书店，2005，第18页。
③ [意]安贝托·艾柯：《悠游小说林》，俞冰夏译，生活·读书·新知三联书店，2005，第83页。

诗歌的内容，而叙事文体中，决定文体的韵律、风格以及字词选择的，是"作者所筑造的整个世界，以及发生期间的事件"[①]。因而小说家扮演的角色相当于造物主，其创造的世界必须尽可能地精细和周密。这意味着，小说叙事的真实感运作于其封闭的世界中，一旦作者搭建了一个特定的叙述世界，其语词章句、文体风格就必须与这个世界相符合。

这体现在小说世界中涉及的时代背景、历史知识，以及每一个具体人物的语言、思想都必须具有高度的真实感。埃科的创作常被评价为"百科全书式"的，如琳达·哈琴在《埃科的回音：反讽（后）现代》一文中便谈道："埃科凭专业写就博学小说，并借此把他的两个世界，即创造型作家和批判理论家、媒体宠儿和论文素材库结合在一起。"[②] 其作品中海量的知识信息，尤其是冷门的宗教史、航海史、中世纪历史等，常常成为读者把握其叙事节奏的障碍。

但倘若我们暂时搁置这些知识本身，以及其背后的符号学乃至哲学意蕴（很有可能也是一种学院派生产的过度诠释），仅从创作的角度而言，小说则是由文字符号搭建的另一种可信的虚构世界。"写《玫瑰的名字》时，我为我笔下所有的修士都画了肖像。在为一部作品做准备的那几年里，我就像是生活在一座中了魔法的城堡里——你也可以说，我是生活在自闭性的与世隔绝中。没人知道我在干些什么，即便是家里人也不明白。我看上去像是在做很多不同的事情，但我专注地总是为我的故事捕捉思想、意象、词汇。在写中世纪的故事时，如果我看到街头驶过一辆车，或许觉得车的颜色很亮眼，我会在笔记本上记下我的印象，或者只是记在脑海里，后来在描绘一幅微型画像时，那个颜色就会浮现出来，派上用场。"[③] 于是我们在《玫瑰的名字》中得以了解中世纪基督教各派的历史和宗教人物，看到中世纪的思想转折阶段，受到近代科学思想影响的威廉修士与狂热的信仰主义者乌贝尔蒂诺之间关于知识与信仰的争论。二人皆引经据典，不仅展示了共同的深厚的中世纪学院训练，亦呈现出时代特有的尖锐的思想之争。

　　"你别再提那条毒蛇的名字！"乌贝尔蒂诺大声吼道，这么一个

---

① [意] 安贝托·艾柯：《一位年轻小说家的自白——艾柯现代文学演讲集》，李灵译，广西师范大学出版社，2014，第18页。

② Linda Hutcheon, "Eco's Echoes: Ironizing the (Post) Modern," *Diacritics*, 1992, 22(1)，p.2.

③ [意] 安贝托·艾柯：《一位年轻小说家的自白——艾柯现代文学演讲集》，李灵译，广西师范大学出版社，2014，第16页。

哀伤的人，我是第一次见他会变得如此怒不可遏，"他玷污了卡拉布利亚的约阿基姆的圣言，使那些话成了死亡和污垢的诱因。要是敌基督有使者的话，那就是他。而你，威廉，你这么说，是因为实际上你不相信有敌基督，你在牛津的导师们教会了你崇尚理性，使你心灵的语言能力枯竭了。"

"你错了，乌贝尔蒂诺，"威廉十分严肃地回答说，"你值得，在我的导师中，我最敬仰的是罗杰·培根……"

"那个胡说什么有飞行器的人。"乌贝尔蒂诺讥讽地挖苦道。

"他是个以明确和清晰的方式谈论到敌基督的人，他发现了世界贪腐和知识贫乏的迹象。然而，他教导说唯有一个方法能使我们应对敌基督：研究大自然的秘密，用知识来完善人类。你可以通过研究药草的治疗性能、石头的性质，甚至设计你刚才讥笑过的飞行器，来准备与敌基督抗争。"

"你的导师培根的敌基督的见解，只是培养智力的骄狂的借口。"

"一种神圣的借口。"①

说埃科在作品中"卖弄"学识是不公正的。威廉与乌贝尔蒂诺、豪尔赫关于教义的争论，对"笑"的辨析，与阿德索之间有关教派历史和政治纷争的谈论，乃是服务于整本小说的主旨的——一个发生在中世纪修道院的谋杀案。从建筑布局到药草知识，各色僧侣角色对各自信仰理念的追求，迥异的语言风格等，种种细节营造出真实的场景与故事逻辑。对于当代读者来说，《玫瑰的名字》中涉及的中世纪修道院与书籍史的关系是比较陌生的，对知识的占有和禁锢也为当代人所不解，威廉所代表的人文主义思想的曙光与其宗教神学背景之间的张力则更加复杂。当代文学史家斯蒂芬·格林布拉特在其《大转向：世界如何步入现代》中展现了文艺复兴时期猎书人波焦如何寻觅卢克莱修的《物性论》，其中有大量对于中世纪修道院智识生活的历史书写，可为我们提供有趣的对照。修道院将阅读和抄写作为苦修的途径，重视保存和整理，却不鼓励学习和争论，"任何人都不应冒昧地问有关阅读或其他什么事情的问题，以免产生意外"，因为

---

① [意]翁贝托·埃科：《玫瑰的名字》，沈萼梅、刘锡荣译，上海译文出版社，2010，第74页。

这"意味着宗教教义对质询和争辩打开了大门"。① 这形成了强烈冲突的风格——一方面是对于鼓励争辩与广泛好奇心的古典学的悉心保护，另一方面是学习以及运用古典学术时的禁欲色彩。修道士成为当时西方世界里主要的读者、图书管理员、书籍保存者以及制作者，而抄写员们则有着相当高的地位（这当然与他们的古典学修养有关），以至于"如果因暴力造成一个抄写员死亡，其赔偿额度相当于一个主教和修道院院长"②。这似乎可以解释中世纪修道院里的谋杀案何以会成为历史小说的重要主题。而抄写员对其工作的文本则是彻底的从属关系，每次只关注所抄写的那一行，严格禁止修改他们所认为的文本错误，这种规定则是为了摧毁修道士的精神。

对于小说叙事来说，文体和语言风格同样也会根据虚构世界的需要做相应的处理。读者们感受到的晦涩与距离，与其说来自小说文本，不如认为源于特定历史文化带来的隔阂。在《玫瑰的名字》中，埃科根据小说的设计采用了中世纪编年史家的拉丁文体，其风格严谨、单纯、平淡无味，而《傅科摆》则采用了多种语言风格："奕格礼伯爵的博学、古雅的语言，艾登提上校的假冒邓南遮式的法西斯言论，贝尔勃是秘密文件中所使用的玩世不恭、带有嘲讽意味的文学语言（其对文学作品的频繁引用可以说是后现代主义的），出版商加拉蒙的庸俗的文体……"在埃科看来，"这些'语域之间的穿梭'所依赖的并不是某一简单的文体上的选择，而是由事件发生的环境和小说人物的心理活动来决定的"。③

因此，当研究者从各种角度诠释甚至过度诠释埃科的小说作品时，我们仍然需要记得：在文学创作中，埃科首先是一位坚持小说本位的作家。与他反对"过度"的文本解读一样，他同样反对毫无边界的文本创作。埃科看重故事中事件发生的"框架"，这是一种对于小说创作的"限制因素"，这意味着在某个具体的历史时代里，有些事情可以发生，另一些事情则不可能发生。正如《昨日之岛》中的"元叙事"风格也并非是简单的后现代技巧，而是其故事发生的文化年代使然。而在《布拉格公墓》中，埃科为

① [美] 斯蒂芬·格林布拉特：《大转向：世界如何步入现代》，唐建清译，社会科学文献出版社，2020，第13页。
② [美] 斯蒂芬·格林布拉特：《大转向：世界如何步入现代》，唐建清译，社会科学文献出版社，2020，第22—23页。
③ [意] 安贝托·艾柯：《一位年轻小说家的自白——艾柯现代文学演讲集》，李灵译，广西师范大学出版社，2014，第26—27页。

我们展现出一个作为炮制出《锡安长老会纪要》的恶棍的思想和语言风格是怎样的。具有分裂人格的西莫尼尼在其日记中这样写道：

> 我讨厌什么呢？那得说是犹太人了……那些眼神虚伪之极，足以吓得你脸色发青，那些油滑的笑容，那些鬣狗般凸出的嘴唇，那些阴沉、恶毒、丧失理性的目光，那些因仇恨而经常在鼻唇之间泛起的褶皱，还有他们的大鼻子，活像南半球一种鸟的喙……还有眼睛，对，眼睛……眼球在眼眶里激烈地转动，颜色就像是烤焦了的面包，这是肝病的征兆，他们的眼睛浑浊不堪，充斥着一千八百年来因仇恨而产生的分泌物。[①]

　　这个虚构人物仇恨所有的民族。"我很了解德国人，我甚至给他们干过活，在可以被理解的民族中，他们位居最后。一个德国人排泄的粪便平均是一个法国人的两倍。他们超强的肠功能不利于大脑的运转，这反映出他们生理结构的低劣"，"法国人很坏，他们因烦闷无聊而大开杀戒……他们除了唱歌，什么也不会"，"意大利人是靠不住的，他们谎话连篇、卑鄙怯懦、背信弃义……"[②] 在长篇累牍的种族仇恨中，埃科不厌其烦地展示这种极端的表达，而正是这个疯狂的虚构人物，其炮制的文件在后世被希特勒获得并阅读，从而引发了 20 世纪惨绝人寰的种族灭绝与世界大战。仇恨文化的真实感在心理与文字的细节中得以呈现，虚构自有其内在的逻辑，但前提是真实经验与生活世界。

　　尽管如此，埃科依旧认为，那位狂热读者的行为是"过于夸张的"，因为"文字膜拜"与"文本阅读"并不相同，"做一个好的乔伊斯读者并不必然包括在利菲河边庆祝布鲁姆之日"。"真实与否在现实世界里是最重要的评判标准，而我们倾向于相信小说描述了一个我们必须通过信任才能接受的世界"，在阅读小说作品时，"读者必须明白，正在叙述的那些事是虚构的故事，但他不能就此认为作者在说谎……一旦我们达成了小说的共识，我们就假装这些事情真的发生过"。这不是每一部作品都能做到的，

---

① [意]翁贝托·艾柯：《布拉格公墓》，文铮、娄翼俊译，上海译文出版社，2020，第6—7页。

② [意]翁贝托·艾柯：《布拉格公墓》，文铮、娄翼俊译，上海译文出版社，2020，第9、12、15页。

"我们在阅读一部小说的时候延迟了对一些事情的怀疑，而对另一些却没有"。①

小说，novel，其原意为"新颖的、新奇的"，而我们所使用的作为术语的"小说"则要到18世纪末才得以充分确认。虽然塞万提斯对骑士传奇进行了反讽，但在现代欧洲小说兴起之前，流行于世的散文叙事作品仍然是骑士传奇。因而，当时的小说史家为了将这一新的文学形式与传奇区别开来，便将"现实性"作为小说的限定性特征。同时，小说作为一种近代兴起的文体，在当时的批评家看来不过是迎合下层大众的消遣品，并遭受了"虚假、败坏道德"等激烈的指责。这也可以解释，为何早期的小说家与小说批评家都致力于强调小说的真实性，而否定它的虚构特征。对此简·奥斯丁曾明志："我不能正经地坐下写一部正经的传奇，除非为了救自己的命；如果必须写下去，不得嘲笑自己或他人，那么写不完一章我就得受绞刑了。"② 司各特爵士对传奇与小说的区别终结了此话题的讨论："我们试图……把传奇描述为'用散文或韵文写作的，以表现奇妙非凡事件为宗旨的虚构的叙事作品'，从而与相关联的小说区别开了，后者约翰逊认为是'主要描写爱情的流畅故事'，但我们想定义为'因描写现代社会普通人生活故事而与传奇相区别的虚构的叙事作品'。"③ 因而在很长一段时间内，"小说"与"现实"之间往往被画上等号。

小说史上第一个有意识地将创作的对象确定为真实的"生活世界"，并努力通过作品确立小说创作基本原则的作家是丹尼尔·笛福。在笛福看来，虚构故事是一桩可耻的罪过，小说必须讲述客观世界中的真人真事。相对于传奇将主人公锁定于历史人物或英雄，笛福则将小说创作的对象确定在个体所经历的具体事件上，从而让个体经验受到关注。他几乎在每一部作品的序言中都会强调他所叙述的故事有着现实性基础：

> 这个故事，虽然是寓言性的，但同时又是历史性的。它是一种绝无仅有的生活苦难和一种无与伦比的生存方式的精妙再现。……此外，这个故事，或者说这个故事的大部分，直接暗示了一个至今还活着的，

---

① [意]安贝托·埃科：《悠游小说林》，俞冰夏译，生活·读书·新知三联书店，2005，第94、79、82页。

② [英]奥斯丁：《书简选》，冯仲璞译，载朱虹编选《奥斯丁研究》，中国文联出版公司，1985，第363—364页。

③ Ioan Williams ed., *Sir Walter Scott on Novelists and Fiction*, London: Routledge, 1968, p.1.

而且是颇有名气的一个人的一生。正是他的经历构成了这几部书的主要内容。①

"现实主义"作为一个批评术语，首次公开使用是在 1835 年，用以指称伦勃朗绘画的"人的真实"，以反对新古典主义画派的"诗的理想"。②从 19 世纪中期到 20 世纪早期，现实主义小说理论一直是西方文论的主流，并在世界范围内产生影响。如韦勒克所言，现实主义"是属于一切文学史和艺术史的东西"，从广义来说，"是造型艺术、文学批评和创作传统中的一个主流"。③伊恩·P. 瓦特在《小说的兴起——笛福、理查逊、菲尔丁研究》中考察文学现实主义的特殊性的概念时指出，若要使具体论证得以可能，"现实主义的特殊性与叙述技巧的某些特定方面的关系必须首先确立起来"④。其对现实性的理解正源于亚里士多德对"可信性"概念的阐释。在瓦特的论述中，现实主义不是小说史的分期概念，而是作为小说的区别性特征——"现实性"来看待的："现实主义这个术语在此并不涉及任何特定的文学教条或目的，而是仅仅与一套传统叙事方法有关，以至它可能会被认为是这种形式本身的象征。"⑤瓦特将小说的赖以体现其详尽生活观的叙事方法，称作"形式现实主义"，并将之等同于"现实主义"。

现实主义理论不仅形成了一个庞大的学术传统，也在另一方面提示我们，"在思想史的任何位置上，都不曾有过一个不受质疑的、受到普遍信任的有关现实的定义"⑥。韦勒曾对作为概念的现实主义做出了一系列尖锐的否定，指出"现实主义作为一个时期概念即作为一个规定性概念，是一种不可能由任何一部作品完全实现的一个理想类型"，"现实主义的理论

① Max Byrd ed., *Daniel Defoe: A Collection of Critical Essays*, New Jersey: Prentice-Hall, 1976, p.3.
② [英] 伊恩·P. 瓦特：《小说的兴起——笛福、理查逊、菲尔丁研究》，高原、董红钧译，生活·读书·新知三联书店，1992，第 2 页。
③ [美] 雷内·韦勒克：《批评的概念》，张金言译，中国美术学院出版社，1999，第 215 页。
④ [英] 伊恩·P. 瓦特：《小说的兴起——笛福、理查逊、菲尔丁研究》，高原、董红钧译，生活·读书·新知三联书店，1992，第 11 页。
⑤ [英] 伊恩·P. 瓦特：《小说的兴起——笛福、理查逊、菲尔丁研究》，高原、董红钧译，生活·读书·新知三联书店，1992，第 27 页。
⑥ [英] 丹尼·卡瓦拉罗：《文化理论关键词》，张卫东等译，江苏人民出版社，2006，第 221 页。

从根本上讲是一种坏的美学"。[①] 例如，"典型"概念对于现实主义文学理论和创作实践最为重要，是"构成现在与未来、现实与社会理想之间的桥梁"。韦勒克通过追溯这一概念的历史，表明普遍和特殊的问题在现实主义典型理论中并没有得以解决，"典型"概念成为现实主义理论诸多成规中的一种。而叙事的客观性原则，"则使小说趋近戏剧的全部努力并不一定意味着照'社会现实的忠实再现'来理解的现实主义的增长……这种方法一直走下去的结果就是意识流即思想的戏剧化，实际上消灭了外界现实"[②]。

韦恩·布斯在其《小说修辞学》中同样对"客观性"原则表达反对。他认为，在"显示"与"讲述"之间划定界限是武断的，因为"虽然作者可以在一定程度上选择他的伪装，但是他永远不能选择消失不见"[③]，即便以此论称自傲的福楼拜也无法做到完全客观。无论是对于典型题材的选择，还是对客观性的强调，都包含着现实主义对世界的特定态度，包含着特定立场的说教。这在内部构成了对其"客观性"立场的质疑——客观的面具背后，隐藏着一颗偏激的心。

对偶然性的摒弃，对因果联系的确认构成现实主义理论另一个重要的内容，这种因果联系往往以"历史主义"的面目出现。现实主义者认为，"人被再现为'嵌进一个包括政治、社会、经济在内的整体性现实之中，这种现实具体而又处于不断演变之中'"[④]。华莱士·马丁称现实主义对因果联系的追求为"理解癖"："'现实主义的'因果联系也是一个能以各种方式加以解释的概念。许多生活事件缺少清晰可辨的原因，而我们的理解癖却引导我们做出种种事实上根本不可能的解释。"[⑤] 因而，对因果的追求，不仅是难以实现的，其动机也是令人生疑的。绝大多数形式主义者和结构主义者从根本上否认"现实主义"可以根据其所描写现实的真实程度来定义，在他们看来，现实主义仅仅是诸多文学成规中的一种。尽管它自称直接深入生活与现实，在创作实践中却有其固定的手法和限制。俄国形式主义者们对"陌生化"技巧的发现与推崇，正是对这种成规的破除。

---

① [美]雷内·韦勒克：《批评的概念》，张金言译，中国美术学院出版社，1999，第243、245页。
② [美]雷内·韦勒克：《批评的概念》，张金言译，中国美术学院出版社，1999，第241页。
③ [美]韦恩·布斯：《小说修辞学》，华明等译，北京大学出版社，1987，第23页。
④ [美]韦恩·布斯：《小说修辞学》，华明等译，北京大学出版社，1987，第241页。
⑤ [美]华莱士·马丁：《当代叙事学》，伍晓明译，北京大学出版社，2005，第51页。

在作家阵营里，既强调小说艺术的真实性，又反对小说与现实机械的相似性的声音不在少数。在亨利·詹姆斯看来，"一部小说之所以存在，其唯一的理由就是它试图表现生活"，"在追求真实性这一点上，小说与历史不相上下。并且，一旦小说家不像历史学家那样追求真实，便要丧失全部立足之地。因而，真实性是小说艺术最重要的品质，这要求作家致力于再现生活"。①"在小说提供给我们的东西里，我们在多大的程度上看到未经重新安排的生活，我们也就能够在多大的程度上感受到我们正在接触着真实；我们在多大的程度上看到其中有着重新安排过的生活，我们也就能够在多大的程度上感到我们正在受骗上当，感到人家让我们看到的只是生活的一种代用品，一种折中品和俗套惯例。"②

因而在埃科看来，有必要区分"自然叙事"与"人工叙事"，前者叙述真实发生过的事情，后者则是人为虚构，"是虚构文本所呈现的，那些只是假装在说真实世界里的事的，或那些声明说的是虚构世界里的真事的"③。问题在于，在现实生活中，我们常常混淆这两种迥然不同的叙事，并因此受到困扰。极端的例子便是：一个关于圣殿骑士的故事《蔷薇十字会宣言》在17世纪开始流传，经过几个世纪的辗转，并加入各种虚构元素以后，最终以《锡安长老纪要》（下简称《纪要》）的形式落到希特勒之手，之后的故事世人皆知。问题是，大家并非没有意识到《纪要》的虚构性，却并不妨碍这样看似完美的推论："我惟一能以身担保的观点是，无论真伪，《纪要》确实反映了世界革命的进程，而鉴于它预言式的本质，以及与过去一些秘密团体的议定书超乎寻常的相似，它要么就是这些团体的作品，要么是什么把秘密团体的口谕保存了下来，并能够重建他们思想和句子的人的作品。"④在这里，埃科让我们看到了虚构被现实化之后的恐怖后果。因此，在"萨尔瓦多尼路奇案"中，埃科让我们了解到，大仲马在《三个火枪手》里将巴黎地图弄错了，作为经验作者，他犯了明显的错误。那么我们可以因此指责大仲马的故事不真实吗？也就是说，一个普通的叙事作品，是否要求作者与读者必须有相应的知识范围？埃科认为，就

①　[美]亨利·詹姆斯：《小说的艺术》，朱雯等译，上海译文出版社，2001，第5页。

②　[美]亨利·詹姆斯：《小说的艺术》，朱雯等译，上海译文出版社，2001，第22页。

③　[意]安贝托·艾柯：《悠游小说林》，俞冰夏译，生活·读书·新知三联书店，2005，第126页。

④　[意]安贝托·艾柯：《悠游小说林》，俞冰夏译，生活·读书·新知三联书店，2005，第148页。

《三个火枪手》而言，对巴黎地图的熟稔程度是无关紧要的。

二、可信的符号游戏

在埃科看来，应当在符号的意义上理解小说的真实性品格，也就是说，小说的真实性之所以可以独立于现实世界，不仅在于对现实世界的精确把握和再现，还在于创作者对现实世界材质的文字组合与重新设计，从而构成一个有着艺术自主逻辑的符号世界。"小说的宇宙并不仅仅停在故事本身，还可以无限延展。""小说叙事世界确实是现实世界的寄生虫，但从效果来说它能框定我们在现实世界里的许多运用能力，而只让我们专注于一个有限而封闭的世界。"①因此真实并非意味着与现实世界的一一对应关系，而是需要服从于虚构文本的轻重逻辑，这也指向了埃科的小说诠释理论中有关文本意图的相关论述。

我们为何会对小说中的人物产生真实的感情，为何会为安娜·卡列尼娜而哭泣？我们明知故事为"假"，却依旧可以对虚构人物和他们的行为产生某种心理认同或强烈的憎恶。虽然该种接受反应不仅和小说人物的品质有关，还与读者的文化习性、阅读期待有关，但这并不足以解释全部问题。为了真实生活中想象的所爱之人的去世而哭泣，与为了安娜之死而哭泣具有认识论层面的区别：前者是我们的想象世界，不为"真"（而是一种假象），后者则存在于托尔斯泰的文字世界，在"可能世界"中为"真"。埃科提出需要从本体论和符号学的角度去理解，何以"无论文化品位如何，好像很多读者都分不清虚构和现实。对待虚构人物他们很当真，好像那些人物是真人一样"②。

因而问题就成为：我们如何在符号学的意义上去解释虚构人物在某种意义上是"存在的"？"实体存在物"（Physically Existing Object）或其缩写"实存物"（PhEO）的概念有助于探讨相关困惑。在埃科看来，这个概念可以用来代表目前存在的客体（你，月亮，亚历山大城等），以及仅仅存在于过去的客体（恺撒大帝或哥伦布的船队），虚构人物不是"实存物"，但这并非意味着他们不是"客体"。埃科在此引用亚力克修斯·迈农的本体论观点："每一表述或判断都必须对应一个客体，尽管客体不一定

---

① [意]安贝托·艾柯：《悠游小说林》，俞冰夏译，生活·读书·新知三联书店，2005，第90页。

② [意]安贝托·艾柯：《一位年轻小说家的自白——艾柯现代文学演讲集》，李灵译，广西师范大学出版社，2014，第91页。

是存在着的事物。客体是具有某种特性的任何事物，但存在不是不可或缺的特性。"① 因而，客体可以是抽象的，如数字和直角，也可以是具体的，如现实中某个人或哈姆雷特。区别在于，某个人是实存物，而哈姆雷特不是。读者会为了虚构人物之死而震惊或悲痛，但极少有人在听说直角是90°时产生同样的情感反应——即使人类不复存在，毕达哥拉斯定理可能依然正确。"然而唯有一种能将托尔斯泰的文本转化成思维现象的近似人类的头脑，才能赋予安娜·卡列尼娜某种存在。"② 所以对于叙事人物作为一种符号性的真实，"我所要问的问题不是'虚构人物住在哪儿，在宇宙间的哪一个区域？'而是'我们以什么样的方式去谈论他们，就仿佛他们住在宇宙间的某一区域？'"。③

　　这进一步意味着，埃科对叙事真实性的考察，落实在逻辑的合理性上。真实性追问对于埃科而言，慢慢成为一场符号游戏，成为拨开作品层层形式迷雾之过程中的智力快感。至此，叙事艺术的"真实性"，并非指故事内容与我们实际生活的一一对应，而是基于形式带给我们的"真实感"，它既是对细节的捕捉，也是对修辞的运用，更是对技巧别出心裁的运用。

　　不仅如此，小说世界的真实性相较于现实世界来说更具有稳定性与永恒性，以至于故事自身可以形成一个有着自主逻辑的封闭系统，从而与现实无涉。埃科认为，叙事性的陈述在一个给定故事的可能性框架中是真实的，就好像我们无法确定哈姆雷特是否曾经存在于现实世界，但如果有学生在学期论文中写到哈姆雷特与奥菲丽娅在悲剧的最后结婚了，那么任何"有点理智的老师"都会认为这个学生所言是"不真实"的——在业已独立的小说系统里。当我们走进虚构世界时，应当把现实世界当作背景，"在读童话的时候我才相信大灰狼会说话，其他时候我则把那些狼看成国际红十字会动物科学院所描述的那种动物"。一旦我们暂时放下怀疑，并阅读小说时，我们才开始考虑其真与伪。至于现实世界中的真伪问题，"我相信历史学家们说的拿破仑死于1821年所需要的理由要远复杂于相信

---

① [意]安贝托·艾柯：《一位年轻小说家的自白——艾柯现代文学演讲集》，李灵译，广西师范大学出版社，2014，第97页。

② [意]安贝托·艾柯：《一位年轻小说家的自白——艾柯现代文学演讲集》，李灵译，广西师范大学出版社，2014，第99页。

③ [意]安贝托·艾柯：《一位年轻小说家的自白——艾柯现代文学演讲集》，李灵译，广西师范大学出版社，2014，第100页。

郝思嘉嫁给了白瑞德所需要的理由"。①

　　埃科对"现实"原则的有意搁置，涉及了叙事诗学领域的重要问题，即对"真实性"与"现实性"的纠缠、混淆。一直以来，我们对文学真实性的规定往往落实在文学和生活、文学和时代、文学和客观现实的血肉联系上，从表现生活真实的反映论、典型论，发展到文学应当是揭露社会黑暗与阶级压迫的"批判现实主义"，或主张文学应是如科学实验般精确描摹和记录生活真实的自然主义。在这种"现实性"的要求下，即便谈到形式或技巧，也是为其能否准确传达现实"内容"服务。

　　"表现生活"并不是对生活中某事件的机械摹仿，"真实性"不同于"现实性"。因此，詹姆斯曾引入"经验"（"印象"）的概念："一部小说是一种个人的、直接的对生活的印象：这印象首先构成了其大小根据印象的强烈程度而定的价值。"② 而印象或经验不限于个人生活经历，而是与想象力合作的。詹姆斯谈到一位英国的女作家由于一篇关于法国的信奉新教的青年的故事而备受赞扬。有人曾问她从什么地方了解到那么多关于那些莫测高深的人的情况，也有人曾经为她遇到过难得的机缘而向她祝贺。而这位女作家的机缘仅仅是——有一次，在巴黎，当她走上楼梯时经过一扇开着的房门，在那儿，一位牧师的家里几个年轻的新教徒围坐在一张餐桌面前，桌上放着吃剩的饭菜。她的一瞥构成了一幅画：它只持续了一刹那，但是那一刹那就是"经验"。她获得了直接的个人的印象，而且也创造出了她的典型。她知道青春是怎么一回事，也知道新教徒是怎么一回事，她还有机会看到法国人是怎么一回事，于是她把这些概念都转化为一个个具体的形象，由此制造出一个现实。

　　詹姆斯据此认为，"表现生活"固然是小说的第一要义，但此种真实性乃以作家的创作自由为前提："小说家……作为一个创作的实践者，可以供他尝试的东西是没有限度的……他的各种可能的实验、努力、发现、成功，都是没有限度的。"③ 作家的创作自由是基于作家个人的才华，尤其是对想象力的运用。而"经验"正与此相关，"从已经看见的东西揣摩出从未见过的东西的能力、探索出事物的含义的能力、根据模式判断出整体

---

① ［意］安贝托·艾柯：《悠游小说林》，俞冰夏译，生活·读书·新知三联书店，2005，第95页。

② ［美］亨利·詹姆斯：《小说的艺术》，朱雯等译，上海译文出版社，2001，第10页。

③ ［美］亨利·詹姆斯：《小说的艺术》，朱雯等译，上海译文出版社，2001，第11页。

的能力，对于普遍的生活感受得如此全面以至你能够接近于了解它的任何一个特殊的角落的这种品质——几乎可以说，这一组才能构成了经验"①。

詹姆斯关于小说艺术的"真实性"，最终落实在作家的个人创作才能上，并着重于对小说家创作技巧的讨论。"一部艺术品的最深刻的品质，将永远是它的作者的头脑的品质。作者的才华愈是卓越，他的那部小说，他的那幅画，他的那个雕像，也就相应地愈是富于美和真的素质。要使一件作品由这些素质构成，我认为这就足以成为创作的目的。一个浅薄的头脑绝对产生不出一部好小说来。"②小说在其心目中是"最为美妙的一种艺术形式"。对于小说来说，不同的题材无优劣之分，决定小说真实性的乃是基于可以引导"可信性"的创作技巧。

现实主义原则在埃科这里同样被淡化，反映在埃科的小说创作中，则是他醉心于精巧的符号游戏，甚至故意消解读者对于故事真实性的期待，刻意营造扑朔迷离的效果。他尤其推崇卡尔维诺关于叙事"速度"的研究，卡尔维诺曾写道，"叙事都是对时间的连续性的一种加工，是采用延长或压缩的办法来对时间的行程施加影响"③。埃科则探讨了小说叙事中"徘徊的美感"，这表现为作家或用"推理之步"设置悬疑，或加入大量的细节描写与背景铺垫，用来放慢读者的阅读速度。此时，"追求故事时间、叙事时间、阅读时间三位一体已经不是出于什么和艺术沾边的原因了。叙述的迂回曲折并不以追求真实作为标准"④。埃科用形式的游戏彻底颠覆了传统现实主义小说的写作逻辑。

在埃科本人的创作中，这种对现实性的反讽是其惯玩的把戏。以《玫瑰的名字》为例，这本小说有一篇"作者序"，表明这个故事乃是依据"作者"（并非埃科本人）收到的一本《梅尔克的修士阿德索的手稿》翻译而成的，而手稿本身也是翻译稿，它自称忠实地复写了一份14世纪的手稿。这份原始手稿则是一位对圣本尼迪克特教团有相当研究的大学者在梅尔克修道院发现的。然而由于私人原因，"作者"失去了自己已经写好的翻译稿，只剩下为了翻译而做的笔记手稿。辗转再三，"作者"来回奔波于各大图书馆，却没有找到任何有关此修道院故事的历史文献和确凿证据。

① ［美］亨利·詹姆斯：《小说的艺术》，朱雯等译，上海译文出版社，2001，第14页。
② ［美］亨利·詹姆斯：《小说的艺术》，朱雯等译，上海译文出版社，2001，第30页。
③ ［意］伊塔洛·卡尔维诺：《美国讲稿》，萧天佑译，译林出版社，2008，第36页。
④ ［意］安贝托·艾柯：《悠游小说林》，俞冰夏译，生活·读书·新知三联书店，2005，第64页。

"相隔十年、二十年之后，如今，写作是文人（回归到文人最高的尊严）的慰藉，他们可以纯粹因钟情于写作而写作。这样，现在我感到自己可以自由地讲述，可以单纯地出于对精妙绝伦的品位的追求而翻译梅尔克的阿德索的故事。当我发现他的故事背景在时间上是那么遥不可及（如今我理性地苏醒过来，理智地发现，沉睡中的所有梦魇已荡然无存）时，我更感到宽松和欣慰。这样，它与我们的时代毫无关联，也与我们的期望和我们的自信毫不相干。"① 此时，追问这个有着历史叙事外表的故事之现实性基础已经毫无意义。不仅如此，小说虽采用了侦探故事的架构，却没有按照侦探小说常有的模式，即通过不断设置与解开的悬念，按部就班地通往谜底，而是杂以大量的基督教教义辩论、教派史追溯、中世纪教会与王权之争，乃至对建筑物的描绘、书籍版本考等，不断设置阅读障碍，从而使小说艰涩难读。所谓"徘徊的美感"在此被发挥得淋漓尽致。

可以看到，在关于小说的真实性理论的思考中，埃科对形式与技巧的强调体现了他对传统文论的思考与再利用，即确认诗性世界与现实世界分处于两种不同的时空维度，并指出应尊重其各自的评判标准。这一传统由亚里士多德的诗学理论开辟，并得到了后世小说家的呼应。但埃科认为小说的真实性要求不同于对"现实的"客观世界的亦步亦趋，而是通过艺术家的想象力与对艺术技巧的运用，施之于文本，并建立起一个可以与现实世界平行的游戏世界。

因而，对于埃科来说，"阅读一个故事意味着玩一个赋予现实世界里发生过的、正发生的或者将发生的无穷的事情一些意义与感受的游戏。通过阅读叙事，我们逃避着面对世界说真话时的焦虑"② 。事实上，埃科所批评的这种机械反映论在当代并没有销声匿迹。这同时也提示我们：也许，在种种新话语于热闹的舞台上翻滚扑腾之际，还有太多看似陈旧的命题正躲在我们的目光之外，困惑地叹息。

埃科对小说"真实性"与"现实性"的区分，意义不仅仅在于对文论传统的再清理，还在于为我们将小说从某种可能的宣传功能的要求，以及意识形态控制的枷锁下解放出来。无论是埃科个人的游戏化、知识化的小

---

① ［意］翁贝托·埃科：《玫瑰的名字》，沈萼梅、刘锡荣译，上海译文出版社，2010，第8页。
② ［意］安贝托·艾柯：《悠游小说林》，俞冰夏译，生活·读书·新知三联书店，2005，第92页。

说创作，还是埃科对故事的分解批评，都提示我们：小说可以这样写，不用承受太多绝对命令般的负担，小说也可以这样读，让我们享受单纯的阅读快感。

C. S. 刘易斯的两个概念可以帮助我们进一步澄清迷惑："内容的现实性"与"描述的现实性"。前者，即我们常常理解的文学反映现实、忠于现实，具有典型性与普遍性；而后者，刘易斯认为，乃是"通过敏锐的观察或者敏锐想象的细节让某些事物触手可及、栩栩如生地靠近我们"，如中世纪的传奇故事。两种现实性是相当独立的，但有的作品也会两者兼而有之。在刘易斯看来，我们不必坚持每部作品都应当具备内容的现实性，否则我们就得拿掉一类故事。无论对于讲故事还是接受故事的人来说，"重要的并不在于它们以后可能会照亮人类的生活，而在于它们本身"，我们"将注意力集中在直观而个体的事物上，集中在特殊的恐惧、显赫、奇妙、可怜和一次特例的荒谬上"。[1] 小说的真实性不仅诉诸文本，或文本与现实的关系，还应诉诸文本与读者之间的情感与经验的交流和相互激发。

这也是亨利·詹姆斯谈到的，小说"必须讲述那些被认为是真实的事件"。在他看来，如果说小说与其他类型的叙事有所不同，那就是小说从根本上即与读者从故事中获得的实在感、真实感或现实感相关，"以一种既真心实意又虚情假意的态度，我们既相信它，同时又不相信它"[2]。詹姆斯这番貌似吊诡的话可以这样表述：我们不相信小说的真实性，因为它向我们展现的故事在现实生活当中并不存在；我们又相信小说的真实性，是因为我们愿意相信。

博尔赫斯对此同样表示认可，"身为一位作家对我究竟有什么意义呢？这个身份对我而言很简单，就是要忠于我的想象。我在写东西的时候，不愿只是忠于外表的真相，而是应该忠于一些更为深层的东西"[3]。博尔赫斯还写道："把发生的事件一五一十地说出来还有什么成就可言呢？""我不知道我还信不信巴斯克维尔猎犬的故事。我知道我不会被一只漆上发光漆的狗吓到。不过我确定的是，我相信福尔摩斯先生，我也相信他跟华生医

---

① [英]C. S. 刘易斯：《文艺评论的实验》，徐文晓译，华东师范大学出版社，2008，第71、78、83 页。

② [美]华莱士·马丁：《当代叙事学》，伍晓明译，北京大学出版社，2005，第49 页。

③ [阿根廷]豪尔斯·刘易斯·博尔赫斯：《博尔赫斯谈诗论艺》，陈重仁译，上海译文出版社，2008，第116 页。

生之间独特的友谊。"① 现实中是否存在巴斯克维尔猎犬的故事并不重要，重要的是这一故事给予读者的真实而强烈的情感体验，在这番阅读和体验之旅中，他们都是真实的。也唯有从"情感体验"的角度，我们方能理解爱伦·坡的这番话："如果他是一个明智的艺术家，他就不会让他的思想去适应他的事件，而是要精心设计某种独特的、不同寻常的效果，然后再构思情节事件，把这些情节巧妙地组合起来，使它们能够最好地实现他预先设定的效果。"② 理想的作品应该"把滑稽上升为怪诞，把害怕涂上恐怖的色彩，把机智夸大成嘲讽，把奇特变成怪异和神秘"③。纳博科夫也写道："我们期望于讲故事的人的是娱乐性，是那种最简单不过的精神上的兴奋，是感情上介入的兴致以及不受时空限制的神游。"④ 这也是纳博科夫为何如此反感对小说的"现实性"要求，甚至不惜极端地表达自己的文学趣味："我既不读教诲小说，也不写教诲小说"，"通过阅读虚构小说了解一个国家、了解一个社会阶级或了解一个作家，这种观点是幼稚可笑的"。⑤

前文提到，埃科曾论及大仲马在《三个火枪手》中犯了知识论的错误，但由于这个细节不影响整个故事的情节构造，因而可以忽略。事实上，埃科在这里触及了西方文论的一个极其重要而古老的命题：诗与真。曾几何时，诗歌与科学的对立似乎成为共识，即便在当今，我们仍然可以时常看到这样的话题。艾布拉姆斯曾在其书的《浪漫主义批评中的科学与诗歌》一章中，探讨了批评史中"真实"概念的诗意维度与科学维度之间的争论。一方面，亚里士多德对于诗之真的辨析仍然适用，即历史所表现的是过去发生的单一行为，诗表现的则是各种行为的典型的或反复出现的形式，或是它们可能的、应该的样子。另一方面，诗应该做到的"并不是按事物的本来面目加以表现……而是按照事物存在于感觉和情感中的外表来表现事物"，按照"真正的想象"所作用的那样来表现事物。诗的最独特的题材不再是那些从未发生过的行为，而是有感知者的情感和想象所修改过的事物。因此，到了浪漫主义时代，诗人们普遍感觉到，诗的最确切的对立面

---

① [阿根廷] 豪尔斯·刘易斯·博尔赫斯：《博尔赫斯谈诗论艺》，陈重仁译，上海译文出版社，2008，第 106 页。
② 刘象愚编选《爱伦·坡精选集》，山东文艺出版社，1999，第 631 页。
③ 盛宁：《二十世纪美国文论》，北京大学出版社，1994，第 17 页。
④ [美] 弗拉基米尔·纳博科夫：《文学讲稿》，申慧辉等译，上海三联书店，2005，第 5 页。
⑤ [美] 弗拉基米尔·纳博科夫：《洛丽塔》，主万译，上海译文出版社，2006，第 500、502 页。

不是历史，而是物理学所特有的那种无情感色彩的客观描述。①

浪漫主义诗人华兹华斯否定了人为地在诗之真与科学之真间制造对立，他在《抒情歌谣集》的序言中说，因为诗植根于人的情感本质之上，所以它包容了科学，而毫不惧怕科学那狭窄的"知识"：

> 诗是一切知识的起源和终结，它像人的心灵一样不朽……如果有一天现在所谓科学的东西这样地为人们所熟习，大家都仿佛觉得它有血有肉，那末诗人也会以自己神圣的心灵注入其中，帮助它化成有生命者，并且欢迎这位如此产生的人物成为人们家庭中亲爱的、真正的一员。②

问题不在于必须在诗歌之真与科学之真中划出一条分明的界线，而在于我们没有必要将它们各自的逻辑强加于彼此。科学之真具有单一性，以客观自然为判断标准，诗歌之真则诉诸具有共通性的情感，这种情感如约翰·斯图亚特·密尔谈到的，"不是幻觉，而是事实，就同事物和其他任何属性一样精确"。拉斯金也写道，纯植物学家对植物的知识，与伟大的诗人或画家对植物的知识之间的差异就在于，"一个是为了充实其植物标本集才去注意各自的特点的，而另一个则想使它成为表现和情感的载体"。③

"诗歌之真"在埃科对于叙事真实性的理解中，成为"符号之真"，它要求作者、文本与读者之间的心领神会与合作。"我们并不把小说中的表述当作谎言。首先，我们阅读一部小说时其实是和作者达成一份默契，作者假装自己所写的是真实的，同时要求我们假装接受这份真实。通过这份默契，每一位小说家都是在设计一个可能世界，而我们对真假的判断都和这个可能世界紧紧相连。"这意味着，"如果作者真的告诉我们森林里都是金属树，那么'金属'和'树'这样的概念也应该和真实世界里的一样"。④

---

① [美]M. H.艾布拉姆斯：《镜与灯：浪漫主义文论及批评传统》，郦稚牛等译，北京大学出版社，1989，第488页。

② [英]华兹华斯：《〈抒情歌谣集〉序言》，曹葆华译，载王春元、钱中文主编《英国作家论文学》，汪培基等译，生活·读书·新知三联书店，1985，第26页。

③ 转引自[美]M. H.艾布拉姆斯：《镜与灯：浪漫主义文论及批评传统》，郦稚牛等译，北京大学出版社，1989，第507页。

④ [意]安贝托·艾柯：《一位年轻小说家的自白——艾柯现代文学演讲集》，李灵译，广西师范大学出版社，2014，第101页。

小说世界虽然是现实世界的"寄生虫"，但这个"寄生虫"已自成一个独立的世界，如果小说文本明确地扭曲了"现实世界"，我们则需要尊重符号性真实的逻辑。这也是为什么在莎士比亚《冬天的故事》里，第三幕第三场发生在近海的荒凉国度"波希米亚"——我们知道在现实世界中波希米亚没有海岸——我们必须接受这一设定，通过阅读的默契和悬置的怀疑。同样，从人物特性的角度来说，就认识论层面而言我们无法确定在现实生活中相识的某个人物的全部特性，这一事实常常让我们感叹人性的多样与偶然；然而在小说世界中，虚构人物的某种特性则受到文本的严重限制，正如安娜已死，我们无法声称，安娜在火车轮下逃过一劫，并且自此醒悟，回到卡列宁身边。

叙事的真实与否，需要遵守一种埃科谈到的"内部文本合理性"。这涉及"<u>从言的理解是正确的，从物的理解则不然</u>"①。这在符号学的视域中关系到意指系统的表达面（能指），而非内容面（所指），据此对真实性的诠释首先依赖于可供诠释的文本（符号系统）。在现实生活中，我们根据直接经验做出陈述判断，而在叙事的世界里，埃科认为应当根据"文化经验"做出判断。因此不同的教派可以经年累月旁征博引地去辩论耶稣是否的确为上帝之子，针尖上立有多少个天使，但在文化符号的世界里，他们却必须承认安娜已卧轨自杀。同样，在历史学的研究中，我们需要对可能随时会被挖掘出来的证据保持开放，进而随时修改关于希特勒如何死亡的观点；在天文学中，新的计量结果也意味着我们可能需要调整太阳与地球之间距离的观点，这取决于"外部经验合理性"的考验。但在"内部文本合理性"中，虚构人物的身份、故事情节是明白无误的。

小说美学理论中的"普遍典型"，埃科称之为"游动不定的乐谱中的游动不定的个人"。而某些虚构人物能够独立存在于原始"乐谱"之外，是因为"经过许多世纪，集体的想象力已经在他们身上做出了情感投资，把他们转换成'游动不定'的个人"，甚至"在文本之外的化身比他们在特定'乐谱'中扮演的角色更广为人知"。②这使得他们进入一个共享意义的领域，作为一系列的符号课题，在文化经验中传达着一整套确定的属性。

---

① ［意］安贝托·艾柯：《一位年轻小说家的自白——艾柯现代文学演讲集》，李灵译，广西师范大学出版社，2014，第109页。下划线为原文所加。

② ［意］安贝托·艾柯：《一位年轻小说家的自白——艾柯现代文学演讲集》，李灵译，广西师范大学出版社，2014，第120、124页。

当我们阅读这些故事时，经历的"狂喜"让我们忘记这是虚构，从而进入确信无疑的可能世界——

> 狄多、美狄亚、堂吉诃德、包法利夫人、霍尔顿·考尔菲德、杰·盖茨比、菲利普·马洛、梅格雷探长和赫尔克里·波洛如今都生活在他们的原始"乐谱"之外。……这些人物形象独立存在于文本以及他们曾降生的可能世界之外，他们在我们当中穿流而过，而我们要想不把他们当成真人看待都难。于是，我们拿他们不仅作为自己生活的典范，也当作他人生活的典范。我们会说，有一个我们认识的人有俄狄浦斯情结，有巨人高康大般的食欲，像奥赛罗一样妒忌心强，像哈姆雷特一样优柔寡断，是斯克鲁奇般的吝啬鬼。①

我们还需要进一步追问：为何情感的力量，或曰主体性的力量，可以使原本不"现实"的故事具有"真实性"？为何情感的力量使我们愿意相信那些"虚假"的叙述？我们何以进入"狂喜"状态？在真实感的体验中，作者与读者的生命体验又如何在文本当中契合或背离，抑或生发出其他创造性的理解？此时，"真实性"与"现实性"的概念区分需要另一个维度的充实，即关于小说本体论的追问中，主体性身份的创造性如何介入。对此，我们可以将接力棒交给与"自我"问题有关的概念，进一步探索埃科如何思考这个问题。

第二节　重构经验世界

> 小说家要受到自身偏见的左右……无论他如何努力保持客观，都依然会受控于自身的癖好。无论他如何努力地保持公正，都不可能没有偏袒。他的筛子是灌的……"
>
> ——毛姆《小说的艺术》

对于大多数小说写作者来说，一直以来令他们感到苦恼的问题是，如

---

① [意]安贝托·艾柯：《一位年轻小说家的自白——艾柯现代文学演讲集》，李灵译，广西师范大学出版社，2014，第126页。

何将创作与其个人的生命历程区分开，从而拒绝某种牵强附会的解释。埃科对"经验作者"与"模范作者"的区分表达了这样一种文学理想：将创作者的主体经验从小说创作中清除出局，追求对小说艺术的非人格化理解。问题是，这种对经验作者的排斥以及对客观化效果的追求，是否必然要求对创作主观动机的舍弃？小说中的"自我"是否一定就是作者的"自恋"？而对"自我"的表现，是否可能达成埃科所期待的客观化效果？

一、"经验作者"之困

《傅科摆》出版以后，一位多年不见的童年好友给埃科写来一封责备的信，"亲爱的安贝托，我不记得告诉过你我可怜的叔叔和阿姨的故事，但你却把它写进小说，实在是太冒失了"①。这是个误会：查尔斯叔叔和凯瑟琳阿姨确有其人，但并非这位朋友的亲戚，而是埃科自己的叔叔和阿姨。

在埃科看来，童年好友在他的故事中找寻自己的个人回忆，这不是在阐释文本，而是在使用文本。尽管在某种情况下，了解经验作者的创作来源或意图可以带来启发，但这也只是基于其在什么程度上意识到文本所能支持的多种解读可能。在标准阐释中，经验作者的个人意图无关紧要。正如埃科最知名的小说《玫瑰的名字》，作为经验作者的埃科曾表示，选择这一书名正是为了让读者充分发挥自己的想象。这也的确引发了无穷无尽的阐释，对此，"我当初的意图也许是让可能的解读不断衍生，以至于任何一种解读都会变得无关紧要，由此我引发了一系列庞杂、不可避免的诠释。然而文本已经遥遥在外了，作为经验作者的我唯有保持沉默"。然而同时埃科又认为："也许我扮演着一个标准读者的角色，研究文本太认真，已经忘记了自己作为作者的最初意图——我想我有权利去拒绝接受一个曲里拐弯、没有道理的诠释，就像任何其他人一样。"②

这显示出一种饶有意味的身份分裂：作为经验作者的埃科对于小说读者们的各种哪怕是漫无边际的诠释并不多言，而作为自己作品的模范读者，埃科却可以去加入争论。这让我们想起埃科在创作中颇青睐的"不可靠叙述者"。以《玫瑰的名字》为例，故事的叙事者隐藏在重重迷障中，无不

① [意]安贝托·艾柯：《一位年轻小说家的自白——艾柯现代文学演讲集》，李灵译，广西师范大学出版社，2014，第55页。
② [意]安贝托·艾柯：《一位年轻小说家的自白——艾柯现代文学演讲集》，李灵译，广西师范大学出版社，2014，第64、67页。

在提醒故事本身的不可靠。在小说的开端，"我"得到一本名为《梅尔克的修士阿德索的手稿》，此书由一位名叫瓦莱的神父（历史中确有其人）由拉丁语翻译成法语，参照的是修士让·马比荣（同样是历史人物）的版本，而这本书并没有附注多少确凿的历史材料，只声称忠实脱胎于 14 世纪的一份手稿。"我"将这份手稿翻译成意大利语，在此过程中，"我"与朋友造访梅勒克修道院，在藏书馆里没有找到阿德索手稿的任何踪迹，而瓦莱的译本也被突然消失的朋友席卷而去。"我"拿着自己的译稿，在各个图书馆里寻找相关的历史资料印证，甚至求教了中世纪学者吉尔松（1884—1978），确定了瓦莱神父不可能用印刷机刊印过书籍，这使得全部的发现可能皆为假托。在后续的反复找寻印证中，线索倏忽即逝，而"我"也决定将手稿出版。这当然是对历史叙事的某种戏仿，我们可以从叙事技巧与策略的角度去理解，也可以更进一步考察埃科对"作者"的态度。

手稿的叙述者阿德索深陷记忆的不确定性当中，这一设置可视为对经验作者的解构。在《昨日之岛》中，叙述者"我"也不断跳出来，质疑罗伯托书信中对经验与记忆描述的真实性。在引述罗伯托生还后给心上人写的信后，叙述者"我"评论道：

> 可是，这可信吗？从这第一封信的日期来看，罗伯托是在到达之后，一发现船长房间里的纸和笔，就开始写信了，他甚至还没有去勘察船上的其他地方。然而，他本该用一些时间恢复体力才是，因为他衰弱得像一头受伤的野兽。或许这只是一个多情的小伎俩，他首先试着弄清楚自己流落到了什么地方，然后才开始写信，但却将写信伪装成是在第一时间。……他写，是出于对自己的柔情，出于对爱情的倾慕……①

埃科的小说创作往往是其小说叙事思想的体现，这种典型的后现代叙事策略同样展示了埃科对于创作"经验"的质疑与悬置——文本自身说明一切，不需依赖经验作者的讲述。在埃科看来，我们需要探索的是"模范作者"。有趣的是，当埃科将这两个概念运用于批评实践时，他反复加以

---

① ［意］翁贝托·埃科：《昨日之岛》，刘月樵译，上海译文出版社，2017，第 5 页。

阐释的文本是 19 世纪浪漫派作家钱拉·德·奈瓦尔 [①] 的小说《西尔薇娅》[②]。不仅如此，埃科在不同场合都谈到奈瓦尔对自己在理论写作与小说创作方面的影响。他在 2007 年 3 月 9 日接受《中华读书报》的采访时谈道：

> 我甚至还翻译了法国作家奈瓦尔的《西尔薇》（Sylvie），因为我太热爱那文字了。我花了一生的时间读它，研究它，终于几年前又翻译了它，介绍给意大利读者。奈瓦尔对我的影响太大了，我的每一部作品，要么某个章节的标题，要么文中某个词汇，都直接引自奈瓦尔。[③]

在为《瓦洛瓦之氤氲》所做的注解中，埃科这样写道：

> 这是我重新改写自己翻译杰哈·聂瓦尔的作品《希薇》时所写的后记。这个主题我已经在《悠游小说林》里面谈过。那时我说：关于这本故事，我起先写了一篇短评《希薇的时间》，然后七零年代期间，我在波隆那大学负责一系列的讨论会，结果写出了三本论文；接着，一九八四年我在哥伦比亚大学讲学期间，又将研究《希薇》的心得做成一个课程，最后就是一九九六年在巴黎高等师范那一次了。数次讲授此一专题所得出的最有意义结果，便是一九八二年期刊 VS，31/32 为我的研究成果所发行的专刊《论希薇》。[④]

---

① 钱拉·德·奈瓦尔（Gérard de Nerval），本名钱拉·拉布吕尼（Gerard Labrunie），1808 年 5 月 22 日诞生于巴黎，1855 年 1 月 26 日被发现吊死于巴黎老路灯街。据研究，奈瓦尔于 1828 年认识雨果后，步入浪漫主义文坛，文学成就主要是诗歌、小说和游记。他结集出版的诗有《小颂歌集》（1832）、《抒情诗与歌剧诗集》（1852—1853）、《幻象集》（1854）、《幻象他集》（死后出版）；他的小说有《奥克塔维亚》（1842）、《法约尔侯爵》（1849）、《安婕丽嘉》（1850）、《西尔薇娅》（1853）、《奥蕾莉娅》（1855）等；游记有《东方之旅》（1851）、《行书简》（1840）等。他也和大仲马合作或单独写过剧本，如《傻瓜的王子》（1831）、《皮基罗》（1837）等。奈瓦尔的创作涉及潜意识与梦幻情景，对象征主义诗歌、超现实主义小说、意识流小说，以及莫泊桑、普鲁斯特、博尔赫斯包括埃科等作家都有所影响。
② 此小说名有诸多译法，便捷起见，本书统一采用余中先先生的译名《西尔薇娅》。
③《艾柯专访：我把自己的生活定义为三个类型》，新浪读书，http://book.sina.com.cn/news/a/2007-03-09/1123211659.shtml。
④ [意] 安贝托·艾可：《艾可谈文学》，翁德明译，皇冠文化出版有限公司（台北），2008，第 74 页。引文中"杰哈·聂瓦尔""希薇"等为台湾地区译本译名，故与大陆版有所不同。

对一部作品长年累月地临床诊断式阅读，可视为学院派研究者的特色，这在纳博科夫的《文学讲稿》中也有所体现。然而，奈瓦尔是一个有着鲜明自我意识的浪漫派作家，这一事实将为我们提供一个具有张力的思考空间。在致大仲马的一封信中，奈瓦尔写道：

> 人们会达到与他们想象中的主人公同一的地步，他的生活会成为他们自己的生活，他们的心中会点燃他们自己的抱负、他们自己的爱情的摹仿之火！当我描绘一个路易十五时期的人物时，我的内心感受正是这样的。……一旦确信我要写我亲身经历的故事，我立即着手转译我所有的梦幻，我所有的激情，我深深地为这种对一颗转瞬即逝的星星的爱而感动……①

埃科并非没有看到这篇文章，但"一个障碍是，我的文学观念与奈瓦尔并无相关，甚至也不与拉布吕尼有共同点"②。因此，尽管奈瓦尔声称反对"解释"，因为这会使得《西尔薇娅》的魅力散尽，埃科却认为，"我们是否该如同奈瓦尔所说的，认为他本没有采取任何整理，或者他采用的整理方式并非显而易见"，"难道我们能够相信这样的文本仅仅意在引起读者模糊的悲伤？同样，是否有可能，拉布吕尼如此痛苦地组织他的作品，却并不希望被任何人看穿，也不希望有人褒奖他用来使读者失去方向的机制"③。

对于埃科来说，答案是否定的。这使其开始了对隐藏在《西尔薇娅》中的叙事机制的追踪，而在这番形式论的冒险之旅开始前，对作为"经验作者"的拉布吕尼和"叙事者"的"我"，以及作为"模范作者"的奈瓦尔④的区分成为前提。"经验作者"拉布吕尼患有疯病，于1808年出生，1855年死去。在埃科看来，那些至今仍手持米其林旅游指南寻找巴黎老路灯街的读者并未读懂《西尔薇娅》。叙事者，即小说中自称"我"的那

---

① [法]奈瓦尔：《火的女儿：奈瓦尔作品精选》，余中先译，漓江出版社，2000，第104—105页。
② [意]安贝托·艾柯：《悠游小说林》，俞冰夏译，生活·读书·新知三联书店，2005，第42页。
③ [意]安贝托·艾柯：《悠游小说林》，俞冰夏译，生活·读书·新知三联书店，2005，第41页。
④ 需要注意的是，这里的"模范作者"奈瓦尔并非"经验作者"拉布吕尼的创作别名，而是埃科给予的命名。

个人，并不是拉布吕尼先生。他随着文本的开始而诞生，随着文本的结束而死去。最难界定的是"模范作者"，"奈瓦尔既不是拉布吕尼，也不是叙事者"，无性别，无主体，无历史，可以被视作一种美学风格。

重点在于"经验作者"与"模范作者"之间的区分，埃科借此抨击了在整个 19 世纪占据文学研究主流的传记研究方式：

> 如果你读《希薇》的时候一心只想着拉布吕尼，那么你就立刻误入歧途了。不必跟随诸多为他作品提出诠释的人，例如，试图在故事的情节中探讨它们和拉布吕尼的私生活有何关联之处。此外，《希薇》的各种版本以及翻译里面的注解一般而言都是传记式的，旨在尝试为书中的欧贺莉和现实世界的演员科伦搭上线……这些巨细靡遗的考据已然获得许多扎实的大学名声的背书。如果要写一本杰哈·拉卜惠尼的传记是大有帮助的，但是如果我们想借此了解《希薇》，那会是徒劳无功的。①

在埃科看来，"经验作者"无论是对于创作还是对于阅读，都是不可信的。"我们又怎么可能相信，作为一个经验实体，我们的作者在叙述故事锻造自己的模范读者的过程当中，不会掺进他不能告之于众，只有自我精神分析时才知道的原因和内容？"埃科认为，对"经验作者"的关注，与对文本的阅读与阐释没有任何关系。甚至，"拉布吕尼的病态可能使得连他自己都不知道自己构筑了一番如此完美的叙事机制"②。

"经验作者"拉布吕尼的疯狂状态，并不意味着"模范作者"奈瓦尔也随之疯狂。"模范作者"并非一个有血有肉的经验性存在，而是一个抽象实体。说它抽象，是因为我们对之无法有感官意义上的触摸与存在意义上的体验；说它是实体，是因为在埃科的理论建构中，"模范作者"是可以凭借逻辑把握的客观实在。"这个模范作者，是一个对我们或热心、或傲慢、或狡猾地说着话，并希望我们待在一边的声音。这个声音是一种叙事技巧的表现，像一套指令，一旦我们决定要当那个模范读者，就必须一

---

① ［意］安贝托·艾可：《艾可谈文学》，翁德明译，皇冠文化出版有限公司（台北），2008，第 41 页。

② ［意］安贝托·艾柯：《悠游小说林》，俞冰夏译，生活·读书·新知三联书店，2005，第 13、47 页。

步一步跟着照做。"①

也就是说，"模范作者"只是一套文本技巧，"被当作从文本一开始就出现的一种诉求形式"，它是隐藏在深层文本叙事中的结构或机制，模范读者可循蛛丝马迹发现它的所在。同时，经验读者只有通过阅读文本，发现文本意图，才能成为模范读者。阅读活动成为一场寻宝游戏，读者看到的文字系列组合是一张寻宝图，通过对神秘符号的不断解码，才能与模范作者或文本意图相遇。在这场智力考验中，模范作者通过文本发言，并决定读者的智力趋向，一旦游戏结束，模范作者、文本意图与模范读者合而为一。

"模范作者"的概念似乎天衣无缝，然而并不能做到完全逻辑自洽。将模范作者定义为文本的规范结构，进而扩大成整个文本，同时又将之设定为叙事交流模式中的发话者，体现了某种程度的分裂。一个实体不能既是叙事传导序列中的一个明确的动因，又是深层文本本身，而在最终又等于或包含了模范读者。埃科的模范作者、文本意图和模范读者三个概念最终成为同义反复，作为一个理论的理想状态似乎颇有道理，可一旦联系至批评实践则难以说通。

需要看到的是，埃科对作家主体批评的排斥，一定程度上来自对自恋式创作与解读的担忧，这值得我们重视。那个古老的神话至今看来仍然触目：纳西索斯爱上了自己的水中倒影，并为之痴狂，他弯下腰去抚摸水中的美丽容颜，结果跌落水中淹死了。

作为一种文化现象，自恋已成为当今世界的新教伦理。通过对当代公共领域现状的考察，理查德·桑内特②在其《公共人的衰落》中令人信服地指出了这一点。在他看来，自恋不同于自爱，自恋者认为通过自我的形象就能够认识现实，并据此对外部世界做出反应；而事实上，自我迷恋不仅妨碍他弄清楚自己是什么和自己不是什么，还会毁灭那些自恋者。自恋者在本质上并不渴望得到各种各样的体验，他只是渴望得到自我的体验，他总是不断地寻找对自我体验的表达和反思，所以在他看来，任何一种交往和任何一个场景都是没有价值的，因为它并不足以定义他是谁。"纳西

---

① [意]安贝托·艾柯：《悠游小说林》，俞冰夏译，生活·读书·新知三联书店，2005，第18页。

② 在研究公共生活的理论家中，理查德·桑内特（Richard Sennett）与哈贝马斯、汉娜·阿伦特鼎足而立，分别代表了西方公共生活理论的三种不同学派。《公共人的衰落》是桑内特研究公共生活的扛鼎之作，也是他的成名之作。

索斯的神话的确凿寓意是：人在自我中溺死，而自我是一种混乱的状态。"①

　　在早期的精神分析中，自恋只是弗洛伊德有关"力比多"宏大构想的一小部分，爱己与爱人是冲突的。婴儿时期，人所有的"力比多"以他自身为目标，弗洛伊德称之为"初期自恋"；在个人成长期，"力比多"的对象由自身转移到其他的目标，如果转移遭受阻碍，"力比多"便重新退回到自己身上。按照弗洛伊德的理论，如果我爱人愈多，则爱己愈少，反之，其结果也相反。弗洛姆否定了这个观点，他指出，"对于人本伦理的原则最显著的争议是，我们要以自我主义或利己原则作为人类行为的规范，而实际上伦理的宗旨，却在打破自我主义"②。自恋与爱己并不是一回事，事实上两者互相对立：自恋的人并不过分爱己，并且常常怨恨自己。真正的爱是一种创造的表现，它意味着关切、尊重、责任感，以及智慧；它并非令人"感动"，而是积极地使被爱的人成长起来与得到幸福，它来自人本身爱人的能力。从精神分析的角度来说，自恋的人没有爱人的能力，所以也不会真正地爱自己。如果说现代文化正面临失败的危机，并非在于利己主义的原则，而是在于"利己意义上的颓废变迁"，现代人已无法对真正自我的利益给予充分的关切。

　　自恋是"自我"对人的异化，它是人类诸多奴役形式的一种。"自我中心主义者浸渍在客体化中，他仅想成为自我确定的一种工具，其依附性极强，会永远陷在奴役的位置上。"③别尔嘉耶夫认为，人受外在世界的奴役，首先是因为受自我的奴役，而后者常常采取个人主义的诱惑形式。在自恋者的世界中，原本应该无限充盈的个体人格被撕扯成碎片，呈现为理智的、激情的或感觉的等诸种形式，从而失去了作为整体与核心的个体人格的凝聚力。个人主义者躬行自我隔绝、自我确定，其本质的源头在客体化世界中，因而只能屈从于外在世界，或导向对虚伪的共同性的屈从，这也是为什么个人主义者会轻易变成教徒，隶属于他完全不能反抗的世界。"人受奴役，也许是人太沉溺于自己的那个'我'，太专注自己的状态。当人与世界和他人不再发生任何关系时，人也就完全被抛入外在，被抛入世

① [美]理查德·桑内特：《公共人的衰落》，李继宏译，上海译文出版社，2008，第407页。
② [美]E.弗洛姆：《追寻自我》，苏娜、安定编译，延边大学出版社，1987，第143页。
③ [俄]尼古拉·别尔嘉耶夫：《人的奴役与自由》，徐黎明译，贵州人民出版社，2007，第93页。

界的客体性，以致丧失掉对自己的'我'的意识。"①

我们看到，桑内特从社会学的角度考察自恋对公共领域的破坏，弗洛姆从精神分析学的角度辨明自恋者的爱无能，而别尔嘉耶夫则从哲学的高度向我们表明自恋者的异化与被奴役状态。无论对于社会共同体，抑或是个体的精神世界，自恋都是一朵娇艳诱人却又致命的罂粟花。弗洛伊德曾言创作乃是另一种形式的白日梦，但并不意味着作家可以将作品看作自家的后花园。

创作的自恋不仅表现为对私人经验的热衷，还表现为对观念的自恋。韦恩·布斯曾谈到与索尔·贝娄的一次对话，后者提及自己每天花四小时修改一部小说，它将被命名为《赫索格》（*Herzog*），布斯问何故如此，贝娄回答道："我只是在抹去我不喜欢的我的自我中的那些部分。"② 这意味着对个人偏见的清理，以及对自我观念的严格审查。这既表现了创作的客观性，也体现了一种强大的主观性，即对普遍性的个人感知能力。

而对于埃科来说，他不仅拒绝"我不喜欢的我的自我中的那些部分"，还对写作过程中明确或隐藏的经验一概拒绝。在谈到《玫瑰的名字》中涂有毒药的《诗学》第二卷时，埃科言及曾发现家中图书室有一册不是特别珍稀但也很难找的《诗学》。当他在笔记中仔细描述这本书时，他突然意识到，这就是在《玫瑰的名字》中写到的那本。埃科写道：

> 这并不是多么难得的巧合，也不是奇迹。我在年轻时买了这本书，翻了一遍，觉得污损太严重，就把它放在一边，忘到了脑后。但就好像我脑子内部有一台照相机，而我把这些书页都拍了下来，几十年来，这些有毒书页的形象就躺在我灵魂最深远处，仿佛是躺在坟墓里，直到那一刻重新浮现——我不知道为什么——让我相信这本书是出自我的想象。③

---

① [俄] 尼古拉·别尔嘉耶夫：《人的奴役与自由》，徐黎明译，贵州人民出版社，2007，第97页。

② [美] 韦恩·布斯：《隐含作者的复活：为何要操心？》，载 [美] 詹姆斯·费伦、彼得·J.拉比诺维茨主编《当代叙事理论指南》，申丹、马海良、宁一中等译，北京大学出版社，2007，第66页。

③ [意] 安贝托·艾柯：《一位年轻小说家的自白——艾柯现代文学演讲集》，李灵译，广西师范大学出版社，2014，第84页。

即便如此，埃科认为这个巧合与对《玫瑰的名字》的可能的诠释全然无关，只能说明经验作者的私人生活在某种程度上说比他们的文本更不可靠。埃科对经验作者的不恭，是为了防止将小说仅仅看作创作者的另一种自传，他反对以小说书写个人历史，而主张小说应有其自身的逻辑。然而，当我们解读故事时，是否绝对有必要对在小说批评中引入作家主体批评的方法避之唯恐不及？自新批评派和结构主义以来，逃避个人情感，摒弃个体想象经验，代之以语言学为基础的"指意过程"的描述的批评模式已泛滥。埃科对《西尔薇娅》的结构分析固然精彩，充满着智性的趣味，然而小说中"氤氲"气氛的营构绝非仅仅诉诸奈瓦尔的小说技术如何精湛。埃科曾称自己对《西尔薇娅》的分析无法逃脱普鲁斯特的掌心，然而普鲁斯特并未对作品实施这样的解剖手术；尽管普鲁斯特同样对奈瓦尔不吝盛赞，仅有的一句微词竟然是对小说中的"智力"成分表示不满，这也许是埃科所不乐于看到的。在普鲁斯特眼中，奈瓦尔是这样一位作家："狂症待发未发之时，仅仅表现为一种极端的主观主义，对于某种梦幻、某种回忆，在感性的个人性质上与众不同，可以说比一般人共有的、感受到的现实更有重要意义"，他"竭力写出人类心灵自身的特征，掌握揭示其中种种朦胧模糊的精微方面，寻绎出它内在的规律，几乎不可把握的印象"。[①]普鲁斯特并没有对作为经验作者的奈瓦尔感到惧怕，而是在批评中将之与文本浑然交织为一体。这也是乔治·布莱所认同的，在他看来，描述一部作品，分解它的技巧和方法，是令人厌恶的："在形式的后面，在结构的后面，在语词的不断的水流后面，只剩下了一种东西：一种没有形式的思想。"[②]

因而，问题不在于生硬地做出"模范作者"与"经验作者"的区分，而在于，如何在对"自我"和"自恋"做出区分的基础上，给予"自我"，也就是"主体性"问题一个恰如其分的理解。让我们进一步考察所谓"经验作者"的意义。

二、经验作者与传记批评

如果我们将埃科关于"模范作者"与"经验作者"的概念区分视为可分析的文本，那么可试将这些文本的模范作者暂且命名为 Eco。现在的问

---

① ［法］普鲁斯特：《驳圣伯夫》，王道乾译，百花洲文艺出版社，1992，第 85、93 页。
② ［比］乔治·布莱：《批评意识》，郭宏安译，百花洲文艺出版社，1993，第 277 页。

题是，Eco，作为"一个没有主体、没有性别、没有历史的声音"究竟是什么？作为模范作者的 Eco 与作为经验作者的埃科果真没有关联吗？模范作者 Eco 的理论意图究竟是什么？ Eco 真的能摆脱其理论的历史性与主观性吗？

让我们来看看作为作家的埃科。其最负盛名的小说《玫瑰的名字》在 1980 年出版后，迅速风靡世界，被翻译成 35 种文字，销售了 1600 万册。"埃科研究"顿时成为一门显学，据不完全统计，从 20 世纪 80 年代迄今发表的与《玫瑰的名字》相关的论文有 700 余篇，仅在英语世界，就有《〈玫瑰的名字〉的钥匙》（1987）、《命名玫瑰》（1988）、《阅读埃科：选集》（1997）等多部专著。围绕这部作品展开的"玫瑰大战"，几乎成为 20 世纪最后一场诠释学大实验，研究者对"玫瑰"的诠释也变得五花八门，甚至匪夷所思。

终于，作为经验作者的埃科忍无可忍。他开始站出来澄清、挑战或回应，于是有了以下专著：《〈玫瑰的名字〉备忘录》（1984）、《诠释的界限》（1990）、《诠释与过度诠释》（1992）、《虚构森林中的六条道路》（1994）等。而在 1984 年，埃科在《关于〈玫瑰的名字〉的思考》一文中近乎愤怒地宣布："玫瑰这一意象有如此丰富的含义，以至于现在它已经没有任何含义了：但丁笔下神秘的玫瑰；代表爱情的玫瑰；引起战争的玫瑰；使艺术相形见绌的玫瑰；以许多其他名字出现的玫瑰；玫瑰就是玫瑰就是玫瑰就是玫瑰……"[①] 此时，经验作者埃科为作为模范作者的 Eco 做出辩护，但是若如埃科所言，我们能相信经验作者吗？

模范作者 Eco 其实是 20 世纪文学批评洪流的一分子，有其历史性与主观性。众所周知，在 19 世纪的西方文学语境里，当作家、诗人们谈到批评的时候，常常带着讥诮的口吻，实证主义的文论往往强调研究作者的社会背景和生平传记，将之看作了解作品的前提。到了 20 世纪，文学批评开始由以创作为中心转移到以作品本身和对作品的接受为中心，批评家的目光从作者的社会背景、身世经历转移到作品的语言文字、深层结构，作品的阅读取代了阅读的作品，甚至抛开作品，使批评本身成为一种创作。尤其到了 20 世纪后半叶，最有影响的批评家往往是埃科这样的学院派人物，他们往往有成套的理论，不甘于如普通读者那般阅读。浪漫主义

---

① [意] 安贝托·艾柯等：《诠释与过度诠释》，王宇根译，生活·读书·新知三联书店，1997，第 84 页。

时代的批评观念，诸如"一切好诗都是强烈感情的自然流露""诗人就是英雄""诗人是世界的未经正式承认的立法者"这般如造物主般自信的宣言被步步紧逼地否定。埃科对经验作者的放逐实则有这样的批评史背景。

因此，我们有必要为埃科以及20世纪诸多持客观化批评立场的理论家们所贬斥的"经验作者"做一番梳理，抑或是，我们需要对现今已不为文学研究的学院派分子们所不齿的传记研究做一次探讨。事实上，20世纪的文学批评并不是"客观化"的天下。在此可以两位或早或同时代于埃科的文人和学者为例——他们的身份不同，却从各自的角度共同探讨了这个问题——即身兼创作者与批评家双重身份的萨默塞特·毛姆，以及身兼历史学家与批评家双重身份的彼得·盖伊①。在毛姆看来，小说是写给普通读者看的，因此首先要考虑其通俗性和愉悦性。"一个明智的人，是不会把小说当成任务去读的。他会将之作为消遣。"②因而，一部优秀的小说，应该具有一个能够广泛激发兴趣的人性主题，作者的叙述必须前后连贯、让人信服，人物应当具有个性，同时，故事应当趣味性十足。对于埃科以及当代诸多理论家而言，情节的编织与谜题的编织没有区别，读者要费九牛二虎之力去辨明。但毛姆认为，故事、情节乃是作者为了抓住读者兴趣而抛给他们的救生索，因而对作者创作过程以及生平事迹的了解，会帮助读者理解和欣赏他的作品。

将小说当作普通读者的消遣品，将小说家当作与普通人无异的饮食男女，对于现代批评家来说几乎是不可思议的，前者似乎消解了小说艺术的严肃性，后者则容易与刺探隐私八卦的狗仔为伍。然而从小说的社会发生学角度来看，毛姆表现了他作为"作家批评家"的诚实。一个事实是，19世纪之所以成为"小说的世纪"，乃是基于一个重要的基础，即工业革命使报刊在19世纪二三十年代进入了"廉价报纸时期"，同时出现的几百份

---

① 彼得·盖伊（Peter Gay），美国文化史家，德裔犹太人，1923年出生于柏林，1939年离开德国，1941年移民美国，后加入美籍。先后就读美国丹佛大学和哥伦比亚大学，1948—1969年执教哥伦比亚大学，1969—1993年在耶鲁大学任教。现为耶鲁大学斯特林荣休教授，纽约公共图书馆学者与作家中心主任。盖伊著作等身，论题涉及启蒙运动、中产阶级等诸多社会文化史领域，以倡导"运用精神分析方法的文化史"而闻名，此外，他还致力于探讨弗洛伊德对德国文化以及历史学研究的影响，是心理分析史学的实践者。在其学术生涯早期，以《启蒙运动：一种解释》（The Enlightenment: An Interpretation）第一卷（1966）荣获美国国家图书奖，后期完成五卷本巨著《布尔乔亚经验：从维多利亚到弗洛伊德》（The Bourgeois Experience: Victoria to Freud，1984—1998）。2004年，盖伊荣获美国历史学会（AHA）杰出学术贡献奖。

② [英]萨默塞特·毛姆：《巨匠与杰作》，李锋译，南京大学出版社，2008，第2页。

报刊除了传播新闻外，还承载着满足大众文化需求的使命，正是它们将小说变成了商品。这最终催生了一个职业作家阶层。以最著名的一批作家为例，巴尔扎克几乎出现在巴黎的几十家或大或小的报纸杂志上，大仲马的连载小说同样是报刊趋之若鹜的对象，陀思妥耶夫斯基的《罪与罚》是在杂志上连载的，他自己还是另外两份刊物的出版人，请看：

> 19 世纪上半叶，由连载小说开路，通俗小说打开市场，进入极盛时期，而狄更斯则是它的无冕之王。从维多利亚女王到伦敦贫民区的住户，人人都是他的读者。他的作品长期、持续地畅销，扬名于欧美两大陆……他是当时公认的文学领袖，他的影响超出文学，成为一个民族的象征、全国性的永久公共设置，好比威斯敏斯特主教堂、大英博物馆，或每年一度的圣诞节。①

印刷媒介的追捧使得许多小说家成为"文化英雄"，法国的先贤祠、英国的威斯敏斯特大教堂成为很多杰出作家的最后归宿，雨果的葬礼有百万巴黎人自愿送葬……这些都在发生学的意义上告诉我们一个简单的道理：小说作品必然面向大众读者，而绝非一己的智力游戏；作家首先是普通人，然后才是创作者。这提示我们在谈论纯粹的小说艺术形式和结构之前，需要注意的是，作为一种与我们的心灵相关的艺术，小说首先是一种经验性存在，它与每一个各不相同的创作个体有着血肉联系。如此我们才能看到，毛姆在《巨匠与杰作》中对历史上几位重要的作家所做的"知人论世"批评，看似陈旧琐碎，却不妨碍我们对作品的理解。相反，一旦我们知晓了这些作家不为人知的沉忧隐痛，我们会在体验的层面对其作品有更切近的体会。此时，我们与作品建立的不再是冷冰冰的智力"解谜"关系，而是融入了各自生命体验的"解读"，最终放大并充实我们自己的人生。这也是约翰逊博士谈到的，并深得伍尔夫赞赏的信念："能与普通读者的意见不谋而合，在我是高兴的事……在决定诗歌荣誉的权利时，尽管高雅的敏感和学术的教条也起着作用，但一般来说应该根据那未受文学偏见污损的普通读者的常识。"②

---

① 朱虹：《市场上的作家——另一个狄更斯》，载氏著《英国小说的黄金时代》，中国社会科学出版社，1997，第 117—118 页。
② [英]吴尔夫：《普通读者》，刘炳善译，北京十月文艺出版社，2005，第 1 页。

　　作为有着文化历史学和精神分析学背景的彼得·盖伊，在其小说评论中尝试了一种将历史宏观视野与个人微观世界相结合的批评方法。他认为，"小说是一面沿着公路移动的镜子"——司汤达这一经典的镜子说，在传统的写实追求之外，还意味着被众人忽视的一点：小说是一面扭曲的镜子，"作者在小说中刻画的人物越是独特，越是高度的个人化，也许他所反映的现实基础越是广阔"①。因而，在彼得·盖伊对狄更斯、福楼拜以及托马斯·曼的分析中，对作家生平，尤其是个人书信的筛选研究，成为通往作家笔下的人物形象内心的重要通道。

　　盖伊对福楼拜的分析引人瞩目。作为追求创作客观性的代表作家，在《包法利夫人》中，福楼拜处处显示出他对中产阶级的刻骨仇恨，盖伊认为，这是一种防御性措施："对福楼拜而言，他既是中产阶级的儿子，又是中产阶级的弟弟，这是他最糟的梦魇，但同时似乎也是他最深层的愿望。"②除了那句著名的"包法利夫人就是我"以外，福楼拜在书信日记中大量地写下他陷入自己笔下人物生活中的事实，"上个礼拜三我写作写到一半时，必须起身去找手帕，因为我泪流满面，我被自己所写的东西感动得哭了"③。因而，在盖伊看来，这些事实从批评方法的角度告诉我们，小说创作的情感性与经验性要求我们在从事批评写作时，不能仅仅停留在小说技艺的层面，而是要深入小说的诗性内核。此时，对传记研究的适当借鉴将为我们提供有益的提示。

　　略萨曾以"垂头的长颈怪兽"譬喻小说家——这是一个从足部开始吞食自己的动物，曾在福楼拜《圣安东尼的诱惑》中出现过。略萨认为，在任何的虚构故事中，哪怕是想象最自由的作品里，都有可能钩沉出一个出发点，一个核心的种子，他们与虚构者的生活经验根深蒂固地联系在一起。④普鲁斯特当属此类小说家的集大成者，在其《追忆似水年华》中，现实生活中的每一事物，每一瞬间，每一幅画面乃至每一种气味，都成为牵扯其个体经验的契机。对此，本雅明曾有精妙的描写："普鲁斯特躺在

---

① ［美］彼得·盖伊：《历史学家的三堂小说课》，刘森尧译，北京大学出版社，2006，第149页。

② ［美］彼得·盖伊：《历史学家的三堂小说课》，刘森尧译，北京大学出版社，2006，第79页。

③ ［美］彼得·盖伊：《历史学家的三堂小说课》，刘森尧译，北京大学出版社，2006，第68页。

④ ［秘］巴·略萨：《中国套盒——致一位青年小说家》，赵德明译，百花文艺出版社，2000，第12页。

他那张床上被这种怀旧病折磨着，那是对一个在类似性的国度里被扭曲了的世界的乡愁。"[①] 在本雅明看来，存在一种二元的幸福意志，一种幸福的辩证法：一是赞歌形式，一是挽歌形式，前者是前所未有的极乐的高峰，后者是永恒的轮回，回归最初的幸福。普鲁斯特属于后者——正是幸福的挽歌概念，将生活转化为回忆的宝藏，在普鲁斯特的行文中脱颖而出。

普鲁斯特对此有着相当的理论自觉，在他看来，作家展示给读者的永远是关于"自我"的作品，同时，"自我"具有排他性，其本真的状态是孤独：

> 人们展示给读者的是个人独自写下的，即自我的作品……有深度的内在自我，只有在排除他人和熟知他人的自我的情况下才能发现，自我与他人相处，正是在这样的时刻，他渴望真正感受到那种孤独的真实，孤独的真实也只有艺术家才能真正体验到……[②]

然而，"自我"并不限于"私人经验"，略萨写道：

> 由评论界发掘出来的这些自传素材清单真正向我们表明的是另外一件事：普鲁斯特的创造力，他运用那个反省的方法探究历史，把自己生存中相当常规的事件改造成华丽的壁毯，令人眼花缭乱地表现了人类的处境，这从意识开放的主观性到对生命历程中对自身的审视中都是可以察觉的。[③]

也就是说，对个体自我经验的再现最终指向对人类普遍经验的感知与理解。无论是普鲁斯特还是略萨，都反对一种自我中心主义，或是自恋。

一个不容忽视的事实是，良性的传记批评可以如圣伯夫主张的那样寻找作家内心难以确定的缺口或痛苦的褶皱，但也往往流于在作家生平与作品之间做出某种机械的附会，从而使作品丧失应有的独立性。对此，普鲁斯特曾在《圣伯夫的方法》中予以尖锐的嘲讽。在他看来，艺术作品只

① [德] 汉娜·阿伦特编《启迪：本雅明文选》，张旭东、王斑译，生活·读书·新知三联书店，2008，第219页。
② [法] 普鲁斯特：《驳圣伯夫》，王道乾译，百花洲文艺出版社，1992，第69页。
③ [秘] 略萨：《中国套盒——致一位青年小说家》，赵德明译，百花文艺出版社，2000，第15页。

有在精神领域才可能被创造出来，应当摒弃粗陋的表面生活，割断与表象的联系，"深入到生命的深处"，强调"写人所具备的本质和深在的一切"，真正达到"内在的真实"。同样是强调艺术创作中作家的主体性地位，普鲁斯特将实证主义的外向考证转向对艺术家的内在世界的体验，这可视为对作家主体性批评的进一步发展。因而，对小说传记研究的辨析将我们带回到本章第一节留下来的问题，如何看待创作中的主体性地位？埃科对此选择了排除法，然而为了探究明白小说的真实性之惑，我们需要在回顾的基础上前进。

三、重提主体性批评

在理论与批评实践中自觉地发展主体性批评的当属日内瓦学派[①]，让－伊夫·塔迪埃曾在其《20 世纪的文学批评》中以"主体意识批评"予以命名，认为其"首要特征，便是回归到作者的主体意识"[②]。无论日内瓦学派的批评家们在文学观念和批评实践中有多大分歧，却基本认同这样的观念：文学作品乃是人类意识的一种形式，因而文学批评从根本上说乃是一种"对意识的批评"。这里的"意识"乃是现象学意义上的"归入括号""中止判断"等现象学还原之后的固有存在，即纯粹意识，因而批评家不能将作为创造者的作家与生活中的作家混为一谈。文学作品是一次精神的历险，是作者的自我意识的纯粹体现，批评家应当对作家潜藏在作品中的自我意识行为予以特别的关注。如乔治·布莱认为的，文学是经验的对象而非认识的对象，要理解作品，无穷无尽的知识是必要的，然而它们不同于对"内心世界的真正了解"，批评家的任务是揭示和评价作家的经验模式，"力图亲身再次地体验和思考别人已经体验过的经验和思考过的观念"，完

---

① 此处指的是文学批评的日内瓦学派，而非语言学领域的。国内关于日内瓦学派的研究甚少，唯一权威的论著当属郭宏安先生的《从阅读到批评——"日内瓦学派"的批评方法论初探》（商务印书馆，2007）。郭先生认为，尽管作为一个学派而言，日内瓦学派并非一个整体，但在关注的问题以及基本的方法论倾向上，其成员保持了松散的一致。此书除了介绍已为中国批评界熟知的乔治·布莱以外，还对马塞尔·雷蒙、斯塔罗宾斯基、让·鲁塞等西方批评界几位重要的批评家有所介绍，弥补了国内此领域的空白。相关的译著可参考罗伯特·R.马格廖拉：《现象学与文学》，周宁译，春风文艺出版社，1988；让·贝西埃等主编《诗学史》，史忠义译，百花文艺出版社，2002；让－伊夫·塔迪埃：《20 世纪的文学批评》，史忠义译，百花文艺出版社，1998。

② ［法］让－伊夫·塔迪埃：《20 世纪的文学批评》，史忠义译，百花文艺出版社，1998，第77 页。

成两个主体的融合。①

　　作家主体性批评在批评史上由来已久，而它在批评思想方面最大的推动力毫无疑问来自浪漫主义运动，乔治·布莱甚至认为浪漫主义乃是主体性批评的根源。拉曼·塞尔登指出，浪漫主义批评"深刻地影响了我们的现代意识，特别是文学评论的'常识性'话语。在学院里，我们实质上仍然浸润在一种浪漫主义阅读方式中"②。我们关于想象／幻象、天才以及情感等术语的讨论，均在浪漫主义时代得到伸展，并予以高蹈的赞颂。

　　与古典时代将诗人的想象力看作人脑对外界的某种机械接受不同，柯勒律治认为诗人的想象力是活跃并富于创造性的，天才的独一无二性和个性应当予以重视；爱德华·扬格认为，"不合传统标准的美，和不曾有过先例的卓越，是天才的特征，它们不受学问的权威和法则的管辖"，"天才凭借看不见的手段建立起自己的结构，天才自古以来就被认为具有神圣的性质"③。出于对古典主义批评的反驳，浪漫主义诗人和批评家们将诗艺的桂冠戴在艺术家的头上。

　　浪漫主义批评尤其促成了一种"朗吉努斯式"情感批评模式的主张，这种批评将伟大的诗歌作为一种纯粹的情感表达，而情感表达的崇高与否则取决于受灵感激发的诗人是否掌握有充分说服力的思想，和热烈情感的激发。对于华兹华斯来说，一切好诗都是强烈情感的自然流露，诗人在平静中回忆并沉思这种情感，并借由和谐的韵文表达。因而，一首诗的成败，依赖于创作者是否有点石成金的能力。

　　　　诗人是以一个人的身份向人们讲话。他是一个人，比一般人具有更敏锐的感受性，具有更多的热忱和温情，他更了解人的本性，而且有着更开阔的灵魂；他喜欢自己的热情和意志，内在的活力使他比别人快乐得多；他高兴观察宇宙现象中的相似的热情和意志，并且习惯于在没有找到它们的地方自己去创造。④

①　[比]乔治·布莱：《批评意识》，郭宏安译，百花洲文艺出版社，1993，第3页。
②　[英]拉曼·塞尔登编《文学批评理论：从柏拉图到现在》，刘象愚等译，北京大学出版社，2003，第117页。
③　[英]拉曼·塞尔登编《文学批评理论：从柏拉图到现在》，刘象愚等译，北京大学出版社，2003，第157页。
④　[英]华兹华斯：《〈抒情歌谣集〉1800年版序言》，载伍蠡甫、胡经之主编《西方文艺理论名著选编》，北京大学出版社，1986，第48页。

雪莱对诗人的赞颂唱出了浪漫时代的主旋律：

> 他们（诗人）也是法律的制定者，文明社会的创立者，人生百艺的发明者，他们更是导师，使得所谓宗教，这种对灵界神物只有一知半解的东西，多少接近于美与真。①

诗人们的宣言仍然有些模糊，有待于落实具体的作家作品。乔治·桑说得很明确："从什么时候起，小说就不得不把存在着的一切、把当代芸芸众生和万事万物的冷酷现实记录下来呢？……而我呢，在另一方面，却感到不得不把人物描绘成我希望于他的那样，描绘成我相信他应该如何的那样"，"艺术家的目的应该是唤醒人们对他所表现的对象的热爱……艺术并不检验已知的现实，而是追求理想的真理"。② 也就是说，我们对小说除了要求某种生活逻辑的再现，抑或形式游戏的满足外，还有一种真理性诉求。这便是亚里士多德谈到的诗摹仿"可能世界"，从而具有"可信性"。弗莱曾在"真实感"（reality）与"真实性"（realism）之间做出区分，可为我们提供启示：文学作品注重的是现象学范畴里的真实感，而非逻辑实证主义意义上的真实性。也就是说，我们谈到的小说的真实性，乃是基于主体性层面的真实性，这既是创作主体的情感驱动，又是接受主体的情感接纳。这也是伊瑟尔谈到的，理解文学虚构的意义，前提是必须走出笛卡尔认识论的圈子，即把主体和客体对立起来的西方哲学传统。摹仿论尽管经历了漫长的历史，有诸种变体，但一直被限制在认识论的框架之内。在此框架内，虚构的最基本特征就是现实的必然缺席，问题是，"尽管某些事物实际是一种客观存在，但它们却不能分享客观事物的真实性，那么，这种不能分享客观事物真实性的事物又何以能存在呢？这实际上是笛卡尔哲学遗留给现代世界的一个难题"③。所以，该种对立是站不住脚的，因为它预设了一个先验的立场，使我们能够断言何谓虚构、何谓现实。但是，正如后现代理论家们力图告诉我们的，并不存在这样一个可以作为根据的

---

① [英] 雪莱：《为诗辩护》，载伍蠡甫、胡经之主编《西方文艺理论名著选编》，北京大学出版社，1986，第 69 页。

② [丹麦] 勃兰兑斯：《十九世纪文学主流》（第五分册），李宗杰译，人民文学出版社，1997，第 156 页。

③ [德] 沃尔夫冈·伊瑟尔：《虚构与想象：文学人类学疆界》，陈定家、汪正龙等译，吉林人民出版社，2003，第 14 页。

第三维度。因此，伊瑟尔赋予文学再现以操演性特征：现实不能是一个既定的等待被描绘的客体，而应该是一个可以施之于操演的源泉。文本并非依靠事实本身而使自己成为虚构之物，虚构化行为将现实形式化，从而转化成一种符号化的真实。虚构的文本之所以有意义，是因为它将超越被摹写的原型。

一言以蔽之，小说的真理表现为它具有一种坚守意义追求与价值判断的真实性。它不是"现实"的，它具有自主逻辑的形式，而形式则由意义赋予，即作者的"意向性"。文本的自我呈现乃是意义被发掘的过程，它与人类本质的可塑性有关，包含着人类自我本质的无限提升，在这个意义上，文学将与人类学走到一起，成为一座呈现"可能存在"或"可能发生"的纷繁复杂的多种事物的百花园。

小说的真实性只有通过两个主体之间的共同战斗方能获得，正如只有勃兰兑斯方能"真实"地评价乔治·桑的意义。后者的作品，在今天的读者看来，大多已经失去了文学兴味：人物模糊，情节散漫简单，过于理想化，在一些书简和独白中，常常陷于诗意的说教。然而，"乔治·桑青春时期的这些作品中却有一团火，直到今天还能发出光和热；它们走出了一种将继续响彻若干世代的曲调。这些作品发出的既是如怨如诉的悲泣，又是战斗的呐喊；凡是在这些作品所渗透的地方，便萌动了各式各样感情和思想的幼芽，那个时代抑制了这些幼芽的成长，可是在将来，它们将要舒展开来，扩大开来，其气魄之豪放我们今天只能有一个模糊的概念"[①]。

真实性是精神的真实性，是情感的真实性。在浪漫主义者看来，情感是愤怒、热爱与痛苦，是到达精神苦难之临界点时，置之死地而后生般的对于信念的抱持。没有一个时代像浪漫主义时代那样喷薄出情感巨大的说服力与创造力，一切形式的游戏纷纷黯然失色。正如我们尽可以挑剔陀思妥耶夫斯基的形式缺陷，但在《卡拉马佐夫兄弟》中，那则"宗教大法官"直逼我们灵魂的深处，搅动罪恶的泥潭，以无比强烈的情感力量击中了我们的心灵。极讲究形式游戏的博尔赫斯也写道，"题材的激情左右着作家，而这就是一切。某个句子粗糙或细腻，对纯真的文学来说，是无关紧要的"。《堂吉诃德》的形式充满了缺陷，甚至粗糙，但是，"具有不朽的禀赋的作品却经得起印刷错误的考验，经得起近似的译本的考验，也经

① ［丹麦］勃兰兑斯：《十九世纪文学主流》（第五分册），李宗杰译，人民文学出版社，1997，第 161 页。

得起漫不经心地阅读的考验，它不会失去其实质精神"①。

出于根深蒂固的怀疑论立场，埃科在对小说现实内容的有意搁置中，在对形式游戏的执迷中，在对"经验作者"的刻意排斥以及对"模范作者"的信任中走向了另一种智性或形式主义的极端。其原因也许在于，基于一种审慎的后现代考量，对中心和权威的质疑让埃科倾向于抽离了小说真实性品质中的情感维度与道德诉求，搁置了小说本体论思考中的主体性意义，而将小说形式物质化，从而避免话语言说的专横。

然而埃科也是矛盾的。小说的真实性与可信性对于埃科来说毋庸置疑，他一直致力于捍卫的是虚构世界的独立性。从文化符号学的立场出发，埃科肯定了虚构世界作为符号客体的确定性。不仅如此，在埃科看来，小说世界中的人物和故事甚至是"更高等级的客体"，而且形成了一种"动态的整体"，构成了完整的符号世界。埃科绝非极端的能指游戏论者，他强调封闭的规则，这是叙事逻辑得以成立的支柱。"虚构人物从不改变，永远会掌控自己的行为，在这点上可能只和数学实体相类似，而不像所有其他符号客体需要随文化不同而进行修正。这也是为什么虚构人物对我们很重要，尤其是从道德角度看。"②

埃科无法回避虚构的伦理问题，但他拒绝通过故事去直接实现某种道德教化。在他看来，小说叙事的伦理依据恰恰在于虚构的"真实"不容篡改。

> 哈姆雷特、罗伯特·乔丹和安德烈公爵违背我们的意愿都死了，读到他们最终的结局——并且意识到不管我们在阅读过程中如何渴望如何期盼，事情还是以一定方式发生，并成为永远——这对我们的情感是巨大的冲击，让我们感受到命运之神的触摸，不寒而栗……
>
> 作为生活在此时此地的一分子，我们也经常和我们的命运不期而遇，因为我们考量我们生活的世界的方式和虚构人物考量他们世界的方式是一样的。③

---

① [阿根廷]博尔赫斯：《作家们的作家》，倪华迪译，云南人民出版社，1995，第 13 页。
② [意]安贝托·艾柯：《一位年轻小说家的自白——艾柯现代文学演讲集》，李灵译，广西师范大学出版社，2014，第 146 页。
③ [意]安贝托·艾柯：《一位年轻小说家的自白——艾柯现代文学演讲集》，李灵译，广西师范大学出版社，2014，第 148、149 页。

　　在此，埃科不可避免地（在尽可能排除了所有经验的介入之后）回到了故事打动人心的最巨大的力量：经验与情感。这成为埃科所谈到的小说的伦理力量。作为一个学院派"高级读者"，埃科否定了将小说视为现实世界"镜子"的传统现实主义理论，拒绝将经验作者作为诠释故事的权威依据。在追求一种纯粹的不受牵制的真实时，埃科依旧需要回答：这一经过符号重构的可信世界，对于模范读者而言，究竟还有着怎样的意义。

第三章　叙事之美：形式的游戏

> "一部小说的形式——批评家是多么经常地使用这个措辞啊——是我们中间大概还没有人真正仔细琢磨过的东西。"
>
> ——柏·卢伯克《小说技巧》

这是一个事实，当华莱士·马丁在《当代叙事学》中开宗明义地写道："在过去 15 年间，叙事理论已经取代小说理论而成为文学研究所主要关心的一个论题。二者之间的不同并非仅仅是种类之间的不同……通过改变有关研究对象的定义，我们改变了我们所看见的东西。"[①] 20 世纪以前，小说批评关注作品的社会内容与道德寓意，往往采取印象式、传记式和历史的批评方法，对于小说的形式技巧则相对忽略。随着福楼拜和亨利·詹姆斯对文体风格与叙述技巧的推崇，小说批评与创作开始走上艺术的现代主义之路。20 世纪五六十年代在小说理论史中具有分水岭意义。随着俄国形式主义者们的著作在英语世界的广泛传播，英美新批评派的批评传统和结构主义语言学方法在文学研究领域的广泛运用，使叙事学占领了小说批评的阵地，对小说结构规律、叙述机制和文体技巧的研究占据了中心地位。

头一遭，小说的形式论研究变得如此重要。虽然我们可以认为，在 20 世纪的文学专业领域中，对形式论研究构成源头的当属英美新批评派的批评实践，却不可过于草率。需要引起注意的是，新批评派对文本的关注乃至迷恋，进而对文本进行客观地、科学地、毫无功利计较地批评，乃是出于将文学作品尤其是经典作品看作人文精神的偶像，并以此对抗 20 世纪的文化荒原状态，它依然继承了对文学作品审美的、人文批评的理想主义传统。它对经典的推崇，对审美趣味和爱好进行审慎"鉴别"的行为，乃是出于对一种日臻完善的个体人格的向往，并为之努力。所以，尽管我

---

① ［美］华莱士·马丁：《当代叙事学》，伍晓明译，北京大学出版社，2005，第 1 页。

们对艾略特的名言——"诗歌不是感情的放纵，而是感情的脱离；诗不是个性的表现，而是个性的脱离"——相当熟悉，从而认定艾略特思想中的反浪漫主义倾向，但我们还应该看到他的另一句话："当然，只有具有个性和感情的人们才懂得想要脱离这些东西是什么意思。"①

俄国形式学派更感兴趣于某种纯粹的"方法"，更注重建立文学理论的"科学"基础。"文学性"对他们来说，并非某种"人文"内容，后者只不过为文学的形式技巧发挥作用提供语境而已。形式学派相对忽略文学作为审美现象的道德与文化意义，而是乐于提出某种模式与假设，将文学看作语言的特别应用，并解释审美效果如何从形式和技巧中产生。对此，什克洛夫斯基写道：

> 艺术的手法是将事物"奇异化"的手法，是把形式艰深化，从而增加感受的难度和时间的手法，因为在艺术中感受过程本身就是目的，应该使之延长。艺术是对事物的制作进行体验的一种方式，而已制成之物在艺术之中并不重要。②

结构主义者干脆以形式之名举起了"反人文主义"的大旗。索绪尔的结构主义语言学以及由之奠立的现代符号学模式被运用到小说研究中：无论是托多罗夫对叙事句法的探讨，普罗普对叙事基本功能的研究，列维－斯特劳斯对"神话素"的寻找，还是格雷马斯尝试建立的一种普遍的叙事"语法"，诸如此类，都旨在界定文学结构的一般原则，而不是为个别文本提供解释。尽管结构主义叙事学并没有引起广泛的认可，并在 20 世纪 80 年代以后日益式微，逐渐为后结构主义思潮所取代，但它却对我们对于文学一直以来所抱有的人文信仰提出了最严峻的挑战。同时，一些论者相信，作为反结构主义的后结构主义思潮同样是内在地孕育于结构主义早期的阶段，这几乎成为一种自嘲：后结构主义者正是那些突然发现自己错误的结构主义者。

在此背景下，埃科的小说形式论主张呈现出其惯有的复杂性与暧昧

---

① [英]T. S. 艾略特：《艾略特文学论文集》，李赋宁译注，百花洲文艺出版社，1994，第11页。

② [苏]维·什克洛夫斯基：《散文理论》，刘宗次译，百花洲文艺出版社，1994，第10页。

性。作为一个著名的符号学家，埃科曾被称为"意大利的巴特"①，某种结构主义痕迹也烙在其对文本内在叙事机制的追踪上。然而，仔细考察之后我们将发现，他对故事与情节的区分，对叙事时间的甄别，对所谓"权宜桥段"以及文体风格的探讨，实则与英美新批评派以及俄国形式学派有着更紧密的血缘关系，这种联系甚至体现在埃科本人的创作套路中，呈现出强烈的形式主义风格。同时，作为一个后现代理论家，埃科并没有致力于建立一套完整的叙事模式，而是在实际的批评中表现了对结构主义方法的否定。更应该看到的是，埃科在小说形式的宇宙里从容自如地施展其解剖才华的同时，仍然深藏着一颗人文主义者跳动的心。在他看来，"审美的读者"即便没有必要对"内容读者"采取一种高高在上的姿态，却是不容易达到的境界，"经典"的意义是永恒的。在这里，我们似乎又可看到那些已被历史尘封的老派批评家的身影，虽则他们已经被淡忘。

第一节 结构与形式

"现代批评家已经向我们证明，谈论内容本身根本就不是谈论艺术，而是谈论经验；仅仅当我们谈论已经被成就了的内容，即形式，以及作为艺术作品的艺术作品的时候，我们才开始作为批评家说话。……因而，当我们谈论技巧时，我们几乎就是在谈论一切。"

——马克·肖勒《作为发现的技巧》

如果因为埃科是一个符号学家，如果因为我们常有的思维懒惰而对无须费去多少脑力便可随意造就的感悟式的媒体文字——在埃科看来，常有些华彩，且具备投合大众心灵习性的情感形式——感到由衷的信赖，尤其是，如果我们已对理论家们机械枯燥、毫无个性可言的文学研究深深厌烦，那么，当我们一眼扫过埃科分析《西尔薇娅》所采用的那般冷静的科学式手法时，想必会抱怨：又一个结构主义者。此时，合上你正在阅读的书，打开电脑，点击浏览器，或是随意翻阅一份报章杂志，轻松的生活扑面而来。请原谅我的妄自揣度：在大多数人的心目中，文学，尤其是小说，不

---

① [日]篠原资明：《埃柯：符号的时空》，徐明岳、俞宜国译，河北教育出版社，2001，第10页。

过是一场低端游戏，它不需要我们开动脑筋，它浪费智力。当然，如果我们已经习惯大众传媒精心制作的开端、发展、高潮与结果，如果我们已经习惯泪水总是缠绵悱恻的，幽默总是插科打诨的，英雄或好人的死亡总是可以避免的，那么这的确不是文学的时代。

还有一些严肃的人，他们善良、正直，对于一个社会的文明与公正必不可少。他们尊重人类生而享有的各种权利，却唯独缺乏对创造性文学的尊重。他们有一个个口袋，里面填满了社会学、政治学、经济学、人类学的语汇，总能在合适的时机出手，给某部作品戴上一顶将强烈刺激读者肾上腺素的帽子。他们告诉你这部作品充满了政治隐喻，那部作品可以作为社会学研究的范本，而眼前的这本，将掀开一页女权主义运动的新篇章。然而，我们仍然不知道，文学何以为文学，小说何以是小说。帕慕克在《白色城堡》的引言中写道："选择这个书名的人不是我，而是同意印刷出版此书的出版社。看到前面献词的读者可能会问，其中是否有什么特殊的意义存在？我想，把一切看作与其他事物有关联，是我们这个时代的癖好。"①

如果这两段文字是多余且不合时宜的，那么此时我想直奔主题，在本小节的论述中，我将首先表明的是，虽然埃科对结构主义的方法心领神会，然而他更近于一位形式论者，而非结构主义者。而我最终想去讨论的，是埃科对有科学主义之嫌而声名不佳的小说叙事学研究有何新的评价，其符号学理论又为他对于结构的理解开辟了怎样的维度，他如何理解"情节"这一古老的形式论概念，在一个充满隐喻的时代，他将如何为"形式"正名、为"经典"辩护，又是如何在其小说创作中体现他的形式论理念的。他将向我们展示并强调一个被人淡忘的真理：文学不过以各种新奇的形式诉说诸多有关人类心灵的永恒主题。

一、故事与情节

叙事学的发展在方法论上直接受惠于现代符号学的启示，埃科尤其典型。作为一位符号学理论家，埃科在法国结构主义理论的鼎盛时代开始了符号学研究，正如日本学者篠原资明观察到的，1962 年埃科出版了《开放的作品》的同时，列维－斯特劳斯出版了《野性的思维》（收在此书中的萨特批判引起了西方学界极大的反响），与其早先的《结构人类学》一

① ［土耳其］帕慕克：《白色城堡》，沈志兴译，上海人民出版社，2006，第 4 页。

起，成为结构主义走向鼎盛的重要契机。对埃科有着重要影响的罗兰·巴特也于 1963 年写了《关于拉辛》，引起了新旧批评的辩论。1964 年，罗兰·巴特的《符号学原理》在法国符号论研究的据点《通讯》杂志上发表。① 此般氛围中，埃科的《启示录派和综合派》开始尝试符号论的研究，之后的《不存在的结构》（1968）则是对符号论体系的初步尝试，直至《一般符号学》正式创立了其独特的符号学理论体系，试图在法国结构主义和通讯语用学之间进行综合。埃科的符号学研究虽然在结构主义的影响下展开，但早在《不存在的结构》中埃科就已对结构主义的方法论有所反省，且表现出远离索绪尔而亲近皮尔斯的倾向，因而，其反映在埃科的小说形式论观点中，便呈现出比较复杂的色彩。

埃科曾在多处引述俄国形式主义者对故事与情节的区分。西方传统文学批评对叙事作品层次的划分往往采用二分法，如内容与形式、素材与手法、内容与文体等。而在研究作品的表达方式时，传统批评家一般仅注意作者的遣词造句，较少涉及视角、叙述方式、时序的重新安排等。② 在此情况下，什克洛夫斯基与埃亨鲍姆③ 率先提出了新的二分法，即"故事"与"情节"的区分，前者指按实际时间、因果关系排列的事件，后者则指对这些原始素材进行的艺术处理与形式加工。在埃科对《西尔薇娅》的分析中，大量的精确图表对小说故事的原有顺序和这种顺序如何在叙事中被捣乱，被重新组织，从而成为区别于"故事"的"情节"进行了详细讨论。"情节是叙事文本浅面上的构成方式，它是一点一点透露给我们知道的"，而"故事"则有待于重建，按照时间顺序、空间转换以及因果联系。在埃科看来，"情节理论也许是影响本世纪最深远的东西"，其源头将追溯到亚里士多德的诗学理论。④

一切理论皆非横空出世，在对某些问题的不断追问中，形成了无限丰富因而歧义丛生的历史语流，它们提供了参照，也提供了大量的留白。在

---

① [日] 篠原资明：《埃柯：符号的时空》，徐明岳、俞宜国译，河北教育出版社，2001，第70 页。

② 申丹：《叙述学与小说文体学研究》，北京大学出版社，1998 年，第 13 页。

③ 埃亨鲍姆（Boris Eikhenbaum，1886—1959），俄国文艺理论家、语言学家，俄国形式主义美学的重要代表之一。1918 年到 1949 年在列宁格勒大学教俄国文学史，1956 年起在俄罗斯文学研究所任教。主要著作有《杰尔查文的诗学》（1916）、《民间故事的幻想》（1918）、《俄国抒情诗的旋律》（1922）、《莱蒙托夫研究》（1960）等。

④ [意] 安贝托·艾可：《艾可谈文学》，翁德明译，皇冠文化出版有限公司（台北），2008，第 288 页。

这里，若要理解埃科，需要一番对理论史的梳理，这将防止我们对"形式"做出过于简单的评价——众所周知，它似乎一直都背负着恶名。

我们甚至可以暂时称亚里士多德为一个形式论者，因为他写道："现在讨论应如何编组事件的问题，因为在悲剧里，情节是第一，也是最重要的成分。"亚氏的情节观为浪漫主义时代的有机主义思想和新批评派谈到的文本统一性提供了基础。"组合精良的情节不应随便地起始和结尾……若要显得美，就必须符合以下两个条件，即不仅本体各部分的排列要适当，而且要有一定的、不是得之于偶然的体积，因为美取决于体积和顺序。"①在埃科看来，人们可以给予亚里士多德非常现代的解读，即，"表面声称在谈悲剧，而事实上却提供我们叙事的符号系统"，"亚里士多德是一位公元前五世纪典型丧失宗教心灵的亚力山卓人。他的贡献有点像是当今的西方民族学家，试图在野蛮人的故事中找出普遍恒常的成分，而这些故事虽然令他着迷，但他也只能从外部加以理解"。②

查特曼在其《故事与话语》中总结亚氏根据主人公命运的演变及主人公的道德品质区分了六种不同的宏观情节结构，与之后的结构主义者格雷马斯以及列维－斯特劳斯关于深层情节模型的讨论有相似之处：

（1）一位极好的主人公失败了，这使我们感到实在不可理解，因为它违反了或然律。

（2）一位卑鄙可耻的主人公失败了，对此我们感到很高兴，因为正义得到伸张。

（3）一位并非完美的主人公因为判断失误而失败了，这使我们感到怜悯和恐惧。

（4）一位卑鄙可耻的主人公成功了，这使我们感到恶心，因为它违反了我们头脑中的或然律。

（5）一位极好的主人公成功了，这使我们感到一种道德上的满足。

（6）一位并非完美的主人公因为判断失误遭到挫折，但最终结局令人满意。③

---

① [古希腊] 亚里士多德：《诗学》，陈中梅译注，商务印书馆，1996，第 74 页。

② [意] 安贝托·艾可：《艾可谈文学》，翁德明译，皇冠文化出版有限公司（台北），2008，第 287 页。

③ S. Chatman, *Story and Discourse*, Ithaca: Cornell University Press, 1978, p.85.

不同的是，结构主义者的模型是静态的、封闭的，注重抽象的逻辑关系，而亚里士多德的情节总结以及归纳，往往涉及故事中的具体人物、地点和关系，并考虑其修辞意义，即引起受众怎样的感受，从而具备怎样的诗学功能。因而，在亚氏的情节观中，修辞的向度非常重要，这就特别需要强调亚里士多德关于悲剧净化功能的论述，这将引导我们在源头上厘清提出"情节"这一概念的目的所在：悲剧引起的恐惧与惊骇究竟是何种意义的？

埃科认为，亚氏的《诗学》代表了接受美学的首度面世，而"情感的净化作用"有两种诠释方式：其一与医学上的顺势疗法相同，观众通过与角色的情绪认同而达到情感纾解的效果；其二可用对抗疗法的原理加以看待，"这些激动情绪被'美丽地'呈现出来并且被从远处观看"。第一种诠释导向一种酒神狄奥尼索斯的美学，而第二种诠释将通往阿波罗式的美学。[1]

在埃科看来，形式或情节的意义在于净化理论的第二种诠释。埃亨鲍姆指出，艺术为什么需要这种眼泪呢？难道仅仅是为了那些在生活中不会怜悯人的观众吗？如果将观众召集到剧场里，通宵达旦地给他们扮演各种角色，为的就是使他们感到恐惧和怜悯，那么我们置生活中的苦难于何地？也就是说，我们欣赏的，究竟是作为内容的情感，还是另一种？[2] 且看亚里士多德写道：

> 恐惧和怜悯可以出自戏景，亦可出自情节本身的构合，后一种方式比较好，有造诣的诗人才会这么做……既然诗人应通过摹仿使人产生怜悯和恐惧并从体验这些情感中得到快感，那么，很明显，他必须使情节包蕴产生此种效果的动因。[3]

也就是说，我们在艺术中享受的痛苦的激情，与我们在生活中的遭遇迥然不同，前者具有超脱性，是对展示痛苦之形式的审美享受，我们与之既没有主观的情感联系，也排除了客观的利害纠葛。这也是康德所谓的审

---

[1] [意] 安贝托·艾可：《艾可谈文学》，翁德明译，皇冠文化出版有限公司（台北），2008，第 287 页。

[2] [俄] 埃亨鲍姆：《论悲剧和悲剧性》，载 [俄] 维克多·什克洛夫斯基等：《俄国形式主义文论选》，方珊等译，生活·读书·新知三联书店，1989，第 34 页。

[3] [古希腊] 亚里士多德：《诗学》，陈中梅译注，商务印书馆，1996，第 105 页。

美无功利性，它不涉及道德善恶，也不涉及利益纠葛。

席勒在其《论悲剧艺术》中进一步阐释了亚里士多德的悲剧观。他同样认为，"悲剧是对彼此联系的事故（一个完整无缺的行动）进行的诗意的摹拟，这些事故把身在痛苦之中的人们显示给我们，目的在于激起我们的同情"。这里的"完整无缺"指的是情节的整体性，"必须包含最强烈地激起同情的激情的全部条件、即最有利于激起同情的激情的形式"。席勒还写道：

> 如果一部悲剧激起别人的同情，不是由于题材的功效，更多是由于充分发挥悲剧形式的力量，这样一出悲剧，大概可以说是最完美的了。它可以算作理想的悲剧。[①]

悲剧中的情感因素应被有效地控制在固有的限度之内，不应使痛苦、恐怖达到实际亢奋的地步，只有如此，我们才能享受怜悯的形式，而非怜悯本身。此时，为使悲剧情节充分展开，达到"用形式消灭内容"的效果，就应该延宕和阻滞悲剧，"拖延对情感的折磨"。

这便是埃科谈到的小说"徘徊的美感"，通过设置悬念，或故意放慢叙述的速度，来培养一种纯粹的阅读乐趣。"徘徊的美感"还能制造埃科称之为"战栗时间"效果的手法，它可以延缓到达高潮的过程。它使得读者在阅读体验上经过一系列滞重的，甚至极度痛苦的过程，继而在最后一瞬间完成情绪的释放。层出不穷的铺垫，乃是为了审美体验中巅峰状态的满足与喜悦。他以意大利作家曼佐尼的《约婚夫妇》为例，小说里有这样一幕：唐·阿邦迪欧，一个怯懦的 17 世纪乡村牧师，在回家的路上背诵着祈祷文的时候看到一些"他根本没想到会看见，而且根本不想看见的东西"——两个"勇士"在等着他。勇士在当时乃是服务于西班牙贵族的无赖，干着一些最下流的勾当。情节发展至此，曼佐尼突然做了一些读者会认为难以置信的事情：用了足足几页史料来解释"勇士"到底是什么。在这以后，他才回到阿邦迪欧的身上，却仍然没有切到追杀，而是让我们继续等待：

---

① 刘小枫选编《德语诗学文选（上）》，华东师范大学出版社，2006，第205、209页。

不消说，这两个前面提到的"勇士"是在等待谁，但唐·阿邦迪欧最最不能接受的就是，那些毫无争议的暗示告诉他，他们就是在等他。因为他出现的时候，他们互相望了一眼，像表示"他来了"的意思似的抬起头。然后，那个骑在墙上的人摇晃着腿站了起来，另一个人也离开了他斜倚的那面墙，两个人开始向那牧师走去。

唐·阿邦迪欧仍然把他的经书打开在面前，装作在念的样子，但眼睛却时不时从书的顶部瞟出去，看那两位究竟在做什么。当他看见他们径直向他走来的时候，马上心乱如麻，感觉到一千万个不愉快。起初他暗自琢磨，他跟来人之间无论哪里是否有什么岔道，当然他很清楚地记得，并没有这样的小路存在。他又扪心自问，自己有无冒犯过当权者，或者结下过仇人，但即使在这样一个令他绝望的时刻，他都可以因为看见自己一颗纯洁无瑕的良心而感到宽慰。而现在勇士们走得更近了，笔直地看着他。他把他左手的食指和中指放在他的领口底下，装作在调整领子，然后把手指绕着脖子打转。接着他回过头，往后看去，眼睛里每一个角落都不放过，而且看得越远越好，同时紧抿着嘴唇。他想看看是否有人从后面走来，但没人。他又从墙的上面望向田野，但那里也没有一个人。他又往前小心地瞥了一眼，但那里除了那两个勇士，还是谁都没有。

他该怎么办呢？①

埃科认为，这是一个典型的模范作者或者文本意图如何要求读者走出推理之路的例子。作者明确无误地展示给读者的，是这个势单力薄而又软弱的修士遭遇了危险的事实，然而并没有立刻满足读者原有的阅读期待，而是选择了悠闲地徘徊，在不断地减缓与延迟之后，突然向读者发出了邀请，吸引他们去好奇，这两个勇士想从那么一个乏味而普通的人身上得到什么呢？读者一旦试图如此这般追踪文本的叙述机制，他便进入了情节而非故事，也就是进入了对形式组织的无功利性的审美欣赏，这才是真正意义上的"净化"。为此，埃科区分了三种时间概念：故事时间、叙事时间和阅读时间。故事时间是故事内容的一部分，例如文本说"一千年过去了"，那么故事时间就是一千年。而一个很短的叙事时间却可以表现一个

① [意]安贝托·埃科：《悠游小说林》，俞冰夏译，生活·读书·新知三联书店，2005，第55—56页。

很长的故事时间，或一个很长的叙事时间也可以表现很短的故事时间。因而叙事时间是文本技巧的结果，它与读者的反应互动，并强制促发一个阅读时间。

我们应当在"净化说"的意义上理解埃科对"陌生化"概念的推崇。需要注意的是，什克洛夫斯基对形式的强调乃是基于他对象征主义诗学观的反对。在其同时代，"艺术就是用形象来思维"作为一个普遍的艺术观念被接受，然而，形象几乎是停滞不动的：它们从一个世纪向另一个世纪、从一个地方向另一个地方、从一个诗人向另一个诗人流传，毫不变化。什克洛夫斯基认为，诗人真正的职责乃是积累和阐明语言材料，发现全新的手法。在他看来，造成这种谬见的根本原因在于，我们没有分辨出诗歌语言与散文语言的区别——事实上，存在两种类型的形象：一是作为思维实践手段和把事物进行归类的手段的形象，二是作为加强印象的手段之一的诗意形象。他举例说明道，如果他走在街上看见前面走着一个戴帽子的人的包裹掉了，他喊道："喂！戴帽子的，包裹丢了。"这是纯粹散文式的比喻形象。而如果，几个兵在站队，排长看见其中一个站得不好，便对他说："喂，帽子！你是怎么站的。"这才是诗意的比喻形象。[①] 因而，有艺术性的作品，就其狭义而言，乃是指那些用特殊手法创造出来的作品，而这些手法的目的就是要使作品尽可能被感受为艺术作品。

可以看到，什克洛夫斯基对"故事"与"情节"的区分，并非简单地对小说的技术处理，而是基于"情节"将为我们带来美学上的陌生化效果。在艺术的世界，什克洛夫斯基强调"感受"的价值，而非"认知"。诗歌语言的陌生化，最终指向的是审美感受的拓展与审美体验的更新，从而让我们保持新奇的眼光深入地看待自身，看待世界。请看：

> 正是为了恢复对生活的体验，感觉到事物的存在，为了使石头成其为石头，才存在所谓的艺术。艺术的目的是把事物提供为一种可观可见之物，而不是可认可知之物。艺术的手法是将事物"奇异化"的手法，是把形式艰深化，从而增加感受的难度和时间的手法，因为在艺术中感受过程本身就是目的，应该使之延长。艺术是对事物的制作进行体验的一种方式，而已制成之物在艺术之中并不重要。[②]

---

① [苏]维·什克洛夫斯基：《散文理论》，刘宗次译，百花洲文艺出版社，1994，第7页。
② [苏]维·什克洛夫斯基：《散文理论》，刘宗次译，百花洲文艺出版社，1994，第10页。

埃科将"陌生化"理论运用到小说叙事研究中来。"徘徊之术"便是陌生化的方式之一，还有语义的陌生化，即通过词句、转喻等吸引读者注意力，迫使读者用一种全新的态度去观看也许是雷同的事情。伊安·弗莱明[①] 在《忠诚的卡西诺》里这样描述勒西福赫的死：

> 有一记尖利的"噗"声，并不比从牙膏管里喷出一个泡泡来得更响。没有任何其他噪音，突然间勒西福赫就长了第三只眼睛，跟他的另两只在同一个水平上，就在他那厚鼻子开始伸向前额的地方。那是一个小黑眼，没有眼睑和眉毛。一秒间，这第三只眼望穿了整个房间，而整张脸似乎滑倒在了一个膝盖上，两个外面的眼睛颤抖着转向天花板。[②]

在埃科看来，将无声手枪的声音跟空气里的泡泡做比较，以及第三只眼睛的隐喻，还有两只自然眼望向第三只眼看不见的地方，便是俄国形式主义者们称颂的"陌生化"典型。除了这种语义留白的形式之外，还存在一种通过句法来达到"陌生化"的例子。埃科以福楼拜的《情感教育》为例，在结尾，福楼拜在呈现了弗雷德里克一生当中最戏剧性的时刻之后，"没有任何过渡的影子，时间突然以几年，几十年而不是一刻钟来衡量"：

> 他去旅行。
> 他开始懂得在蒸汽船上，夜里醒在冰冷的帐篷里的悲怆。景色和遗迹久而久之变得沉闷单调，还有友谊不了了之的苦涩。
> 他回来了。
> 他回到社会中，也有了其他的情人，但这永不消退的第一次的回忆让他觉得她们淡而无味：除此以外，欲望的蠢蠢欲动，也即是爱之花，已不复存在了。[③]

---

① 伊安·弗莱明（Ian Fleming，1908—1964），英国小说家，邦德系列小说的作者。
② [意]安贝托·埃科：《悠游小说林》，俞冰夏译，生活·读书·新知三联书店，2005，第59页。
③ [意]安贝托·埃科：《悠游小说林》，俞冰夏译，生活·读书·新知三联书店，2005，第60—61页。

在埃科自己的小说创作中，这种"徘徊之术"也得到了大量的运用，甚至因此极大地增加了其作品的阅读难度。以《布拉格公墓》为例，从故事的角度来说，这部小说虚构了一个出生于19世纪末、以伪造文件为生的人物西莫尼尼，同时穿插了如弗洛伊德、大仲马和加里波第等诸多真实的历史人物与历史事件。在记忆的追溯中，西莫尼尼回顾了自己的生平，他与欧洲各个国家的情报部门、天主教会、耶稣会和共济会等阴谋串联，为他们抄袭和伪造各种文件和消息，在种种有意的扭曲或误读中，《锡安长老会纪要》被炮制出来，在欧洲卷起排犹的风潮，更被希特勒援引为迫害犹太人的历史依据，影响了其后的欧洲历史进程。这是典型的埃科式历史小说，充满了宗教、历史、政治与神秘学的内容，故事本身强烈的现实意义分明可见，却因为埃科设置的情节迷障而充满难度。这种障碍首先来自叙述者，在精神分裂、健忘症的病症下，讲述者有三个：西莫尼尼自己，从西莫尼尼人格分裂出来、名为达拉·皮科拉的教士，另一个则是自称为"叙述者"的人。故事的情节在不同的讲述者之间来回切割，相互否定或印证。故事的开端由"叙述者"导入，仿佛是窥探者：

> 回到底层的时候，行人会发现，这里只有唯一一扇窗子能透入死胡同里那一点点微弱的光亮，在窗前，有一位穿着睡衣的老人坐在桌旁，正在写我们即将读到的这个故事。他写得如此忘我，以至于行人完全可以站在他身后窥视他的手稿。有时，为了不使读者感到厌烦，行人在讲述这个故事时，对其中的一些事情会一笔带过。①

主人公西莫尼尼在写下长篇累牍的仇恨言论之后，陷入了对自我身份的迷惑。"我总感觉有一片浮云飘在我的记忆里，让我无法回顾往昔。""昨天，也就是我认为的三月二十二日星期二，我从睡梦中醒来，就像是很清楚自己是谁一样：西莫尼尼上尉……"情节并没有因此顺利展开，在对于建筑、美食与街道的大量描述后，西莫尼尼发现了房间有一扇门通往另一个房间，一封致达拉·皮科拉院长的信展现在面前，"一切都显得不真实，就好像我是另一个人，在窥视我自己。写在纸上以确定这是真的"。②

---

① [意]翁贝托·埃科：《布拉格公墓》，文铮、娄翼俊译，上海译文出版社，2020，第4页。
② [意]翁贝托·埃科：《布拉格公墓》，文铮、娄翼俊译，上海译文出版社，2020，第22、30页。

我们看到，与弗洛伊德的相遇让西莫尼尼决定写日记对自己做精神分析。在回顾了整个扭曲的童年和青少年时期以后，皮科拉教士的叙述声音再度出现，"西莫尼尼上尉，请原谅我闯入了您的日记，擅自留言"。有趣的是，这个分裂身份对之前的讲述者西莫尼尼做了一番分析——

> 被封闭在那样的家中，在爷爷和穿黑色教袍的老师们的终日影响下度过了童年和少年时代后，他对这个世界的怀疑、怨尤和愤恨之情日益加剧，以致除了滋生暴躁自私的性情之外，再也无法生发出其他的情感，而自私自利的个性又使他逐渐表现得达观、冷静和泰然自若。[①]

这番言论既构成了情节（皮科拉的叙述，精神分裂）的一部分，也形成了对精神分析的戏仿，在皮科拉的讲述结束之时，叙述者再度闯入——"这就是修道院院长达拉·皮科拉透露给西莫尼尼的事情。想必达拉·皮科拉在写下了所有这些回忆之后也感到心力交瘁，因为他对日记的贡献骤然止于一句尚未完成的句子，就好像，他写着写着，突然间陷入了昏迷。"[②]我们看到，一个并不复杂的故事在不停地叙述切换中遮遮掩掩、徘徊不前，使读者陷入"谁更可信"的疑惑中，仿佛踏入叙事的丛林。全知叙述者与不可靠叙述者在丛林中交替出现，诱导读者在确信与虚无之间进退两难。"形式"在此得以突显，使我们渐渐忘记"模范作者"埃科究竟要表达什么，讲述什么，叙述者甚至仿佛看透了读者的不耐烦与质疑："叙述者为需要记述西莫尼尼和他的不速之客——达拉·皮科拉院长之间长诗般的对白而感到有些厌烦……因为始终拿不准谁的话更可信，叙述者只好根据自己的判断重新组织和叙述后来发生的那些事情——当然，他会对自己所讲的故事担负全部责任。"[③]故事时间、叙述时间和阅读时间的参差纠缠在此被发挥到形式的极致。

二、结构与符号

那么，埃科对形式论观点的强调只是些老生常谈吗？为何重复？

① ［意］翁贝托·埃科：《布拉格公墓》，文铮、娄翼俊译，上海译文出版社，2020，第103页。
② ［意］翁贝托·埃科：《布拉格公墓》，文铮、娄翼俊译，上海译文出版社，2020，第116页。
③ ［意］翁贝托·埃科：《布拉格公墓》，文铮、娄翼俊译，上海译文出版社，2020，第169页。

在埃科的时代，结构主义的批评方法已江河日下。对埃科有重要影响的意大利美学家路易吉·帕雷森曾在其《美学》中讨论"艺术作品中的完整性问题"。对此，埃科提醒我们注意，"在那个年代，尤其是意大利，'结构'这个词可是要避免的东西，这个词意味着：'搭起鹰架、机械的、人造的、不自然的'，而且和抒情直观的时刻毫不相干，充其量在黑格尔的意义中仅代表着负面的冲动、代表概念的残渣，在最佳的情况下只能用来让诗意的时刻像个别的珠宝一般兀自发亮"①。埃科当然意识到俄国的形式学派、法国的结构主义者以及叙事学者对"文本"的研究已贡献甚多，那么在当代，如埃科这般重提形式论究竟意义何在？我们将看到，埃科的这段愤慨之言依然适合于当代：

> 只是我们真的生活在幽暗的时代，至少在意大利是如此，在这年代，我们愈来愈常听见对于符号学研究的控诉声浪（有时他们也会用带有贬义的词，例如形式主义研究或者结构主义研究来指称符号学研究），控诉这种研究得要为文学批评的没落负责，控诉它是伪数学的论述，控诉它充斥了晦涩难懂的图表，在那愚昧的言语中，文学的滋味已经蒸发殆尽，而且在那其中，读者所迷恋不已的狂喜整个像是簿记里的重复条目一样被删除掉，在那其中，"我说不上来的东西"和雄伟的成分（据信应该是艺术的终极效果）全都蒸发成各式各样理论的狂欢节庆，而那些理论只会粗野地滥用、羞辱、侮蔑并且压迫文本，夺走文本原有的清新、新奇的成分以及使人欣喜的功能。②

作为曾经的流行时尚，结构主义以及"结构"这一概念终究避免不了所有时尚者被遗弃的命运。然而这并不意味着我们对这些概念已有了清晰的认知与合理的判断。"结构"一词并不新鲜，有批评家曾从亚里士多德的《诗学》等著述中看出原型-结构主义的维度，即亚氏曾将戏剧情节结构的诸多可能规约为四种：简单情节、带有突变的情节、带有发现的情节以及既带有突变又带有发现的情节，并声称最后一种最佳。③ 这与现代结

① ［意］安贝托·埃科：《悠游小说林》，俞冰夏译，生活·读书·新知三联书店，2005，第239页。
② ［意］安贝托·艾可：《艾可谈文学》，翁德明译，皇冠文化出版有限公司（台北），2008，第198页。
③ ［古希腊］亚里士多德：《诗学》，陈中梅译注，商务印书馆，1996，第88—89页。

构主义符号学差异巨大。事实上，20 世纪哲学和文学批评的"语言学转向"已经改变了"结构"的概念。

特伦斯·霍克斯为我们提供了一个关于"结构"概念的很有意思的梳理。在他看来，"要成为人，就必须成为结构主义者"，因为"结构主义基本上是关于世界的一种思维方式"，这种思维方式对结构的感知和描绘极为关注，认为世界并非由独立存在的客体组成，事物的本质不在于事物本身，而在于我们在各种事物之间构造，然后又在它们之间感觉到的那种关系。① 这种现代的结构观可追溯至维柯在《新科学》中表达的观念。霍克斯认为，维柯的著作是现代人最早做出的尝试之一：试图消除永恒的结构过程对人的心灵产生的麻醉作用。维柯在研究原始神话和寓言的过程中发现，神话乃是原始人把一种令人满意的、可以理解的、人化的形式强加于自己经历过的实际经验，这种"人化的形式"从人的心灵本身产生，从而成为人类心灵视之为"自然的""既定的"或"真实的"那个世界，即虚构世界的形式。

因而，"真实"被赋予"形式"，这是"创造"或"诗化"的过程，也是"新科学"将着重研究的过程。人创造神话、社会制度，同时在这个过程中创造了他自己，"这种创造过程包括不断地创造各种可以认识的、重复的形式，我们现在可以把它称为'结构'的过程"②。这在维柯看来便是"诗性的智能"，"以一致的方式去掌握在人类社会生活中行得通的那些制度的实质，并且按照这些制度在各方面所表现出的许多不同的变化形态，把它们的实质表达出来"③。维柯的"结构"观念乃是以肯定人的可塑性与创造性为前提的，它导源于人类学以及美学意义上的形式冲动，赋予现实世界以某种具有实质意义的可能性。

这种具有强烈主体性的哲学形态在 20 世纪四五十年代遭遇了挑战。伴随着存在主义哲学达到巅峰，人的意识曾经被公认为是所有文学和哲学活动的出发点。人性是个历史性的概念，"介入"观念被广泛接受，人的独特性、本质和自由是普遍的话题。然而在结构主义看来，人不过是一个更广阔的系统中的一个成分而已，主体性不可谈，而应该去探讨他被卷入

---

① [英] 特伦斯·霍克斯：《结构主义和符号学》，瞿铁鹏译，上海译文出版社，1987，第6、8页。

② [英] 特伦斯·霍克斯：《结构主义和符号学》，瞿铁鹏译，上海译文出版社，1987，第4页。

③ [意] 维柯：《新科学》，朱光潜译，人民文学出版社，1997，第109页。

和受束缚的"结构"。"我"被抛弃了，之前的历史模式和人道主义观念被功能分析以及理论系统模式取代，甚至被批判为一种意识形态过重的哲学方法。在结构主义思潮的斗士们看来，结构主义语言学的概念以及与之相关的概念，不仅可以用于阐明语言学的问题，而且还可用于解决哲学、文学、社会科学的问题以及与科学理论有关的问题，而这种方式将成为唯一有效且合适的解决方式。

结构主义与现代符号学几乎是共生的。有学者认为，应当将符号学看作一门渗透入多种现代理论思潮的独立学科，而结构主义符号学只是符号学的一个阶段。从起源来看，符号学的发展有两条线索。其一为美国实用主义哲学体系的创始人皮尔斯从逻辑角度对符号进行研究，直到查尔斯·莫里斯将之体系化，这一派与文学研究较少有关系，但埃科的符号学理论正是将皮尔斯开创的方法吸收到结构主义–符号学中的尝试，从而与文学研究产生联系。其二便是众所周知的瑞士语言学家索绪尔的传世之作《普通语言学》，他明确提出要建立一个包括语言学在内的新学科"符号学"，而现代结构主义正是从索绪尔对语言的符号学研究中发展出来的。"结构主义"术语的正式确立乃发生在1929年在布拉格举行的语言学讨论会上，布拉格学派用"结构主义"来代替"形式主义"这一容易引起误会的名称。而将结构主义变成"总方法论"的是法国人类学家列维–斯特劳斯，在《结构人类学》中，他将索绪尔对言语/语言转化为人类社会研究中表层结构/深层结构进行了区分，从而引导了欧洲学术界的方法论变革。[①]

要理解符号学，就不得不提到结构主义语言学的鼻祖索绪尔，尽管关于他的研究文献已经汗牛充栋。在此笔者仅仅提及几组对结构主义方法起关键作用的概念，以把握方法论之核心为要，而不作详论。首先便是能指/所指的区分，索绪尔在这两段话中表达得很清楚：

> 语言符号连结的不是事物和名称，而是概念和音响形象。后者不是物质的声音，纯粹物理的东西，而是这声音的心理印迹，我们的感觉给我们证明的声音表象。它是属于感觉的，我们有时把它叫作"物质的"，那只是在这个意义上说的，而且是跟联想的另一个要素，一般更抽象的概念相对而言的……

① 赵毅衡选编《符号学文学论文集》，百花文艺出版社，2004，第3—52页。

我们建议保留用符号这个词表示整体，用所指和能指分别代替概念和音响形象。①

索绪尔认为，能指／所指的区分是语言研究的基本原则。能指与所指的关系是任意的，但符号系统形成时，规则相对保证了二者关系的确定性，从而保证了信息传达的有效性。这个规则即"信码"，在实用符号系统中，是强制式的。符号过程的最基本特征是一系列的二元化关系，索绪尔将之定名为"语言／言语"关系，这是结构主义符号学中最关键的概念。语言乃是深层的、抽象的、绝对的甚至具有本体意义的规则，而言语则是用任何一种物质方式表现的言语行为。这对20世纪人文社会科学研究产生了划时代的影响，列维－斯特劳斯的深层结构／表层结构，福柯的知识体系／讲述实践，伊格尔顿的意识形态／文学作品，热奈特的诗学语言／文学批评，托多罗夫的叙述语法／叙述情节，罗兰·巴特的底本／述本，等等，皆与此有关。更有论者将马克思主义关于经济基础与上层建筑，以及弗洛伊德对潜意识与意识的区分，都看作结构主义方法论的实现。

于是，人类文化的诸种形态均被看作某种深层结构的表现形式，这种"去人化"的过程彻底改变了之前具有主体建构色彩的"结构"概念。不仅如此，它还使得原本的符号学论题具有了政治意义。"它证明机构对个人的控制可以追溯到语言统治。主流话语是一种强制，与其说是某些真理（教条、'所指'）的强制，不如说是某种语言（规则、'能指'）的强制"②，导源于语言学研究的结构主义方法由此开辟了对西方主流话语进行批判研究的道路。

因此，在理解"结构"的方法之前，应当注意其批判的立场，以及其被运用至文学研究时的"纯化"需求，而所谓"反人文主义"这面结构主义者自己树立的大旗也不应使我们对其留下冰冷的印象。正是出于对人类历史上造成无数悲剧的思想上的独断主义和专制主义的警惕，出于对意识形态幽灵无所不在的事实的反思，结构主义者们转而向文学内部寻求可以信赖的资源。"结构主义对文学批评的独特贡献在于，它认出了这些以阅读和写作行为的特殊形式出现的模式的本质和意蕴，以及它们在生成了我

---

① ［瑞士］费尔南迪·索绪尔：《普通语言学教程》，高名凯译，商务印书馆，2001，第101、102页。

② ［法］文森特·德贡布：《当代法国哲学》，王寅丽译，新星出版社，2007，第43页。

们的文学观的制度化过程中所起的作用。"①

问题在于，这批有着强烈科学气质的研究者们急于使诗学研究独立于政治的、社会的、经济的乃至某种道德主义的领域，却又陷入了科学主义的窠臼。他们将严密性与客观性引入了印象主义的文学批评中，使言语从属于语言，忽视了具体文本的特殊性，既不关注文本产生的历史语境，也不关注其接受情况。其核心乃是一种意欲发现一切可供支撑文学研究并成为其基础的符码、规则和体系的科学雄心。不知不觉地，以某种纯粹的文学研究为目的的结构主义方法陷入了另一套意识形态的陷阱。

从这个角度出发，我们才能较为公允地理解结构主义的方法，及其内部的分裂与各种面向的生发。我们将看到，所谓"后结构主义"的种子早已埋在其挑战对象的生命体内。或者说，二者本不应该做出界限分明的对立区分。看到其内在的联系，将帮助我们对影响了 20 世纪 50 年代以来文学研究方法论转变的重要思潮有着更深入的理解。每种文学理论都是对文学从某一维度进行切入的理解，正如华莱士·马丁写道的，"在每一种理论之内，无论或显或隐，总是存在着来自另一理论角度的反对之声。一个理论家的思想是被别的理论家的思想引发的，他们两人相对互动的竞技场实际上就是理论之间的空间，这一空间本身即构成批评的语境"②。文学研究不是时尚秀的现场，各种新观点的出现固然可以刺激我们的思维，却不必造就"但见新人笑，那闻旧人哭"的困境。为一种业已过时的方法论招魂，这显示了埃科作为一个学者该有的学术责任感。在文学研究的各种热闹话语喧嚣之际，有思考力的传承也许比急于求成的发明制作更为重要，这也是所谓"老生常谈"的永恒魅力所在。

埃科毫无疑问是重视结构主义的，这在其关于小说真实性辨析的讨论中可见一斑：对文本结构逻辑的尊重，认可小说建构的可能世界的独立性。篠原资明谈到埃科早期的符号学研究在作为存在论的结构主义与作为方法论的结构主义之间摇摆，试图找寻调和的可能，而埃科对于托马斯经院哲学的研究尤其为其关于结构主义的思考提供了资源。在埃科看来，经院哲学与结构主义都需要在二项分割与共时性这两项特征中构筑假定模式，两者的区别在于诸关系是由空虚的价值抑或是充实的价值构成。对于结构主

---

①　[英]特伦斯·霍克斯：《结构主义和符号学》，瞿铁鹏译，上海译文出版社，1987，第165 页。

②　[美]华莱士·马丁：《当代叙事学》，伍晓明译，北京大学出版社，2005，第 4 页。

义来说，价值本身是不存在的，而只能通过与其他诸价值的差异而形成，而托马斯经院哲学则认为构成价值的必须是充实的实体形象。埃科认为，经院哲学的传统对于结构主义的偏颇不无裨益。①

符号学研究成为埃科去纠偏结构主义的途径，在此过程中，埃科由索绪尔转向了帕斯。符号的能指/所指、表达面/内容面在埃科的符号学体系中被运用，而在埃科看来，被称为"符号"的东西，是很多不同创制方式的结果。(1) 痕迹和印记（trace 或 impronte）；(2) 征兆（sintomi）；(3) 迹象（indizi）；(4) 样例（esempi）、样品（camioni）和假样品（campioni fittizi）；(5) 载体（vettori）；(6) 风格化（stilizzazione）的东西；(7) 组合的单位；(8) 假组合的单位；(9) 程序化的刺激（stimoli programmatici）；(10) 创意（invenzione）。符号创制的诸种区分表面存在一种符号过程的连续统一体，从较强的编码到较开放或不定的编码。符号学的任务是"提出隐藏在所有这些现象下面的唯一一种形式结构，即是说提出蕴涵（解释的产生者）的那种结构"②。

通过引入解释项，埃科为结构主义增加了语境的必要性，而符号则成为符号化阶段的一种工具，在此过程中，同一主体被不断地构成与分解。因此主体是"由诸符号世界产生的形式而形成的"，"我们可能是创制符号过程的深刻的推动力量"。在此，埃科再次引用皮尔斯，"人和言语相互培育……人所使用的言语和符号就是人本身"。只有充分理解埃科对于符号的论述，我们才可以重新审视其对于形式的推崇是如何链接至传统与历史的——

> 从某些方面看，我们可能是创制符号过程的深刻的推动力量。我们只有作为运动着的符号过程、含意的系统和通信过程才相互理解。只有作为历史变迁（带有前面的符号过程遗留下来的东西）的一给定阶段的符号过程的导行图，才会告诉我们是谁和我们在想什么和如何去想。③

---

① [日] 篠原资明：《埃科：符号的时空》，徐明岳、俞宜国译，河北教育出版社，2002，第80页。

② [意] 翁贝尔托·埃科：《符号学与语言哲学》，王天清译，百花文艺出版社，2006，第61页。

③ [意] 翁贝尔托·埃科：《符号学与语言哲学》，王天清译，百花文艺出版社，2006，第64、65页。

三、重提"形式论"

埃科正是从结构主义叙事学的内部出发，对之做出了合理的反思，这些反思比较全面地体现在他的"论文体风格""形式中的缺陷""互文反讽以及阅读层次"等研究论文当中。在这些文章中，埃科详细展示了他的形式论立场，以及对形式论的辩护，我们将看到英美新批评派的传统对埃科的影响，以及审美现代性以来，评论家对艺术自主性的维护。而其最终的旨归则是重新确立经典的价值——这种立场与主张在当今的理论氛围中已难得一见，却令人惊奇地被埃科这位后现代理论家所坚守，这不得不令人产生兴趣。

"风格"一词在早期被视为由某种规则所指引的写作方式，常依赖惯例，或指高度体系化的文学种类。至文艺复兴以后，特别是到了歌德这里，风格乃是指"作品获得了自己独特、完整，不可模仿的和谐状态"，浪漫主义时代，"风格"已等同于作家的原创性。通过对福楼拜、普鲁斯特等人的风格观的考察，埃科给予"风格"以这样的定义："'风格'是一种'赋予形式的方法'"，它不仅包括字汇、句法，还涉及符号策略，以及"同时布局在文体神经系统深处和表面的策略"。[①]现代形式论正是在此意义上继承了古典修辞学的传统，考察"风格"即是追踪艺术家的独创性，追踪其如何在全新的层面上赋予相同的主题以不同的形式。"我认为有两个重点要在这里提出来：第一，各种艺术形式的符号体系其实说穿了不过就是寻找具有风格的作品，并且将它赤裸地呈现出来；第二，那种符号体系代表了风格学最先进的形式，而且也是所有批评的模式。"[②]

既然确立了符号学研究的初衷，面对研究界对它的指责，埃科认为，必须首先区分三种批评类别。第一种可称为"对著作的评论"，也就是通常意义上的书评，它的功能在于提供读者一个可资信赖的诊断；第二种是"文学史的批评"，此种模式旨在将读者推向对某一作品的包罗丰富的理解道路上去，协助读者建立自己的视野以及品位，同时开启无限的全景；第三种是"文本批评"，其目的是一步一步引导读者发现文本是如何编织出来的，此类批评便是符号学意义上的批评。"文本批评"不预设立场、不

---

① ［意］安贝托·艾可：《艾可谈文学》，翁德明译，皇冠文化出版有限公司（台北），2008，第198页。

② ［意］安贝托·艾可：《艾可谈文学》，翁德明译，皇冠文化出版有限公司（台北），2008，第198页。

开出准则以认定只有哪种作品才能提供阅读乐趣，而是向我们解释文本如何产生乐趣。

埃科进一步指出，应当区分"文学的符号学理论"与"符号学导向的文学批评"。前者如经典叙事学，乃是将文本看成例子，作为某套理论体系的论证；后者乃是用符号学分析的方法，服务于文本自身。叙事学有其功绩所在，它能训练我们的阅读习惯，"它帮助我们明白叙事的文本是如何发挥效用，还有判定这些文本的良莠"，它能帮助我们理解全部的人生经验是如何在叙事中被组织起来的，更有甚者，"如果它能进一步教导我们如何以叙事的次序来组织我们对于世界的认知，那么它的功能可就不可小觑"。[①]

但叙事学的问题在于，"它们的目的不在了解文本而是故事叙述的整体功能"，其对文本的探索只缩减成为在每个不同文本里寻找恒常成分的尝试，而文学批评的任务恰恰在于强调各种变异形式，即探索个人风格，这也成为区分"批评家"与"理论家"的关键。所以，叙事学探索的是"矫饰"而非"风格"，前者是作者持续不断以相同的方式书写，且已养成的重复性的习惯，后者却是不断推陈出新、挑战并且战胜自己的现象。

"为什么现在的年轻人都被教成：如果他们要讨论一个文本，他们并不需要具备深厚的理论基础，也不需要检视各面向的能力？"埃科提出了这样的疑问，并认为，其根源在于我们时代的风气将批评活动拉到类似于投资的节奏以及速率，以期获得丰厚的利润或收益。大众传媒以其低智商、高回报的特色侵入了阅读领域，当《哈姆雷特》被改编成电视剧，原创文学的出版受制于投资方或不负责任的书评时，一种懒惰的、不负责任的阅读习惯成为流行。埃科认为，对文本的技术化分析与审美享受并不矛盾，正如"凡是明白血液循环道理的人将永远无法让他的心脏因爱而跳动"这样的观点荒谬之极一样。"在爱好文本的人以及那些只是匆促对待文本的人之间，这是一场你死我活的战役。"[②]

埃科的三种批评类别的区分让我们想到韦勒克对文学理论、文学批评和文学史三个概念的区分。事实上，我们可以将埃科的形式观视为对新批

<hr />

① ［意］安贝托·艾可：《艾可谈文学》，翁德明译，皇冠文化出版有限公司（台北），2008，第203—204页。

② ［意］安贝托·艾可：《艾可谈文学》，翁德明译，皇冠文化出版有限公司（台北），2008，第209页。

评研究方法的当代辩护。而韦勒克的《文学理论》以及《批评的概念》同样基于此目的，他曾自述他正是在"新批评派，实际上任何批评都在内，今天却处于守势"[①]的情况下展开研究的。他对文学研究使命的定性事实上是对新批评派的总结，即"研究者必须将他的文学经验转化成知性的形式，并且只有将它同化成首尾一贯的体系，它才能成为一种知识"[②]。这与埃科在小说叙事研究中的知性诉求如出一辙。

小说形式论作为一种艺术自主性原则是个审美现代性话题。从 20 世纪初叶马克斯·韦伯对价值领域的分化以及审美独特价值的描述开始，无论是理论家还是创作者，都将艺术自律视为一个重要的话题。事实上，现代意义上的艺术概念要到 18 世纪中叶才产生，19 世纪后期才被广泛认可，其间一个重要的艺术史事件是 1746 年法国哲学家巴托出版的《简化为单一原则的美之艺术》，使他成为美学史上第一个区分出美的艺术系统的人。他认为，艺术应"选择自然的最美的部分，以形成一个完整的、比自然本身更完善但同时仍是自然的整体"[③]。之后鲍姆嘉通将感性学与美学结合起来，从而确定美学的特定研究对象，至康德的《判断力批判》则确立了有关审美和艺术的自主性立场。现代性以来，艺术承担了宗教式微之后的救赎使命，这推动了艺术自主观念的最终形成。而在哈斯金看来，艺术自主意味着艺术或审美摆脱了其他人类事物，从而具有了自己的生命，包括审美判断，制约审美判断的精神能力，艺术作品，艺术作品内在的形式特质和意义，艺术家的行为和目的，艺术史中风格、体裁和媒介的发展，以及维系社会中艺术活动的实践或制度。

相对于康德的经典艺术自主理论，韦伯开辟了当代的艺术自主说。这一传统对以马尔库塞和阿多诺等人为代表的法兰克福学派，以及对先锋艺术的形式主义立场都产生了重要影响。他们在审美的自主性中发现了批判、反叛和颠覆资产阶级意识形态文化的资源，并在最终意义上实现人的自由。阿多诺写道：

　　　　自主性，即艺术日益独立于社会的特性，乃是资产阶级自由意识

---

① [美] 雷内·韦勒克：《批评的概念》，张金言译，中国美术学院出版社，1999，第 6 页。
② [美] 雷内·韦勒克、[美] 奥斯汀·沃伦：《文学理论》，刘象愚等译，江苏教育出版社，2005，第 3 页。
③ [意] 贝尼季托·克罗齐：《作为表现的科学和一般语言学的美学的历史》，王天清译，中国社会科学出版社，1984，第 100 页。

的一种功能，它因而有赖于一定的社会结构。在此之前，艺术也许一直与支配社会的种种力量和习俗发生冲突，但它绝不是"自为的"……

这种具有对立性的艺术只有在它成为自主的东西时才会出现。通过凝结成一个自为的实体，而不是从现存的社会规范并由此实现其"社会效用"，艺术凭借其存在本身对社会展开批判……对社会的这种否定，我们发现是反映在自主性艺术通过形式律而得以升华的过程中。①

比较而言，埃科的小说形式论观点，以及新批评派的立场更倾向于康德以来的经典艺术自主说。但这里要特别指出的是，由于我们的形式/内容二元观念作祟，当我们提到新批评派的形式论倾向时，我们便理所当然地断定其只重形式而忽略内容、历史，以及读者的接受等。事实却是，"新批评"这个名称乃是人们出于方便研究的需要而给予的一个草率的命名，在这个被强行捏合的团体内，大多数批评家都很难被塞进关于新批评派的教条公式。艾略特自不必言，瑞恰慈就非常重视读者而不是作品本身，艾伦·退特从一开始就对历史方面表现出浓厚的兴趣，罗伯特·潘·沃伦的处女作是一部传记，而克利安思·布鲁克斯在牛津大学的论文是校辑 18 世纪书信。对此，克利安思·布鲁克斯写道："我们不想弄什么堂皇深奥的东西。我们都不是刚从牛津大学学成归来但脱离美国现实的那种年轻人，不是为艺术而艺术的唯美主义者。"②

这成为我们理解埃科以及新批评派的前提，即应该称他们为形式论者，而非形式主义者。形式论者力图维护小说艺术的独立性，他们尊重具体文本，反对某种意识形态的侵入；而形式主义者，则是将"形式"作为小说艺术的本体与核心，其极端便是结构主义的研究方法。艾伦·退特在《诗人对谁负责》（1949）一文中尖锐抨击了"文学应对政治灾难负责"的流行观点，并指出诗人应对他的"良心"负责。"良心"指的是"知识与判断的呼应行动"，"诗人的良心早就知道，在鉴别诗人是否是一个名副其实的诗人的时候，有一个非常严格的、传统的标准"。③

退特提到的"严格的、传统的标准"引出了这些形式论者的最终关

---

① ［德］阿多诺：《美学理论》，王柯平译，四川人民出版社，1998，第 386、387 页。
② ［美］克利安思·布鲁克斯：《新批评（1979）》，周敦仁译，载赵毅衡编选《"新批评"文集》，卞之琳等译，百花文艺出版社，2001，第 596 页。
③ 赵毅衡编选《"新批评"文集》，卞之琳等译，百花文艺出版社，2001，第 525 页。

怀：文学经典。埃科在此问题上体现了一定的暧昧性：作为一个后现代理论家，他警惕任何可能造成"权威"印象的立场，却又在批评实践中表现了对经典的精英式热爱。他宽容地对待大众传媒，却又忍不住攻击其造成了我们审美感受力的堕落。他终究是个学院派知识分子，因其广博的学识和优雅的品位而最终不自觉地站在了经典的立场，从而走向了艾略特的传统。在《互文反讽以及阅读层次》等文中，他详细论述了一种"形式史"的观点，认为任何一部作品（严肃的创作）都处于文学史的脉络当中，并随时接受阅读与检验。艾略特写道："从来没有任何诗人，或从事任何一门艺术的艺术家，他本人就已具备完整的意义。他的重要性，人们对他的评价，也就是对他和已故诗人和艺术家之间关系的评价。"[1] 而维护经典的价值，乃是"为了设置限制，以建立一个既非政治又非道德的衡量标准"，因为"认知不能离开记忆而进行，经典是真正的记忆艺术，是文化思考的真正基础"。[2] 韦勒克对新批评派的描述与总结十分公允：

> 不管你扣什么"曲高和寡"的帽子，你也躲不开新批评派对诗的质和值的强调重视。判断艺术作品优劣始终是文艺批评不可回避的责任。人文科学如果屈从于不偏不倚的唯科学主义和冷漠的相对主义，或者屈从政治说教的需要，而接受一些不相干的标准，那么就会丧失它们在社会中的作用。新批评派在以上两个方面进行了英勇的战斗。我看，这场战斗还得继续打下去。[3]

作为一个有着后现代趣味的理论家，埃科为何在此驻足，回望传统？在一个"碎片时代"重提小说的形式论研究，重新发掘结构主义叙事学的价值，追求一种似乎已经"过时"的文学纯化研究，体现了埃科相当的学术勇气。通过对"情节"概念的再阐释与再运用，通过强调"情节"概念的"净化"意义，埃科再次拾起了自亚里士多德以来，直至英美新批评派与俄国形式主义学派关于文学有机论的思想。当理论界齐声讨伐结构主义理论之"反人文主义"时，埃科却要求我们不可贸然对待这一影响了20

---

① [英]T. S. 艾略特：《艾略特文学论文集》，李赋宁译注，百花洲文艺出版社，1994，第3页。

② [美]哈罗德·布鲁姆：《西方正典》，江宁康译，译林出版社，2005，第25页。

③ [美]克利安思·布鲁克斯：《"新批评"（1979）》，周敦仁译，转引自赵毅衡编选《"新批评"文集》，卞之琳等译，百花文艺出版社，2001，第616页。

世纪五六十年代西方学术界的重要思潮，在此基础上，埃科做出了不偏不倚的反思。

对形式论传统的维护，实则是对经典观的维护，对小说艺术自主性的强调。在埃科看来，文学经典的独立性是不容动摇的，尽管我们可以对一部小说做出各种意识形态论的解剖，但前提是尊重文本本身。形式论虽有科学化的嫌疑，但由于它将批评落实在具体的文本之中，这就避免了结构主义叙事学的理论中心主义之害。从埃科对具体文本细致入微的阅读，对形式论传统的维护，我们看到了一个理论家致力于冲破理论束缚的姿态与努力——这正是我们研究埃科的形式论观点所带来的启示。

近些年来，虽然西方学界对理论之后的见解表现出一些差异，但在重新唤回文学文本在文学研究中的地位，以及承认众多后现代文化理论只是在"提出不同的问题或者用不同方式来提问"等前提下却是一致的。"大家的共识是，理论的时代已经结束，消失的不仅是理论那个权威的大写字头，还有和它紧密联系的一群明星的名字，特别是与结构主义、后结构主义、后现代主义的种种变体联系在一起的以法国知识分子为主体的那些人……"[①] 埃科提示我们，我们绝不可能回到理论之前的时代，仅仅以常识和修养作为研究文学的不二法门；我们又不能唯理论马首是瞻，将文学仅仅作为理论话语的附庸来对待。理论之用，只是在于其方法论意义，它能够帮助我们从各种角度去理解文学，理解文学所展示的无边的生活与无边的人性。让理论走下神坛，让文学亲近多彩的生活世界，同时，又要为文学向我们展示的可能世界留有一方领地。

然而，我们仍需要进一步地讨论埃科的形式论主张。无论是亚里士多德的情节观，还是英美新批评派的形式论批评实践，都强调了文学形式的价值论维度和伦理考虑，埃科如何看待这个问题？这是下一节将要涉及的问题。

---

① ［英］拉曼·塞尔登等：《当代文学理论导读》，刘象愚译，北京大学出版社，2006 年，第327 页。

第二节　形式与形象

"当小说毫不关心自己的艺术效果时，当它执着于道德影响时，或者当它就直截了当地报告它认为是客观事实的一切时，小说才开始实现自己的最佳艺术效果。"

——特里林《自由主义的想象》

埃科曾以电影《在黑石镇糟糕的一天》为例。斯宾塞·崔西在其中扮演一个左手残疾、脾气温和的二战退伍军人，他要去一个荒无人烟的小镇为一个死去的日本兵找父亲，却成为种族主义者们残酷迫害的对象。

埃科对影片的细节做了详细的描述：影片的观众从崔西的愤怒和嚎叫里读到，经过一小时的折磨，他要复仇恐怕是不可能了。而就在这时候，他在一家小餐馆里喝酒，又一个恶人向他挑衅。忽然间，这个忍耐克制的人快速地挥出了他那只好的手臂，猛击了他的敌人一拳，随即这个恶人被猛掷到餐馆的另一头，撞碎了门以后摔倒在街上。埃科认为，这个暴力场面出现得有些出乎意料。但此前，一系列滞重的、极度痛苦的、能在观众身上达到心灵净化效果的愤怒已经为此做了铺垫，并在这一瞬间完全释放在观众的座椅上。埃科进一步认为，此类"战栗时间"的绵延的最终目的不仅在于维持观众的注意力，而且在于激发观众的审美情趣。这些不断的迂回和转折，"只为了酝酿我们一瞬间的满足和喜悦"。埃科注意到，因为意大利的电影院允许观众在影片放映的任何时段进来观看，他发现很多观众特意在此段情节发生时进来，而在崔西报复成功后离去。[①]

问题在于，观众的"满足和喜悦"除了来自某种形式的快感外，或者说，当这种形式的快感随着重复的次数增加而有所减弱时，这段故事是否还有某种深层的东西吸引着我们？

这启示我们："形式"的问题仍然需要深究。正如前文论述到的，埃科的形式论主张坚守了艺术自主性原则，维护了经典的价值。而进一步的问题在于，经典除了具有形式史层面的创新与突破外，是否还存在着诸多其他维度？而在这些维度中，是否存在着某种属于文学的特定领域，对我

---

① ［意］安贝托·艾柯：《悠游小说林》，俞冰夏译，生活·读书·新知三联书店，2005，第69—70页。

们持续不断地产生着吸引力？埃科曾写道，"毫无疑问，时不时的大段描写、成批的叙事细节，与其说是表现手法，还不如就被看作用来放慢读者阅读速度的技巧和手段，直到读者达到了作者认为合适于充分享受文本的阅读速度"①。然而，小说形式的徘徊之美，细节展示的微妙之处，仅仅是技巧意义上的吗？或者我们可以这么说，我们对微妙形式之美的享受，究竟来自何处？不仅如此，在后结构主义理论出现以后，我们无法回避来自这个阵营的对追求文学叙事"纯粹化"的怀疑与颠覆。这将带领我们重新踏入一片新的天地，在其中面临挑战，并进一步思考。

一、被质疑的"形式"

追求某种"纯粹"的文学常常是脆弱的，与伊格尔顿对《细绎》派以及新批评派的攻击相比，后结构主义以"话语"或意识形态为武器，引入"讲述的主体"或"过程中的主体"之类的概念来讨论封闭的结构之不可能性简直是小儿科。事实上，伊格尔顿对新批评派以及俄国形式论派的批评功绩相当清楚，他甚至将什克洛夫斯基发表《作为技巧的艺术》作为20世纪文学理论的重大转折。他还指出，无论《细绎》的成败如何，无论时人如何褒贬文学权势集团对于利维斯派的偏见以及运动本身的尖刻，"这样的事实却是不容怀疑的：今日英国的英语研究者，经过那次具有历史意义的干预之后，已经发生了不可逆转的变化，都已变成了利维斯主义者……利维斯学派也变成了我们根深蒂固的、本能的鉴别智慧的一种表现形式"②。

正因为伊格尔顿对《细绎》派和新批评派的深刻洞识，他的批评才有必要引起我们的思考。在他看来，英国文学进入研究的视域，本身就是一个阶级行为。对于先前维多利亚时代的统治者来说，宗教是进行思想控制的极为有效的形式，借助形象、象征、习惯、仪式以及神话来传播，既富有感情又凭借经验，因而能将自身与人这个主体的最深层下意识本质结合在一起。宗教式微以后，相同的任务落在英国文学之上，对此，伊格尔顿引用牛津大学一位英国文学教授的话道："英格兰处于病中……英国文学因此身负三重责任……拯救我们的灵魂，医治我们的国家。"③于是，英国

---

① [意]安贝托·艾柯：《悠游小说林》，俞冰夏译，生活·读书·新知三联书店，2005，第63页。
② [英]特里·伊格尔顿：《文学原理引论》，刘峰译，文化艺术出版社，1987，第39页。
③ [英]特里·伊格尔顿：《文学原理引论》，刘峰译，文化艺术出版社，1987，第29页。

文学作为一门课程，首先不是在高等学府开设，而是在技工学校、工人专科学校以及业余巡回讲习班里开设，当然，还被认为特别适合女性学习等，它便有了根本的理由：通过文学的感情与经验特质发挥作用，以人类的普遍价值为幌子，以"永恒的真理"为诱饵，一方面给身处社会中下层的人民以某种替代性满足，另一方面培养他们"仁慈博爱"与"宽容"的精神，从而达到控制工人阶级，确保私有财产永存的目的。英国文学研究的兴盛还与英政府推行帝国主义策略有关，而第一次世界大战的爆发也使得昔日被视为正统的古典文学研究成为日耳曼人的胡言乱语，任何有民族自尊的英国人都应该弃之如敝屣，英国文学终于骑在战时民族主义的马背上走向兴盛。

然而，《细绎》派的成员大多是中产阶级的后代，艾略特也是从美国来的移民，但这在伊格尔顿的阶级观念中并不矛盾。他认为，利维斯等人正因为出身中下层阶级，才对高等学府早期的那些上层阶级大人理所当然地心怀敌意，而同时又要竭尽全力将自己与那些地位更低的工人阶级区分开来。这使得他们一方面激烈地反对文学学术界的权势阶层，一方面又对人民大众采取排斥态度，从而追求某种科学标准的确立，鼓吹对那些神圣不可侵犯的作品进行严格的文本分析。而艾略特因为"在文化上感到离异、在精神上已被剥夺继承权"，身处陌生的英国便选择了"极右的权威主义"，而他的"传统"观在伊格尔顿看来也是有高度选择性的，"其指导原则与其说是着眼于过去哪些作品具有永恒价值，毋宁说是看哪些作品有助于他写自己的诗"。[①]

因此，新批评派在伊格尔顿看来都是些极端而孤立的精英主义分子，其自身的道德状况也不见得好到哪儿去。利维斯派们从未考虑过为"改变"这一社会做出实际的努力，而仅仅诉诸教育，希望那些勇敢而又有教养的少数人通过高雅文化的传承来改善社会的困境。然而，教育毕竟是社会的一部分，而不是它的出路；再说，正像马克思曾经问到的那样，又由谁来教育这些教育者呢？更重要的是，伊格尔顿对文学的道德作用表示了相当的不信任，因为那些从未读过亨利·詹姆斯小说作品的人，进入坟墓时也照样心安理得，而"社会上绝大多数人肯定都属于这种情况。难道因此就能说他们道德上麻木，人格上平庸低贱，想象力贫乏"[②]？相反，那些有着

① ［英］特里·伊格尔顿：《文学原理引论》，刘峰译，文化艺术出版社，1987，第49页。
② ［英］特里·伊格尔顿：《文学原理引论》，刘峰译，文化艺术出版社，1987，第43页。

良好文学素养的人却参与了在中欧屠杀犹太人的勾当——文学并没有如利维斯等人所希望的那样，使他们成为好人。伊格尔顿的攻击不可不谓尖锐，其论证排山倒海，充满了道德义愤与优越姿态。在他的笔下，先前那些维护经典价值的形式论者们一个个成了阴谋论的实践者，其表面的深厚学养与客观立场全成了掩饰其不可告人的虚荣心与势利眼的遮羞布。

同时，后结构主义符号学理论对结构主义符号学产生了巨大的颠覆：索绪尔认为在同一个系统内，能指与所指可以保证相对暂时的统一，但后结构主义者们发现，指意活动在根本上是不稳定的，比如我们在词典中只能看到对意义的持续不断的延误，不仅一个能指都会有数个所指，而且每一个所指又可变成另一个能指，从而再度追寻出另一串所指来，而这个过程是可以无限延续下去的。这一理论对旨在维护艺术自主性的形式论派观点造成了较大冲击，特别体现在诸如文本间性（又译互文性），文学生产论以及话语等概念的引入上。

文本间性的概念直接针对艾略特的"传统"观念而来，由朱莉亚·克里斯蒂娃在讨论巴赫金与俄国形式主义的论文中提出，之后被广泛运用于后结构主义文论当中。她认为，一个"文本"包含着"若干文本变化的排列组合"，表现出"一种文本间性"，"在一个给定文本的空间中，从其他文本中来的几种声音相互交织、中和"。她还提出了所谓"意识形态素"的概念，以之说明一个给定文本的篇章结构与一些广大的"外部文本"之间的相互交叉。①

埃科也对互文概念提出了自己的看法。他指出互文性不仅存在于单个文本之间，还包括文化系统以及先前的影响链条，并称之为"百科全书的世界"。对文本间的"互文意图"，埃科统称为"书籍彼此间会对话"。然而这并不意味着身处这种互文的世界中，创作者只能模仿摘抄，被动地接受影响，"那就好比强调贝多芬写下的音符没有哪一个先前就被演奏过了"。埃科以博尔赫斯为例，指出："留存于波赫士作品里最根本且最重要的，就是他有能力运用百科全书各式各样的碎片，并重组成理念的美音妙乐。"②

---

① [英]拉曼·塞尔登等：《当代文学理论导读》，刘象愚译，北京大学出版社，2006，第196页。

② [意]安贝托·艾可：《艾可谈文学》，翁德明译，皇冠文化出版有限公司（台北），2008，第162页。

在此我们可以看到哈罗德·布鲁姆对埃科的影响，正如前者在《影响的焦虑》里谈到的，"一部诗的历史就是诗人中的强者为了廓清自己的想象空间而相互'误读'对方的诗的历史"①。在布鲁姆看来，这种"误读"是有意的，只有在误读之链中，创作者才能免除在经典重压下的焦虑，从而向伟大传统发起挑战。这同样让我们想起艾略特在其《传统与个人才能》中强调的，现存的不朽作品固然已经形成一个完美的体系，但当真正新的艺术品加入它们的行列时——这个新的艺术品必须对此前的传统具有完备的了解——体系若要继续存在下去，就必须做出修改。"于是每件艺术品和整个体系之间的关系、比例、价值便得到了重新的调整；这就意味着旧事物和新事物之间取得了一致。"②

　　"话语"理论的核心乃是指语言的使用永远在与其他主观体系的联系中被规定，福柯写道："在我们的文化里——无疑也指在其他文化里——话语原初并不是一种事物、一种产品或一种占有物，而是处于神圣与世俗、合法与非法、虔敬与亵渎这种两极相对领域中的一种行为。"③福柯认为，研究文本的纯粹性是不可能的，话语渗透在文本的运作中，与权力密不可分，它决定了什么可说，标准在何处，它甚至通过体制的方式规范了文学研究的形式。"话语"在阿尔都塞这里被置换成"意识形态"，"通过主体范畴的功能，全部意识形态都招呼或质询作为具体主体的具体个体"④。在《保卫马克思》一书中，阿尔都塞认为意识形态是一种有自身逻辑和严整性的再现，而不是"反映"现实的体系，文本当然身处在意识形态的系统之内。

　　马舍雷在阿尔都塞有关意识形态理论的基础上，结合弗洛伊德的心理分析理论，特别是意识／无意识的概念区分，提出了"文学生产"论。他认为，意识形态进入文本以后，将暴露出它的矛盾与断裂，但这种断裂不能从文本本身去寻找，而是应该追索文本边界以外的空白。也就是说，不去探究文本已经写就的，而是注视其未写到的，从而发现其意识形态的蛛

---

① ［美］哈罗德·布鲁姆：《影响的焦虑》，徐文博译，江苏教育出版社，2006，第5页。
② ［英］T. S. 艾略特：《艾略特文学论文集》，李赋宁译注，百花洲文艺出版社，1994，第3页。
③ ［法］米歇尔·福柯：《作者是什么？》，逢真译，载朱立元、李钧主编《二十世纪西方文论选（下卷）》，高等教育出版社，2002，第189页。
④ ［法］路易·阿尔都塞：《意识形态和意识形态国家机器》，载［英］拉曼·塞尔登编《文学批评理论：从柏拉图到现在》，刘象愚等译，北京大学出版社，2003，第499页。

丝马迹："为了说出一些意义，必须不说出另外一些意义"，"我们必须揭示作品内部的分裂，这种分裂就是作品的无意识……这并不是要用无意识使作品加倍复杂，而是要在表达姿态中揭示不表达的姿态"。①

在这一片反对声浪中，立足于经典的形式论者们几乎已无地自容。经典或者是阶级阴谋的产物，或者成为文本间的互文游戏，或者是意识形态或权力话语体系内的构造者，总之，它既不是自足的，也没有什么可供维护的优越之处。而互文性的乐趣在埃科的小说创作与专栏系列文章写作中常常被发挥到极致：让历史或文学作品中的人物在同一个时空里出场，或虚构故事，或戏仿，与其说体现了某种思绪，不如说是一种游戏乐趣。

这与埃科的符号场概念有着强烈的联系，也成为埃科的叙事思想中关于形式论的重要基础。埃科认为，符号链条的每一根都可以向外辐射、互相指涉，从而构成了符号场。在这个"场"里，不同的符号可以互相转译，相互映射，与解释项一起，构成一个百科全书式的三元符号体系。这种迷宫类型是埃科的兴致所在，充满了他的小说创作架构。符号是无限衍义的，是模糊的、复杂的多面体。其形式观一如其符号论：网状的结构；潜在的、无限的，可以对其进行多重解释，不仅有真理，也有虚假、想象、传说等内容和主题；永无完成之日，只能作为一种调节性观念存在，具有局部性和暂时性，不可能组织成一个完整系统。② 在此意义上，符号学是小说叙事研究的基础，因为后者是关于不存在的世界，只有在符号指涉中才成为客体。

二、"形式"的缺憾：来自"形象"的充实

埃科身处当代理论语境当中，无法拒绝这种氛围，即便在吸收并阐发新批评派的老旧传统时，他也时刻注意着避免造成某种令人生厌的权威或精英的姿态。这使得他对形式论的阐释几乎仅仅停留在技巧层面，而不愿做进一步的深究，或者说，他只是在文本研究的知性和智性层面上继承了艾略特等人的传统，对审美的道德、伦理维度则避之唯恐不及。在此，埃科停步的地方，将成为我们继续探索的起点。我们将进一步探讨形式概念应有的精神维度与伦理维度。

① ［法］皮埃尔·马舍雷：《文学生产理论》，载［英］拉曼·塞尔登编《文学批评理论：从柏拉图到现在》，刘象愚等译，北京大学出版社，2003，第501—502页。
② 李幼蒸：《理论符号学导论》，中国人民大学出版社，2007，第334页。

无论是伊格尔顿，还是诸多后结构主义者，都满足于理论层面的逻辑自洽，而视具体的批评实践于不顾。在对新批评派的攻击中，我们看到伊格尔顿只是对其泛泛地简化，在雄辩的修辞中打了一场空洞的战役——他并未就后者具体的批评实践提出有建设性意义的观点，而是在对英国文学的讨论中，满足于泛泛指责其阶级属性和意识形态的阴谋。这是令人不满的。后结构主义者们的诸般说辞也无不重复同一套路径：将文学和文学批评纳入某套业已铸就的理论体系当中，使之作为其理论构建的见证。一副理论霸权主义的姿态。

形式论的意义究竟在于何处？这个问题要求我们回到对"形式"这一概念的辨析上来。如果说"形式"本身总让我们联想起它与"内容"的二元对立，或是阿拉伯锦毯花边的话，那么，正如有学者指出的："让文论家们各执一端莫衷一是的'形式'，其实能够通过另一个概念予以相对清楚地表达，这就是'形象'。"[①]"形式"与"形象"的区别在于："前者只是由对象的媒介因素与结构关系作用于我们感官而形成的一种知觉统一体；而后者在美学语境里的涵义，指的是以一定的形式为基础并借助于相关'形状'所形成的，一种拥有相对确切精神内涵的经验形态。"[②]

"形式"备受怀疑，与它的物质性有关。它落实在小说叙事研究中，将使得我们常诉诸技巧层面的分析，从而忽略了克莱夫·贝尔所说的"有意味的形式"之意义所在。"在讨论审美问题时，人们只需承认，按照某种不为人知的神秘规律排列和组合的形式，会以某种特殊的方式感动我们，而艺术家的工作就是按这种规律去排列、组合出能够感动我们的形式。"[③]那么，这种"感动"源自何处？"形象"概念的引入进一步阐明了形式的"精神内涵"的维度，即"通过形式的节律化而形成的一种'情调'性的东西"[④]，并指出，理解艺术形式的关键，在于认识"情调"的重要性。

"情调"与我们的生命体验有关。"形象"作为一种有"情调"的"形式"，通过一系列艺术手法的组合运用传达了作者对生命这一情感现象的认知与体验，并引发读者的共鸣与思考。克罗齐在《美学原理》中通过对"直觉"的哲学界定，细致分析了"形象"的概念。他首先指出，直觉知

---

① 徐岱：《基础诗学：后形而上学艺术原理》，浙江大学出版社，2005，第 67 页。
② 徐岱：《基础诗学：后形而上学艺术原理》，浙江大学出版社，2005，第 68 页。
③ [英]克莱夫·贝尔：《艺术》，周金环、马钟元译，中国文联出版公司，1984 年，第 6 页。
④ 徐岱：《基础诗学：后形而上学艺术原理》，浙江大学出版社，2005 年，第 69 页。

识可以脱离理性知识而独立存在，直觉品①固然可以和概念混合，但"混化"以后的直觉品已不复是概念，而成为单纯的直觉，这是由作品的完整效果决定的。例如小说《约婚夫妇》（埃科也屡次以此为例）中尽管含有许多伦理的议论，但并不因此在整体上失去一个单纯故事或直觉品的特性，而叔本华的著作中虽有片段故事和讽刺隽语，却也不会因此失去说理文的特性。直觉界限以下的是感受，也就是无形式的单纯的物质，我们也可称之为"材料因"。它是机械和被动存在的物质事实，心灵创造性地赋予它形式，从而产生"形象"，此时，"心灵只有借造作、赋形、表现才能直觉"②。此时，形象一方面具有客观物质形式，另一方面又与我们的心灵有关。这就使它具有了具体可感性。这种具体可感性与感受的普遍性有关，并常常表现为历史意识或文化形态。

只有从这个角度，我们才能理解苏珊·朗格关于审美符号乃是个人情感的具体化的理论。在她看来，人类感情由艺术演绎的语言客观地加以表现，"艺术就是对情感的处理"，这就意味着，"一件艺术作品虽然具有高度的表现力，却是一种单一、不可分割的符号"，"符号的重要认识价值就在于它们能表现那些超越了创作者过去经验的理念。……与其说他成为一位艺术家是由于自己的情感，倒不如说他是借助对情感符号形式的直觉，借助于把感情认识塑造成这种形式的能力而成为艺术家的"，因此，"艺术家的精神视野，以及本人个性的成长和发展，是与他的艺术密切相关的"。③

如果说这样的概念分析仍缺少具体性的话，那么此时我们将面向具体的文本分析，来探讨"形式"，或曰"形象"，如何呈现它的文化内涵、精神内容以及情感向度。以"青春叙事"④为例，20世纪以来，"青春叙事"作为一种叙事形态形成了一道独具形态和文化品质的流脉。它以青春成长为主题，在形式上常运用固定式内聚焦模式、第一人称叙事以及独白话语，但在细节上又表现出对这些策略的偏移，如叙述视角的伪固定性，人称机

---

① 朱光潜先生在译注中说明，"直觉知识"乃是指，见到一个事物，心中只领会那事物的形象或意象，不假思索，不生分别，不审意义。在翻译中，他将直觉的活动译作"直觉"，将直觉的产品译作"直觉品"，以示其中细微的差别。

② ［意］克罗齐：《美学原理》，朱光潜译，上海人民出版社，2007，第15页。

③ ［美］苏珊·朗格：《情感与形式》，刘大基等译，中国社会科学出版社，1986，第427页。

④ 笔者对"20世纪青春叙事"有专文阐释：《自我之舞——20世纪青春叙事的一种解读》，发表于《浙江大学学报（人文社会科学版）》2008年第3期。

制的虚无化以及价值立场的真空。其根源在于作为叙述主体的"自我"的文化虚无主义本质，与传统的"青春叙事"相比，体现出鲜明的"拒绝成长"的时代特征和文化色彩。我们将看到，"青春叙事"不仅关乎叙事形式，还是一种价值载体和生命态度。

叙事首先可以作为一种基本解释模式、一种不可化简为普遍涵盖律模式的模式来理解的运动①，"归根结底也是表现小说家的艺术经验和审美感受的一种方式，受到他的基本创作观的制约"②。20世纪的"青春叙事"，在结构模式上普遍选择了固定式内聚焦式。以有青春文化代言人之称的小说家萨冈为例，在其处女作《你好，忧愁》中，作者向我们展现的是一个有关青春少女的叛逆和因此带来无法挽回的伤痛的故事。情节呈单线发展，叙述的视点固定在"我"，也就是女主角塞茜尔身上。构成小说内容的整个故事的，是主角的所思所想，如在与恋人希里尔初识时，塞茜尔关注的不是作为他者的恋人，而是这个恋人在自己情感坐标系中的定位和种种缠绵引发的身体感觉：

> 他生就一张拉丁人的脸，黑黝黝的脸膛十分宽阔，带着某种镇定自若的神态，仿佛随时准备出来保护别人，这一点我很喜欢。③

对"他"的描写草草带过，紧接其后的是作者"依然故我"的笔触：

> 对那些大学生，一般我是躲得远远的，他们往往粗鲁……我不喜欢青春少年。比起青年人，我更喜欢父亲的朋友，那些四十来岁的男人，他们彬彬有礼地跟我说话，满怀爱怜，体现出一种父亲兼情人般的柔情。可是希里尔讨我喜欢。④

固定式内聚焦叙述的独特性在于，外在世界不过是刺激叙事焦点情感和体验反应的契机，不具有独立的意义，只为"自我"而设立，并随着此"自我"的淡出而淡出。"自我"在这里更多地表现为非理性的情绪体验，

---

① ［美］华莱士·马丁：《当代叙事学》，伍晓明译，北京大学出版社，2005，第194页。
② 徐岱：《小说叙事学》，中国社会科学出版社，1992，第199页。
③ ［法］萨冈：《你好，忧愁》，余中先等译，人民文学出版社，2006，第4页。
④ ［法］萨冈：《你好，忧愁》，余中先等译，人民文学出版社，2006，第4—5页。

体现出身体性的特征。在《一个青年艺术家的肖像》中，乔伊斯倾注大量笔墨描绘的是小斯蒂芬对外在世界，诸如冷、热、黏糊糊、怪味等视觉、触觉、嗅觉的细致感受。这样的写作方式固然有先例，但在小说叙事中被抬到如此高度，则并不多见。聚焦模式的意义在于形式上的辨别，内在的文化气质更值得深思。一方面，青少年时期在心理学上向来被认为是一个突变、"再生"和新质生成的时期；另一方面，它最主要的还是发现个人"自我"的时期。对自己内心世界的发现是青春期的主要心理收获，而外部世界、有形世界只是作为主观经验的一种可能性被认知。矛盾在于，20世纪"青春叙事"虽然选择了固定式内聚焦式，但反映在文本中，又有了细微的差异，即这个视角虽然呈固定状态，却是无根的固定，因而事实上是个虚无的视角。正如海明威书中的这段对话：

> "这么说你近来是在看书的吧？"
> "看一点，但没什么很好的。"
> "依我看，《勃列特林先生》这书，对于英国中产阶级的灵魂，是个很好的分析研究。"
> "我可不知道什么是灵魂。"
> "可怜的孩子。我们大家都不知道什么是灵魂。你信教吗？"
> "只在夜里。"①

灵魂问题归根结底是自我定位的问题。在时空的坐标系上，"我在哪里"的发问是每个人根本的哲学冲动。回避不代表不思考，只可显示出"我"对现实世界和信仰世界的双重恐惧和焦虑：现代性视野中的价值多元、价值混乱带来了它的孪生子——价值真空。

同时，叙述人称的选择关乎叙事格局的确立，而该叙事格局又与其背后隐藏着的叙述主体的叙事态度、价值取向、审美倾向息息相关，也在事实上预设了作者与读者、文本与读者的互动关系。且看：

> 太晚了，太晚了，在我这一生中，这未免来得太早，也过于匆匆。才十八岁，就已经是太迟了。在十八岁和二十五岁之间，我原来的面

① ［美］海明威：《永别了，武器》，林疑今译，上海译文出版社，2006，第269页。

貌早已不知去向。我在十八岁的时候就变老了。我不知道是不是所有的人都这样，我从来不曾问过什么人。①

这段自述成为《情人》开篇最精彩的所在，很大程度上要归功于小说的第一人称叙事，这同样也是 20 世纪"青春叙事"普遍采用的人称机制。它首先限定了叙事的结构模式，即固定式内聚焦式。在这一模式的基础上，第一人称叙事又不同于第二人称的对话性和第三人称的间离性，而有着强烈的真实感和主体抒发性。就真实感而言，第一人称叙事更有着讲故事的特征，并且是讲自己的故事。尽管阅读者明白"我"仍是虚构的道理，但就对语言的第一反应而言，"我"比"某某"更亲切和可感，就像老朋友间促膝谈心一般聊到当年事。而读者的阅读体验相对第三人称也有着微妙的变化，"他"的故事对于作为读者的"我"来说，往往具有他者性，即便产生阅读的共鸣，"他"也还是以旁观者的身份在"看"。与此相关的是第一人称叙事机制中的主体抒发性：

> 飞机一着陆，禁烟显示牌倏然消失，天花板扬声器中低声流出背景音乐，那是一个管弦乐队自鸣得意地演奏的甲壳虫乐队的《挪威的森林》。那旋律一如往日地使我难以自已，不，比往日还要强烈地摇撼着我的身心……我扬起脸，望着北海上空阴沉沉的云层，浮想联翩。我想起自己在过去的人生旅途中失却的许多东西——蹉跎的岁月，死去或离去的人们，无可追回的懊悔。②

这段平缓忧伤的自述让我们立即进入《挪威的森林》那份青春感伤的氛围中。与其他人称机制相比较，第一人称特别适合用作心理的追悔和往事的追思，因为它本身就具有一种独白性。这为叙事主体的直接登场，与读者面对面乃至掏心掏肺的交流提供了方便。所以第一人称叙事的真实感、在场感同时也意味着鲜明的主体性和浓郁的抒情性。

然而，同是第一人称叙事，20 世纪的"青春叙事"又呈现出独有的特征，即由"向外"全面转向"向内"。此处可以与 19 世纪一部著名的青春成长小说《哈克贝里·芬历险记》做比较：马克·吐温在这部小说中同

① ［法］杜拉斯：《情人·乌发碧眼》，王道乾、南山译，上海译文出版社，2002，第 5 页。
② ［日］村上春树：《挪威的森林》，林少华译，上海译文出版社，2001，第 1 页。

样采用第一人称的叙事手法，但读来感觉大有不同。虽是第一人称，小说的叙述着眼点是"世界"发生了什么，以及"我"在"世界"中的行动，从而呈现出外向性特征。例如，小说开篇先提示了读者这次冒险是之前的一次冒险即《汤姆·索亚历险记》的后续，"我"被达格丝寡妇收养，生活非常"可怕"，所以"到了我再也不能忍受的时候，我就溜之大吉了"。[①]而随后的一系列事件，皆围绕此而展开。小说极少梳理内心世界的隐幽，而是以情节展开为主。与之不同的是，20世纪的"青春叙事"往往以淡化情节为特征，对"讲故事"的兴趣不那么浓厚。取而代之的是对心理世界的细挖深掘，总体呈内向性特征。虽然也有"世界"，但那只是心理感受中的"世界"，被心理之眼扭曲和变形，不再以客观的面目出现。外在世界不过是内在主观世界的外射，客观真实性减弱，主观真实性增强。大多数时候，作者们甚至会放弃对外在世界的描述，全面致力于内在感受的爬梳。他们甚至以牺牲小说本身的可读性为代价，从而导致叙事主体以压倒性优势入场，使原本平等的交流活动在美学上失衡。

这又与叙述话语相关。叙述行为首先要通过作为信息的物质载体即叙述话语才得以呈现。作为英美新批评派着力强调的一个层面，它被理解为在每一件事上发现可用的说服人的手段的能力。而"说服"，不仅涉及语言本身的审美力量，如简洁、力度、优美等，更在于语言形式背后的审美感染力，它植根于叙述话语的内在构成，关系到文本风格化的形成，涉及文本的内部结构，而最终落实为叙事主体的个性。20世纪"青春叙事"以固定式内聚焦式和第一人称机制为主要的叙事模式，这影响到对叙述话语的控制和调度，使之往往以"独白"形式出现。

巴赫金在《陀思妥耶夫斯基诗学问题》一书中，指出陀思妥耶夫斯基作品中的主要人物"都深切感到自己内在的未完成性，感到自己有能力从内部发生变化，从而把对他们所作的表面化的盖棺论定一切评语，全都化为了谬误"[②]。因此，这些"思想的人"强烈地反对在别人的意志支配下完成自己。巴赫金进而认为，正是这种未完成性成为独白小说和复调小说的根本不同之处。在独白小说中，叙事主体掌握绝对的话语权力，既规定

---

① [美] 马克·吐温：《哈克贝里·芬历险记》，张万里译，上海译文出版社，2006，第1—2页。

② [苏] 巴赫金：《陀思妥耶夫斯基诗学问题》，白春仁、顾亚铃译，生活·读书·新知三联书店，1988，第97页。

了叙述视角，又使作品只表现出一种声音，体现一种价值观，各个人物虽有性格的自主权，又没有价值观的独立性，因而呈封闭状态。相反，复调小说中并不存在一个统一的声音，各人物的思想意识是平等对话的关系，并且永不给彼此下一个最终的、完成了的论断，从而有了开放性的审美特质。

20 世纪"青春叙事"的复杂性在于，其叙述话语一方面表现出独白性的特征，另一方面，在美学效果上又体现为"未完成"的状态。其原因在于，虽然是独白话语，但由于独白的叙述主体不具备一个强大的、坚定的从而足以支撑起整部小说价值立场的自我，所以，它归根到底只是一种模糊的声音，一种虚弱的独白。这突出表现在，这些"青春叙事"中的主人公，虽然似乎都有着我行我素的主张、鲜明张扬的个性，乃至离经叛道的行为，仿佛他们就是明目张胆的"破坏的一代"，毫不克制地对着整个世界进行自我抒发，但是，正如考利曾分析的：

> 我们十分谦逊，不要求自然为我们的幸福时刻增添光彩，或使我们的感情狂热回荡……我们在早年就失去了理想，而且失去得并不感到痛苦……我们相信这个世界尽是傻瓜和无赖，统治着他们的也是傻瓜和无赖；我们相信人人都是自私的、可以用钱收买的；我们相信我们自己和别人一样坏——我们认为这一切都是理所当然的事。[①]

落实到具体文本中，20 世纪"青春叙事"中话语的独白和话语的未完成性是紧密结合在一起的。叙述主体虽然掌握了叙事视角和话语权，在价值立场上又呈现模糊和松懈的状态，具体表现在：虽有固定的叙事视角，却缺乏统一的思想立场；虽努力确立独立意识，却又极其软弱，缺乏坚定性；虽掌握了叙述话语权，却无意和无力给自己和其他人物形象做出最终的、完成的论断，从而使小说呈现开放性和未完成性的审美特质。霍尔顿虽愤世嫉俗、富有批判精神，却也最终承认："我真……不知怎么说好。老实说，我真不知道自己有什么看法。"[②]20 世纪"青春叙事"在叙述话语上常常表现出一种无话可说乃至话语重复的独白，空套着一副独白的外壳，以反叛为途径，也以反叛为目的，外表强大，内里却是价值立场的

---

① [美] 马尔科姆·考利：《流放者归来》，张承谟译，重庆出版社，2006，第 65 页。
② [美] 塞林格：《麦田里的守望者》，施咸荣译，译林出版社，1998，第 198 页。

真空，表现出软弱和不稳定状态。如果说歌德时代的"青春叙事"仍然有着对于成长和完美的追求，那么 20 世纪"青春叙事"则将这种追求作为传统价值观的一部分一并反叛，在貌似强大和独立的叙述背后，露出了一张苍白和虚弱的脸。

由此可以看到，尽管 20 世纪"青春叙事"在叙事形式上有着极其个性化的特征，尽管我们可以从单纯的形式论角度来认识它，但是，若缺乏对塑造了这一叙事形式的重要的时代文化背景与个人精神气质的探究，这种认识将是不完整的，也无法引发进一步的诗学思考。

而对文本精神维度的考虑恰恰是埃科的形式论主张所回避的。叙事成为一门可以通过智性去把握的技术活，这门技术对于文本的解读固然必不可少，却也不是全部，它甚至只是初级的步骤。叙事不是智力游戏，它让我们关注的不仅是"叙述"，更是"故事"。叙述是身体的骨骼组织，故事则是身体的血肉，是温度与情感。对形式论的研究与把握，需要在最终的意义上通向对文本精神维度与伦理维度的追问。

三、回首经典人文批评

埃科的形式论主张的最根本问题在于，他回避了价值追问，削弱了形式的文化内涵与精神维度。在对利维斯、艾略特等新批评派传统的吸收中，他进一步强调了经典的艺术自主性，却相对抹去了前人强烈的道德内涵。这种避重就轻并不能摆脱意识形态的围攻，反而使得形式论在一个单薄外壳的保护中陷于伦理的孤立状态。反对艺术的他律不意味着取消艺术的他律维度，相反，小说艺术只有在敢于"直面惨淡的人生"，并且毫不推脱自己该有的道德义务时，才能使自己具有真正的审美效果，才能更深入地理解何谓"审美使人自由"。

在此，我们必须重新理解埃科所继承的新批评派传统，搁置伊格尔顿的阶级阴谋论论调，审视马修·阿诺德、特里林、利维斯等人的经典人文批评实践究竟为我们提示了什么。

在利维斯心目中，小说大家"不仅为同行和读者改变了艺术的潜能，而且就其所促发的人性意识——对于生活潜能的意识而言，也具有重大的意义"，所谓"英国文学的伟大传统"正是基于此。这个传统里的重要作家们都很关注"形式"，他们将自己的天才用在开发适宜自己和特定主题的方法和手段上，都具有独创性的技巧。但同时，他们对技巧的关注又有着共通点，即"人人都有一个吐纳经验的肺活量，一种面对生活的虔诚虚怀，以及一种明显的道德热诚"。① 因此，简·奥斯丁的小说尽管在形式上精雕细琢，体现了谋篇布局的良苦用心（纳博科夫曾就《曼斯菲尔德庄园》的风格技巧有过精湛的分析），却没有提出一种脱离了道德意味的单纯的形式美感。《爱玛》的完美形式只有从道德关怀的角度才能够领会："她对于生活所抱的独特道德关怀，构成了她作品里的结构原则和情节发展的原则，而这种关怀又首先是对于生活加在她身上的一些所谓个人性问题的专注。"② 无独有偶，毛姆也正是从这个角度为我们讲述简·奥斯丁的伟大的："她具有极高的判断力，没有谁比她更清楚自己的局限。她的生活体验仅限于乡间社会的小天地，可这个天地已让她心满意足。她只写自己熟知的事情。"③ 谈到乔治·艾略特对简·奥斯丁的反讽手法的借鉴，利维斯认为，这不仅仅是技巧上的学习，而是乔治·艾略特因为深刻觉察到了简·奥斯丁之反讽背后根本的道德关怀，才自觉地"拿来"；这不只是哈罗德·布鲁姆等人谈到的影响，而且是深入基本人性问题的共同关怀。因而，即便是亨利·詹姆斯这样的技巧大师——他作为一个美国人却自觉地亲近英国传统——对英语语言创作的选择，也是因为认同这一传统对生活所抱的极其严肃的兴味。利维斯指出，所谓"形式"的微妙归根结底乃是"人性"的微妙，其种种纠葛之处将牵动整个复杂的道德体系，而洞察敏锐的回应则显示出一个重大的价值抉择。

这也回应了笔者之前提出的问题，即"我们对微妙形式之美的享受，究竟来自何处"。在埃科为我们讲述的例子中，观众乐于重复观看斯宾塞·崔西在饱经折磨之后的复仇，毫无疑问不仅仅在于追求埃科所说的"徘徊美感"，而是在于复仇本身彰显的道德立场：惩恶扬善。这也告诉我们，尽管我们的生活方式以及思想观念存在着这样那样的差异，但在人类的一些基本的价值立场上，我们可以达成一致。我们希望恶有恶报、善有善报，我们希望爱情圆满、生活幸福，我们希望不再有饥饿战乱、天灾人祸——这些都是人之常情，也正是我们道德选择的原始基础。

利维斯谈到的"道德"内涵还不止于此。我们可将他和特里林、马

① ［英］F. R. 利维斯：《伟大的传统》，袁伟译，生活·读书·新知三联书店，2002，第 4、12、14 页。

② ［英］F. R. 利维斯：《伟大的传统》，袁伟译，生活·读书·新知三联书店，2002，第 11 页。

③ ［英］毛姆：《巨匠与杰作》，李锋译，南京大学出版社，2008，第 61 页。

修·阿诺德关于此问题的探讨置于同一个参照系统中加以理解。特里林曾注意到，卢梭对文学虽在总体上持谴责态度，却对小说网开一面。卢梭曾在《忏悔录》中写道，他的统一的自我在五六岁时就已经形成了，那时他与父亲常一起通宵达旦地读小说，而他"连续不断的对生存意义的认识"便是从那个时候开始的。[①] 何谓"生存意义的认识"？特里林同样选择了简·奥斯丁的小说来阐释。在他看来，简·奥斯丁尊重的小说人物都有着高度的生存意义，而这一切意味着自我满足、自我定义，意味着真诚。这种生存意义不是狭隘的，尽管简·奥斯丁常遭受道德训诫的指摘，但特里林认为，简·奥斯丁真正关注的是与社会变化相关的新意识。"它告别专一与简单，它用角色扮演来否定自我，它致力于艺术性文化以及随之而来的与传统精神相左的东西。简·奥斯丁对新意识的所有特征都不赞成，但她对它们的评价并不只是敌对的。"[②]

"不赞成"并不意味着"敌对"，这是小说艺术的特殊"道德"。不同于伊格尔顿所攻击的，利维斯等人提倡的"道德"并非抽象意义上的道德教条，也不是所谓资产阶级的人性观，而是尊重生活多样性与原真性的品质。它要求我们在小说的虚构世界中认识他人，宽容并深入地理解生活，即便这种生活是我们所不熟悉甚至不赞成的，它也要求我们暂时搁置成见，以"同情"之心观看，从而达到自身生命的充实状态。它不会强行施予我们一套特定的价值体系，而是让我们在感同身受的情感体验中达成某种期待和希冀。它以生活的丰富性不断补充或质疑原有的稳定的世俗道德体系，向我们展示人性无限的可能性。

对于小说批评来说，我们要做的正是在探究形式的基础上挖掘其中的价值指向。伊格尔顿在这一点上是对的，即阿诺德、利维斯等人的文学批评并不纯粹——事实上他们从未在通常意义上宣称自己的客观性——而是有着鲜明的道德立场。问题在于，这个立场究竟是什么？他们果真只是大英帝国主义的意识形态布道者或者是怀着不可告人之心妄图获得社会认可的小资产阶级后代吗？

让我们来看看马修·阿诺德，这位无论在世抑或身后都饱受攻击，却在事实上影响了几代文化批评事业的英国批评家。与伊格尔顿为我们描述的形象相反，阿诺德一生从没放弃对现实政治社会的关注与批判。这一点

---

① ［美］莱昂内尔·特里林：《诚与真》，刘佳林译，江苏教育出版社，2006，第68页。
② ［美］莱昂内尔·特里林：《诚与真》，刘佳林译，江苏教育出版社，2006，第75页。

也使得他不断招致政客们的攻击。有意思的是，这些攻击与伊格尔顿的言下之意简直如出一辙："那些侈谈所谓'文化'的人……无非是一知半解地摆弄希腊、拉丁那两门死语言而已"，还有来自自由党人的作家哈里森的笔锋甚健的阐发，"文化素养于新书评论家可取，于文学教授相宜，然而涉及政治，它能做的不过是找茬挑刺，沉湎于一己的慰藉，行动起来则迟疑不决。政治上数文化人顶可怜"。①

阿诺德究竟做了什么使得政客们对一个文化人产生兴趣？原来，他对英国的资本主义政治、经济、社会现状乃至英国国教无一不展开了尖锐的批评：

> 在我们这个国家里，凡是文化教我们所确立的几乎所有的完美品格，都遭遇到强劲的反对和公然的蔑视。关于完美是心智和精神的内在状况的理念与我们尊崇的机械和物质文明相抵牾，而世上没有哪个国家比我们更推崇机械和物质文明。关于完美是人类大家庭普遍的发展的理念与我们强烈的个人主义相抵牾：我们讨厌一切限制个性自由舒展的做法，"人人为自己"是我们的准则。关于完美是人性各方面之和谐发展的理念尤其与我们缺乏灵活机动的特性相抵牾：我们往往只看事情的一面而不及其余，我们一旦追逐什么，便会全副精力投入。因此，在我们这个国家，文化的任务十分艰巨。②

阿诺德的每一句话无不给政府形象抹黑，无不触犯了权势阶层，他甚至对英国的国教放出利箭，"人们已习惯于让宗教语言发挥特殊的作用，使之成为纯粹的套话，乃至根本没有听进宗教自身对宗教组织缺点错误的谴责"，"所谓'力陈己见、固守新教'的思想永远不可能引导人类走向真正的目标"。③

"文化"是阿诺德思想的核心。它并不企图教育包括社会底层阶级在内的大众，而是"寻求消除阶级，使世界上最优秀的思想和知识传遍四海，

---

① [英]马修·阿诺德：《文化与无政府状态》，韩敏中译，生活·读书·新知三联书店，2008，第2—3页。

② [英]马修·阿诺德：《文化与无政府状态》，韩敏中译，生活·读书·新知三联书店，2008，第12页。

③ [英]马修·阿诺德：《文化与无政府状态》，韩敏中译，生活·读书·新知三联书店，2008，第20、21页。

使普天下的人都生活在美好与光明的气氛之中，使他们像文化一样，能够自由地运用思想，得到思想的滋润，却又不受之束缚"。阿诺德的此番道白想必会引起后殖民理论家们的警惕，然而阿诺德一生从未试图建构一套价值体系，"文化始终反对的两件事情，正是雅各宾主义的标记——一是激进好斗，二是醉心于抽象的体系"。①

文化起源于"好奇"之心，它激发我们去广泛地求知，去探究世界的本相，获得关于普遍秩序的知识，而这种秩序应当包含在"世道"中，应作为人生的目标。因而，文化的目标虽然在于追求完美，追求美与智的和谐，但不可能独善其身，"完美最终应是构成人性之美和价值的所有能力的和谐发展"，并将"社会性"列为文化的基础，"而且还是文化根基中主要的、卓著的部分，这些动机包括对邻人的爱心、行动、助人、做善事的冲动，纠错解惑、排忧解难的愿望，以及让世界变得更美好、世人更幸福的高尚努力"。② 一句话，"文化"为生活，"文化"为每一个身处这个世界的普通人，"文化"是人之常情。

通过之前对埃科关于小说本体论的思考的论述，我们可以看到，对真理性维度的放逐使得埃科对小说真实性的论断陷入了技巧论的窠臼。而在埃科的形式论观点中，埃科一方面继承了亚里士多德以来，尤其是英美新批评派和俄国形式主义文论的传统，致力于维护小说艺术的自主性，维护经典的价值，并提醒我们应当去追求小说技巧的智性趣味，这一点埃科功不可没；另一方面，作为一个后现代理论家，埃科回避了形式的价值维度，回避了小说艺术的生活情感内容，这也造成了其形式论精神内涵的缺乏与单薄。

因而，需要再就对埃科有着重要影响的英美新批评派关于小说形式与道德之关系做出清理。可以看到，阿诺德、利维斯等人的道德观乃是此层意义上的："如何生存，这一问题本身就是一个道德观念"，"诗歌就是对人生的评论；诗人的伟大之处在于对人生观、对'如何生存'这一问题的观点予以有力的、审美的表现"。③ 我们不必给予"道德"以某种充满猜疑

---

① ［英］马修·阿诺德：《文化与无政府状态》，韩敏中译，生活·读书·新知三联书店，2008，第34页。

② ［英］马修·阿诺德：《文化与无政府状态》，韩敏中译，生活·读书·新知三联书店，2008，第8页。

③ ［英］拉曼·塞尔登编《文学批评理论：从柏拉图到现在》，刘象愚等译，北京大学出版社，2003，第510页。

的剖析，"道德"就是我们每天的生活。小说正是以其特有的艺术形式向我们展现生活中的诸般道德状况，从而让我们感受人之为人的存在困境，体会人生的甘苦，体察人性的微妙，在虚构的世界中我们真正享受着感受力的自由。这便是形式之美给我们带来的充盈状态，正所谓"充实为美"。

这意味着小说的道德即"真实"。在此层面上，小说的形式论将与小说的本体论联系起来。因而，道德首先是人之常情的生活内容，也就是现实的物质内容，是关于世界的知识，以及对世界的情感体验。道德还是一种选择，并最终决定了小说的形式，"小说是一本光彩照人的人生之书……作为引发激情的小说能在总体上让活生生的人颤抖"：

> 小说中的道德是颤动不稳的天平……
>
> 所谓不道德指的是小说家不能自持的、无意识的偏向……
>
> 全部的情感，包括爱和恨、怒与柔，都用于调整两个颇有价值的人之间频频振荡不定的天平。如果小说家把手指压在天平上，偏向爱、柔情、甜蜜、淡雅，他于是就犯了一个道德错误——他阻碍了纯粹关系与联系这最重要事物的可能性。而一旦他抬起手，就不可避免地造成可怕的反作用——走向仇恨、野蛮、残酷和毁灭。①

丰富性不意味着模糊性。我们不需要因为劳伦斯讲到的"不稳定性"就认同福楼拜以来的那种流行、滥俗的观点，即创作者只能在作品中"显示"，而不能"讲述"生活。"讲述"也就是采取某种视角进入而形成主观的介入。这一点韦恩·布斯在其《小说修辞学》中早已为我们道明："我们永远不要忘记，虽然作者可以在一定程度上选择他的伪装，但是他永远不能选择消失不见。"②在一定程度上，修辞，或者说技巧，永远指向作者隐含的价值判断与意义认同，追求绝对的客观性与公正性无疑是天方夜谭。也正如卢伯克在讨论《战争与和平》的形式缺陷时谈到的：

> 小说家的职务就是创造生活，而这儿（《战争与和平》）的确把生活创造出来了；使人满足的一种匀称、紧凑的形式是缺乏的，有那样的形式当然更好，不过，却只是如此。没有它我们也有了一部宏伟壮

① ［英］劳伦斯：《劳伦斯论文艺》，黑马译，团结出版社，2006，第77、78—79页。
② ［美］韦恩·布斯：《小说修辞学》，华明等译，北京大学出版社，1987，第23页。

丽的小说了。①

　　这在一定程度上也解释了为何埃科的小说创作不可不谓丰富，从知识论和认识论的角度来说，为当代大多数作家望尘莫及，充满了学院派的智性优势。从创作技巧的角度来说，埃科的作品同样自成一体，保持了高度的完成感，然而我们却很难对其作品中的某个人物形象留下深刻的印象。埃科曾反复谈及读者为安娜之死而哭泣，但他似乎无意于创作这样的人物让我们为之魂牵梦萦。埃科的小说以高阅读门槛为人所知，这不仅需要大量的知识储备，更需要对小说叙事技巧，对故事与情节概念的高度认知。这当然是埃科本人有意为之，但或许也是一种遗憾。

　　而当我们把目光转向埃科诸多作品中最私人化的小说《洛阿娜女王的神秘火焰》时，一切又有了些许不同。这部记忆之书讲述了古董书商扬波发生意外后醒来，患上了失忆症，他记得所有的知识、历史和概念，却记不起所有的感觉，以至于生命中经历过的一切都变成了空白，观自我有如他者。妻子建议他回到小时候生活的乡下大宅，在那里慢慢找回记忆。埃科曾谈及这部小说意在通过意大利一代人的客观记忆来重新追溯自己的个体记忆：

　　　　事实上，我的脑袋不是空虚的，而是一个回忆的大漩涡，回忆的内容却不是我的：在我们人生的中途，侯爵夫人五点钟出门，亚伯拉罕生以撒，以撒生雅各，雅各生拉·曼查的吉柯德，钟声在圣诞午夜响起，就在那时，我看见傅科摆摆到微笑和泪水之间，科莫湖的支流上天色很晚还有美妙的鸟鸣，去岁之雪轻轻地落进香农河汹涌澎湃的黑浪之中……世界一团混沌，我们无所适从，光圈层层笼罩，伯爵夫人，生命啊，生命是什么？名字、名字、名字：安杰洛·达洛卡·比安卡、布鲁梅尔勋爵、品达、福楼拜……

　　　　百科全书劈头盖脸地落到我头上，书页纷纷散落，我像驱赶倾巢而出的蜂群似的挥动双手。……我知道亚历山大大帝的全部事迹，可

---

① ［英］卢伯克：《小说技巧》，载［英］卢伯克等《小说美学经典三种》，方土人、罗婉华译，上海文艺出版社，1990，第29页。

是一点不了解我的外孙小不点儿亚历山德罗。①

《洛阿娜女王的神秘火焰》是一座巨大的符号学迷宫，一如埃科过往的作品。火焰、迷雾、玫瑰、烟盒、粉盒、锡制青蛙、抱枕熊、蓖麻油瓶、各式卡片、收音机、留声机、唱片，以及大量书籍、报刊、画册相集等，这一切构成了扬波童年时期的身份标识——通过古董收音机，他记忆起当时在灯火管制下听到的仿佛"《巨人传》里庞大固埃的冻结的声音"："盟军在安齐奥登陆，收音机没完没了地播放《无尽的吻》；阿尔德阿廷墓地发生了大屠杀，广播电台用《秃头》和《扎扎在哪儿？》来振奋我们的精神；米兰遭到轰炸，米兰广播电台播放《比非斯卡拉的风流姑娘》……"扬波自问："在这个精神分裂似的意大利，我是怎么过来的呢？"②

对意大利现代历史的追寻与个人的生命之路缠绕在一起，困惑、疑问与现代性思考在这本书中并存，符号的游戏不再仅仅是为了制造形式的乐趣或阅读的快感，更是为了某种个人体验的再现。一如此书编辑所谈到的："虽说阅读关乎私人品位，但这一次，酷爱阴谋论的埃科放下了遥远的历史与阴谋，把自己的经历，或者说，他的同龄人的经历摆在了你面前。你随着他穿越时间的迷雾，跟着他做一场暴富的梦，感受他的茫然与伤痛，同他一起追寻'娟美如太阳'的美好。"③

---

① [意]翁贝托·埃科：《洛阿娜女王的神秘火焰》，王永年译，上海译文出版社，2022，第22页。

② [意]翁贝托·埃科：《洛阿娜女王的神秘火焰》，王永年译，上海译文出版社，2022，第212、219页。

③ 李月敏：《这一次，水龙头不再滴水》，豆瓣，https://book.douban.com/review/15188778/。

第四章　叙事之度：文本的界限

> "为了理解人类事件，就要理解人类事件的其他可能。所以解释不会结束。"
>
> ——杰洛米·布鲁纳《实际想法与可能世界》

对于后结构主义以及耶鲁解构学派的文论家们而言，埃科是个令人头痛的对手。因为他有着前卫的姿态，关注当代文化领域中层出不穷的新奇事物，他有着完备的语言学符号学知识修养，他并不古板，不作精英态，他尊重文本的多义性与含混性——却在最后时刻奋身一跳去了对手的阵营。这种倒戈的力量很强大，也就是说，堡垒从内部被攻破了。这尤其体现在埃科的诠释批评实践中。

诠释既是开放的、多义的，也是应当设立疆界的，那么疆界在哪里？我们将看到，关于"疆界"的确立，埃科经历过一次较大的转变，从中可以窥见当代文论之间的碰撞与纠葛，以及由此生发的深入、持久的思考。简单来说，《开放的作品》时期的埃科尚认为诠释的钥匙掌握在作者手中，而到了后期，尤其是从《诠释与过度诠释》中收录的文章可以看到，埃科把信任交给了抽象的"文本意图"。尽管如此，某种科学主义的痕迹贯穿始终，这是埃科不曾改变的。这将进一步引导我们思考：所谓文本的"含混性"究竟是什么？在埃科看来，这种含混可以通过语言学符号学的方式予以条分缕析，也就是说，"含混性"成了技巧传达的诸多可能性。这同样将成为本章关注的问题。

文本意图与埃科对读者角色的考察紧密相连，并且他提出"模范读者"或曰"标准读者"的概念，这让我们想起当代读者反应批评的众多理论图式。事实上，也只有在与当代文学理论不断的对话与交锋当中，我们才能理解埃科。本章将说明的是，与大多数理论家一样，埃科对普通读者常常持"体谅"或"宽容"的态度，但这种态度背后隐藏着某种自命的"专业读者"的自持。"文本意图"与"模范读者"乃是相同的所指，即给予文本某种有专业修养的解读，它常常体现为解读者拥有渊博的学识与高超的智力水平。文本解读成为一场愉悦的智力游戏，这一点笔者在埃科的形式论研究章节中已有所提及。在此笔者进一步考察的是，读者在文本的解读过程中，除了这种智力上对文本内在机制的回应以外，还有没有其他的主动权？"经验读者"果然一无是处吗？对此我们将重新考察饱受诟病的印象式批评的意义。尼采有言，"没有事实，只有解释"，现代诠释学与现象学思想对于我们考察读者的角色将有着重要的启示。

第一节　开放的作品与过度的诠释

"英语过去一直就以丰富而混乱著称，现在正迅速变得更丰富更混乱了……它变得越来越含义丰富，越来越勇于把一切可能的意思一揽子包括进去。"

——燕卜荪《朦胧的七种类型》

"我有个印象是，在最近几十年文学研究的发展进程中，诠释者的权利被强调得有点过了火。"

——埃科《诠释与过度诠释》

"过度诠释"是我们了解埃科诠释批评思想的一个重要概念，然而，若不联系其早期的理论著作《开放的作品》，这种认识将是不全面的。时至今日，《开放的作品》中阐发的意见已成为研究界的共识，然而联系作者身处的意大利现实状况（这一点在《导论》部分已有提及）、欧洲的文化现实以及埃科本人的理论历程，其意义将彰显。本节首先将考察"开放的作品"之概念所指，并通过埃科分别于 1962 年和 1967 年为此书所作的两篇序言之比较，探讨埃科在研究现代结构主义思想之后对"开放"以及"结构"概念的进一步深化。不得不提到的是，《开放的作品》是埃科符号学研究的前奏，也正是因为这部著作，埃科与罗兰·巴特从曾经的惺惺相惜，到学术选择分道扬镳。这也成为本小节将讨论的第二个话题，即埃科的"开放"概念与后结构主义者，尤其是罗兰·巴特的文本游戏观，虽存在着气质上的相似，却踏入两条完全不同的去路。在《开放的作品》中，埃科尚未对诠释批评的"界限"问题做出明确的规定，而到了《诠释的界限》，埃科已经形成了坚定的"文本意图"概念。对此，埃科本人有清楚的认识：

> 在认识了《符号学初步》的巴特之后，我再也不会对《文献的欢乐》（这自然也是一本重要著作）的巴特那么满腔热情了，因为他认为他超越了符号学问题，将它引导到了这样一个点，我正是从这一个点作为出发点开始起步的（他当初也是在这一范畴内活动的）：说明一篇文章是一部使人享乐的机器（正如后来说明这是一种开放的经历一样）需要作出巨大的努力，问题在于将这架机器拆卸开来。①

比较而言，巴特曾称自己为"见习的符号学家"，而埃科则日渐构建一套完整的符号学体系，这深深影响了其诠释批评的实践。

一、开放的作品

《开放的作品》最初的拟题《当代艺术理论中的形式和不确定性》清楚指明了埃科的理论对象，即美学研究中的多义性、含混性。这当然是一个古老的话题。而为了明示"开放"概念的现代性，埃科对之做了一番必要的回顾与梳理，并将之与现代艺术以来的"不确定性"，以及埃科欲加以确立的规定性之间做了甄别。一个具有代表性的例子是但丁与乔伊斯之间的比较。《神曲》中的一段诗文如下：

> 永恒之光，只有你自己存在于你自身，
> 只有你自己才能把你自身神会心领，
> 你被自身理解，你爱你自己，也向你自己微笑吟吟。

但丁是第一个声称其诗歌传达了字面内与字面外两种意义的人。在《致斯加拉亲王书》中，但丁讲述了作品诠释的含混性，并指出一部作品可分别从字面意义、寓言意义、道德意义和神秘意义四层角度来诠释，可以此为例，"以色列出了埃及，雅各布家离开说异言之民。那时犹大为主

① [意]安贝托·艾柯：《开放的作品》，刘儒庭译，新星出版社，2005，第5—6页。

的圣所，以色列为他所治理的国度"。此诗的字面意义指在摩西的时代，以色列的儿女们离开埃及，寓言意义则指基督完成了救赎，道德意义指灵魂从悲苦中蒙恩，神秘意义则指神圣的灵魂摆脱这种堕落的奴役而走向永恒荣光的自由。① 埃科认为，尽管但丁承认了文本诠释的多义性，但在中世纪的文化定式中，这四层含义必须始终按照预先确定的必要的单义性规则来欣赏，也就说，这种含混乃是某种确定性疆界内的含混，有着作者理性所引导的明确指向。而但丁本人的创作也遵循了这一规则，对于上面提到的三行诗，诗人用的每一个词都是有确切含义的词，它直接指向了神秘的三位一体神学思想。

乔伊斯则相反，他在《芬尼根的守灵夜》中刻意制造作者本人也无从明说的模糊性，模糊的展示成为目的，并营造了一个"混沌世界"，提醒人们注意，其在本质上是模棱两可的。以此为例：

> 从基、基、基耐到米什、米什、米什莱，从维柯的洗礼人到布鲁诺的焚刑人！其中一切都是通过各种发声、附加孵化的符号、人造通用语、多声带语、中性惯用各类助词、聋哑语、不标准语、shelta 隐语、遭痛责的痉挛语、妻妾语、娼妇语、流浪儿语、耳语等来描述的。②

埃科认为，乔伊斯的作品存在一种对明确开放性的希望。"在但丁那里，是在越来越新的方式下欣赏由单义的信息构成的交流，而在乔伊斯那里，作者希望的是，在越来越多样的方式下欣赏这样一种信息，这种信息本身是多义的。"③ 这便是现代文本多义性的特征，即自觉地实施永无止境的信息的扩展。

现代作品的开放性决定了诠释的无限宽广。卡夫卡的作品中有诉讼、

---

① ［意］但丁：《致斯加拉亲王书》，载［英］拉曼·塞尔登编《文学批评理论：从柏拉图到现在》，刘象愚等译，北京大学出版社，2003，第 292 页。

② 出自《开放的作品》，英文原文为：From quiqui quinet to michemiche chalet and a jambebatiste to a brulobrulo! It is told in sounds in utter that, in signs so adds to, in universal, in polygluttural, in each ausiliary neutral idiom, sordomutics, florilingua, sheltafocal, flayflutter, acon'scubane, apro'stutute, strassarab, ereperse and anythongue athall. 译文为笔者转引自［日］篠原资明：《埃柯：符号的时空》，徐明岳、俞宜国译，河北教育出版社，2001，第 56 页。

③ ［意］安贝托·艾柯：《开放的作品》，刘儒庭译，新星出版社，2005 年，第 56—57 页。

城堡、等待、刑罚、疾病、变态和酷刑等，它们皆不可从字面意义来理解。埃科又称"开放的作品"为"运动中的作品"，这是"开放"的一种类型。马拉美的《书》便是这样一部全面的、没有完成的巨著，其写作原则是"一本书既没有开头也没有结尾：最多它只是装作这样"，语法、句法、文字排印都被引进一种关系不确定的多种因素的动态组合。对此类作品的每一次阐释都不可能相同，每一次阐释都是一个新的起点，每一次阐释将使作品得以实现但又不会到此为止，每一次阐释都使作品更完美、更令人满意，同时又使作品进入一次新的不完整。"因为不可能把作品所具有的所有其他可能结果都统统展现出来。"① 运动的作品允许接受者个人的诠释，但不是没有边界的，"要求进行不是必然的、也不是单一的干预，容许自由进入一个世界，但这个世界永远是作者想要的那个世界"②。

这意味着作品第二层次的开放，即"这些作品从外表上看已经完成，但这些作品对其内部关系的不断演变仍然是'开放的'，欣赏者在理解其全部刺激时必须去发现、必须去选择这些演变"③。这种开放一方面强调作品的内部结构关系，一方面为接受者的主动性提供了空间。作品召唤受者，受者则需要进入开放空间，并扩展新的信息。布莱希特的戏剧在埃科看来正是具有该种开放机制。"它是对某些紧张局势造成的问题的展示……这样的表演并不想启发观众，而是使观众疏远、脱离开要观看的事件，布莱希特的戏剧作品在其最严格的展示的意义上说并不提出解决办法：将由观众从他所看到的东西中得出批判性的结论。"④

但这还不是埃科"开放性"概念区别于之前诸如含混性、多义性等相似概念的根本所在。埃科在写作《开放的作品》中的一系列文章期间，其思想中的帕瑞森美学痕迹还很重，埃科对诠释活动中接受者角色的强调，一直从帕瑞森的著作中汲取养分。日本学者篠原资明对此曾有提及，帕瑞森是在反对克罗齐美学思想的过程中提出自己的诠释观的。帕瑞森认为，解释是作品形式无穷的表象与接受者个人无穷的观点的相汇，只有找出作品的 forma formans，才能产生每次业已完成的解释，并向新的解释进一

---

① ［意］安贝托·艾柯：《开放的作品》，刘儒庭译，新星出版社，2005，第20页。
② ［意］安贝托·艾柯：《开放的作品》，刘儒庭译，新星出版社，2005，第24页。
③ ［意］安贝托·艾柯：《开放的作品》，刘儒庭译，新星出版社，2005，第26页。
④ ［意］安贝托·艾柯：《开放的作品》，刘儒庭译，新星出版社，2005，第13页。

步开放。①

"开放的作品"的概念乃是基于作品与接受者之间的动态关系。尽管作者创作出的是一部封闭的作品，并对读者常常抱有一定的阅读期待，然而，"作品的任何一个欣赏者都有自己独特的生存状态，都有自己的受到特殊条件限制的感受能力，都有自己的特定文化水准、品位、爱好和个人偏见，这样一来，对原来的形式的理解就是按照个人的特定方向来进展了"②。说一部作品是"开放"的，并非指这部作品在客观上有某种含糊性，而是对于不同的接受者而言将有着不同的解读方式，每一次的演绎都将使作品以一种特殊的前景再生。所以，"开放和全面的印象不在于客观刺激……而是在于一种理解关系之中，在这种关系中，实现的是按照美学要求组织起来的刺激所形成和争取的开放性"③。这也是埃科为何在剑桥大学的丹纳讲座上一开始就要抱怨道："我发现读者们在阅读这本书（《开放的作品》）时，注意力主要集中在作品所具有的开放性这一方面，而忽视了下面这个事实：我所提倡的开放性阅读必须从作品文本出发（其目的是对作品进行诠释），因此它会受到文本的制约。换言之，我所研究的实际上是文本的权利与诠释者的权利之间的辩证关系。"④

埃科提醒我们注意，在之前的美学研究中，艺术欣赏的含混性现象并非没有被注意到。然而，以克罗齐和杜威为例，他们都只是记录了这种欣赏艺术的状况，却没有寻求解释这一机制的方法，从而使之成为某种带有神秘主义色彩的审美经验。对此，语言学和符号学的方法将帮助我们澄清这种含混性内在的构成方式。"美学符号就是莫里斯所说的'形象符号'，它的语义参照不是在外延的参照中消耗，而是在每一次欣赏它、每一次享受它的结构上的不可替代的实际存在的时候不断得到丰富的；语义不断从语音方面得到折射并进一步形成反响。"⑤ 这就使得埃科在谈论接受者导向的"开放性"概念时，既区别于古典主义和基督教传统的寓言性的解读模式，又不再如克罗齐或杜威那般保留了一定的形而上学或心理学的色彩，

---

① ［日］篠原资明：《埃柯：符号的时空》，徐明岳、俞宜国译，河北教育出版社，2001，第24—25页。
② ［意］安贝托·艾柯：《开放的作品》，刘儒庭译，新星出版社，2005，第3页。
③ ［意］安贝托·艾柯：《开放的作品》，刘儒庭译，新星出版社，2005，第53页。
④ ［意］安贝托·艾柯等：《诠释与过度诠释》，王宇根译，生活·读书·新知三联书店，2005，第24页。
⑤ ［意］安贝托·艾柯：《开放的作品》，刘儒庭译，新星出版社，2005，第49页。

而是有着科学主义色彩的语言学与符号学倾向。

试举一例，这将使我们对埃科的方法有着更清楚的理解。语义学家曾将信息分为具有传达作用的信息和具有刺激作用的信息，这又与语言信号的外延作用和内涵作用结合在一起，帮助我们分析信息在接受者那里形成的情感刺激，后者将形成被信息结构本身指导和控制的内涵体系。"那个人从巴士拉来。"这句话如果讲给一个完全没有文化、根本不懂地理的人听，他可能会完全无动于衷；如果接受者是一个读过《一千零一夜》并记住这个地名的人，那么这句话将刺激他形成一个由回忆和情感构成的"场"，一种异域的感觉，一种复杂的模模糊糊的激情，其中混合了神秘、懒散、魔术和异域情调。而就这个句子的组成部分而言，"巴士拉"如前所述反映出了它的不明确性，"那个人"则充满神秘感，动词"来"也不仅指出了从某个地方来这个动作，而且引起一种联想：这也许是一次从远方而来的富有诱人感觉的游历。"这一信息（这个句子）打开了一系列的内涵，这些内涵大大超出了这个句子的外延。"①

因而，"作品"是一个"形式"概念，也可以当作"结构"的同义词。在 1972 年第二版的序言中，埃科比较明确地提出了这一点，从中我们可以看到这一阶段埃科受到了法国结构主义方法的影响。他指出，结构不是一个具体的客体，而是一种关系体系。但埃科所理解的"结构"又不同于经典结构主义那种静态的、封闭的概念，而是具有可分析性，是"其融化于关系之中的能力，以便从这些关系中分解出开放作品的抽象模式中一种典型的欣赏关系"，这就保证了"开放作品"的"结构"是一种描绘模式，涉及作品与接受者之间存在的欣赏关系。埃科在此强调，"我们的研究同结构主义没有任何关系"，并特别指出，"我们这样得到的开放作品的模式是绝对的理论模式，并不取决于被确定为'开放的'作品事实上是不是存在"。②

"开放的作品"还是"认识论的隐喻"，这也是埃科提出的一个重要概念，即开放作品的理论具有同其他旨在确定自然现象或逻辑过程的文化活动想象相似的结构特点。这使我们想到时下风行学术界的跨学科研究模式，然而，二者之间有所不同：后者旨在多种学科方法论之间交叉，从而为原有的研究打开新的视野，提供新的角度；而"认识论的隐喻"则是将

① ［意］安贝托·艾柯：《开放的作品》，刘儒庭译，新星出版社，2005，第 43 页。
② ［意］安贝托·艾柯：《开放的作品》，刘儒庭译，新星出版社，2005，第 9—10 页。

艺术理论活动浓缩为一种理论模式，从而研究它与其他研究活动的模式、逻辑组织的模式以及感知过程的模式是否相似。因此，《开放的作品》中涉及了当代文化的诸多领域，如诗歌研究、视觉艺术、电视研究、信息论、"垮掉的一代"，甚至异化理论等，却与某种文化学、社会学考察毫无关系，也不涉及对现实的关怀。在埃科看来，一部艺术作品可以像一种科学的方法和哲学体系一样，不直接涉及历史联系。

这就使得埃科关于"开放的作品"的概念尽管披上了先锋派研究的外衣，但又不如其他的先锋派理论那么具有意识形态的批判性和抗争性。尽管他将接受者置于"开放的作品"中的关键地位，强调了接受者诠释的主动与自由，这种"自由"却不是人文主义意义上的"自由"，更无涉情感判断，而是由接受者的知性与理性调动起来的，可以通过科学方法去发挥的主动性。这也是埃科为何再三强调，"开放的作品"的概念只是描述现象，与总体评价无关。他将作品诠释的"开放性"严格限制在形式模式的范围之内。在他看来，艺术中唯一有价值的内容便是这种方式，即接受者以形式模式解决他在结构层面的立场这一问题。

二、"解构"的快乐

这只是埃科诠释批评研究的起点。20世纪七八十年代以来的一个重要的理论语境是后结构主义理论的登场对诠释批评造成的冲击，它不仅冲击了传统人文主义式的作品解读方式，也对埃科的"结构"概念提出了挑战。事实上，威廉·燕卜荪早在《朦胧的七种类型》中便已预示了后结构主义"多元"文本的观点。受瑞恰慈语义学美学思想的启发，燕卜荪认为读诗是丰富个人经验的过程，并将可使同一句话引起不同反应的语义差别称为朦胧，或称含混，分为七种类型：（1）一物与另一物相似；（2）上下文引起多义并存；（3）同一词具有两个似乎并不相关的意义即双关；（4）一句话的两个以上的不同意义，合并反映作者的复杂心态；（5）一种修辞手段介于要表达的两种思想之间；（6）矛盾难解的表述迫使读者自己去寻找本身同样是相互冲突的多重解释；（7）一个词的两个意义正是它们的反义所在。而讨论这七种形式时，关键在于讨论"把它的各要素聚合在一起的'力'"。[①]同样，巴赫金的"复调"理论也与解构主义批评有着有趣的

[①] [英]威廉·燕卜荪：《朦胧的七种类型》，周邦宪等译，中国美术学院出版社，1996，第7、367页。

联系。巴赫金在《陀思妥耶夫斯基诗学问题》中提出了"复调小说"的理论，指出陀氏的贡献在于一反传统小说的"独白式"结构框架，创造出一种多声部的全面对话的"复调小说"。陀思妥耶夫斯基小说中的主人公都是对世界和对自己的一种观点和看法，"不是客体性的形象，而是有充分分量的话语，是纯粹的声音"，"作者对主人公采取的新的艺术立场，是认真实现和彻底贯彻的对话性立场；这种立场确认主人公的独立性、内心自由、未完成性和未决定性"。①

真正对语义理解基础上的传统诠释批评构成颠覆的当属后结构主义思潮，这其中以德里达和罗兰·巴特为要，以及将德里达的解构主义符号学方法运用于诠释批评实践的耶鲁解构学派，包括保罗·德·曼、哈罗德·布鲁姆、希利斯·米勒以及杰弗里·哈特曼。

在索绪尔的符号学说中，能指"cat"之所以有了"cat"的概念，是因为在一个相对稳定的符号系统内，"cat"不是"cap""bat""cad""map""hat"等。然而，这样无限推衍下去，语言符号可以如索绪尔认定的那样形成一个封闭的、稳定的系统吗？界限在哪里？一个能指其实是众多能指差异的产物，所指同样也是能指词复杂的相互作用的产物，这一过程没有终点。更重要的是，能指词和所指词之间也没有明确的界限。我们在前文中曾提到，词典可以作为一个典型的后结构主义文本加以展示。如果我们查阅一个能指词的所指词，将会找到更多的能指词，为了确定这些能指词的所指词，我们只能进一步翻阅词典，能指词与所指词不断转换，如此反复趋于无限。如果说结构主义将符号同它所指的对象区分开来，那么后结构主义则进一步将曾经被视为一一对应的能指与所指也区分了开来。于是，语义或概念将是破碎地、游移地散见于一连串能指的飘忽不定的蜘蛛网中，词语不仅不再具有自己完整的意义，还在无限的推衍中打上了其他符号的印记。符号一方面被分裂，另一方面又不断复制和再生，相互作用和变化。此时，语言符号彻底丧失了模仿或再现功能，通过语言我们永远无法获得统一的事实、经验和意义。这便是德里达对索绪尔经典结构主义符号学的颠覆。1966 年，美国约翰斯·霍普金斯大学邀请以结构主义学者形象活跃于法国学术界的德里达来为美国同行介绍结构主义，不料德里达以《人文科学话语中的结构、符号和游戏》为题，直接攻击了列维－斯特劳斯的

---

① ［俄］巴赫金：《巴赫金文论选》，佟景韩译，中国社会科学出版社，1996，第 65、78 页。

结构主义研究方法，这标志着"解构主义"的兴起。德里达认为，在此之前，已有三位重要的思想家涉及了他将从事的工作。"其一是尼采对形而上学以及存在和真理概念的批评，在这里，它们统统被活动、解释和符号（无现成真值的符号）的概念所取代；其二是弗洛伊德对自我呈现观念的批评，它同时是对意识、主体、自我同一性、自我亲近和自我占有的批评；其三——也就是最极端的，是海德格尔对形而上学、本体论神学和作为在场的在（Being as presence）的决定论观念的毁灭性抨击。① 然而，在德里达看来，尼采、弗洛伊德和海德格尔仍然是在他们所继承的形而上学范围内进行工作的，而自己的批判也将不得不使用形而上学的概念来讨论，但是，正是这种谈论过程将从传统当中获得使传统自身消解的必要源泉。

　　也就是说，德里达意在通过审视形而上学的原则来使它们处于解构状态，而非取消形而上学，正如他解释"延异"这一概念时写道："对我们来说，延异仍旧是一个形而上学的名称，它在我们语言中所接受的所有名称，作为名称，仍是形而上学的。"② 通过"解构"，我们可以反抗意识形态迫使我们接受某一二元对立中的一极（如肉体/灵魂、善/恶、自然/文化等），从而颠覆那些已被视为自然状态的暴力性等级。涉及文本诠释时，德里达采用的解构方法是，抓住作品中某个明显无关宏旨的东西——一个注解、一个反复出现的次要术语或形象、一个随便写出的隐喻——加以琢磨，从而使它们瓦解原有文本的整体性，呈现意义的迷乱状态。语义中这种闪烁不定、蔓延扩散的东西——德里达称之为"撒播"——在创作抑或批评中都将作为符号自身的东西存在。语言永远展示某种超出确切含义的"剩余物"，这也取消了传统的文学与非文学之间的界限。批评成为符号差异的形式游戏，批评写作在任何时候、在任何意义上都阻止一个简单的因素以其本性呈现并且仅仅指涉自身。在此，德里达对卢梭《忏悔录》的解读可作为该种批评实践的典型案例。众所周知，卢梭在其《忏悔录》中开创了一种自我是内在的、不为社会所知所容的观点。因而，他的写作是为了用语言符号再现他的内在自我，这个自我与他平时用"言语"和他人交流时的自我是完全不同的。但在德里达看来，正是卢梭认为的那些可以表达自我的符号，或曰"言语"的"补充物"，在事实上构造了确实有

① ［法］德里达：《书写与差异》，张宁译，生活·读书·新知三联书店，2001，第505—506页。
② 汪民安等主编《后现代性的哲学话语：从福柯到赛义德》，浙江人民出版社，2000，第89页。

什么存在且可以抓住的感觉。按照德里达本人的解构主义理论，真实即存在的事物这种常识性观点是站不住脚的，因为经验必须通过作为中介的符号才得以存在。"我们试图表明，在'本人'的这些现实生活中，在人们认为可以定义为卢梭的著作的东西之外，在这种著作的背后，除了文字之外别无他物；除了替补、除了替代的意义之外别无他物……因为我们已在原文中看到，绝对的现在、自然，'真正的母亲'这类语词所表示的对象早被遗忘，它们从来就不存在。文字，作为消失的自然在场，展开了意义和语言。"①

德里达的宣讲与保罗·德·曼的观点一拍即合，后者也成为耶鲁解构学派的领头人物。保罗·德·曼受尼采关于语言的本质是"修辞性"的影响，着力阐发语言的修辞本质，否认语言的再现和表现功能，强调语言的自我指涉性。他写道，"修辞从根本上将逻辑悬置起来，并展示指称反常的变化莫测的可能性。我毫不迟疑地将语言的修辞的、比喻的潜在性视为文学本身，尽管这样做也许有点儿与普通的习惯相去更远"，因而"批评是对文学的解构，是对修辞神秘化的语法严密性的分解"。②哈罗德·布鲁姆继《影响的焦虑》之后，进一步在其《误读提示》中发展了他的误读理论。在他看来，阅读行为必然是延迟和误读的过程，是不断的意义偏转的结果，阅读即写作，阅读即创造意义。文本并不存在某种自足性，只存在种种文本之间的相互关系或互为文本的关系，即"互文性"。布鲁姆认为，读者的任务是"他也必须分担诗人自己的痛苦，如是读者同样可以从他自己的迟到中找到力量，而不是苦恼"③。这得到了希利斯·米勒的赞同，后者同样认为文学阅读对本文必有"误读"，正如修辞的基本方式"转义"一样，不断生产出新意，因而"任何一部小说都是重复现象的复合组织，都是重复中的重复，或者是与其他重复形成链形联系的重复的复合组织……对一个批评家来说，当他面对一部特定的小说时，他需要具备什么样的方法论上的前提才能支配这些重复现象，有效地阐释作品"④？因而，

① [法]雅克·德里达：《论文字学》，汪堂家译，上海译文出版社，1999，第230页。
② [美]保尔·德·曼：《阅读的寓言——卢梭、尼采、里尔克和普鲁斯特的比喻语言》，沈勇译，天津人民出版社，2007，第11、19页。
③ [美]哈罗德·布鲁姆：《误读图示》，朱立元、陈克明译，天津人民出版社，2005，第80页。
④ [美]J.希利斯·米勒：《小说与重复——七部英国小说》，王宏图译，天津人民出版社，2008，第3页。

哈特曼认为，这正是批评界所缺乏的勇气，在批评之于文学的关系中，应该将其看作是与文学共生的，而不是寄生于文学之上的，"我们也可以证明一位文学批评家所干的是文学"①。

让批评成为创作，让诠释实践成为文本游戏，这无疑是罗兰·巴特最乐于看到的。这位摆弄着时尚、性感、挥洒自如的文体风格的巴黎学者，一方面用他的符号学革命挑战着意识形态的权威性与稳定性，这表现在他对写实文学的攻击中，巴特认为，所谓的写实文学混淆了意识形态、现实和符号学现实，而"语言是一种形式，不可能是写实或不写实的"，因而，"聪明的举动，当然是将作家的写实主义定义为重要的意识形态问题"②，这与法国1968年"五月风暴"的时代气息保持着精神上的联系。另一方面，他不知疲倦地玩弄着文本分割的情欲游戏。在他看来，符号具有双重性，不仅传达意义，还显示了其自身的物质存在形式，这对于批评语言同样适用。因而，结构主义者所谓的批评乃是一种"超级语言"的形式，这一观念是不成立的，另一位批评家终会到来，从而对你的批评重新实施批评，以此类推，无限循环。因而巴特认为，批评的语言应当全面覆盖文本，造成纯粹的歧义混乱，这便是所谓"分割作品"的诠释方法，它使得文本在诠释中成为一个没有尽头的过程，文本不断扩散到周围的作品，产生不同的情景，随后逐渐消失。此时，主宰作品的不再是作者，而是读者和语言符号的暂时聚会。对批评家而言，具有吸引力的不再是"可读的"文本而是"可写的"文本；批评可以将文本随意分割，随意进行意义上的玩弄；读者成为作者，成为文本意义的生产者。巴特玄之又玄地写道：

> 　　能引人写作之文，是无休无止的现在，所有表示结果的个体语言（parole）都放不上去（这种个体语言必然使现在变成过去）；能引人写作之文，就是正写作着的我们，其时，世界的永不终止的运作过程（将世界看作运作过程），浑然一体，某类单一系统（意识形态、文类、批评），尚未遮掩、切、塞、雕之功。……能引人写作之文，是无虚构的小说，无韵的韵文，无论述的论文，无风格的写作，无产品的生

① ［美］杰弗里·哈特曼：《荒野中的批评：关于当代文学的研究》，张德兴译，天津人民出版社，2007，第22页。

② ［法］罗兰·巴特：《神话——大众文化诠释》，许蔷蔷、许绮玲译，上海人民出版社，1999，第196—197页。

产，无结构体式的构造活动。

这理想之文内，网络系统触目皆是，且交互作用，每一系统，均无等级；此类文乃是能指的银河系，而非所指的结构；无始；可逆；门道纵横，随处可入，无一能昂然而言：此处大门；流通的种种符码蔓衍繁生，幽远惚恍，无以确定……①

三、反对过度诠释

罗兰·巴特式的解构批评被埃科称为"过度诠释"。在理查德·罗蒂看来，埃科的符号学思想似乎经历过一次转变：从《符号学原理》到小说《傅科摆》，埃科力图摆脱其早期著作所采用的图示与分类，放弃对某种深层机制的追寻。事实上，埃科从未放弃过对"符号之符号"的探索，也从未实现真正的"开放性"。早在《开放的作品》中，埃科就已经提出，"运动中的作品是有可能使个人干预多样化，而不是容许随心所欲地随意进行干预"，因为"作者事实上已经提出了理性地组织这种形式的可能性，提出了组织这种形式的放心和推进发展作品的有机要求"。② 不过此阶段的埃科更看重对"开放性"原则的强调，于"界限"问题相对忽略，而当后结构主义和解构批评开始风行欧美学术界时，他感到有必要为"界限"辩护了。

埃科以哈特曼对华兹华斯的一首《昏睡蒙蔽了我的心》（*A Slumber Did My Spirit Seal*）的诠释为例。在这首诗中，诗人写了一个女孩的死亡：

> I had no human fears：
> She seemed a thing that could not feel
> The touch of earthly years.
> No motion has she now, no force；
> She neither hears nor sees,
> Rolled round in earth's diurnal course
> With rocks and stones and trees.
> 我没有丝毫人世间的恐惧：
> 她已与万物同化

---

① ［法］罗兰·巴特：《S/Z》，屠友祥译，上海人民出版社，2000，第62页。
② ［意］安贝托·艾柯：《开放的作品》，刘儒庭译，新星出版社，2005，第24页。

再也无法感受尘世的沧桑。

她一动不动，声息全无；

她已闭目塞听，

跟着大地在昼夜运行

连同那些岩石，石块和树林。①

有意思的是，哈特曼在这首诗中发现了"丧葬"母题：

> 有人甚至在华兹华斯语言的潜意识中找到了一些并不恰当的双关语。于是引文第六行的 diurnal（白昼）一词就被分解为 die（死）和 urn（瓮，特指骨灰缸）；course（行程）一词在语音上会令人想起 corpse（尸体）。然而，这些缩合的双关形式与其说具有丰富的表现力还不如说会惹麻烦；我认为，这一诗节的魅力主要在于，诗人将 grave（坟墓）一词用地球引力的意象（gravitation）替换掉了（"跟着大地在昼夜运行"）。尽管对这一诗节的基调众说不一，但显然，有一个词虽然在诗歌里没有出现但其声音却回荡在整个诗节的字里行间。这是一个与 fears（恐惧），years（岁月）和 hears（聆听）有着相同韵脚的词，但在诗中却被最后一个音节 trees（树林）给替换掉了。这个词就是 tears（眼泪）。有了 tears 这个词，那个关于宇宙和自然的生动隐喻一下子就获得了生命，诗人的哀伤遂如田园挽歌一样在大自然中回响。然而，tears 在诗中却要让位于那个被明确地写出来的、沉闷但却很坚定的变位字：trees。②

埃科认为，哈特曼的诠释尽管有趣迷人，甚至有一定的说服力，然而仔细研究文本便可发现问题。尽管 die，urn，corpse 和 tears 等词可以以某种方式从诗歌本文的另一些词联想出来，但使人联想起 grave 的 gravitation 一词却并没有出现，并且 tears 也不是 trees 的变位字。事实上，就具体文本而言，将某个语义从相关的"语义同位群"中分离出来必须有

---

① [意] 安贝托·艾柯等：《诠释与过度诠释》，王宇根译，生活·读书·新知三联书店，2005，第 63—64 页。

② [意] 安贝托·艾柯等：《诠释与过度诠释》，王宇根译，生活·读书·新知三联书店，1997，第 64 页。

证据才行。哈特曼此番分析的优势在于对同位语的联想与把握，但前提应该是这些同位语义不过于宽泛。正如我们可以将阿喀琉斯比作一头狮子，因为二者都很勇猛，但如果我们因为阿喀琉斯与鸭子都有两只脚而将其比作一只鸭子，想必大多数人都不会接受。"一个比喻或者类比，不管其来自何处，重要的是要非常独特（至少是通过一定的描述获得这种独特性），能抓住二者关系的本质。"①

当代的解构理论有着非常古老的历史渊源，它可以追溯至古希腊遗产的非理性传统。在此传统中，只有东方异国情调的符号才持有真理，语言越含糊，越具有多义性，越使用象征性符号和隐喻，才越接近"太一"。古希腊的神秘主义者否定了语言的交流功能，认为它应该是意义的无休无止的漂浮物，诠释因此成为无限的。埃科将这种经历了漫长的历史发展而存活下来的诠释标准称为"神秘主义符指论"（Hermetic Semiosis）。它遵行相似性原则，不仅包括形态上的相近或部分的类似，还包括诸如"相邻"：这样的修辞传统容许每一种可能性替代，界限已无关紧要，"诠释者有权利和义务去对此进行大胆怀疑：被认为是符号的意义的东西实际上只不过是另一个意义的符号"②。

埃科认为，存在着"相关的、有意义的相似性"和"偶然的、虚设性的相似性"之分，我们不能因为时间副词"同时"与名词"鳄鱼"出现在同一句子中就判断它们具有相似性，"清醒而合理的诠释与妄想狂式的诠释之间的区别正在于，我们能够确认出这样的关系是微不足道的，因为根据这种关系我们无法认识二者的本质"③。妄想狂式的诠释出于一种过剩的好奇心，而愿意对将"同时"与"鳄鱼"联系在一块儿的隐秘动机胡思乱想，试图在其中窥见什么秘密，这便是在一种怀疑论的诠释实践中走得太远了。

然而，在乔纳森·卡勒看来，"正如大多数智识活动一样，诠释只有走向极端才有趣"。他引用切斯特顿的话道："一种批评要么什么也别说，要么必须使作者暴跳如雷。"哈特曼对华兹华斯诗歌的解读，与其说是"过

---

① ［意］安贝托·艾柯等：《诠释与过度诠释》，王宇根译，生活·读书·新知三联书店，2005，第 67 页。

② ［意］安贝托·艾柯等：《诠释与过度诠释》，王宇根译，生活·读书·新知三联书店，2005，第 49 页。

③ ［意］安贝托·艾柯等：《诠释与过度诠释》，王宇根译，生活·读书·新知三联书店，2005，第 50 页。

度诠释"，毋宁讲是"诠释不足"，因为，如果某种诠释真的走向了极端，它必将可能揭示出那些温和而稳健的诠释所无法注意到的意义内涵。在日常生活的交流中，诠释应当是适当的、简洁的和经济的，但在探讨事物本质的学术界，偏执狂般的诠释是必要的。这好比，我们在路上遇到一个熟人，他打招呼道："嘿！天气真不错，不是吗？"如果我们给予过度诠释，我们将思考，为什么这句话被认为是一种很随便的问候形式？其深层的文化内涵是什么？与也许具有完全不同的问候形式或问候习惯的其他文化相比，这种问候形式有什么特别之处？卡勒认为，这样的过度诠释将促使我们去反思产生这些问题的文化运行机制，产生真正的学术意义。

同理，文学研究的目的也在于获得关于文学的知识，获得去理解文学形式所包含着的诸般策略，因而我们唯一不能做的事情便是设立"界限"。诠释就是"发现"，解构式阅读的意义在于，"正是这种对支配着西方思想界等级森严的二元对立观念的关注以及对那种认为我们可以一劳永逸地解决这些二元对立的观点所具有的清醒的批判意识，给予'解构'以非常锐利的批判锋芒"[①]。因此，诠释的冒险是必要的。

卡勒的观点是一种学术本体观，即一切服务于学术自身的不断滋蔓和无限推进，文本成为理论试验的工具，在任意地肢解中获得智识的乐趣。如果说卡勒的理论家身份从根本上决定了这种观念的生成的话，那么埃科的理论家兼创作者的双重身份则使他远离了这种纯粹的理论游戏。在他看来，"如果确实有什么东西需要诠释的话，这种诠释必须指向某个实际存在的、在某种意义上说应该受到尊重的东西"，这便是客观存在的文本本身。皮尔斯的"无限衍义"的观念不能得出诠释没有标准的结论。"说诠释潜在地是无限的并不意味着诠释没有一个客观的对象，并不意味着它可以像水流一样毫无约束地任意'蔓延'。说一个文本潜在地没有结尾并不意味着每一诠释行为都可能得到一个令人满意的结果。"[②]

因而，埃科认为一定存在着某种诠释的标准。即使我们无法断定哪种诠释是好的，至少也可以借用卡尔·波普尔的"证伪"原则判断哪种诠释是不好的。这里的标准在于：诠释的活动是为了去发现文本所要表达的

---

① ［意］安贝托·艾柯等：《诠释与过度诠释》，王宇根译，生活·读书·新知三联书店，2005，第 131 页。

② ［意］安贝托·艾柯等：《诠释与过度诠释》，王宇根译，生活·读书·新知三联书店，2005，第 25 页。

东西，因而必须根据文本的连贯性及其原初意义生成系统来判断。对此，埃科称为"文本意图"，也就是诠释的目标所在。推测"文本意图"的唯一方法是考察其之于文本的连贯性整体。这来源于奥古斯丁的宗教学说，"对一个文本某一部分的诠释如果为同一文本的其他部分所证实的话，它就是可以接受的，如不能，则应舍弃"①。

埃科的文本诠释观乃是一种整体主义的诠释观，他所说的"文本"在这里不仅成为一个判断诠释合法性的工具，还是一个动态的在诠释的论证过程中建立起来的抽象客体。这仍然是帕瑞森美学的遗产，正如埃科在《形式中的缺陷》中谈到的，他认为这种形式完整理论的灵感来自康德的有机美学以及浪漫主义，而不是结构主义的理论线轴。这要求诠释的行为必须跳出文本中的有机设计，跳出"构成形式的形式"。帕瑞森在《美学》中写道："艺术作品的这种唯一/完整性特质能够解释在它里面存在于部分以及整体间的关系……每个部分彼此间的关系其实反映的不是别的，而是它们各自和整体的关系：部分间的和谐构成整体，因为整体形成它们的一致。"②

埃科的文本诠释观实则与他的形式论观点紧密结合在一起。诠释对于埃科来说，不涉及情感的呼应、意义的探寻，而是一种科学主义的方式，同时也是对文学素养有着极高要求的文学技巧解析。"文本意图"是诠释的根据，由此方有了模范作者/模范读者的概念。埃科从未忽略接受者的角色，诠释活动必然与读者有关。若要全面理解埃科的诠释批评，我们必然要对埃科关于"读者的角色"的论述做出进一步的问询。对读者的定位事实上也是对阅读之意义的思考，而在梳理这部分内容之前，我们需要对埃科的符号学思想及其诠释理论的学术渊源做一番探讨。

第二节　符号与诠释：埃科的综合

"在某种意义上，他的四部长篇小说皆可视为其高深理论的通俗版教科书，它们本身就是关于符号系统的符号系统，关于阐释学的阐释学，是

---

① [意]安贝托·艾柯等：《诠释与过度诠释》，王宇根译，生活·读书·新知三联书店，2005，第69页。

② [意]安贝托·艾柯：《艾柯谈文学》，翁德明译，皇冠文化出版有限公司（台北），2008，第240—241页。

艾柯借以表现自己学说理论的文学载体。"①马凌对埃科的符号学、阐释学
理论以及小说创作之间的同构性的理解是准确的。事实上，埃科对于小说
叙事的诸层面的考察也构成其符号学与阐释学的重要面向。我们在前文
曾提及埃科的符号学研究为其有关叙事的真实性与形式论的思考提供了
重要基础，接下来我们需要就埃科文本诠释理论的符号学参照进一步展开
分析。

　　符号学研究通常涵盖三个领域：（1）符号本身。包含研究符号的种类，
不同种类符号之间传达讯息的方式，符号与使用者的关系。（2）组成符号
所依据的符码系统（systems）。它关注一个社会或文化如何因其自身需要，
或因开拓不同传播途径之需要而发展出的各种符号。（3）符号或符码运作
所依赖的文化（culture），同时文化也依赖符号或符号的运用及其存在的
形式。②埃科的符号学研究是这三个层面的集合与调和。这里一个比较重
要的环节在于他引入了解释项，以之阐释符号及符号生产过程，其本人也
曾谈及其符号学主张在于克服。

　　语言（langue）与言语（parole）、能力与运用、句法学（及语义学）
与语用学之间的区别，"把话语能力、文本构造、语境和环境（或情景）
消除歧义这几方面的规则，都考虑在内，从而提出把许多所谓语用问题放
在自身的框架之内加以解决的语义学"③。因此埃科的符号学理论有着强烈
的诠释色彩，在一定意义上，我们可以称之为文化符号学。埃科对此有明
确的自觉，"符号学的这一计划，即对整个文化加以研究，因而也就是把
无穷无尽的客体和事件都视为符号……符号学是这样一门学科，它研究可
用以说谎的事物"④。

　　埃科的符号学探索在于"重新发现符号的原本观念，这种观念不是建
立在相等、由代码所确立的固定的相关关系和表达与内容的等值之上的；
而是建立在推论、解释和符号过程的动态之上的"⑤。对皮尔斯符号学中解
释项、试推法与符号生产等理论的吸收，以及莫里斯对符号的定义的采纳，
成为埃科符号学思想的重要内容。1867 年，皮尔斯提出三元性符号理论，

---

① 马凌：《后现代主义中的学院派小说家》，天津人民出版社，2004，第 120 页。
② ［美］约翰·费斯克：《传播符号学理论》，张锦华译，远流出版事业公司（台北），2001，
　　第 50 页。
③ ［意］乌蒙勃托·艾柯：《符号学理论》，卢德平译，中国人民大学出版社，1990，第 2 页。
④ ［意］乌蒙勃托·艾柯：《符号学理论》，卢德平译，中国人民大学出版社，1990，第 5 页。
⑤ ［意］翁贝尔托·埃科：《符号学与语言哲学》，王天清译，百花文艺出版社，2006，第
　　8 页。

认为符号由三元关系构成："指号或图像是第一者（First），它与那个被称为它的对象（Object）的第二者（Second）形成一个真实的三个一组的关系，以至决定了那个被称为它的解释者（Interpretant）的第三者（Third），与它的对象必须相同的三个一组关系。在这种关系中，它自身与同一对象相符。"① 在《一般符号学》中，埃科引用皮尔斯关于符号学研究需要开拓的谈论："我所说的符号化过程（semiosis），意思是指一种行为，一种影响，它相当于或包括三项主体的合作，诸如符号、客体及其解释因素……"② 对此埃科认为需要用一种非人格化方式去理解皮尔斯对于"解释项"的定义（此处应当特别引起注意，埃科关于模范读者的理论实以此"非人格化"为来源）。

因此重点在于对"解释者"与"解释项"的理解。皮尔斯认为："指号或表象（Representamen）是这么一种东西，对某个人来说，它在某个方面或以某种身份代表某个东西。它对某人讲话，在那个人心中创造出一个相当的指号，也许是一个更加展开的指号。我把它创造的这个指号叫作第一个指号的解释者（Interpretant）。"而解释项则是解释者与符号发生作用之后产生的另一种指号，"这个指号代表某种东西，即它的对象（object）。它代表那个对象，但不是在所有方面，而只是与某个观念有关的方面。"因此，"一个指号就是一个带精神解释者的图像"。③ 皮尔斯比较多地谈论"心灵"或"精神"，这使得对其"解释项"的理解容易与符号的观念或意义混淆，皮尔斯则认为其间存在较大差异。

莫里斯进一步认为："一个解释者由于指号的原因想用某个行为—族的诸反应—序列来做出反应的这种反应倾向，就叫作解释（Interpretant）。"④ 关于某物之所以是一种符号，乃是因为"它由某一解释者解释成某物的符号"，埃科认为需要对此做出的唯一更动在于：

> 解释者的那种解释，必须由潜在解释者理解为潜在解释，这种解释似乎使符号具有其特征……在这里，认为人类接受者是意指存在事

① [美]皮尔斯：《皮尔斯文选》，涂纪亮、周兆评译，社会科学文献出版社，2006，第278页。
② [意]乌蒙勃托·艾柯：《符号学理论》，卢德平译，中国人民大学出版社，1990，第17页。
③ [美]皮尔斯：《皮尔斯文选》，涂纪亮、周兆评译，社会科学文献出版社，2006，第278页。
④ [美]莫里斯：《莫里斯文选》，涂纪亮译，社会科学文献出版社，2009，第136页。

实，也即代码所奠定的符号－功能的方法论（而非经验）保证者，就足矣。但是，另一方面，假想出现的人类发送者并不是虚拟符号所具有的符号本质的保证。只有在这种条件下，才有可能把征兆和标引理解成符号。①

这番论述让我们想起前文论述的埃科对于"经验作者"的反对，这同样也是其不信任"经验读者"的符号学表达。

"解释项"概念对于埃科符号学研究的重要性在于，"用其作为终点的身份首先论述动态客体的决定是为了确定我的接二连三的问题，跟在作为阐释中介（笔者注：解释项）序列的指号过程之后——在文化过程当中制定出的集体性、公共性以及可观察的产品的阐释中介，即使人们不事先假定存在着接纳、使用或发展它们的思维。这一切的结果是，我就意指、文本和互文本、叙事性，以及阐释的条分缕析和限度这些问题进行了论述。但确切地说是阐释的限度问题促使我思索那些限度是否只是文化上的和文本上的，抑或是隐藏得更深的什么东西"②。在埃科看来，皮尔斯谈到的意义或精神可以通过解释项加以描述，因为解释项是借助另一个符号表述某个客体或表象的方式，不必被特别加以定义。

解释项的存在，让符号学研究避免了形而上学的陷阱，其丰富性与模糊性为符号到符号连续变化的场域提供了开放的系统。它又是表达序列的客体，因而可以提供对符号的理解，具有标记、界定、定义、情感联想和直接意指等多种形式与功能：

a) 它可以是另一符号学系统之中的同等（或明显同等）的符号载体。例如，我可以使一只狗的图案对应于单词/狗/。

b) 它可以是指向个别客体的标引，这大概意味着一种普遍量化因素（《所有客体都像这样》）。

c) 它可以是根据同一符号学系统所作的科学（或幼稚）的定义例如/盐/指谓《氯化钠》。

d) 它可以是获得以下既定内涵价值的情感联想：/狗/指谓《忠诚》

① [意] 乌蒙勃托·艾柯：《符号学理论》，卢德平译，中国人民大学出版社，1990，第18—19页。

② [意] 翁贝托·埃科：《康德与鸭嘴兽》，刘华文译，上海译文出版社，2019，第3页。

（反之亦然）。

e) 它可能仅仅指将该项目转译成另一种语言，或用同义词取而代之。①

因此，解释项不仅体现了主体对符号的认知，也包含了符号的推演过程，其内涵与外延都属于其解释成分。这种"无限符号化过程"似乎有陷入循环的可能，然而在埃科看来，作为一种广义范畴，"由于它能界定任何符号学事实，因此最终分析起来，也许会变成纯粹的同语反复。不过，其含混性同时也就是其理论纯洁性的动力和条件"②。这番描述非常重要，是我们在之后的内容中理解其模范作者、文本意图与模范读者之间含混关系的符号学基础。而我们也将看到，这样一种具有"理论纯洁性"的符号学概念被运用到小说叙事研究中时，其适用性或者说边界应该在哪里。

埃科认为，符号过程中解释项的无限滚动和意义序列的多种形式是可以自释自明的。这是一种纯洁的文化逻辑，其有效性在于人们既不可以采取非征兆的方式去限制符号单位，也不会强迫使用者借助于非符号学实体取而代之，更不会陷入形而上学的解释。符号的循环是"意指活动的正常条件，甚至允许交流过程采用符号以指涉事物。把这种条件称作'令人失望'之律，就等于拒斥人类的指谓方式，这种方法只是通过发展文化史，才证明本身卓有成效"③。

试推法为解释项的运作提供了过程逻辑。埃科在此进一步发展了皮尔斯的理论。在皮尔斯的描述中，"一个假设被第一次提出来和接受，无论作为单纯的提问或有某种程度的确信，都是进行推论的第一步，我把它称之为不明推论式（abduction 或 retroduction）。这包含对任何一个假设的偏爱胜过对其他任何一个（可以同样解释事实）假设的偏爱，只要这种偏爱不建立在任何已有的、对这个假设真理性有影响的认识之上，也不建立在正在经受检验的假定之上，即承认这种正在检验的过程不会有误，我给所

① [意] 乌蒙勃托·艾柯：《符号学理论》，卢德平译，中国人民大学出版社，1990，第80页。原文如此。
② [意] 乌蒙勃托·艾柯：《符号学理论》，卢德平译，中国人民大学出版社，1990，第81页。
③ [意] 乌蒙勃托·艾柯：《符号学理论》，卢德平译，中国人民大学出版社，1990，第81页。

有这样的推理以一个特殊的名称，即不明推论式"[①]。埃科认为，在这种推论式里，"解释"这一术语具有在阐释学讨论或文学、艺术批评之中所获得的那种含义，比正常的解码行为赋有更多情感，其推理过程一旦施行，就变成一种习惯性社会反映。[②]

埃科进一步将试推法分为四种类型：超编码试推法、低编码试推法、创造性试推法和后试推法。[③]超编码通常记载了语词语言中一系列风格和修辞规则，以双重方向进行，浮游于规约和创新之间的阈限上，社会通过缓慢和稳妥的过程，将之容纳到规则之上，正如意识形态系统也属于特定集体内部的有效超编码。[④]低编码是从非现存代码推进到潜在代码，常常与超编码在符号的生产和解释中交织在一起。创造性试推法是规则需要被发现，后试推法则是对创造性试推法的验证，二者常常在埃科小说的侦探情节中被广泛使用。与之相关的是试推法的三个层次：（1）结果是无法解释的，但规则已经存在于某个地方，等待被发现；（2）规则难以识别，我们需要靠猜想去扩展推论；（3）规则不存在，我们需要去创造。[⑤]这三个层次包含了符号的逻辑运作过程，与符号的诠释息息相关。

第三节　文本的意图与读者的角色

　　"'理论'惟一不能做的事情是，它无法为我们提供一种合适的阅读方法，或如希利斯·米勒所言，'一种阅读的伦理'。"

　　　　　　　　　　　　　　——理查德·罗蒂《实用主义之进程》

联系埃科的符号学理论，我们常常发现其小说故事便是其丰富的符号学演示世界。以《玫瑰的名字》中那段著名的"寻马"情节为代表，初

---

① ［美］皮尔斯：《皮尔斯文选》，涂纪亮、周兆评译，社会科学文献出版社，2006，第255—256页。

② ［意］乌蒙勃托·艾柯：《符号学理论》，卢德平译，中国人民大学出版社，1990，第156页。

③ Michael Caesar, *Umberto Eco: Philosophy, Semitics and the Work of Fiction*, Cambridge: Polity Press, 1999, p.118.

④ ［意］乌蒙勃托·艾柯：《符号学理论》，卢德平译，中国人民大学出版社，1990，第158页。

⑤ Umberto Eco, *The Limits of Interpretation*, Bloomington: Indiana University Press, 1994, p.159.

来乍到的教士威廉通过雪地和树枝上的痕迹判断出马的特质以及逃跑的方向，"世界就像一本博大精深的书，是通过这些蛛丝马迹向我们传授知识的"①。世界对于威廉而言是一个巨大的文本，其意图和规则等待被发现（发明）。埃科通过这个角色向我们展现了诠释符号学的推演过程——

> "不全对，亲爱的阿德索，"导师回答我说，"当然，你可以说，那种痕迹如同 verbum mentis（拉丁语，思想的语言），向我表明了意识中的马，而且无论我在哪里找到它，它都会那样表达。然而，在这特定的一天内的特定地点和特定时间里，它向我传达的至少是所有可能经过那条小路的马中的一匹。于是，我就处在对马的整体概念的认知和对一匹个体的马的认识之间。而不管怎么说，我对普遍意义上的马的认识来自于那些个体的马留下的具有特征的痕迹。……所以，一个小时之前，我可以评论所有的马，这并不是因为我知识渊博，而是因为我的推断。当我看到僧侣们牵着那匹特定的马时，我对知识的渴望才得以满足。只有在那时，我才真正知道是我先前的推理使我接近了真理。所以，我先前想象中的还未曾见过的一匹马的概念纯粹是符号，正像雪地上留下的马蹄印构成马的概念的符号一样，这就是说，唯有我们在对事物缺乏完整的认识的时候，才使用符号，或符号的符号。"②

这段论述成为小说中大量演绎推理的基础，埃科为我们编织了一个有关修道院谋杀的巨大迷宫，充满符号的缠绕与关系的结构。而以此为基础，有关文本诠释与读者的角色也得以渐渐展开。

一、经验读者与模范读者

埃科一直强调读者的角色，然而他未曾给予有血有肉的普通读者以真正的信任。在埃科看来，读者的类型有三种：经验读者、语意读者、模范读者（埃科也称之为符号学或美学读者）。比较而言，模范读者更优越，而将经验读者和语意读者锻造为模范读者则需要对"文本意图"进行揣

---

① [意]翁贝托·埃科：《玫瑰的名字》，沈萼梅、刘锡荣译，上海译文出版社，2010，第28页。

② [意]翁贝托·埃科：《玫瑰的名字》，沈萼梅、刘锡荣译，上海译文出版社，2010，第33页。

度。模范读者对文本的阅读才是"诠释"，而另两种类型，尤其是经验读者，对文本不过是"使用"。

"经验读者就是你、我，或者任何在读着小说的人。经验读者可以从任何角度去阅读，没有条例能规定他们怎么读，因为他们通常都拿文本作容器来贮藏自己来自文本以外的情感，而阅读中又经常会因势利导地产生脱离文本的内容。"[①] 这就正如一个带着悲伤情绪的观众看一部喜剧电影，电影里的滑稽镜头在他看来不过是另一种悲伤的暗示；而他在很多年以后重新看到这部片子，仍然无法欣赏其中的喜剧元素，因为所有的场景都会让他回忆起曾经的悲伤。那么，这位经验读者不是跟随故事情节，而只是跟随自己的情绪完成了整个接受过程。这是一个极端的例子，还有一种可能性是，读者与故事产生了共鸣，甚至在其中发现了自己私密的历史。埃科谈到他的第二本小说《傅科摆》出版时，一位久未联系的孩童时代的朋友写来一封信："亲爱的安贝托，我不记得告诉过你我可怜的叔叔和阿姨的故事，但你却把它写进小说，实在是太冒失了。"[②] 事实却是，埃科压根就不知道这位朋友有什么叔叔阿姨。而这位朋友的解释是，他被这个故事吸引太深，以至于可以感觉到其中一些片段曾发生在他的叔叔和阿姨身上。我们在第一章中曾探讨经验作者的弊端所在，即自恋倾向，同理，埃科之所以力图排除阅读中经验读者的作用，旨在规避阅读的自恋。诠释具有公共性，"我们不能在里面只自顾自地寻找自己的事迹和感受"，我们不能将阅读变成所谓"自己的园地"，"这并不是在诠释一个文本，而是在使用它"。[③]

语意读者和模范读者的区别在于，前者以了解故事的结局为乐趣，后者会"反问自己那个特定的故事要求变成何种读者，而且想要知道那一步一步教导他的典型作者将会如何进行"[④]。也就是说，语意读者关心发生了什么，是指涉性的阅读，符号学或美学的读者则关心所发生的故事如何被叙述。二者不存在价值的高下之分，但若要成为模范读者，首先必须是好

①　[意]安贝托·艾柯：《悠游小说林》，俞冰夏译，生活·读书·新知三联书店，2005，第10页。
②　[意]安贝托·艾可：《一位年轻小说家的自白——艾柯现代文学演讲集》，李灵译，广西师范大学出版社，2014，第55页。
③　[意]安贝托·艾可：《一位年轻小说家的自白——艾柯现代文学演讲集》，李灵译，广西师范大学出版社，2014，第56页。　。
④　[意]安贝托·艾可：《艾可谈文学》，翁德明译，皇冠文化出版有限公司（台北），2008，第262—263页。

的语意读者。埃科在此引入了"互文性反讽"的写作手法，以区别这两种类型的读者，事实上这也是埃科常用的创作技巧。在《玫瑰的名字》中，开头提到作者无意中发现这个故事的手抄本，于是这个小说以"引述"的形式出现在读者面前，这使得阅读进入"双重符码化"的领域：如果读者想要进入被叙述的故事里，他就得接受一些相当博学的观察以及后现代叙述技巧，因为作者不仅无中生有造出一个他可以与之对话的文本，而且指出这是原始手稿（写于 14 世纪）在 19 世纪的新歌德版本。埃科认为，通俗读者除非成为符号学或美学的读者，接受并跟随这场版本复杂的溯源游戏，否则将不可能享受到之后要开展的情节，"身为一个喜欢布局设互文引述的小说作家，要是读者能抓住指涉、看出我的眨眼示意，我就非常快乐"。这涉及读者与文本之间的互动，"把阅读当作猎寻引述的形式，会以读者和文本间挑战的形式存在：文本多少都会期盼读者发现它和其他文本间的秘密对话"。①

"互文性反讽"的手法常被运用于埃科所谓的"高素质畅销书"当中，后者是埃科给予后现代学院派小说的一个命名。"包括提供虽然运用博学的影射以及高级艺术风格手法却仍然能够吸引广大群众的故事；换句话说（在最成功的情况下），即是利用非传统的方式混合两种不同构成成分……它吸引了所谓'畅销书特质'的理论家想要对此提出解释但又倍觉困惑，因为这种作品教人读来津津有味，即便它包含了一些艺术价值，而且牵涉到昔日一度是高级文学专属的特权。"②"高素质畅销书"的出现，与接受群体的需要有关。埃科认为，创作者不能低估"通俗"读者群体持续扩大的事实，他们已经厌倦"容易"而且读来立刻就能获得慰藉、满足的文本，另外，往常被认为是"外行"的读者，其实已经透过各种渠道吸收了当代文学的诸多技巧，以至于当他们面对"高素质畅销书"时，反而不会像某些社会学家那样不知所措。

事实上，埃科对模范读者以及"文本意图"概念的强调，其目的并不在于对经验读者以及某种印象式批评的纠偏，也并不是一个普遍的关于接受美学研究概念的提出，而只是针对与埃科自己的创作有着相同气质的，

---

① [意] 安贝托·艾可：《艾可谈文学》，翁德明译，皇冠文化出版有限公司（台北），2008，第 259 页。

② [意] 安贝托·艾可：《艾可谈文学》，翁德明译，皇冠文化出版有限公司（台北），2008，第 255 页。

以博学和叙述技巧为特征的学院派小说创作。"模范读者"这一称谓，与其说是对读者角色的定位，不如说是埃科以一种优越的姿态力图手把手"教会"他想象中的"普通读者"，去阅读某些被精心"制造"出来的深奥难懂的以编织文本间性为乐趣的学院派创作。这类作品往往有着畅销书的外貌，诸如侦探、悬疑、言情之类，却又在文本的不断游移中构成偏离的张力，不经意间将读者引向知识的逻辑，因而往往是智性的迷宫。对此，埃科本人也有自况，他在接受采访中坦承，他无法控制那些普通读者如何阅读他的作品，而自己真正关心的是所谓"现代读者"："比如一些大学教授或我的学生，他们或许会花上 6 个月的时间仔细研读我的作品，探究其中的细节或缘由。"[1] 因此在某种程度上，模范读者的概念"不仅是一种理论的假设，而且是一种经验的概念，用来验证实际读者各种诠释的可靠性"[2]。

对"模范读者"的强调可视为对诠释安全感的需要。一直以来，批评家的辛勤工作难以得到作家或读者的承认，甚至同行相轻。如何既保留批评家个人原汁原味的主观感受，又能使之形诸客观的判断，这是个难题。埃科在此处并不忌讳其学者批评的身份。他希望可以达到的目标是，通过引入"文本意图"概念，使诠释批评在知识以及智力层面上具有开放的形态，同时又具备某种理论的稳定性以及客观性。这可谓用心良苦。

然而，埃科的理论需要承认一个前提，即小说寓意的丰富性乃是基于符号学意义上的多义性。此外，埃科的创作与诠释批评之间事实上存在一种反哺互惠的关系，其创作注重技巧与知识，其诠释便以这一种创作类型为参照。

张大春曾谈论道："在无数的读者及他们所代表的诠释体面前，作品摊展开来，其中不尽是可资辨识的明确答案，不仅是借由种种知识工具所能垦掘出来的符旨或意义；摊展开来的还有'罔两'（这个'似之而非也'的名字）和'景'（这个'似之而非也'的本质）一般的奥秘。"[3] 埃科的诠释主张乃是第二种——通过知识工具来侦破小说的意图。而所谓"罔两"（魍魉）者，怪物之称，既是怪物，则如玛丽·雪莱笔下的弗兰肯斯坦，

---

[1] 参见访谈《埃柯的中国之旅》，《南方人物周刊》2007 年 3 月 21 日，第 65 页。

[2] Lubomir Dolezel, "Eco and His Model Reader," in Mike Gane and Nicholas Gane(eds.), *Umberto Eco*, London: SAGE Publications, 2005, p.138.

[3] 张大春：《小说稗类》，广西师范大学出版社，2004，第 44 页。

非人间所有，非现实之物，知识难以把握，自然也超出了逻辑之外。故事若此，仅以知识逻辑的法子来应对，果真够了吗？绝非仅仅怪物之谓，约瑟夫·海勒向我们讲述的《第二十二条军规》，卡夫卡的《审判》，默尔索对荒谬的追问，只能置于光与影之间，游移不定。

模范读者与我们在前文探讨的模范作者息息相关，也与我们在形式论中梳理的文本结构及其新批评传统有着紧密的联系。前者同时意味着对经验作者与经验读者的抹除，后者则将文本作为唯一重要的客体。在对"经验"完成清除工作之后，埃科将模范作者、文本与模范读者安置在一个纯粹的符号世界中，相互映射，不断地延伸衍义，以至由阅读产生的心理反应、情感波动也并不是由经验生发的，而是模范读者对于作品结构的识别。因此"一部作品的意义不是作者的所思所想，也不是文本的自足完善，更不是读者的体验或经验，而是主体的知识和经验与文本的世界的交汇融合，是作者、文本和读者的有效协作，文本的意义即产生于三者的平衡关系之中"[1]。需要特别强调的是，这种融合仍然是符号学意义上的关系。

二、"文本意图"之辨

"文本意图"说到底就是深藏在文本中的被刻意安排的写作技巧。在对解构批评的抨击当中，埃科用"文本意图"的概念作为诠释活动的标尺，表达了他对当代批评理论僭越作品本身的现象的不满，并在一定程度上保留了文学批评所应该有的客观性。然而，当埃科进一步用"文本意图"来规范读者的接受活动时，则暴露了这种躲藏在客观性背后的含混性。此时，"文本意图"变成了深藏不露的"作者意图"。这个作者有着良好的知识素养，优雅地、不动感情地玩弄着迷宫般的文字游戏。这个作者通晓数十种语言，博览经典书籍，对当代各式批评理论烂熟于胸，清楚地知道如何在智力上挑逗那些批评家敏感的神经。这个作者自信满满又不无戏谑自嘲地将文学创作视为其学院派理论写作的一种形式。这就是埃科的诠释批评思想与实践的核心所在。

有趣的是，现代读者反应批评理论以强调读者在阅读中的构成性作用为己任，这却又几乎毫无例外地给予读者相当多的要求与限制。比较而言，沃尔夫冈·伊瑟尔是最"中庸"的接受理论家，他不仅从现象学，还从形式主义、符号学和格式塔心理学等领域中吸收营养。当然，胡塞尔的

---

① 于晓峰：《诠释的张力：埃科文本诠释理论研究》，南京大学出版社，2010，第90页。

门徒、波兰理论家罗曼·英加登对他有重要的影响，在后者看来，文学作品是整套"纲要"或总的说明，需要读者加以实施。在实施过程中，读者把前理解带到作品中来。随着阅读过程的展开，作品呈现的内容将改变或扩充原有的期待，此时，诠释循环——由部分化为整体再化作部分——开始了。"阅读不是一直向前的直线运动，不单单是逐步积累的过程：我们最初的推测产生一个框框，在这个框框里解释随后发生的一切，但是随后发生的一切会回过头来改变我们原先的理解，突出某些特点，但另一些特点退居幕后。"① 在《对文学的艺术作品的认识》一书中，英加登指出文学作品构成有机的整体，读者必须按照恰当的、正确的方式，依照作者的提示将作品不同的部分和层次联系起来，"作品的各个层次（我们以这种方式了解它们）不是孤立的构成，而是从一开始就在各种或多或少的密切联系中显现出来。尽管活动的种类和数量很多，同时进行这些活动是理解，尤其是审美地理解整个作品必不可少的第一步"②。

伊瑟尔似乎更侧重读者的角色。在他看来，文本是一个潜在的结构，将虚构的合法性准则暂时搁置起来，从而形成了空白和罅隙，并向读者发出召唤。此时，读者带着自己超文学的规范、价值和经验，通过建立于文本的某种摆荡，而将空白具体化。于是，文本的诠释存在于读者对原有期待的调节与修正中，而这番调节与修正是读者在建立自己的经验与文本的辩证关系和意义的过程中产生的。伊瑟尔写道："文学本文的效果是靠着明显的唤起和对熟悉事物的连续否定而实现的。一开始似乎是对我们种种假设肯定的东西，却导致我们自己对这些假设的否定，这样易于使我们为重新定向做好准备……一旦读者被卷入了，他自己的各种前概念便被连续地超越，于是本文就成为他的'现在'，而他自己的思想就隐没在'过去'中了。"③

然而伊瑟尔与埃科一样，用两个分裂的读者概念表达了主动和被动阅读之间的矛盾与张力，"实际读者"将个人现存的储备经验带入阅读中，而"隐含读者"则由文本的框架制造出来。此时，伊瑟尔的阅读观仍然同埃科一样是有机主义的，不同的读者虽然可以自由地按照不同的方式将文

① [英] 特里·伊格尔顿：《文学原理引论》，刘峰译，文化艺术出版社，1987，第94页。
② [波] 罗曼·英加登：《对文学的艺术作品的认识》，陈燕谷译，中国文联出版公司，1988，第73页。
③ [法] 杜夫海纳主编《美学文艺学方法论》，朱立元等编译，中国文联出版公司，1992，第277页。

本具体化，但必须听从一套严格的指令：和文本保持一致，部分必须与整体取得一致。因此，在阅读现象学中，最重要的是"游移视点"概念的提出，它描述的是读者如何实现本文。伊瑟尔认为，文学的特质在于读者由本文内部去把握对象，读者在游移视点中的心理综合被称为"一致性构筑"。面对本文的不同符号或图式，读者尝试建立其中的联系，并将之综合，形成一致性阐释，也就是格式塔。"阅读过程不能仅仅是识别个别语言符号，还须依靠格式塔群集来理解本文……读者的任务是使这些符号一致化，而当他这样做时，他所建立的联系便很有可能使自身变成进一步的关联活动的符号。"[①] 鉴于此，塞尔登教授指出："伊瑟尔是否希望赋予读者权力，让他们随心所欲地填补文本中的空白，或者他是否把文本看作读者采取行动实现意义的最后的仲裁者，这一点依然不清楚。"[②]

埃科的"模范读者"概念尤其接近于伊瑟尔所谓的"隐含读者"。比较而言，埃科的分析更加抽象，更加科学化。而伊瑟尔则保留了读者对作品的意义介入。正如伊格尔顿指出的，伊瑟尔的阅读观乃是建立在自由的人道主义思想基础上的，"这是一种信念，认为我们在阅读时应该灵活机动、思想解放，要准备对自己的信念提出疑问并且允许改变信念"[③]。对此，埃科同意帕奥拉·普里阿狄的评论：

> 伊瑟尔的现象学视角赋予了读者一种对文本的特权，这种特权曾被当作是文本自己的特权，也就是确立一种能够决定文本意义的"观点"。而艾柯的《模范读者》（1979）则不仅把读者视为文本的互动者和合作者，还在一定程度上认为他们生来就是连接文本的肌腱。所以模范读者的能耐即来自于文本传送给他们的遗传性印记……由文本创造，也被文本圈禁，同时他们拥有任何自由，只要文本允许。[④]

而埃科对"高素质畅销书"的推崇，对互文技巧的热爱，对文学传统

---

① [德]沃尔夫冈·伊瑟尔：《阅读活动：审美反应理论》，金元浦、周宁译，中国社会科学出版社，1991，第143页。

② [英]拉曼·塞尔登等：《当代文学理论导读》，刘象愚译，北京大学出版社，2006，第66页。

③ [英]特里·伊格尔顿：《文学原理引论》，刘峰译，文化艺术出版社，1987，第96页。

④ [意]安贝托·艾柯：《悠游小说林》，俞冰夏译，生活·读书·新知三联书店，2005，第19页。

的崇拜，则让我们想起了罗伯特·姚斯对接受理论的思考，后者在加达默尔的诠释学思想的影响下，赋予了读者反应批评一种历史的维度。在加达默尔看来，"历史并不隶属于我们，而是我们隶属于历史。早在我们通过自我反思理解我们自己之前，我们就以某种明显的方式在我们所生活的家庭、社会和国家中理解了我们自己……因此个人的前见比起个人的判断来说，更是个人存在的历史实在"①。因此，传统将具有无可置疑的权威性，文学作品的意义将取决于解释者的历史处境。这种"前见"在姚斯这里被称为"期待视野"，是在每一部作品问世的历史时刻产生的对文类的事先理解、已经熟悉的作品的形式与主题、诗歌语言与实用语言之间的对立。"它唤醒以往阅读的记忆，将读者带入一种特定的情感态度中，随之开始唤起'中间与终结'的期待，于是这种期待便在阅读过程中根据这类本文的流派和风格的特殊规则被完整地保持下去，或被改变、重新定向，或讽刺性地获得实现。"②

　　问题在于，埃科所谓的"文本意图"并没有在根本上切中"过度诠释"的要害，而他的"模范读者"的概念也因为失之于抽象而丧失了意义。埃科虽然反对"过度诠释"，试图建立阅读的边界，但他与卡勒们其实属于一个学术共同体。理查德·罗蒂的批评一针见血，在他看来，埃科对使用文本与诠释文本做出的区分，以及对文本意图的编造，不过是一种本质主义眷念的表现。罗蒂首先指出，埃科所谈到的"诠释"，不过是使用文本的不同方式，这种对从文本自身出发的所谓"内在研究"与"外部研究"之间的区别，也就是事物关联性与非关联性之间的区别的固守，正是罗蒂这位反本质主义者所不接受的。"真正的质疑和挑战在于：他为什么想在文本和读者之间，在'文本意图'和'读者意图'之间划下这么大一条鸿沟。"③罗蒂认为，这种根据文本连贯性的整体来验证诠释是否合理的方法，无非是提醒人们注意一个句子或一个场面都不能忽视，"我想，如果给我三个月的闲暇以及适当资助的话，我可能会制作某种图式将所有或大部分

---

① [德] 汉斯–格奥尔格·加达默尔：《真理与方法（上卷）》，洪汉鼎译，上海译文出版社，2004，第 357 页。
② [德] 姚斯：《接受美学与接受理论》，周宁、金元浦译，辽宁人民出版社，1987，第 29 页。
③ [意] 安贝托·艾柯等：《诠释与过度诠释》，王宇根译，生活·读书·新知三联书店，2005，第 103 页。

这样那样的东西都联系起来"①——罗蒂无疑道出了埃科的诠释批评在实质上的学院腔调。

问题还在于，所谓"文本意图"可能是一个抽象含混的概念。埃科自己同样意识到这一点，"文本是在诠释的过程中逐渐建构起来的，而诠释的有效性又是根据它所建构的东西的最终结果来判断的：这是一个循环的过程"。正因为这种"诠释学循环"，罗蒂指出："如果承认文本是在被诠释的过程中建构起来的，我不知道到底有什么东西可以保证其内在的连贯性。"也就是说，并不存在埃科给阅读设定的这个疆界，"文本意图"并不是一个客观存在的东西，它也不具备埃科所寄予的客观性、公正性，"所谓连贯性不是什么别的东西而是这样一个事实：有人在一大堆符号或噪音里面发现了某种有趣的东西，通过对这些符号或噪音进行描述使它与我们感兴趣的其他东西联系了起来"。②同"经验读者"的问题一样，被"文本意图"所规定的"模范读者"同样有着特殊的经验和特殊的意图，科学主义的方式并不能使之合理化。与解构批评一样，这种封闭的静态的解读方式仍然是一种"前文本的解读"，它仍然认为批评家可以发现文本的本质，它不过是换了一种形式声称符号学的解析将保证我们达到文本的本质。

埃科并没有给予罗蒂有力的还击，他不过重复了之前关于理解文本内在的运行机制将给予我们更多阅读乐趣的观点，也就是说，他无法对罗蒂关于本质主义指责的尖锐观点做出任何澄清。埃科反复强调的是阅读的乐趣，而罗蒂最后指出的则是阅读的伦理。"它对作者或文本满怀崇敬之情，但这并不表明它对'意图'或内在结构也心存敬意。的确，'尊敬'这个词并不合适。'爱'和'恨'可能会更恰当。因为伟大的爱或伟大的恨正是那种可以通过改变我们的目的，改变我们所遇到的人、事和文本的用途而改变我们自身的东西。"③罗蒂道明了最关键的问题所在，即阅读的爱与恨，也就是阅读的伦理，这恰恰不是埃科的科学主义研究方式所能带给我们的。

笔者在这里强调埃科的研究方法是"科学主义"的而非"科学"的，意在指明"文本意图"这个貌似客观的概念可能已违背真正的科学精神。

---

① ［意］安贝托·艾柯等：《诠释与过度诠释》，王宇根译，生活·读书·新知三联书店，2005，第104页。

② ［意］安贝托·艾柯等：《诠释与过度诠释》，王宇根译，生活·读书·新知三联书店，2005，第105页。

③ ［意］安贝托·艾柯等：《诠释与过度诠释》，王宇根译，生活·读书·新知三联书店，2005，第116页。

这一点法国文论家朗松曾谈到，尽管自然科学的发展促使人们自 19 世纪以来多次尝试将自然科学的方法运用于文学研究当中，通过制作图表、数据、曲线等方式来保证文学批评的客观性与公正性，从而将鉴赏趣味中的印象与个人爱好排除出去，但事实却是"任何一门科学也不能按照另一门科学的样子来裁剪；科学的进步在于它们相互之间的独立性，这种独立性使它们每一门都服从于它所研究的对象"。真正的科学精神是"对待现实的态度，这就是我们能向科学家借取的东西；不计私利的好奇心，严格的诚实，孜孜不倦的勤奋，对事实的遵从，不轻信（既不轻信他人也不轻信自己），不断进行批判、检查与验证——我们应该把这些带到我们的工作中去"。[①]

针对文本诠释的客观性之难，埃科的科学主义努力进一步体现在他试图建立的诠释标准上：连贯性标准、简洁标准和互文性标准等。在埃科看来，验证文本意图的最重要的方法就是将之验证于连贯性整体。"对一个文本某一部分的诠释如果为同一文本的其他部分的话，它就是可以接受的；如不能，则应舍弃。"[②]埃科曾以俄罗斯学者海伦娜·科斯楚科维奇（Helena Costiucovich）评论《玫瑰的名字》为例，这位学者提到一本由艾米尔·昂利奥（Emile Henriot）写的小说《布拉迪斯拉发的玫瑰》（*La rose de Bratislava*, 1946），其情节也是围绕着猎寻一本神秘手稿，并以一座图书馆毁于大火而结束。故事发生在布拉格，而埃科的故事开头同样提到布拉格，昂利奥的书中有一位图书馆员叫贝伦加（Berngard），埃科的小说则有一名叫作 Berengar 的图书馆管理员。科斯楚科维奇还通过其他的蛛丝马迹去证明两部作品之间的相似之处，埃科对此回应："作为一名经验作者，我无权反对。"但作为模范作者的埃科认为，从整体的文本结构而言，布拉格在故事发展中并非扮演一个至关重要的角色，而在文本世界里，寻找神秘世界、大火烧毁图书馆更是稀松平常的主题，科斯楚科维奇的过度诠释并没有遵从文本的意图。[③]除此之外，也会存在某种诠释比其他假设更为简洁、有趣的标准，以及能借助互文文本更好地解释原文本的诠释方式。

后结构主义批评的"过度诠释"方法，说到底是一种学术本体观念

---

① [法]朗松：《朗松文论选》，徐继曾译，百花文艺出版社，2009，第 14、16 页。
② [意]安贝托·艾柯等：《诠释与过度诠释》，王宇根译，生活·读书·新知三联书店，2005，第 69 页。
③ [意]安贝托·艾柯：《一位年轻小说家的自白——艾柯现代文学演讲集》，李灵译，广西师范大学出版社，2014，第 69 页。

的体现，是理论对文学的占领。遗憾的是，埃科为其所做的源流梳理为我们提供了一些相关的知识，但未提供真正的批判性的洞见。他反复提及的"诠释一定存在某种标准"，甚至他对哈特曼的反驳，其力量之微弱显而易见，并往往不自觉地流露对这种学院式解读的惺惺相惜。而在这之后，埃科重点回应了理查德·罗蒂的批评，却对卡勒的《为"过度诠释"一辩》轻描淡写地一笔带过——这已能说明问题，即埃科非常清楚，他和卡勒都在轻松地把玩着优雅的智力游戏，只是各自的喜好不同而已，但罗蒂的批评却是致命的——他挑明了埃科深深隐藏的本质主义爱好。

作为经历过纳粹时代的知识分子，埃科对与之相关的一切思想的禁锢与迫害保持警觉，其终生持有一种温和的怀疑论思想，与思想的中心化保持距离。这里不得不提到埃科及其所在的六三学社与意大利新现实主义文学运动之间的争论。20世纪四五十年代，出于对法西斯主义的政治与道德批判，新现实主义在意大利影响广泛，其对于文学艺术的美学形式与社会使命以及政治实践之间的关系持肯定态度。同时，受巴特符号学启发的意大利新先锋派则反对艺术的意识形态功能和语言工具论，反对传统现实主义理论，认为语言才是文学艺术的根本使命。埃科认同新先锋派的艺术实践，也曾数度著文为其进行理论的阐释（集中见于《开放的作品》）。

但我们需要进一步探索的是，埃科本人在清楚这种"诠释学循环"的情况下，为何一以贯之地坚持对文本的"内在尺度"与"外在尺度"进行区分？对"过度诠释"的拒绝背后显示了怎样的思想根基？我们如何在具体的语境中去理解作为理论家的埃科？在此，我们以埃科的小说《傅科摆》为例，来看看"赫尔墨斯之义"如何与神秘玄学以及权力相结合，制造生活的灾难。

与埃科的其他创作一样，《傅科摆》也是一部杂糅了历史、宗教、科学知识与神秘学等内容的伪历史小说。故事发生在20世纪70年代的米兰，精通中世纪历史的学者卡索邦博士与他的两位朋友——加拉蒙出版社资深编辑贝尔勃和迪奥塔莱维，负责出版一套"赫尔墨斯丛书"。在雪片般涌来的稿件中，以及与玄学爱好者们的接触过程中，不断重复又歧义丛生的"圣堂武士的阴谋论"反复出现。三个朋友出于无聊或炫技，将历史中流传着的众多神秘事件、人物和社团编织成一个天衣无缝的"黑暗计划"，几乎"重写"和"改写"了整部世界历史。而为了让"计划"更为圆满，他们臆造了一个秘密社团："三斯"。没有想到的是，现实世界中的神秘主义者们真的组织了"三斯"，他们吊死了贝尔勃、追踪卡索邦，并在全世界搜寻"计划"中那张子虚乌有的"秘密地图"。

《傅科摆》中的众多人物，艾登提上校、奕格礼伯爵、布拉曼提教授、安其利警官、瓦格纳医生，以及出版商贝尔勃先生、标本制作工沙龙和画家雷加多等人，大多有着丰富精深的专业知识和学术训练。但在无限延伸的过度诠释链条中，他们或成为神秘主义的信仰者与工具，或成为牺牲品。"任何事实只要与另一事实有关便变得重要。关连改变了对事物的看法，使你想到世上的每一细节、每一种声音、每一句话或句子都有更深一层的意义，并告诉我们一个'秘密'。"贝尔勃如此说道。于是，伪造可能有其他深义，正如他们对《议定书》的阐释：

> 反犹女作家，热爱阴谋与"最高未知者"理论的内斯塔·韦伯斯特面对把《议定书》降为低级抄袭的这一事实，给我们提供了一个非常高明的直觉猜测，只有真正的领悟奥秘者或者寻找领悟奥秘者的猎手才会拥有这样的直觉：若知晓奥秘，他了解"最高未知者"的计划，他仇恨拿破仑三世，于是把计划归于拿破仑，但这并不意味着计划不能独立于拿破仑而存在。鉴于《议定书》讲述的计划完全符合犹太人通常的所作所为，所以计划就是犹太人的计划。对我们来讲，只需遵循同一逻辑纠正韦伯斯特女士的看法：鉴于计划完全符合圣殿骑士的所思所想，所以计划就是圣殿骑士的计划。①

这段话奇特地展现了阴谋论与过度诠释的融合，二者互为内容与动力。一系列诠释的起点是所谓的"普洛文斯信息"：艾登提上校相信诺查丹玛斯关于武士们藏身牛车而逃亡的预言，并猜测逃亡去向是法国的普洛文斯。经过复杂的诠释过程，他"破译"了一份"秘密羊皮纸文件"的近代抄本，指出每过 120 年，分散在欧洲各地的 36 名圣堂武士都会聚首一次，拼合他们手上如同断简残篇的信息，以便掌握一种可以控制世界、改造人类前途的巨大秘密。而通过对卡索朋的女友莉雅形象的塑造，埃科向我们展现了如何避免过度诠释。在一种百科全书式的知识架构中，莉雅的诠释原则是相信常识与历史语境，相信结构性的知识。根据普洛文斯地区

---

① ［意］翁贝托·艾柯等：《傅科摆》，郭世琮译，上海译文出版社，2014，第 559 页。

的历史和一本观光局出版的旅游小册子，莉雅发现所谓"普洛文斯信息"根本就是一张与圣堂武士毫不相干的送货清单。"36"和"120"是钱币数量，"城堡""有面包的""避难处""河对岸的淑女""波普利肯人的招待所""石头"和"大娼妓"是小城中一个个真实的地名而已，没有任何象征和神秘的阴谋。在这里我们能看到埃科在《诠释与过度诠释》中突出的诠释学方法："对本文的任何解释都涉及三个方面的因素：第一，本文的线性展开；第二，从某个特定的'期待视域'进行解读的读者；第三，理解某种特定语言所需的'文化百科全书'以及前人对此本文所作的各种各样的解读。"①

埃科曾论述神秘学之于诠释学的渊源，在小说中也一再向我们展示二者的关联，其对历史材料的熟稔进一步强化了它们与权力、知识的禁锢和各种阴谋论之间的紧密联系。无论是《傅科摆》，还是《玫瑰的名字》或《布拉格公墓》，都反复叙述甚至强化着同样的主题。当因过度的诠释而走向对某一类群体的"罪"的指责甚至是灭绝行为时，埃科借威廉之口反驳修道院院长对异教徒的抨击——

　　"您孤陋寡闻地生活在这座金碧辉煌的神圣修道院里，远离尘世的不公。城市生活远比您所想象的复杂得多，人的错误或罪恶程度也大有不同……"

　　"……但我怀疑，是不是就因为他们的思想和主张，人们妄加给他们一些莫须有的罪名。……"

　　"圣战也是一场战争。正因为这样，也许本不该有什么圣战……"②

威廉对常识与语境的坚持，对百科全书式知识与逻辑的推崇，以及侦破修道院谋杀案的整个过程，恰如其分地体现了埃科对于诠释方法与诠释界限的理论建构。

三、来自印象批评的启示

埃科对于文本意图的坚持和对过度诠释的批判，为我们展示了一个现

---

① ［意］安贝托·艾柯等：《诠释与过度诠释》，王宇根译，生活·读书·新知三联书店，2005，第 154 页。
② ［意］翁贝托·埃科：《玫瑰的名字》，沈萼梅、刘锡荣译，上海译文出版社，2010，第 170—173 页。

代文学理论与批判的难点：如何落实文学批评的客观性原则？对此，埃科排除将"经验读者"作为前提，但回避读者的"经验"恰恰只是一种消极的做法，我们试图要解决的是，文本对于接受者的多义性、丰富性究竟是何种意义上的；阅读这一充满了主观性的接受活动，是否可能以及如何具有客观性品质。这也就将问题进一步推向了印象式批评的意义。

印象式批评的代表人物主要有儒勒·勒迈特、阿纳托尔·法朗士以及艾米尔·盖尔，而法朗士无疑被看作印象式批评的旗手。在其《文学生涯》的序言里，法朗士写道，"优秀批评家讲述的是他的灵魂在杰作中的冒险。客观艺术不存在，客观批评同样不存在"，这是由于"一首诗仿佛一处景色，在各个观者心目中各有不同"，"乐趣才是衡量优劣的唯一尺度"，也是导致"我们的评判永远存在仁智之见的原因"。[①] 佩特则给予"印象"明确的阐述："在审美批评中，照本来面目看待事物的第一步，就是了解自己印象的本来面目，对之加以辨析并明确地把握它"，"对于这种印象，我们与其说它存在着不如说它不再存在来得正确。我们生命中被认为是真实的东西，经过精炼成为闪闪发光的磷火，沿着生命的长流自我变革，终于对那逝去的无数瞬间和转瞬即逝的遗迹产生鲜明的、有意义的独特印象"。[②] "印象"是批评家面对作品的初始反应，来自作品与批评者自身生命体验的撞击，从而产生的某种模糊感觉，印象式批评要求对这种感觉加以明确化，用语言使之具体化，从而使原先转瞬即逝的印象成为烙印上批评家主观痕迹的独特印象。在这里，个人独特的生命体验，以及长期以来形成的个人乐趣在印象式批评中占有特别重要的地位。然而佩特并非赋予印象批评以某种主观随意性，他强调了批评家的个人气质、个人修养，还特别指出优秀批评家所应该有的"好奇之心"，面向各种美的形式，面向世界打开自己的感受之门，"永远好奇地检验新的意见，博取新的印象，而绝不是轻易接受康德、黑格尔或我们自己的泛泛的正统学说"[③]。

新批评派的诸位战将们对这种印象批评深恶痛绝。在兰色姆列出的"不是文学批评"的清单中，印象批评赫然入选，名列前茅。在他看来，

① [美]雷纳·韦勒克：《近代文学批评史（第四卷）》，杨自伍译，上海译文出版社，1997，第29页。
② [英]佩特：《文艺复兴：艺术与诗的研究》，张岩冰译，广西师范大学出版社，2000，第1、226页。
③ [英]佩特：《文艺复兴：艺术与诗的研究》，张岩冰译，广西师范大学出版社，2000，第226页。

客观性是文学研究的第一准则，在文学批评中，"学术研究是永远不会嫌多的"①。因此，在兰色姆看来，"在我们探讨'批评家的意图'时，我们所应指的是一般化的批评家，或者说作为批评家的批评家"②，他们对于诗人的一切合于习俗的技巧实践是熟悉的，对于拙劣是善于判断的，这取决于批评家广博的学识，但同时又要对现代的革新保持高度敏感——这当然不是普通读者能够办到的。

乔治·布莱则给予印象批评以尖锐的攻击。他向我们展示儒勒·勒迈特的一段批评文字，指其"仿佛水上倒影，一种思想似乎在另一种思想中嬉戏"：

> 在乡间，在故乡的土地上，顶着风雨欲来、令人无精打采的天空，我几乎一口气重读了彼埃尔·洛蒂的六卷本全集。当我翻过最后一页的时候，我感到完全陶醉了。我心中充满了美妙而忧伤的回忆，又想起了那些多得出奇的深刻感受，一种普遍的、隐约的氛围使我心情抑郁。③

在布莱看来，勒迈特感受到的"感动"，并非来自洛蒂的作品，而是他自己的"感动"，也就是说，他被自己陶醉了，而非真正地面对作品。批评家在这里不过是演戏，"一切都像是批评家利用这种同情（他因之而炫耀他接受了他人的情感）来自私地意识到自身情感所具有的'合乎理性'的特质"。布莱不无愤慨地写道：

> 对他们来说，文学提供了一种机会，使他们可以走出自身一会儿，在他人的灵魂中散散步，但是并不远离边界，随时准备迅速恢复自己的生活和思想习惯；在这一点上，他们很像那些正经女人，她们喜欢玩火，只要没有严重的后果。阅读，就是接受一些震颤，梦想一些快乐，随后重新回到自己的常情常理之中。④

---

① [美]约·克·兰塞姆：《批评公司（1937）》，严维明译，载[英]戴维·洛奇编《二十世纪文学评论（上）》，葛林等译，上海译文出版社，1987，第384—404页。
② [美]约翰·克娄·兰色姆：《纯属思考推理的文学批评（1941）》，张谷若译，载赵毅衡编选《"新批评"文集》，卞之琳等译，百花文艺出版社，2001，第93页。
③ [比]乔治·布莱：《批评意识》，郭宏安译，百花洲文艺出版社，1993，第6页。
④ [比]乔治·布莱：《批评意识》，郭宏安译，百花洲文艺出版社，1993，第7页。

然而，这并不意味着乔治·布莱如新批评派那样追求某种客观的乃至科学的批评方式，正如他称圣伯夫所力图的"消失在我所再现的人物之中"这样的缺乏热情的批评路径为"通奸的批评"，"这是一种若即若离的、迂回曲折的、模棱两可的批评，其目的不是向他人的精神世界慷慨地开放，而是攫取其所具有的好处"，"其终点也丝毫不是一种同情的运动……批评家成了栖身在作者的窝里的杜鹃"。①

那么，印象式批评果真要被剔除于文学批评的大门之外吗？比较而言，法国文论家朗松的态度要公允得多。"当印象式批评坚守它的定义所规定的范围时，它合理合法，不应遭到攻击。毛病就出在它从来不坚守这个范围。"而"真正的印象式批评可以让人看出一个心灵对一本书的反应"。文学史研究区别于狭义的历史学研究的关键之处正在于，"应该学会在心中激起共鸣，来体会这些作品形式的效力"。"谁也不能仅凭化学分析或专家报告，自己不亲自尝一尝，就对一种酒有所认识。文学也是一样，任何东西都无法代替'品尝'。""我们时常以为自己从事的是客观的科学，其实我们穿的如不是自己的主观主义的鞋，也是他人的主观主义的鞋……对我来说，正是我的感觉赋予他们的言语以意义。"②

也就是说，印象批评是一切文学批评的起点，情绪、感觉、感情是我们接近文学的真正的原动力。批评的客观性不同于批评的"客观主义"，"在以往的讨论中，对'客观性'的探讨事实上经常为对'客观主义'的争执所取代，这让人们对客观性的认识总是处于云遮雾罩之中"。所谓客观主义，乃是指"在认定世界是一种外在于人类的自足现象的前提下，要求一种绝对排除任何来自人的主观因素的关于对象实体的认识。这不仅是物/我二元论，而且是主/客对峙论"。而客观性"不同于客观主义所强调的本质主义'实体论'，客观性指的是程度问题，意味着反对任意妄为的自以为是"。因而，在文学批评中追求客观性，也就是"对文学鉴赏活动的普遍性的确认"。③

一个负责任的批评家要去做的，正是在印象批评的基础上，在认可主观反应的前提下，既保留作品之于个体的感情力量与美学力量，又能去除其中私人性的成分，从而使诠释具有公共性，具有广泛的可感性。"重要

① ［比］乔治·布莱：《批评意识》，郭宏安译，百花洲文艺出版社，1993，第5—6页。
② ［法］朗松：《朗松文论选》，徐继曾译，百花文艺出版社，2009，第2、3、6、9、10页。
③ 徐岱：《批评美学：艺术诠释的逻辑与范式》，学林出版社，2003，第232—233页。

的是不要把我当成一个中心，不要把我的情感、我的口味和信念看成是绝对的价值。我应该通过研究作者的意图，对我过去和现在所能接触到的尽可能多的读者的印象进行本质的、客观的分析，从而检查我个人的感觉，消除其中的个人成分。"①

正如艾略特告诉我们的，真正有创造性的艺术家必定身处文学传统之中，其独特性往往是一个时代的集体生命的象征，因而，对文学传统的把握，将是我们理解伟大作家的必经之路。② 同时又要看到，"文学作品的标志在于艺术意图或艺术效果，在于形式的美和韵味。特殊的创作之所以成为文学作品，是由于它的形式扩大了或者延长了它原有的作用"③。也就是说，对形式的鉴别只是整个文学批评过程的一部分，而不应成为目的，它将帮助我们进一步了解，那些富有创造性的文学创作是如何以新的方式向我们展示整个文学传统都在面对的关于人性的永恒问题。

文学传统是一条流动的河，它是形式史，更是观念史，它不是冷冰冰的，相反它充满了活力，是人类对世界、对自我的一次又一次艰苦卓绝的精神攀岩。波普尔关于"三个世界"的划分或许可为我们提供提示，帮我们理解有关小说诠释可能的客观性。在他看来，我们所谈论的世界包括由物质客体与实在事物构成的"世界一"，由精神活动与内心感受构成的"世界二"，以及由心理世界为依托，作为其"产物"的观念实体的"世界三"。④ 毫无疑问，文学艺术乃属于"世界三"，它既具有主观性、可感性、私人性和精神性，又因为是"观念实体"，由具体的艺术形式、艺术符号构成，这就成为其客观性的保证。也就是说，文学作品通过可见的、可分析的客观形式将那些不可见的主观过程具体化、现实化，从而达到了主客体的合而为一，既是生动可感的主观世界，又是可见、可触的客观世界。文学批评的客观性正由后者而来。埃科所主张的"文本意图"，即诠释对作品形式技巧的依赖，以及将文学史传统仅仅视为一系列形式的开拓更新等，只能是诠释实践的一个方面而已，而不能成为阅读的终极目的。阅读，究其根本，乃是在他人的生命中凝视他的生命，通过想象潜入陌生的世界

---

① [法]朗松：《朗松文论选》，徐继曾译，百花文艺出版社，2009，第7页。
② [英]T. S. 艾略特：《艾略特文学论文集》，李赋宁译注，百花洲文艺出版社，1994，第1—6页。
③ [法]朗松：《朗松文论选》，徐继曾译，百花文艺出版社，2009，第5页。
④ [英]卡尔·波普尔：《通过知识获得解放》，李本正、范景中译，中国美术学院出版社，1998，第7—9页。

之中，从而开拓阅读者内在生命的宽广度。此时，我们重视形式恰恰是为了摧毁形式，从而超越形式，达到一个自由自在的无垠的精神世界。在这个意义上，我们将理解乔治·布莱的话："一部作品不是一部作品，而是一种简单的流动物质，总是变化多端，却又总是像它自己，因为它是一种纯粹的精神实体"，"我的愿望是：使我的批评成为一种精神之流，与我在阅读中跟随的精神之流平行、想象；使他人的思想和我的思想结合，仿佛顺着同一个斜坡流动的同一条河的两条支流"。①

纵观埃科的诠释批评理论与实践，早在其《开放的作品》时期，纵然强调作品与接受者之间的动态关系，却力图将诠释的行为严格规范在科学主义的功能性分析范畴之内。"过度诠释"概念的提出，乃是针对解构主义批评使阅读漫无边界地藤蔓式铺展延伸，并呼吁一种客观标准的确立——这是埃科对当代批评创作化倾向的拒斥。然而，需要看到的是，埃科对解构批评的指责仅限于它的"不合理"，并延续他早年的科学主义倾向，提出了"文本意图"这一貌似有根有据其实失之抽象的概念。原因在于，埃科的"文本意图"基本上只适用于以知识性和技巧性见长的学院派创作，甚至仅仅适用于对学院派创作的某一层面的解读。埃科对科学主义的诉求最终走向了强烈的主观性。

于是，相对于"模范作者"的概念，埃科又提出了"模范读者"的概念，其目的在于对阅读主体性的排斥。模范读者似乎成为解码程序，一步步实行着对文本意图的解析、追踪，阅读从此成为高智商者的游戏。关键在于如何看待经验作者的意义，这又落实在对"印象"——阅读过程中的初级反应——做出合理的评价上。印象在诠释活动中的价值在于阅读首先是一种情感行为，这也是一切艺术活动的首要意义。正如音乐通过节奏与旋律触动我们的听觉，绘画通过色彩与线条引导我们的视觉，而小说则是通过语言的排列组合引发读者感觉的变化。

印象，或者说被埃科所排斥的"经验"，既是阅读的起点，又是阅读的终点。这就意味着，批评乃是由原初的感觉印象出发，并将之落实为具体的文学形式，并向一种更宽广的、超越了批评家自我的精神向度而去。只有在此意义上，"一切批评都首先是，从根本上也是一种对意识的批评"②。

---

① ［比］乔治·布莱：《批评意识》，郭宏安译，百花洲文艺出版社，1993，第277页。
② ［比］乔治·布莱：《批评意识》，郭宏安译，百花洲文艺出版社，1993，第287页。

　　埃科的过度诠释观，以及"文本意图"概念，正是在对某种批评的客观主义而非客观性的追求上走入极端，固执地将阅读的主体性拒于门外。在此，乔治·布莱对罗兰·巴特的分析同样适合于埃科："批评于是变成一面无个性的镜子，其中有对象——仅仅是对象——在其布置、构成、各部分之间的关系和语言的次序中呈露出起"，"在这种面貌之下，批评不能有任何功能，除了一种：感知到构成作品的客观现实。批评变成一种言语的笔录，一大堆符号的登记"。[①]

　　所有的文学作品，在根本意义上，将使得我们超越自身有限的生命，与人类多姿多彩的精神现象、生命现象相遇在语词的世界里，无限开辟我们的心灵世界。让我们从这里出发，前去探索故事的真理。

① ［比］乔治·布莱：《批评意识》，郭宏安译，百花洲文艺出版社，1993，第244—245页。

第五章　叙事之惑：可能的真理

　　"没有小说能在某种程度上不使自己成为亚里士多德的'完整的情节'。因此，所有的小说都模仿一个具有潜在性的世界。"

　　"它们有它们的选择，但小说却有它的结尾。"

——弗兰克·克默德《结尾的意义》

　　"也许深爱人类之人的使命就是嘲笑真理，'使真理变得可笑'，因为唯一的真理就是学会摆脱对真理不理智的狂热。"

——埃科《玫瑰的名字》

　　埃科的小说叙事思想在符号学的基础上充满了智性趣味，他的真实、经验、形式与诠释等概念既有着强烈的结构色彩，又在知识和语境的限制中让解释项无限衍义。正如前文指出的，在维护一种独立的小说艺术自主性时，埃科对经验和情感始终保持审慎态度。本章将继续探讨这种叙事思想的核心，即游戏诗学——这当然是一个古老的艺术观，它提倡某种情感或智识的需要仅仅在虚拟世界中释放，从而完全无涉现实人生。

　　游戏在人类文化之前便已存在，是人类文明的基石——赫伊津哈的这一主张我们早已耳熟能详，但他的另一个观点更加重要："一切皆是游戏"，但游戏在道德范畴之外，就其本身而言，它既非善亦非恶。[①] 小说有游戏性，但小说绝非游戏。小说从来都不仅仅是消遣。它让我们直面而不是逃避生活的残酷、命运的悲剧，它让我们更加懂得人生。伟大的小说就是一场战役，那些厮杀的将士们充满了道德勇气——即便以失败告终。在此意义上，我们尽可以指责托尔斯泰的道德教化，却永远不能贬损他是小说艺术世界无与伦比的巨人。在故事的世界，审美享受在终极的意义上指向伦理诉求，指向希望与自由。阅读是什么？帕慕克曾为我们讲述：

---

　　① [荷] 约翰·赫伊津哈：《游戏的人》，多人译，中国美术学院出版社，1996，第237页。

　　某天，我读了一本书，我的一生从此改变。即使才展开第一页，它的强烈冲击仍深深打动了我。书本搁在书桌上，我就坐在桌前读它，但感觉自己的躯壳脱离了，从座椅上被抽离开来。尽管觉得自个儿已经分裂，我整个人仍完好如常。这本书不仅对我的灵魂起了作用，对我的各方面都产生了影响。这股强大的力量从书页中冲出一道强光，照亮了我的脸庞。那炙热的白光，眩惑了我的思维，却也令我的心智豁然开朗。身处此等亮光中，我或许得以重铸自我，也可能迷失方向；在这道光线中，我已然领受到以往不曾察知的影子，并展开双臂拥抱它。我坐在桌旁翻着书页，不太明白自己所读为何，但随着书本一页页被翻过，读着书上的文字，我的人生亦随之改变。对于降临在眼前的每一桩事物，我可以说毫无心理准备，觉得彷徨无助。因此，过了半晌，我本能地转开脸，仿佛想保护自己，免得受书中澎湃而出的力量波及。我惊惧地发现，自己开始意识到，周遭的世界正经历彻头彻尾的转变。一种从来不曾体会的孤寂突然降临——仿佛我被困在一处人生地不熟、对当地语言及风土民情一无所知的乡村。

　　……

　　而到书近尾声，完全折服于那本书描述的世界之后，我确实在黎明前的微光中，看见死亡以光芒万丈的天使形象现身。我见证了自己的死亡。

　　我突然明白，我的人生远超过自己的认知……①

　　帕慕克告诉我们，每一次阅读都是一次新的人生，它意味着曾经熟悉的将成为陌生的，而曾经陌生的将与你亲近；它意味着惊骇，以及惊骇的诱惑；它意味着孤独，一种需要另一个同样孤独的身体慰藉的孤独。苏珊·桑塔格为我们展现里尔克与帕斯捷尔纳克、茨维塔耶娃的灵魂联系时写道，"三位诗人都被似乎是难以兼容的需要所激动着：对最绝对的孤独的需要和对与另一个精神同类进行最热烈的交流的需要"②。阅读还意味死亡，意味着无限——它讲述着故事对于我们的意义。

---

① ［土耳其］帕慕克：《新人生》，蔡鹃如译，上海人民出版社，2007，第1—2、5页。

② ［美］苏珊·桑塔格：《同时：随笔与演说》，黄灿然译，上海译文出版社，2009，第16—17页。

第一节 政治与艺术

不充分了解战后意大利的文化思想氛围，对埃科的小说叙事观念的理解将是不完整的。同时，意大利有着悠久的人文主义传统和文化历史，其美学思想资源对埃科的深入影响也需要加以关注。一直以来，我们主要将埃科视为有着国际文化影响力的符号学家与小说家，却在一定程度上忽略了其自身的历史语境，这也是本节内容想特别指出来探讨的。

第二次世界大战结束后，意大利国内曾经的反法西斯联盟开始瓦解，基督教民主党派在政府中占据多数，教会势力日益加强。意大利人不仅在战争的废墟与对法西斯主义的反思中寻求政治复兴之路，也在政治审查制度结束时探索如何让文学摆脱法西斯主义修辞的影响。然而当时的文学环境依旧带有浓厚的政治色彩：自 20 世纪 40 年代末期开始，与法西斯时代的关系经常出现在文学辩论的关键话题中。意大利的大多数作家（包括埃科在内），即使是法西斯主义的反对者，都不可避免地与该政权有过交集。对于意大利人而言，无论是掩盖曾经的轨迹还是面对良知，都是极其痛苦的选择。反省、揭露或批判成为这一时期经常爆发的争论。

在文学领域，辩论日益集中在文学与政治介入的关系上：政治关切是否优先于文学创作，文学本身是否应当有自己的政治见解，如何将作家与意大利人民之间的关系概念化等。随着政治两极分化，从 1948 年开始，迫于意大利基督教民主党政府领导下的文化、意识形态和社会整合的压力，许多非共产主义作家和知识分子也日益向左转，这与当时意大利国内的反共组织的立场构成冲突，政治问题进一步变成了地缘政治和意识形态对抗，在 1956 年的国际危机之前一直抑制着文学创新。

在此背景下，意大利新现实主义（Neo-realism）呈现了复杂的特质。新现实主义一词最早出现于 20 世纪 40 年代，用来描述卢奇诺·维斯康蒂（Luchino Visconti）和罗伯特·罗西里尼（Roberto Rossellini）等电影制作人的客观主义和史诗视角。他们将摄影机带出工作室，走上当代意大利的街道、广场和田野，主要诉诸非专业演员来饰演普通意大利人。新现实主义叙事文学虽由这种电影模式铸造，但也借鉴了文学现实主义的早期模式：19 世纪晚期的现实主义，从巴尔扎克到托尔斯泰和左拉；以及美国的文学传统，从马克·吐温、赫尔曼·梅尔维尔，到海明威、辛克莱·刘易斯。新现实主义文学作品大多直接与历史相关，而当下则被视为个人参与集体命运的时刻。许多抵抗、内战或拘禁的经历既解释了个人在创造历史中的责任感，也解释了个人在宏大的历史进程中的无能感，以及在大灾难中的生存斗争。卡尔维诺在其《通向蜘蛛巢的小径》里曾描述道：

> 时代的匿名之声比我们个人犹豫不决的变调更有力。从谁也不能避免的经验——战争、内战——中产生出来的东西确定了作者和读者间互相沟通的迫切性：大家面对面，彼此平等，都有许多故事要讲述……我们亲身经历或目睹的故事，夹杂着别人通过声音、腔调和模仿的表情讲述的故事……表达我们自己，我们那时经历的辛酸生活，表达我们自认为所知或所是的许多事情……

> 如果今天在某些人的记忆中，"新现实主义"首先是文学之外的因素带给文学的污染和限制，那么其实他是转移了问题的核心：实际上，文学之外的因素是自然存在的，坚不可摧，毋庸置疑，简直就是自然而然的事实。对我们来说，整个问题就是文学的问题，就是如何把我们认为是世界的那个世界转化为文学作品。[①]

新现实主义的风潮并没有持续多久，进入 1950 年代以后，尤其是 1956 年，正如意大利文学史家评论的：

> "1956"这一具有象征意义的年份被视为预示着意大利文学史上一个新时期的开始，并且是出于广泛相似的非文学原因。但是，要衡量 20 世纪 50 年代中期开始感受到的广泛的文化变化的真实程度还需要一段时间。诚然，1956 年东欧的政治事件本身确实很快在意大利知识界的一个有影响力的部分中得到了体现。赫鲁晓夫在苏共第二十次代表大会上部分泄露了对斯大林的谴责，以及同年苏联对匈牙利和波兰的军事干预，给左翼知识分子带来了深刻的震动，使知识阶层中的许多同情者放弃了对苏联的支持。意大利共产党开始重新评估文学与

---

① ［意］伊塔洛·卡尔维诺：《通往蜘蛛巢的小径》，王焕宝、王恺冰译，译林出版社，2006年，《前言》第2—4页。

政治之间的关系。①

　　而意大利经济在此阶段高度繁荣，教育和文化机会增多，印刷文字生产的商业化程度空前，出版日益进入"文化产业"网络中，受到大众文化与消费主义的冲击，媒体和技术对文学的挑战也日益变多。与之相关的，是 20 世纪 50 年代后期新现实主义文学本身暴露的局限性，表现为作品粗糙，"缺少必要的提炼与加工，读来令人觉得似乎是文献资料或是特写报道……其塑造的人物及其所处的社会环境缺乏具有一定深度的分析和认识，对所描述的事物也缺少本质性的揭示，对于人物孤寂和痛苦的内心世界的描写往往也过于简单化，对于事物的那种平铺直叙的记录，使作品显得冗长而缺乏应有的艺术感染力"②。

　　政治与文化的关系之争并没有随着新现实主义的没落而退出当代意大利的文学舞台。20 世纪 60 年代在意大利发生的丰富多样的文学辩论和实验，尤其是新先锋派的理论建构与艺术实验，其基础仍然是关于政治与文化的讨论，埃科对此指出，"认同前卫的作家、艺术家和学者本身并不是局外人。他们已经是体制的一部分，从内部进行战斗。然而，他们倾向于将自己视为追求革命政治并希望使文学革命化，尽管前者的目标具有特定的文化形式"③。而埃科本人所在的先锋组织六三学社也因"五月风暴"对欧洲的影响而渐渐瓦解。

　　在此背景下，我们才可以理解埃科的小说创作之于当代意大利文学的意义。正如埃科在符号学与诠释学的研究中一直致力于某种调和一样，其小说艺术和小说叙事观念也是对政治与文学之间关系的平衡，这从其在六三学社期间（1963—1969）的一系列理论主张与先锋艺术实践可以看出。六三学社一直极为关注文学艺术的形式、意识形态与社会责任等论题，尤其反对新现实主义主张，反对文学的社会工具论观点。埃科虽然与学社的活跃分子保持了一定距离，但先锋艺术仍然给予他非常重要的理论启发，尤其是《关于关注现实的形式模式》这篇论文。

　　在这篇文章里，埃科仔细梳理了从黑格尔到马克思的异化理论，在当

---

① Peter Brand and Lino Pertile, *The Cambridge History of Italian Literature*, Cambridge: Cambridge University Press, 1999, p.561.

② 沈萼梅、刘锡荣：《意大利当代文学史》，外语教学与研究出版社，1996，第 302 页。

③ Peter Brand and Lino Pertile, *The Cambridge History of Italian Literature*, Cambridge: Cambridge University Press, 1999, p.579.

代工业社会的背景下，探讨先锋艺术如何通过语言和形式的异化去介入现实。埃科认为，黑格尔没有区分两种形式的异化，因为"我同别人、同事物在爱之中、在共同的社会生活之中、在生产结构之中的所有关系都是异化关系"。因而，"异化问题就成了人的自我意识的问题，人不能作为分开的'自我'去思考，人只能处于他所创立的世界之中，只能处于另外的我之中，这个我是认识的我，有时是不认识的我。但这种处于他人之中，这种客体化，多多少少总是一种异化，一种丧失自我，同时又重新找到自我"[①]。这意味着异化不可能被清楚区分，而是一种存在状态。埃科借左拉的文章进一步谈到，为了了解客体，首先必须同它融为一体，"在这样的范畴内了解时，同时也是在局势中存在的否定的范畴内了解时，于是我们就有了足够的自由来面对客体……客体不应该被认为是敌对的、局外的，因为客体就是我们自己"[②]。

这意味着，艺术不可能与现实无关，因为艺术同样也是异化客体的一部分。于是问题就变成了如何认识客体，且让异化为我们所用，让"隐喻服从于我们"。埃科以现代音乐对调性体系的反叛为例，最初的调性确立是为了用一种确定的方式去看待世界，这个世界基于尊重事物不变的秩序，用调性的结尾来确立和谐。它在事实上已经空洞无物、陈词滥调，而音乐家通过拒绝这一体系，不只是改变了某种音乐表现规则，而是"感到异化于整个道义、社会伦理和这种体系所表现的模式的理论的观点"[③]。先锋艺术以陌生化和梳理的形式，实现了这一种目标，"在交流性方面暗暗走到了极端，因而是惟一同它所生存的世界保持有意义的关系的一种艺术"[④]。只有打破某种陈旧的模式，艺术才能以全新的语言谈论当下的人与世界。

作品的内容构成了它看待世界和介入世界的方式，也正是在此意义上文学艺术与它的世界的关系齐头并进。埃科以他常常采取的侦探小说模式为例，如果作家采用传统的侦探叙事结构（调性），他将面临一种困难：要描写我们这个时代分化状况的一个典型方面，涉及情感和表达情感的语言与行动，就无法按照传统的因果关系的规则来描述。因此作家只有一个解决办法，"他的人物在现实局势中如何行动他就如何描写，在局势形成的方式之内去描写他的人物，描写他的关系的复杂性和不确定性，描写

---

① [意]安贝托·艾柯：《开放的作品》，刘儒庭译，新星出版社，2005，第 200 页。
② [意]安贝托·艾柯：《开放的作品》，刘儒庭译，新星出版社，2005，第 207 页。
③ [意]安贝托·艾柯：《开放的作品》，刘儒庭译，新星出版社，2005，第 219 页。
④ [意]安贝托·艾柯：《开放的作品》，刘儒庭译，新星出版社，2005，第 221 页。

他的行动的缺乏准则，也就是说，通过也处于危机之中的描写准则去进行描写"[1]。先锋派正是通过这种方式——使用在这个世界中出现的异化的语言——来描写这个世界的。但是，要使之明朗，在叙述中作为一种形式来现实它，就要弄清它使我们异化的性质，这样就能使我们可以揭穿它。[2]

这段话如此重要，它是我们进入埃科的游戏说与其后现代立场的钥匙。而意大利先锋派运动迅速瓦解，在埃科看来是消费文化的繁荣造成的，其没落恰恰在于远离了当代的现实。

第二节　故事与游戏

"游戏、玩乐、文化——我们认定这才是人生中最值得认真对待的事。"

——加塞尔《什么是哲学》

"一切公众话语都日渐以娱乐的方式出现，并成为一种文化精神。我们的政治、宗教、新闻、体育、教育和商业都心甘情愿地成为娱乐的附庸，毫无怨言，甚至无声无息，其结果是我们成了一个娱乐至死的物种。"

——尼尔·波兹曼《娱乐至死》

一、游戏之乐

取消人文研究的真理性可能，已成为后现代理论家们的时尚。此时，关于小说真理的讨论，也许不过是满纸荒唐言。后现代理论语境的事实是，真理问题犹如过街老鼠。波德里亚认为，如果说现代社会处于一个由工业资产阶级控制的生产时代的话，那么我们已处于一个全新的仿真时代，一个由模型、符码和控制论所支配的信息与符号的时代。[3] 身处仿真时代，模型和符码构造着经验，并取消了模型与真实之间的差别。真实成为"超真实"，仿像塑构现实本身，模型成了真实的决定因素。在整个社会的普遍"内爆"中，仿像"不再是模仿的问题，因此也不存在优秀或拙劣的模

---

① [意]安贝托·艾柯：《开放的作品》，刘儒庭译，新星出版社，2005，第229—230页。
② [意]安贝托·艾柯：《开放的作品》，刘儒庭译，新星出版社，2005，第232页。
③ [美]贝斯特、[美]凯尔纳：《后现代理论：批判性的质疑》，张志斌译，中央编译出版社，1999，第136页。

仿。它是现实本身的一个替代符号……幻觉不再可能，因为现实本身也不再可能"①。詹明信同意波德里亚的当今社会是一个"形象内爆"的、充斥着仿象与断裂的社会的观点。詹明信在其《后现代主义，或晚期资本主义的文化逻辑》一文中指出，后现代社会迷恋的是一整套"堕落了的"景象，其基本特征就是取消高级文化与大众文化或商业文化之间的界限。这种与现代主义的断裂绝非纯粹的文化事件，而是肩负着明显的意识形态使命。② 德勒兹则对仿像的价值予以强调："仿像并不是降级的摹本，它隐藏着一种积极的力量，摈弃了原作与摹本、模型与复制。至少有两个背道而驰的序列蕴藏在仿像之中——既不是说它是原作，也不能说它是摹本……所有的视点都有着共同的对象，不再有享受特权的视点。不再有可能的等级……"③ 因而，设想一种普遍有效的理解方式是非常荒谬的。

千禧年之前，意大利的一份报纸邀请埃科与米兰地区的主教卡罗·马蒂尼以书信方式进行了四次对话，内容涉及末世论、人的生命由哪一点开始、女性担任神职以及非信徒的伦理基础。其中，第四次谈话引人瞩目，马蒂尼主教向埃科发问，非信徒们的伦理判断的基础在哪里？埃科的回答将为我们理解其后现代小说诗学提供一个方向。埃科谈到，他在 22 岁以前一直深受天主教影响，而他后来所持有的世俗主义思想乃是经历长期、缓慢且痛苦地探索之后获得的果实；而且，埃科认为至今尚无法明确，他是否仍然有某些道德信念与曾经对他产生莫大影响的宗教训诲有关。然而，放弃信仰是一个明确、理智的选择。

埃科的特殊之处在于，他虽然拒绝了某种形而上的宗教信仰，却并未放弃对普遍性的诉求，因而其后现代的特质便呈现出摇摆状态。正如他虽然以开放的姿态对待大众文化，却毫不讳言大众文化欠缺深度，而"奥秘"从来都不是显而易见的。④ 埃科认为，俗世道德体系的基础在于，"我们应该、尤其应该尊重他人的身体权利，包括言论与思考的权利"，"事实上，千年来人类的进步正反映在我们终于认同他人的角色地位，认同满足他人

---

① Jean Baudrillard, "The Precession og Simulacra," in *Simulacra and Simulations*, trans. S. Faria Glaser, Ann Arbor, MI: University Press, 1994, p.19.

② [美]詹明信：《晚期资本主义的文化逻辑》，陈清桥译，生活·读书·新知三联书店，1997，第 422—424 页。

③ Gilles Deleuze, "Plato and the Simulacrum," in C.V. Boundas(ed.), *The Logic of Sense*, New York: Columbia University Press, 1990, p.262.

④ [意]安贝托·埃科、[意]卡罗·马蒂尼：《信仰或非信仰——哲学大师与主教的对谈》，林佩瑜译，究竟出版社（台北），2002，第 108、109 页。

的需求是我们生存的必要条件"。①

埃科表达了他的后现代立场："现实世界的问题在于，从时间的最起初开始，人们都在怀疑是否真有一条信息，或这条信息是否真有意义。"②尽管我们将万有引力是牛顿发现的，或者拿破仑于 1821 年 5 月 5 日死于圣赫勒拿岛当作常识，然而常识是靠不住的。"如果我们愿意敞开心胸，我们将随时准备修正自己的信念，只要哪一天科学界以不同的方式诠释宇宙的重要定律，只要哪一天某位历史学家发现从未出版过的资料，证明拿破仑在企图逃亡时，死在一艘波拿巴特党人的船上。"③

对此，埃科将真理同醇酒、权势以及女人并举，原因在于，"它们都可以驱使人心做出某些举措"，而"真理"的功效尤其明显，因为真理似乎可以超越感官享乐，抵达永恒的境界。然而，"经验告诉我们，真理总要花好长一段时间方能流布开来，而且要人接受真理常要以血和泪作为代价"。因而，我们所追求的真理的力量，常常成为"虚假的力量"。在此意义上，"既然在历史演变的过程中，某些人的行事准则是根据其他人根本不以为然的信仰，我们不得不承认，对于我们每一个人而言，历史根本就是一座幻影的剧场"④。

若要理解隐匿在后现代话语中的理论策略，苏珊·桑塔格的《反对阐释》可为我们提供指点。大众以为桑塔格作此文乃是批判自《摹仿论》以来对艺术的内容和意义之批评传统的追求，因而要么简单地将桑塔格定性为形式论者，要么在其主张的"艺术色情学"这一点上莫名纠缠。然而，桑塔格所反对的阐释，乃是现代阐释学理论意义上的阐释；她反对的"意义"，乃是为学院派所垄断的"深度意义"；而她对柏拉图以来的西方美学的寥寥数语的清理，乃是在对现代阐释学和"深度意义"所依据的形而上学传统进行批判。"我这里所说的阐释，是指一种阐明某种阐释符码、某些'规则'的有意的心理行为"，"阐释的工作实际成了转换的工作"，"现代风格的阐释是……在文本'后面'挖掘，以发现作为真实文本的潜

---

① ［意］安贝托·埃科、［意］卡罗·马蒂尼：《信仰或非信仰——哲学大师与主教的对谈》，林佩瑜译，究竟出版社（台北），2002，第 112、114 页。

② ［意］安贝托·艾柯：《悠游小说林》，俞冰夏译，生活·读书·新知三联书店，2005，第 122 页。

③ ［意］安贝托·艾可：《艾可谈文学》，翁德明译，皇冠文化出版有限公司（台北），2008，第 12 页。

④ ［意］安贝托·艾可：《艾可谈文学》，翁德明译，皇冠文化出版有限公司（台北），2008，第 351 页。

文本。最著名、最有影响的现代学说，即马克思和弗洛伊德的学说，实际上不外乎是精心策划的阐释学体系，是侵犯性的、不虔敬的阐释理论"，因而，"为逃避阐释，艺术可变成戏仿，或者可变成抽象艺术"。也就是说，让艺术变成"无内容的"，以逃脱阐释的掌控。而桑塔格所主张的"艺术色情学"，乃是指"去除对世界的一切复制，直到我们能够更直接地再度体验我们所拥有的东西"。①

后现代理论虽以文化理论的面目出现，却不仅仅是对当代消费社会的文化学描述，而是有着深层的哲学野心。桑塔格道出了众多后现代理论家们的初衷：虽以感性反对理性，以多元论反对一元论，以美学民众主义反对学院派的精英主义等面目示人，其实将矛头共同指向了西方理性文明的形而上学传统。利奥塔早年师承尼采，晚年让他的后现代理论彻底脱离了社会分析和社会批判，完成了向语言学和哲学的转向；波德里亚也谈到，"要说我的出发点，那是从诗性的东西开始的，是从兰波等人以及尼采和巴塔耶出发的……事实上我一向对哲学家极不信任……本能地厌恶僵化陈腐的哲学语言"，"我的立场似乎是一种不折不扣的无政府主义"。②

文学的价值论是文学本体论考察的进一步延展，有着深厚的哲学形而上学基础。它一方面肯定了能指与所指的稳定对应关系，另一方面也预设了某种可供摹仿和再现的"实在"。这个"实在"可以是柏拉图的"理式"，也可以是亚里士多德的"形式"，"行动中的人"，抑或是经验主义者们要求的看得见摸得着的客观存在，当然还包括马克思主义者所说的隐藏在杂乱的社会历史生活背后的必然规律等。真理论在形而上学的传统中，乃是一种可以通过逻辑证明的、具有强大说服力的、自在自为的存在，它像是闪耀在艺术之海上的灯塔，尽管面貌各异，却设定了唯一的航行方向。

因而，后现代理论对文学宏大叙事的消解有了合理性依据，即质疑了知性和理性的霸权对文学艺术的侵犯。"就一种业已陷入以丧失活力和感觉力为代价的智力过度膨胀的古老困境中的文化而言，阐释是智力对艺术的报复。"③后现代的模仿拼凑是对形而上学的暴力等级制度的反对。"人们可以将游戏称为先验所指的缺席，这种先验所指作为游戏的无限性，即作

---

① ［美］苏珊·桑塔格：《反对阐释》，程巍译，上海译文出版社，2003，第6、8、12、9页。
② ［法］鲍德里亚：《我不属于俱乐部，亦不属于宫廷》，季桂保译，载朱立元、李钧主编《二十世纪西方文论选（下卷）》，高等教育出版社，2002，第417、419页。
③ ［美］苏珊·桑塔格：《反对阐释》，程巍译，上海译文出版社，2003年，第9页。

为对存在－神学和在场形而上学的动摇而存在"①,后现代和解构主义的拼贴策略乃是否定在价值上被认为是优于能指的先验所指。②

在之前的讨论中，我们可以看到，从小说本体论，到形式论以及诠释批评的实践，埃科的小说艺术倾向于一种智性的游戏趣味，这表现为对叙事技巧的追求和对形式的强调。"游戏"是埃科小说价值论的核心，在他谈到自己的写作历程时，曾言及自中学时代便已偏好滑稽文的文体，尝试对诸多文学经典进行拼贴模仿。时隔三十年后，埃科出版了杂文集《误读》，进一步发展了诙谐文体。埃科写道，"写下这一页页的文字，蓄意插科打诨、装疯卖傻"，"我采纳混成模仿体还有一个更深层次的原因：如果新先锋派的作品在于把日常生活和文学语言颠覆得面目全非，那么，插科打诨、装疯卖傻也应该属于那个活动的一部分"，"如果目标正确，它只不过是不动声色地、极其庄严自信地向人们预示今后可能进行的写作，而无须有任何愧色"。③

对"游戏"的追求成为埃科对小说价值的定位。"除了那些审美上的原因，我认为我们爱读小说是因为它给了我们一种活在一个无可置疑绝对真实的世界上的舒适感受，而现实世界则似乎险恶得多。小说世界的这种'真理优势'给了我们尺度，来质疑那些牵强附会的文本解释。"④尽管埃科对现实世界的确定性深表怀疑，却给予小说艺术以充分的信任，"在小说的宇宙里，我们很清楚地知道，确实有这样一条信息，还有一个权威的实体作为造物主站在文字的背后，给出这样那样一系列的指示"⑤。虽然不存在明显的虚构信号，但解释性上下文里的元素可以帮助我们确立文本的虚构性。但这取决于读者对虚构的认识。翻开一本小说的扉页，就意味着你正在和文本达成默契，你即将看到的故事，经历的诸般体验在某种程度上是一场幻梦。你要有些游戏的精神，不能太当真。

然而另一个问题接踵而至：如果是幻梦，小说的虚构便是骗术吗？如果故事仅仅是游戏，它于我们究竟有何意义？这首先要求我们对"游戏"

① [法]雅克·德里达：《论文字学》，汪堂家译，上海译文出版社，1999，第69页。
② 笔者有论文《论后现代语境中文学的现实性》，讨论后现代理论对于文学现实性及真理性维度的质疑，发表于《内蒙古社会科学（汉文版）》2009年第2期。
③ [意]安伯托·艾柯：《误读》，吴燕莛译，新星出版社，2006，第2、7页。
④ [意]安贝托·艾柯：《悠游小说林》，俞冰夏译，生活·读书·新知三联书店，2005，第96页。
⑤ [意]安贝托·艾柯：《悠游小说林》，俞冰夏译，生活·读书·新知三联书店，2005，第122页。

的概念做出一番探讨，才能理解埃科何以强调小说的游戏价值。

二、"游戏"之辨

时至今日，荷兰学者赫伊津哈的《游戏的人》依旧为我们提供关于"游戏"的卓越洞见。游戏先于文化，它首先是个生物现象，动物们也会亲密嬉戏，并恪守规则，有条理地表现出极大的兴味和快乐。但即便是动物的游戏活动，也超出了纯粹物理学和生物学的范畴，表现出一种意义趋向，具有非物质的品性。因而，以往的游戏研究，尽管方法论各不相同，却大多出于一种共同的想当然的观点：游戏必为某"非"游戏之物服务，必有理由和目的。它们大多以经验科学的定量分析方法看待游戏，而不是首先关注游戏的艰深审美品质。因而，赫伊津哈要探讨的是"作为文化的一种适当功能的游戏"。"在这种激动、这种专注，这种生气勃勃的力量中，存在的正是本质，游戏的原初品质"①，"愉悦"——是游戏的本质，它意味着游戏不能承担责任，游戏是非理性的，游戏的愉悦在于它是对"想象物"的操作，在此意义上，游戏是"有意义的形式"。何谓游戏的"形式"？何谓游戏的"意义"？这与游戏的品质有关。

游戏的首要原则在于其自愿性，从而具有了自由的品质。此时，游戏可以被推迟或被任意打断，只有在游戏创造的快乐成为一种必需、达到某一程度时，游戏才成为急切的。因而游戏遵循快乐原则，与道德义务、社会责任无关。游戏的第二个重要品质在于"虚拟性"，它意味着"走出'真实'生活而进入一个暂时的别具一格的活动领域"，意味着游戏者严肃的"装假"。"游戏'只是一种装假'的意识，无论怎样都不妨碍它拓展极端的严肃性，它带有一种专注，一种陷入痴迷的献身，至少一时完全抛开了'只是'之类的感觉困扰。"②作为日常生活的间歇，不作为"平常"生活，游戏将呈现非功利性，它为之服务的目标是超出当下物质利益或个人生物需要的满足，截然不同于生活必需品的获得。这就使得游戏具有隔离性和有限性，在特定时空范围内"演出"，包含它自身的过程和意味。而游戏的隔离性将意味着游戏的创造性，即创造一个不同于现实生活的秩序，甚至游戏本身就是秩序。"它把一种暂时而有限的完美带入不完善的世界和混乱的生活当中"，因而，所有的游戏都有规则，"决定着由游戏划分出的

---

① [荷] 约翰·赫伊津哈：《游戏的人》，多人译，中国美术学院出版社，1996，第3页。
② [荷] 约翰·赫伊津哈：《游戏的人》，多人译，中国美术学院出版社，1996，第10页。

这个暂时世界中所尊崇的东西"。①

在赫伊津哈关于游戏品质的分析中，游戏与滑稽的区别需要引起重视。我们可以称游戏是"非严肃性的"，但不能推论游戏是"不严肃的"，是引人发笑的。正如孩子们的游戏、足球和国际象棋是以深刻的严肃性来进行的，游戏者一点"笑"的意味都没有。游戏与滑稽无关，与愚蠢无关。此时，柏格森对于"滑稽"文化的分析将帮我们进一步理解赫伊津哈对游戏与滑稽的甄别。"笑"深具社会意义与社会价值，某人或某人的行动让我们产生"滑稽感"乃是由于，我们处于旁观者的位置，也就是说，我们对滑稽者没有情感联系。但更重要的是，"笑"不是纯粹的乐趣，并非毫无利害观念，而是"总掺杂着一种想羞辱人的秘密意图，从而也是纠正人——至少是从外部吧——的秘密意图"，因而，喜剧比正剧和悲剧更接近现实生活，喜剧越是高级（而非堕落到闹剧的形式），与生活融合一致的倾向便越明显。而滑稽人物往往有着较好的道德，或是遵循为大多数人信奉的道德准则，但缺乏适应社会的能力，所谓"取笑灵活的罪恶难，取笑执拗的德行易"②。

引起滑稽感的乃是道德者的僵硬态度，因而具有强烈的现实色彩。这与游戏的超脱性、暂时性、虚拟性是截然不同的。这也是日本学者岩城见一谈到的，"'滑稽'作为美的（直感的）笑，和非美的笑区别，就在于前者指向被笑的对象的形式，后者指向内容"，"笑因此也就成了反抗僵化的社会和虚饰的世界的武器。笑，既是对社会个体的'矫正'机能，同时也具有社会批判、化解社会痼疾的机能"，"在笑声中我们自己也不知不觉地痛感到自己正在创造一个被目的所束缚的世界"。③

在《玫瑰的名字》中，埃科借威廉与豪尔赫关于"笑"的学术争论展示了思想控制与精神自由之间的对抗，同时涉及虚构与喜剧的讨论。豪尔赫的初次出场便伴随着对图书馆僧侣们谈笑的指责："此处不宜空谈和嬉笑。"④ 而在下一次的碰面中，威廉有意将这个话题进一步展开：

---

① [荷]约翰·赫伊津哈：《游戏的人》，多人译，中国美术学院出版社，1996，第12、13页。

② [法]柏格森：《笑——论滑稽的意义》，徐继曾译，中国戏剧出版社，1980，第83页。

③ [日]岩城见一：《感性论：为了被开放的经验理论》，王琢译，商务印书馆，2008，第167、175页。

④ [意]翁贝托·埃科：《玫瑰的名字》，沈萼梅、刘锡荣译，上海译文出版社，2010，第91页。

"喜剧跟悲剧一样，两者都不是讲现实生活中真人的故事，正如伊西多尔所说，都是虚构的故事：'诗人把它们称作寓言，因为其用语言所叙述的并非事实，而是虚构的……'"

……"那天并不是讨论喜剧，而是讨论'笑'是否得体。"豪尔赫蹙起眉头说道。"……喜剧是非基督徒写的，为了引观众发笑，这样做很不好。耶稣，我们的天主，从来不讲喜剧和寓言，只是用清晰的比喻，旨在用寓意的方式教诲我们怎样赢得天堂，仅此而已。"

"我不禁要问，"威廉说道，"为什么您那么反对耶稣也曾经笑过的说法呢？我倒认为'笑'是一种良药，就像沐浴一样，能够陶冶人的性情，调节人的情感，尤其是治疗抑郁症。"

"笑的人既不相信也不憎恶他所笑的对象。对罪恶报之以笑，说明他不想与之抗争；对善行报之以笑，说明他不承认善德自行发扬光大的力量。"……"笑会令人生疑。"

"可有时候应该怀疑。"……"'笑'也可以经常用来让恶人惶恐不安，揭穿他们愚蠢的行径。"①

威廉认同"笑"具有严肃的道德内涵，其主要是通过虚构的喜剧作品来实现的。关于"笑"的辩论在《玫瑰的名字》中十分重要。事实上，这一系列谋杀案的起因，乃是出于修道士们对亚里士多德《诗学》下卷的好奇，而下卷乃是关于喜剧的论述——这在图书馆和信仰的捍卫者佐治看来是极其罪恶的。在佐治看来，笑将使人们免除恐惧——既是对魔鬼的，也是对上帝的。而"没有了恐惧，我们这些罪人将会如何呢"？豪尔赫强调真理与信仰的重量，而威廉则维护笑的怀疑力量，辩论最终止于豪尔赫的一番"过度诠释"："为什么天意安排了我，而不是你，在那里找到了它，并一直带在身上，又把它藏了好几年呢？我知道，我就想亲眼见到书是怎么用钻石体的字母写成的，我看见了你用眼睛所看不见的东西。我知道这是上帝的意愿，我在诠释上帝意愿的同时采取了行动。以圣父、圣子和圣灵的名义。"②

---

① [意]翁贝托·埃科：《玫瑰的名字》，沈萼梅、刘锡荣译，上海译文出版社，2010，第148—151页。引文来自不同页码，省略号为笔者添加，原文中没有。
② [意]翁贝托·埃科：《玫瑰的名字》，沈萼梅、刘锡荣译，上海译文出版社，2010，第536页。

　　埃科在故事中让我们展开思考：笑与严肃一定是对立的吗？贺拉斯有言，"含笑谈真理"，意指用一种虽然措辞轻松但不失严肃的态度讨论社会和道德问题，笑本身不能成为目的。"讽刺家，尽管老是一脸嘲笑，但他总是告诉人们生活的真理。"[①] 在此，哈特的《讽刺论》将为我们提供进一步思考的可能。在他看来，讽刺家既可以是出于疗救的目的，也可以出于惩罚与歼灭的目的，但他们都为一种惩恶除奸的使命感所驱动。讽刺的真正的目的，是以矫正的方式使罪恶得到匡正。笑的对象是可笑之物，而我们认为某种人或事是可笑的，乃是基于对某种共同的价值判断的认可，这种价值并不是抽象的，却是具有普遍性的。我们在笑声中感受轻的力量，同时有重量的依托。基于此，哈特写道，"一切讽刺家在本质上却都是理想主义者"[②]。

　　正是游戏的愉悦性与自由品质，使得它与艺术发生了交集。这成为众多美学家试图探讨的问题。康拉德·朗格指出，游戏的乐趣是一种幻觉中的乐趣，这也就是赫伊津哈谈到的"严肃的装假"活动中的"愉悦"。"游戏者自觉在扮演一个角色，也就是说，他想象自己是他所不是的人物，做着他所没做的事情，感觉他所没感到的情绪"，"乐趣不是内容本身所引起的，而倒是由于它所引起的想象力的活动"。[③] 因此，"想象的受伤、死亡等经验之所以产生乐趣，仅仅是因为它是一种艺术的幻想"，在共同的虚构性这一点上，艺术与游戏走在了一起。正如爱情的本能在无法找到直接满足的时候，往往升华为抒情的诗章，其中往往有一个特殊的异性作为诗之热情的对象，在此意义上，可以把情诗当作一种美化的爱情游戏，正如但丁对贝阿特丽采的终生吟唱。同理，人们沉溺于戏剧，其根源在于对某种情绪体验的需要，而现实生活无法满足，于是进入观戏这种类似于游戏的情境中。

　　在对艺术观念史的梳理中，赫伊津哈向我们展示了游戏与艺术相伴相随。比如诗歌的每一形式特征都与游戏的结构紧密相关，而音乐更是从未离开游戏的领域。柏拉图在《法律篇》中清晰地描写仪式、舞蹈、音乐和

---

① ［美］吉尔伯特·哈特：《讽刺论》，万书元、江宁康译，广西人民出版社，1990，第200页。

② ［美］吉尔伯特·哈特：《讽刺论》，万书元、江宁康译，广西人民出版社，1990，第210页。

③ ［德］康拉德·朗格：《游戏与艺术中的幻觉》，缪灵珠译，载章安祺编订《缪灵珠美学译文集（第四卷）》，缪灵珠译，中国人民大学出版社，1998，第131页。

游戏之间的关系，在其看来，神出于对不幸的人类的怜悯而赐予人们向神感恩的节日，以使他们暂时从尘世的烦恼中解脱出来，并且让阿波罗、缪斯和狄奥尼索斯在节日中与人类相伴。赫伊津哈让我们尤其注意之后的一段：

> 那种既无用又不能揭示真理但在效果上却无害的东西，可以根据它所蕴含的"魅力"以及他所提供的快乐去判断。这种不带有明显好恶色彩的快乐就是游戏——παιδια。[①]

柏拉图在此议论的是音乐表演。亚里士多德也有类似的议论，虽然出发点不同：

> 音乐的性质难以确定，同样难以确定的是我们从音乐知识中可以得到什么好处，也许，仅仅是为了游戏和消遣的目的我们才像喜爱睡眠和饮食一样喜爱音乐……[②]

赫伊津哈指出，休息与闲暇对亚里士多德而言乃宇宙的"根本"原则，比工作更为重要，这当然是由于，在古希腊，自由人没有为生计而工作的必要，对他们而言的关键问题是如何去度过其闲暇自由的时间。因而，游戏、消遣，将意味着自由人所具有的心智和审美感受。这告诉我们，在试图对音乐及其他类型的艺术进行界定的过程中，人类思维总是向纯游戏的领域倾斜。

对艺术游戏性的强调，也就是对轻逸诗学的认可，这将使我们想起卡尔维诺在《未来千年文学备忘录》中，为文学价值选择的第一讲：轻逸。为何强调文学之"轻"？

> 当我开始我的写作生涯时，表现我们的时代曾是每一位青年作家必须履行的责任。我满腔热情地尽力使自己投身到推动本世纪历史前进的艰苦奋斗之中去，献身集体的与个人的事业，努力在激荡的外部世界那时而悲怆时而荒诞的景象与我内心世界追求冒险的写作愿望之

---

① [荷] 约翰·赫伊津哈：《游戏的人》，多人译，中国美术学院出版社，1996，第178页。
② [荷] 约翰·赫伊津哈：《游戏的人》，多人译，中国美术学院出版社，1996，第179页。

间进行谐调。……然而我很快发现，这二者之间总有差距。我感到越来越难于克服它们之间的差距了。也许正是那个时候我发现外部世界非常沉重，发现它具有惰性和不透明性。①

美与现实之间的冲突如何调节？对于一个艺术家来说这是难题。柏耳修斯为了割下美杜莎的头颅，避免自己"石化"，依靠的是世界上最轻盈的物质——风和云，并且将自己的目光投向美杜莎在镜面反射的映像，而非正视。始终拒绝正面观察，而非拒绝与妖魔相处，这帮助我们形象地理解"轻"之价值，用艺术使我们运用梦想的逻辑进入现实世界。"轻"不是轻佻，而是庄重，"对我来说，轻是与精确、果断联系在一起的，与含混、疏忽无关"，瓦莱里说道，"应该轻得像鸟，而不是像羽毛"。②

游戏的轻盈是对破碎现实的不满，是另一种不流血的反抗，是对理想世界的追求，是压抑生命力的释放——这一切被精心地置于一个暂时的、封闭的虚拟时空中，与现实构成微妙的对抗。巴赫金写道："游戏仿佛就是整个生活的微型演出（生活被译成约定符号的语言），而且是没有舞台设置的演出。同时，游戏又把人引离一般生活的轨迹，使人摆脱生活的法律和规则，用另一种约定性——比较简要、快活和轻松的约定性代替生活的约定性。"③ 因而，游戏具有"世界观的意义"。这也是为什么巴赫金认为游戏与狂欢有着内在的本质性联系，游戏的虚拟性使得它在特定时空中废黜了旧世界，并催生某种创造性的新事物。在此意义上，游戏具有解构功能，这也可以解释为何后现代思潮可以轻而易举地与游戏诗学携起手来。

埃科认为，小说"给了我们一种活在一个无可置疑绝对真实的世界上的舒适感受"。在埃科看来，小说乃是与现实世界无关的美梦。然而，如果小说仅仅是安慰，它与人类生活中其他类型的安慰有何不同？埃科的游戏诗学推至极端，就是一种娱乐诗学，或曰享乐主义诗学，然而小说可以只当作娱乐吗？康拉德·朗格在分析游戏与艺术的近亲特质之后笔锋一转：游戏"是审美活动的准备阶段"，"艺术，对应着成年人的更成熟的观点，照例具有更重要的和更深刻的人生内容"，"并不是各种方式的游戏都是艺

---

① ［意］伊塔洛·卡尔维诺：《美国讲稿》，萧天佑译，译林出版社，2008，第 3 页。
② ［意］伊塔洛·卡尔维诺：《美国讲稿》，萧天佑译，译林出版社，2008，第 17 页。
③ ［俄］巴赫金：《巴赫金文论选》，佟景韩译，中国社会科学出版社，1996，第 205 页。

术"，"艺术则是一种适合成年人之需要的提高的和美化的幻觉而已"。① 可以暂时这样理解，艺术是提高的并美化的游戏，那么，何谓"提高"与"美化"？埃科又是如何看待小说艺术的独立特质与游戏性之间的关系？

三、艺术的游戏性与娱乐艺术

"游戏在道德范畴之外，就其自身而言，它既非善亦非恶"②，赫伊津哈对游戏与典仪的区别，对于理解游戏与艺术之错综复杂的关系十分重要。游戏与典仪在形式上几乎毫无异处，但赫伊津哈让我们思考的问题是，"神圣活动以游戏的形式进行，是否也以游戏的态度和情绪进行"③。现象告诉我们，游戏可以随时被干扰，因为"平常生活"会维持自己的权利，或从外界猛然打断游戏，或在内部破坏规矩。无论是游戏者还是旁观者都能意会游戏的"装假"性质。而典仪活动，固然也有"装假"的成分，却从属于参加者的"真诚"信念。"在原始社会盛大宗教节庆中欢庆并表现出的心性态度并不是一种完全的幻觉。"④ 游戏与典仪，只在某一时刻相关，比较而言，后者具有更多的心智成分。"这一神圣活动不只是实际的现实化，一种模拟现实；它还更是一种象征化的现实化——它是一种神秘者。其中的某种不可见、不现实的东西带来了美的、实在的、纯净的形式。仪式的参与者相信这一活动达成了一种明确的祝福效果，带来了高于通常生活的更高的事物秩序。"⑤

这意味着，游戏的虚拟性对于现实空间来说，不过提供了另一种平行的可能存在，而典仪的虚拟性则指向更高的、理想的形式，并且引导崇信者参与神圣活动本身。典仪具有信仰的维度，而游戏仅诉诸暂时的、平行的逃避。作为一个有着深刻道德激情的思想者，赫伊津哈指出："人类精神只有在朝向终极目标时才能摆脱游戏的魔圈。逻辑思维并不能做到这一点。"⑥ 在他看来，游戏固然是人类文明的基石，但将文明仅仅诉诸游戏，将是精神孱弱的表现。正因为游戏与善恶无关，所以，"如果我们必须辨

---

① [德]康拉德·朗格：《游戏与艺术中的幻觉》，载章安祺编订《缪灵珠美学译文集（第四卷）》，缪灵珠译，中国人民大学出版社，1998，第140页。
② [荷]约翰·赫伊津哈：《游戏的人》，多人译，中国美术学院出版社，1996，第237页。
③ [荷]约翰·赫伊津哈：《游戏的人》，多人译，中国美术学院出版社，1996，第23页。
④ [荷]约翰·赫伊津哈：《游戏的人》，多人译，中国美术学院出版社，1996，第24页。
⑤ [荷]约翰·赫伊津哈：《游戏的人》，多人译，中国美术学院出版社，1996，第16页。
⑥ [荷]约翰·赫伊津哈：《游戏的人》，多人译，中国美术学院出版社，1996，第236页。

别受意志驱使的行为究竟是严肃的指责还是合法的游戏，道德良心就会立即树起标准"，赫伊津哈谈到的道德，直指绝对实在，"一滴怜悯从正义信仰、神恩和道德良知意识中涌出，就足以使我们越过理智的辨析，那自始至终困扰我们的问题就将湮没无声"。①

如果说赫伊津哈在《游戏的人》的最后陷入了一种神秘主义色彩的话，那么科林伍德将为我们提供关于游戏诗学的冷静的知性分析。大多数时候，我们将艺术等同于游戏，这种艺术乃是指某类特殊的艺术，即娱乐艺术，这意味着，艺术虽有游戏性，但游戏美学则只是关于娱乐艺术的美学。所以有两个问题需要解决，首先，何谓娱乐艺术？其次，对于娱乐艺术，我们该如何给予判断？当然，在科林伍德看来，娱乐艺术不是真的艺术。我们在前文指出，游戏具有超脱性、非功利性，但这不意味着娱乐艺术同样无关利害，这是首先要阐明的。艺术是人造品，"如果一件制造品的设计意在激起一种情感，并且不想使这种情感释放在日常生活的事务之中，而要作为本身有价值的某种东西加以享受，那么，这种制造品的功能就在于娱乐或消遣"②。

可以这样说，娱乐艺术的功利性在于，它希求将艺术的游戏功能发挥到极致，从而排除艺术其他的特质。不仅如此，娱乐艺术强行将经验分为两部分，一为游戏经验，即虚拟世界，一为现实生活。娱乐艺术让情感在虚拟情境中释放，然后断然分离这种情感与真实生活的关联。

此时，我们可以进一步将娱乐艺术的功利性界定为"享乐性"，它要求艺术家成为娱乐的提供者，而非艺术的创造者，它要求艺术家将唤起某类情感作为任务，在种种精巧的甚至趋于类型化的制作中，达到某些确定的、预期的效果，并让受众的情感得以释放——仅仅是释放而已。在这里，科林伍德使用"享乐"而非"快乐"，为我们提示了二者的不同。然而，所有的美学家几乎无一例外地告诉我们，艺术给人快感，给人愉悦，而在毛姆看来，读小说就是消遣，是寻找快乐。而德国现象学美学家莫里茨·盖格尔在《艺术的意味》中，为我们在"快乐"与"享受"间做出了明确的区分。

在审美经验的多样性之中存在着各种美学理论分道扬镳的深刻的原

① [荷]约翰·赫伊津哈：《游戏的人》，多人译，中国美术学院出版社，1996，第237页。
② [英]科林伍德：《艺术原理》，王至元、陈华中译，中国社会科学出版社，1985，第80页。

因，其中一个原因便是德语中对"快乐"和"享受"这两种审美经验的混淆。试举一例：当我们谈论"这幅绘画使我感到快乐"时，意味着某种内在的接受态度，这是对这幅绘画的赞许，也就是在谈论这幅绘画的"好"或"不好"；而当我们说到"这幅绘画使我享受"时，针对的不再是艺术作品本身，而是人们对艺术作品的情感反应。即使这幅绘画是"坏"的，"我"依旧可以"享受"它。这就导向了"快乐"和"享受"之间的第二个重要区别。在"快乐"中，审美主体并不顺从审美客体，主体之所以将自身交付给客体，乃是为了它能够接受某种态度，而这接受的过程仍然是主体活动的过程；但对于"享受"而言，主体是被动的，它不给予审美客体以判断，不直接面对客体，不向客体开放，它具有盲目性。

区分"快乐"与"享受"的必要性在于，"存在于价值论美学和事实论美学之间的混淆最终是以这两种审美经验形式的交织为基础的"①，形而上学的美学观与经验论美学观，绝对主义美学和相对主义美学，都将在这两种审美经验的对比中做出选择。"当美学从快乐出发，并且把价值看作艺术作品所具有的一种特性的时候，它就必然会变成一门价值论美学"②，而"享受"则成为事实论美学的基础，它将价值规定为客观对象所可能具有的、从属于某一种效果的产物。这两种审美经验在实际的审美活动中不存在非此即彼的分野，会有融合，但是，享受论虽然不是错误的，却毫无疑问是片面的。道理很简单，"理解审美价值的一个关键事实在于，艺术作品本身是通过它的价值特性而被人们体验的，人们与艺术作品的这些价值的内在联系是审美经验的一个基本组成部分"③。

可以看到，娱乐艺术的"享乐性"最终指向了对审美价值判断的搁置，消弭了审美主体的意义，使之成为某种特定的情感效果的奴隶，从而导致审美主体的异化。不仅如此，娱乐艺术将"乐趣"与"教益"分割开来，后者主张将情感释放在实际生活中，前者则局限于虚拟情境。此时，古典诗学主张的"寓教益于乐趣"被彻底丢弃。此种美学理念对批评将是致命的打击。批评要求裁决，而娱乐艺术只在乎享受。更要命的是，"艺术家与作家集团的绝大部分人是一些职业娱乐出售者，我们的主顾都是些俗人，但却不惜一切代价地反对认为自己是俗人，并共谋不称娱乐为娱乐

---

① [德] 莫里茨·盖格尔：《艺术的意味》，艾彦译，华夏出版社，1999，第83页。
② [德] 莫里茨·盖格尔：《艺术的意味》，艾彦译，华夏出版社，1999，第85页。
③ [德] 莫里茨·盖格尔：《艺术的意味》，艾彦译，华夏出版社，1999，第93页。

而称它为艺术"，这就使得"在我们生活的世界里，在艺术名义下从事的绝大部分活动都是娱乐"。①

　　需要进一步追问的是，宣称让我们逃避现实苦难的艺术游戏果真可以使我们一劳永逸地生活在理想的梦幻世界中吗？卡尔维诺曾谈到，轻盈不是含混，而是果断、精确，是鸟儿的飞翔，而非羽毛的随意飘荡。"当娱乐从人的能量储备中借出的数目过大，因而在日常生活过程中无法偿付时，娱乐对实际生活就成为一种危险。当这种情况达到危机顶点时，实际生活或'真实'的生活在情感上就破产了。"② 这意味着，当我们日益将情感投射在虚拟的艺术游戏中，并从理智上断绝它与真实生活的联系，只能使得我们日益感到无法忍受沉闷的生活，出现精神的疾病——无止境地渴求娱乐，渴求现实替代物，从而完全丧失对实际生活、对真实世界的兴趣与能力。此时，艺术不再充实与强大我们的内在，而是让我们套上厌倦感的枷锁。如果一个社会在文化上呈现为单一的娱乐形态，将使得整个社会陷入这种厌倦分裂的精神疾病。艺术不再带给我们生的希望，而是让我们陷入毁灭与死亡的深渊。单一的游戏艺术，只能给我们的机体注入毒素，而非营养。科林伍德的忧虑得到了当代学者尼尔·波兹曼的呼应，在经过对当代文化全面呈现娱乐化状态的描述后，波兹曼告诉我们，令人警惕的不再是乔治·奥威尔的"老大哥"，而是赫胥黎在《美丽新世界》中为我们展现的，"人们感到痛苦的不是他们用笑声代替了思考，而是他们不知道自己为什么笑以及为什么不再思考"③。游戏艺术，最终使我们丧失信念与对精神深广度的追求。

　　这可以解释，为何埃科在其小说美学的诸方面总是呈现一定的暧昧性与模糊性。一方面，作为一个有着广泛涉猎的博学者，埃科有着良好的艺术经验与艺术修养，从而对小说艺术，对文学经典表现出不由自主的喜爱；另一方面，埃科思想中的后现代特质，又使得他对这种喜爱保持警惕。此时，他既要维护经典的意义，又需要表达对大众娱乐文化的宽容姿态。

　　出于后现代理论家厌恶形而上学的共性，埃科最终走向了小说艺术的游戏诗学，取消了美与善的联系，从而将"美"与技巧论画上等号。在他

---

① ［英］科林伍德：《艺术原理》，王至元、陈华中译，中国社会科学出版社，1985，第93、107页。
② ［英］科林伍德：《艺术原理》，王至元、陈华中译，中国社会科学出版社，1985，第98页。
③ ［美］尼尔·波兹曼：《娱乐至死》，章艳译，广西师范大学出版社，2004，第211页。

看来，这是将小说从某种道德专制主义的思想积习中解放出来的唯一途径。在埃科看来，"轻"与"重"的对立是必然的，对真理的诉求必然导致精神的专制乃至实际生活的灾难。我们需要故事，是因为"生活是残酷的，对你对我都一样，所以，我来到了这里"，"这就是叙事的宽慰作用——也就是人们为什么讲故事，为什么从时间的最开端就开始讲故事。而这也是神话的至高作用，便是给混乱的人类经验一个形态，一种形式"。①

四、不彻底的后现代：精英与大众的调和

2013 年，在雅典召开的第 23 届世界哲学大会上，埃科谈论了一个基本的形而上学问题：世界是否存在。

埃科指出，这是为了回应所谓的后现代哲学而提出来的。后现代哲学理论支持宏大叙事以及超验意义、超验真理的终结，主张多样性和除魅，提倡游戏性、碎片化或弱思想，但问题在于，思想可以是多形态的、除魅的，可以为了提出地方性描述而放弃全球叙事，但同时不用怀疑外在世界的存在。在埃科看来，后现代主义的最激进形式是解构，"一种持法国许可证、美国制造的商品"。但最激进的解构主义者也不会认为根本不存在事实，因为要给出解释，你必须有某种可以解释的东西，它必须至少有一个叫"事实"的起点。②

埃科以与罗蒂在剑桥大学围绕诠释的标准文章展开的争论为例。罗蒂否认拧螺丝是螺丝刀的固有用途，因为我们也可以用它去开箱子，甚至是拧耳朵，埃科认为："这不能证明它适用于一切用途，而只能证明，我们可以根据对象所显示出来的不同的相关特征从不同的角度对其进行观照。"尤其是，"对于挖耳朵来说，它毕竟是太长、太锋利了，因此在操作时得十分小心，由于这个缘故我通常总是不大愿意将它伸进我的耳朵。一根牙签上面卷些棉花绒效果会更好。这意味着，有些用途不仅是不贴切、不可能，而且是疯狂的"。③事实是存在的，因为如果我们能随心所欲地解释一切，那我们对世界的质问就不会有任何理由。

---

① [意]安贝托·艾柯：《悠游小说林》，俞冰夏译，生活·读书·新知三联书店，2005，第92 页。

② 薛巍：《世界哲学大会（2）》，《三联生活周刊》2013 年 9 月 3 日，http://old.lifeweek.com.cn// 2013/ 0903/ 42260_2.shtml。

③ [意]安贝托·艾柯等：《诠释与过度诠释》，王宇根译，生活·读书·新知三联书店，2005，第 156、157 页。

　　文本诠释需要设立界限，应当努力去发现文本的运作机制，从而得到一个更简洁、更连贯的解读，这在罗蒂看来是有着本质主义倾向的。埃科本人当然对"本质"并不青睐，他更乐于在一种百科全书式的机制中去建立合理的联系："我们不大会以本质定义事物；通常的做法是列出属性的清单。这也是为什么所有那些通过一系列非限定性属性定义事物的清单似乎更接近我们在日常生活中（而不是在大学的科学科系里）定义和辨明事物的方式，虽然这些清单表面上看不够稳定。"①

　　正如迈克尔·凯撒指出的，埃科在其整个职业生涯中都履行着调停者与综合者的角色。无论在哲学思考，小说的意义，还是在对当代大众文化的观察中，埃科都拒绝一种绝对的区分，他尝试寻找一种能够将文化作为一个整体来表达的语言。他发现的语言——在技术层面上他做了很多工作来阐述——是符号学的语言：一方面，一个用来构建意义的代码的概念，另一方面是皮尔斯式的概念。符号的概念不是指称的而是累积的（符号的含义是通过引用另一个符号来理解的，依此类推，无穷无尽）。② 埃科的温和与节制使得他区别于其他后现代理论家，他甚至认为，"后现代"这个概念恰恰是需要加以规范的。

　　这尤其体现在埃科对于大众文化的研究中。埃科在《启示录派和综合派》中，将对待传媒技术的两种态度区分开来：启示录派（如马尔库塞）认为大众文化与传媒技术与文化的发展是对立的，它意味着文化的末日；综合派（如麦克卢汉）则拥抱文化工业，"如果说启示录派是在日益衰败的理论包装中苦苦挣扎，综合派则极少理论化，他们更热衷于每天在各种领域，生产和传播他们自己的信息。启示录派是一个狂热的现实反对者，综合派则是一个坚定的现实拥护者"③。埃科的观点既不像启示录派那样精英与悲观，也并非如综合派一般对大众文化全情投入，虽然他自己在年轻时曾在大众文化领域工作过。他关心的是把注意力转移到文化内部，去揭示当代现实运作的方式，以使人类主体能够理解或接受它们，掌握甚至影响和操纵它们。这意味着看清大众文化的本质并理解它的内部机制，而不是让自己被它接管。"这个世界一边夸张地抵制，一边接受，它不仅是一

① ［意］安贝托·艾柯：《一位年轻小说家的自白——艾柯现代文学演讲集》，李灵译，广西师范大学出版社，2014，第 218 页。

② Peter Brand and Lino Pertile, *The Cambridge History of Italian Literature*, Cambridge: Cambridge University Press, 1999, p.598.

③ Umberto Eco, *Apocalypse Postponed*, London: Flamingo, 1995, p.28.

个为超人而建立的世界，也是一个为我们而建立的世界。这个世界从被统治阶级去获取文化产品开始，在获取工业化生产这些商品的可能性中开始。文化产业，正如我们即将看到的，最早由古登堡发明活字印刷开始，甚至更早。因此今天这个世界不仅是超人的，也是我们的。"[1]

这让我们想起埃科对"高素质畅销书"的推崇，他自己创作的一系列小说都属于该种类型：一方面有着大众文化中常见的内容，谋杀、传奇、阴谋论、精神分裂等，另一方面则通过改编叙事逻辑（更改编码）的方式去剥离大众文化的特质，在形式即内容的意义上，重新书写着文化逻辑。在下一节中，笔者将结合埃科的小说创作，以及埃科与诸多学院派作家的比较，进一步探讨小说艺术的真理之谜。

第三节　知识与生活

"理性面临两个威胁，一种观点认为人们已经了解最重要东西的真理，另一种是说那最重要的东西就是没有真理。这两种看法对于哲学都是致命的。一种宣称追求真理是不必要的，而第二种在说那种追求是不可能的。帕斯卡尔说我们知道的太少因而当不了独断论者，但又因为知道的太多不能成为怀疑主义者，这个说法完美地描述了我们现在真实经历的人类状况。"

——阿兰·布鲁姆《巨人与侏儒》

《导论》中笔者曾提及，本研究想要探究的问题之一是后现代理论语境中具有典型意义的埃科的小说诗学。而在前文中，我力图展示的是作为埃科后现代小说诗学之核心的"游戏"概念。而这一节将拓宽视野，结合其作为小说家的创作实践，来进一步分析其小说诗学的贡献与局限；与此同时，我还将引入另外几位作家，他们与埃科相似，都有着良好的学院背景，都创作颇丰，都有着强烈的思想写作气质——都有些游戏精神。当然，我并非要施行一番作家论，而是将围绕着"知识与生活"的问题，从这几位作家的作品中各挑选一两部以知识分子为对象的作品，从而在游戏

---

① Michael Caesar, *Umberto Eco: Philosophy, Semiotics and the Work of Fiction*, Cambridge: Polity Press, 1999, p.39.

论的基础上，向小说叙事的真理性而思。这些学院派作家将来到我们的眼前：米兰·昆德拉、博尔赫斯、纳博科夫、戴维·洛奇、索尔·贝娄、库切，以及菲利普·罗斯。

一、叙事即游戏

创作必然涉及故事的讲述、情节的编织，但埃科的创作尤其表现出鲜明的学院化制作特征，并且埃科本人自幼偏好科幻和侦探小说，这就加强了其小说的"设计性"。在《我如何写作》一文中，埃科详细讲述了自己的叙事经验。他告诉我们，他的每一本小说都源于一个或几个意象：《玫瑰的名字》源于一位僧侣在图书馆里被谋杀的景象；《傅科摆》则源于三十年以前在巴黎看到的一只钟摆，以及他曾在一场葬礼中吹奏小喇叭的经历。有了最初的种子以后，下一步便是故事线索的安排与情节的设计。在埃科的写作经验中，有两个步骤非常重要，一是实地考察，这几乎发展到了实证化研究的地步——画草图，画肖像，亲自去某一个火车站考察以便得知列车停留的时间是否足以去站台买一包香烟。为了写作《傅科摆》中与圣殿骑士修会相关的事，埃科远赴法国的东方森林巡览，因为该处留有昔日修会总部的遗址。为了描述主角卡素朋夜里从巴黎天文台散步到孚日广场，再前往埃菲尔铁塔，埃科同样亲自在很多个夜晚的两点到三点之间走了那一趟路程，并且用袖珍录音机将看到的用语音记录下来，以便日后不会搞错街道和十字路口的名称。二是阅读大量的文献资料，对此，埃科拿出了学术研究的方法来对待小说创作。为了保证《玫瑰的名字》文体风格之真实性，埃科动用了之前储备的所有与中世纪研究有关的材料，选用了中世纪编年史作者的风格来写作，有关的神学辩论更是有排山倒海之势。而《波多里诺》的写作则使埃科翻阅了大致与约翰王有关的历史材料。这些都使得埃科的小说表现出浓厚的博学气息，呈现出百科全书式的特征。对此，埃科自己也认同："后来当我又开始写故事的时候，其性质也只会是对一件研究工作的描述。"[①] 埃科小说创作的学院化特征，还表现为将互文手法与理论指涉发挥到极致：《玫瑰的名字》影射了博尔赫斯，《昨日之岛》戏仿了《鲁滨逊漂流记》，《波多里诺》充满魔幻现实主义色彩；对后现代叙述技巧的玩弄、对叙事迷宫的建造，都是埃科反复把玩的文本游戏，

---

① ［意］安贝托·艾可：《艾可谈文学》，翁德明译，皇冠文化出版有限公司（台北），2008，第 365 页。

让读者莫辨真伪。

　　这也是另外几位学院派作家的共同特征。戴维·洛奇在《小世界》中的术语轰炸，几乎涉及了当代文学批评理论的所有流派；《生命中不能承受之轻》俨然一部哲学辞典；《赫索格》中的书信几乎涉及了西方思想史的一切重要命题；《洛丽塔》中的文字游戏，以及对但丁、彼特拉克、爱伦·坡等六十余位作家的指涉，等等。游戏性是这些作家们的共同追求，戴维·洛奇在《大英博物馆在倒塌》的后记中写道："我非常清楚大量使用滑稽模仿与拼凑是一种冒险的做法。尤其是要冒使读者产生迷惑与隔阂、无法弄清所暗示内容为何之险。我这样做的目标是争取让这类读者完全读懂故事情节的叙述以及风格的经常性转换，并让他们感到非常满意，同时使那些文学修养比较高的读者因为发现了书中滑稽模仿的内容而获得另外一层乐趣。"① 这不由得使我们想到埃科关于"高素质畅销书"的论述。在这一点上，博尔赫斯与埃科最为相似。在博尔赫斯的小说中，杜撰、象征、逻辑、戏仿、互文与哲学思考被充满机巧地置于情节结构中，俨然一座充满人类智慧的图书馆。这也是为何厄普代克称博尔赫斯为"作为图书馆员的作家"，认为其作品充满了"一种持续不断的书卷气"。对此，博尔赫斯自陈其志："我一生中有一部分时间是在阅读中度过的，我以为读书是一种享受，另一种较小的享受乃是写诗，我们或将它称为创作，这是对我们读过的东西的一种回忆和遗忘相结合的过程。"② 这使得其小说呈现高度的互文性：《叛徒和英雄的故事》是对《麦克白》的戏仿，《死亡与罗盘》是对爱伦·坡《莫格街凶杀案》等侦探小说的戏仿，《永生》则综合了荷马史诗、《一千零一夜》乃至但丁的《神曲》，《沙之书》更与佛经、《圣经》有着复杂的互文关系。而元小说手法的运用，则使得博尔赫斯的小说呈现出扑朔迷离的智性趣味。

　　在这几位学院派作家中，埃科的创作尤其体现出浓重的观念色彩，并与其理论研究息息相关。皮特·邦德内拉指出，埃科的小说"代表了将理论与实践相结合的试验所能达到的最高成就，只有极少数的学院派思想家能够望其项背"③。事实上，对于埃科来说，小说创作一方面是出于个人爱

---

① [英]戴维·洛奇：《大英博物馆在倒塌》，杨立平等译，作家出版社，1998，第244页。
② [阿根廷]博尔赫斯：《博尔赫斯文集·文论自述卷》，王永年等译，海南国际新闻出版中心，1996，第4页。
③ Peter Bondanella, *Umberto Eco and the Open Text: Semiotics, Fiction, Popular Culture*, Cambridge: Cambridge University Press, 1997, p.14.

好与需要的文字游戏，另一方面是解释其有关符号学理论与诠释学理论的通俗读本与补充。埃科的小说虽然因其广博的学识牵扯而造成了阅读上的困难，但这种难度仅仅是停留在智识水平上的，我们甚至可以将埃科的小说看作是其理论创作中为加强生动性而添加的必要事例。

以《玫瑰的名字》为例。这部小说简直就是一本有关"过度诠释"的大集锦。阿德索第一次看到修道院的大教堂时，如是想到：

> 那是一座八角形的建筑物，从远处望去呈四方形（它完美的形式表达了"上帝之城"的固若金汤、难以攻克），它的南围墙屹立在修道院所在的高台平地上，而北边的围墙却像是从山崖的峭壁上拔地而起……三排楼窗告知人们，楼堡的建筑是以三重的模式逐次增高的，这就是说，地面上呈正方形的建筑实体，高耸入云时已是神学"三位一体"意义上的三角形了。……没有谁看不出这巧妙的和谐中蕴含着神圣的数字组合，每一个数目都揭示着一种极其细微的神圣的意义。数目八，蕴含着每个四方形的完美之数；数目四，是四部福音书之数；数目五，是世界五大地域之数；数目七，代表神灵的七种礼数。①

而院长阿博这样解释修道院的建筑为什么要有三层：

> 它的建造比例综合了诺亚方舟的黄金规则。楼堡的建筑分为三层，因为三是三位一体的数字。拜见亚伯拉罕的天使是三位；约拿在巨鲸腹内是三天；耶稣和拉撒路在墓室里有三天；基督三次把他面前斟满苦酒的杯子挪开，并且三次躲起来与使徒们一起祈祷；彼得三次背离他，他升天后三次向他的门徒们显灵。神学宣扬三种善德；神圣的语言有三种；灵魂分三部分；理性的造化物分天使、人和魔鬼三个类别；声音分嗓声、气息声和拍击声三类；人类历史分立法之前、立法期间和立法之后三个时代。②

在小说中，狂热的修道士们——这些中世纪的知识分子，在一切物质现

---

① ［意］翁贝托·埃科：《玫瑰的名字》，沈萼梅、刘锡荣译，上海译文出版社，2010，第25—26页。

② ［意］翁贝托·埃科：《玫瑰的名字》，沈萼梅、刘锡荣译，上海译文出版社，2010，第498页。

象背后发掘"真正的意义"，现实生活成为谜面，密码的寻找成为众之所趋。因此，对谋杀案的追踪同样成为一个诠释的过程。于是，博学多闻的圣方济各会修士威廉与热诚、单纯、有坚定信仰的见习修士阿德索，分别代表知识和信仰两种类型的人物出场，共同面对发生在修道院里的连环凶杀案。

在一定程度上，威廉有着埃科的影子——博闻强识，相信知识，信赖审慎的理智，尤其是对真理抱有怀疑态度。在他看来，对真理的坚守本身是一种顽固的欲望，这种欲望将使一个人成为信仰或异端的战士，从而犯下种种罪行。马拉希亚的话可以作为佐证："我们是烧杀抢掠了，因为我们把守贫当作普遍的法规，而且我们有权占有他人的不义之财，我们是要打击普遍存在于各个本区教堂里的贪婪之心；我们烧杀抢掠也并不是为了占有，我们从来没有为了抢劫而杀人，我们杀人是为了惩罚，用鲜血来净化不纯洁的人心……唯有我们才是基督的使徒，其他所有的人都是叛徒……"① 对此，威廉评论道："可能有另一种纯洁吧，不过，不管是哪一种，总是让我害怕。"②

然而，运用丰富的知识和丝丝入扣的推理，威廉并没有逼近谋杀案的谜底。在他看来，这一连串的罪行乃是遵循《启示录》的七声号响的顺序发生的：第一位天使吹号，就有雹子与火掺着血丢在地上；第二位天使吹号，海的三分之一变成血；第三位天使吹号，水变苦；第四位天使吹号，日头的三分之一、月亮的三分之一、星辰的三分之一都被击打；第五位天使吹号，蝎子蜇人的痛苦；第六位天使吹号，约翰吃小书卷。然而谋杀案的事实却是，阿德尔莫的死与雹子有关，但他是自杀而死的；维南蒂乌斯死在血海里，却是出于贝伦加一时的奇怪想法；贝伦加自己淹死在水里，不过是个巧合；塞维利乌斯的死使三分之一的天象损毁，是因为马拉其顺手将地球仪当作武器；而马拉其在临死前提到蝎子，竟然是因为这一切罪恶的始作俑者老佐治受到了威廉关于谋杀案推理的启发。这意味着威廉设想了一个错误的模式——解释犯罪者的动机——结果却被犯罪者利用并陷入了这个模式。具有讽刺意味的是，连豪尔赫也相信了这种解释，并认为这是"神的计划"，最后以吞吃毒书来响应第六位天使的号召。过度诠释

---

① [意]翁贝托·埃科：《玫瑰的名字》，沈萼梅、刘锡荣译，上海译文出版社，2010，第432页。
② [意]翁贝托·埃科：《玫瑰的名字》，沈萼梅、刘锡荣译，上海译文出版社，2010，第433页。

之荒谬可见一斑。威廉最后发现，事情的真相竟然是借由阿德索偶然的只言片语乃至梦境获得的，他感叹道：

> "我从未怀疑过真理的符号，阿德索，这是人在世上用来引导自己的唯一可靠的工具。我所不明白的是这些符号之间的关系。我通过《启示录》的模式，追寻到了豪尔赫，那模式仿佛主宰着所有的命案，然而那却是偶然的巧合。我在寻找所有凶杀案主犯的过程中追寻到豪尔赫，然而，我们发现每一起凶杀案实际上都不是同一个人所为，或者根本没有人。我按一个心灵邪恶却具有推理能力的人所设计的方案追寻到豪尔赫，事实上却没有任何方案，或者说豪尔赫是被自己当初的方案所击败，于是产生了一连串相互矛盾和制约的因果效应，事情按照各自的规律进展，并不产生于任何方案。我的智慧又在哪里呢？我表现得很固执，追寻着表面的秩序，而其实我该明白，宇宙本无秩序。"①

　　知识与理性都成为不可信任的，甚至于符号学推演都是虚妄的，那么信仰呢？修道院内诸般权欲、色欲或知识欲导致的残酷景象，以及谋杀案带给威廉的自我怀疑，同样给予阿德索的信仰以严重的打击。当阿德索将一生奉献给上帝之后，当他已成为一个垂垂老者之时，他写道："我只能沉默……不久，我将重新开始我的生命，我不再相信那是上帝的荣耀，虽然我所属教会的修道院院长总是那样谆谆教导我；也不再相信那是上帝的快乐，虽然当时的方济各修士们都那样相信，甚至不再相信那是虔诚。"②

二、作家们的对话

　　米兰·昆德拉同样强调笑的意义。他认为，小说并非诞生于理论精神，而是诞生于幽默精神。所谓"人类一思考，上帝就发笑"。"从上帝的笑声中获得灵感的艺术从实质上看不从属于意识形态的确定性，而是与这种确定性相矛盾。"③在此，昆德拉表达了与埃科同样的观念：笑声取消真理的

---

①　[意]翁贝托·埃科：《玫瑰的名字》，沈萼梅、刘锡荣译，上海译文出版社，2010，第549页。

②　[意]翁贝托·埃科：《玫瑰的名字》，沈萼梅、刘锡荣译，上海译文出版社，2010，第557页。

③　[捷]米兰·昆德拉：《小说的艺术》，董强译，上海译文出版社，2004，第201页。

确定性与唯一性，展现个体的丰富性。笑声展示真相，是一切诗意的开端。事实上，反映在小说创作中，昆德拉与埃科都表现出无比的观念清晰性：昆德拉对媚俗的审视，对政治浪漫派们的批判，对存在的省思；埃科对逻各斯中心主义的批判，对过度诠释的嘲讽，对信仰、知识的怀疑，都体现了强烈的智性色彩。同样，昆德拉对小说形式的翻新，对结构布局的讲究，都有着强烈的形式游戏性。如果说埃科与博尔赫斯的共同之处体现在令人惊奇的广博学识上，那么埃科与昆德拉的相似则在于那种无处不在的智识优越感，那种居高临下的理智清醒感，以及对某种反讽精神的偏爱。他们一方面不遗余力地批判着现代知识分子的诸种弊端，一方面又忍不住表现出知识分子特有的智性立场与精英姿态。这是一个十分令人深思的现象。

然而，这种反讽在菲利普·罗斯与纳博科夫这里便褪去了某种智力优越感的色彩，而多了一种生活与人生的惆怅。以罗斯的《垂死的肉身》为例，这部取名于叶芝那首充满了忧伤的《驶向拜占庭》[①]一诗的小说，在情感节奏上呈现三个阶段。名教授大卫·凯普什为了过一种自由自在的性生活，毅然抛弃了妻子和年幼的儿子。小说的前三分之一围绕凯普什如何引诱女学生康秀拉·卡斯底洛展开，这是一个有着丰满乳房的古巴女孩，明白自己身体的价值，举止得体。凯普什通过弹钢琴、看卡夫卡的手稿这类自然的方式接近康秀拉，在他看来，"这一切仅仅是我们达到所往之处的路上的一段迂回。我想，这是魅惑力的一部分，而假如我没有这部分魅惑力，我会感觉好得多。性才是这魅惑力所要求的一切"[②]。然而，当24岁的康秀拉对62岁的凯普什说"我不可能真正属于你"时，唐璜似的凯普什在瞬间被抽走了所有的自信，一种从未有过的着魔、迷恋由此产生。"你

---

① 《驶向拜占庭》（查良铮译）：那不是老年人的国度。/青年人在互相拥抱；那垂死的世代，/树上的鸟，正从事他们的歌唱；/鱼的瀑布，育花鱼充塞的大海，/鱼、兽或鸟，一整个夏天在赞扬/凡是诞生和死亡的一切存在。/沉溺于那感官的音乐，个个都疏忽/万古长青的理性的纪念物。/一个衰颓的老人只是个废物，/是件破旧外衣支在一根木棍上，/除非灵魂拍手作歌，为了它的/皮囊的每个裂绽唱得更响亮；/可是没有教唱的学校，而只有/研究纪念物上记载的它的辉煌，/因此我就远渡重洋而来到/拜占庭的神圣的城堡。/哦，智者们！立于上帝的神火中，/好像是壁画上嵌金的雕饰，/从神火中走出来吧，旋转当空，/请为我的灵魂作歌唱的教师。/把我的心烧尽，它被绑在一个/垂死的肉身上，为欲望所腐蚀，/已不知它原来是什么了；请尽快/把我采集进永恒的艺术安排。/一旦脱离自然界，我就不再从/任何自然物体取得我的形状，/而只要希腊的金匠用金釉/和锤打的金子所制作的式样，/供给瞌睡的皇帝保持清醒；/或者就镶在金树枝上歌唱/一切过去、现在和未来的事情/给拜占庭的贵族和夫人听。

② [美]菲利普·罗斯：《垂死的肉身》，吴其尧译，上海译文出版社，2004，第18页。

绝不是感觉到年轻，而是痛切地感觉到她的无限未来和你自己的有限未来，你甚至更为痛切地感觉到你的每一点体面都已丧失殆尽。"① 如果说性爱与生命力中最激烈巅峰的状态有关，那么老年人的性因为临近死亡而有了特殊的意义。"难道一个年近七旬的人还应该扮演人类喜剧中耽于肉欲者的角色吗？难道还要不知羞耻地成为一个易于产生性兴奋的纵情声色的老人吗？"② 凯普什并不甘心，于是小说就有了颇具反讽意味的第二阶段。为了给自己寻找理由，凯普什用了几十页的篇幅回忆了 20 世纪五六十年代以来性解放的风潮，从而为自己提供历史支持。正是在那时，凯普什全面理解了"解放"的意义，不仅如此，在凯普什看来，"只有在性交时，你才能彻底地，或许是暂时地向生活中你不喜欢的和击败你的一切报仇雪恨。只有在那个时候，你才是十分纯洁地活着而且你自己也是纯洁的"③。如果说凯普什的这番言论还有些嬉皮士的反叛色彩的话，那么，当他的儿子因为让一个女孩怀孕而前来征询父亲的意见时，他则表现了极其残酷的虚伪。凯普什告诉儿子，他才 21 岁，刚刚大学毕业，无论如何也无法为孩子负责，而如果那个女孩坚持生下孩子，将与他无关。为了证明自己的合理性，凯普什搬出了《独立宣言》《人权法案》《葛底斯堡演说》《解放黑人奴隶宣言》，甚至《宪法第十四修正案》，来证明性自由的意义。

　　理智的自由并不意味着真正的心灵自由，罗斯在此揭示了知识在生活面前的苍白无力。当康秀拉因为凯普什未能参加自己的毕业聚会而愤怒地离开后，凯普什的生活陷入一片混乱。"这种需求、这种混乱。从来不会停止吗？我甚至不知道过一会儿自己到底极度渴望什么。她的乳房？她的灵魂？她的青春？她简单的头脑？也许比这还糟糕——也许现在我正在接近死亡，我私下里还希望自己是不自由的。"④ 罗斯对知识分子理智生活的反讽落实在对情感生活的困惑，并最终指向死亡。八年后，康秀拉罹患乳腺癌，在割去乳房之前，她让凯普什为她的身体拍下照片。此时，小说呈现浓烈的情感，凯普什抚摸着康秀拉长有肿瘤的右乳，"既有情欲又有温柔，既会使你产生怜悯之情也会激起你的情欲，这就是当时所发生的情况。你既会勃起也会产生怜悯，两种感觉同时产生"⑤。这成为全书最精彩、最

---

① ［美］菲利普·罗斯：《垂死的肉身》，吴其尧译，上海译文出版社，2004，第 38 页。
② ［美］菲利普·罗斯：《垂死的肉身》，吴其尧译，上海译文出版社，2004，第 40 页。
③ ［美］菲利普·罗斯：《垂死的肉身》，吴其尧译，上海译文出版社，2004，第 77 页。
④ ［美］菲利普·罗斯：《垂死的肉身》，吴其尧译，上海译文出版社，2004，第 115 页。
⑤ ［美］菲利普·罗斯：《垂死的肉身》，吴其尧译，上海译文出版社，2004，第 141 页。

令人动容的时刻，在一个年轻生命的死亡面前，知识与理智退场，巨大的情感力量汹涌而来。

同样，纳博科夫在《普宁》中展示了其无与伦比的讽刺才华和令人艳羡的文体魅力，叙述者身份的不明确性，首尾构成一个完整精致的圆圈等叙述技巧的娴熟运用，都让我们看到了学院派作家特有的智性魅力。在纳博科夫的笔下，俄国流亡知识分子普宁在美国一所三流大学里教授俄语。他善良、天真、老派，与美国文化有些格格不入，因而被视作古板，并遭到了所有同事的戏谑模仿。他被妻子抛弃和再三地戏弄，只能伏在书桌上闷声哭泣，脑袋伏在胳膊上，捏得不太紧的拳头擂着桌子，用不准确的英语恸哭道，"我什佛（么）也没由（有）……我什佛，什佛，什佛也没由剩下啊"①。口误制造笑声，而笑声背后，却是纳博科夫对普宁的深深同情——讽刺最终指向知识分子的悲剧命运，令人落泪。这个可怜可爱的秃头普宁，看到小松鼠口渴便跑去喂水，运动起来也虎虎生风，对俄国文学了如指掌，在日益商业化、功利化的美国三流大学里津津有味地搞着纯文学研究，直至被解聘还不自知。他还是整整一代俄罗斯流亡知识分子的缩影，身上背负着旧贵族的忧伤记忆与深深乡愁。初恋情人死于纳粹集中营的事实更成为他一生的悲伤。普宁虽然软弱可欺，却坚守着知识分子古老而正直的骄傲，这使得他最后拒绝了续聘，开着辆破车独自离开。在小说的结尾，纳博科夫一反之前轻松幽默的笔调，为我们展现了一副老无所依的凄凉景象：

> 我刚走两步，马路上就隆隆驶过一辆满载啤酒的大卡车，后面紧跟着一辆淡蓝色小轿车，从里面伸出一条白狗的脑袋，它的后面又是一辆像前面那辆一样大的卡车。那辆寒碜的小轿车上堆满了箱笼；驾车人是普宁。我急忙大声招呼，可他没看见我，我只希望前面一条街的红灯把他滞留在那里，自己快步上坡赶过去把他截住。……他侧面的脸色显得紧张不安，头戴一顶有耳扇的小帽，穿一件风衣；可是霎时间绿灯亮了，那条小白狗探头朝索巴克威奇汪汪吠了几声，接着全都朝前涌去——第一辆卡车，普宁，第二辆卡车。……随后，小轿车大胆地超越前面那辆卡车，终于自由自在，加足马力冲上那条闪闪发

---

① [美]纳博科夫：《普宁》，梅绍武译，上海译文出版社，2007，第66页。

亮的公路，能看得很清楚那条公路在模糊的晨霭下渐渐窄得像一条金线，远方山峦起伏，景色秀丽，根本说不上那边会出现什么奇迹。[①]

　　笑过以后，来看看库切那一如既往的严肃。在其最新出版的《凶年纪事》中，我们感受到了无比沉重的思考。如果说埃科与昆德拉的创作存在着理智上的过于清晰化的问题，那么库切的《凶年纪事》同样有此嫌疑。评论家们津津乐道于此作在形式上的独特——复调性。的确，《凶年纪事》与库切之前的小说一样，首先便对读者构成很大的阅读障碍：排版上前 20 页（按中译本）分为上下两栏，上栏的内容是充满争议和火药味的时事评论，缘起是 JC（这也是库切名字的缩写），一位 72 岁的居住在澳大利亚的南非裔作家，应德国某图书公司的邀请就当今政治社会现实发表时论；下栏是以 JC 为第一人称叙述他在洗衣房遇见美丽风情的安雅之后的故事。第 21 页起又增加了安雅的叙述，这样，小说的三段叙事并行展开。至第 127 页，JC 的叙述栏空白，如此一直延续至第 134 页。第 154 页，JC 的叙述到此结束，由安雅的一封来信替代。而上栏由最开始至第 127 页，结束了时事评论，JC 接受了安雅的建议，写一些更贴近自己内心的小故事、小随感。

　　译者文敏女士在译后记中提及小说中的政论文字何不单独发表，而 JC 应是库切的替身，代他阐发盛世危言。然而时论恰是此书不可或缺的一部分，《凶年纪事》的花哨形式承载着丰富的意义。库切的矛盾在于，作为一名知识分子，"这是一个黑暗的时代。你不能指望我用轻飘飘的风格来描述这个时代。何况我得说出内心的真实感受"[②]。然而他又明白，"作家对于事实真相的把握通常是不完整因而也是不准确的，他们一般也是借助在政界具有影响力的媒体打探所谓的事实真相，尚且有一半时间，由于其职业关系，他们对谎言以及说谎心理产生的兴趣或许不低于事实本身"[③]。如何把握政治介入与小说艺术之间的平衡，这是库切无法解决但愿意呈现出来的困惑——这是一本非常真诚而焦虑的小说，是库切在年老之时对他所代表的那种老派知识分子的反省与深思。多种声音的交织对话不断为知识分子提供他者立场：安雅是善良美丽性感的，有新女性的骄傲洒脱，也

---

①　[美]纳博科夫：《普宁》，梅绍武译，上海译文出版社，2007，第 246 页。

②　[南非]J. M. 库切：《凶年纪事》，文敏译，浙江文艺出版社，2009，第 65 页。

③　[南非]J. M. 库切：《凶年纪事》，文敏译，浙江文艺出版社，2009，第 97 页。

有着女性所共有的温柔细致，她意会老年人的性欲，而愿意将自己打扮得漂亮些，来安慰 JC 孤苦的晚景。艾伦是时代的强者，声明市场超越善恶，政治无非是插科打诨。与安雅的交往开始使 JC 的生活有些生气，之前的愤怒被一种浓厚的心灵忧伤取代：

> 环顾身边那些上了年岁的同辈人，我看他们所有的人都终日消磨在满腹牢骚之中，他们所有的人都任自己陷于无助的困惑，而这一思维模式成了他们晚年生活的主旋律。我们不愿意这样，我们发誓，我们每一个人：一定要吸取那个老克努特王的教训，我们要在时代潮流面前优雅地退场。可是，说真的，有时这非常困难。①

《随札》部分浸透着浓重的死亡意识，以及对已经逝去的美好时光的追忆。JC 谈父亲，谈身后之事，谈信仰，谈音乐，谈小说，在此，JC 对毕生创作的反省无疑是库切自况，其真诚令人无比感慨。库切写道：

> 在年轻时，我须臾未曾允许自己怀疑这一点：只有让自己摆脱公众趣味，并对公众持有批判眼光，才有可能创造真正的艺术。因而我所创造的艺术多少都属于这类表达，甚至以脱离大众为荣。但是，这种艺术最终会怎么样呢？诚如俄罗斯人所说，没有伟大心灵的艺术，未能去赞美生活的艺术，就是缺乏爱的艺术。②

这是一位当代作家对当今学院派创作风气的反思，对某种致力于精巧构造的作品的质疑，对生活、爱与伟大心灵的呼唤。《随札》的最后一章乃是献给陀思妥耶夫斯基的赞歌，其感情之深厚沉重是阅读埃科、博尔赫斯甚至昆德拉的小说所无法获得的，而情感的冲击力量往往远超过那种浮于大脑皮层的智力游戏。库切写道："昨晚，我又把《卡拉马佐夫兄弟》第二部第五章读了一遍，在这一章里，读到伊凡退回了通往上帝创造世界王国的门票，我发现自己抑制不住地抽噎起来。……这是我以前读过无数遍的篇章，然而我发现自己非但没有对这文字冲击力产生习以为常的麻木，

---

① ［南非］J.M. 库切：《凶年纪事》，文敏译，浙江文艺出版社，2009，第 117 页。
② ［南非］J.M. 库切：《凶年纪事》，文敏译，浙江文艺出版社，2009，第 136 页。

反而在它面前变得越来越脆弱。"① 对此，库切，这位一直致力于小说艺术技巧之无限可能性的诺贝尔文学奖获得者，在小说的最后发出了对伦理的呼唤。在后现代创作习气蔚然成风的当代文坛，库切的这一席话足以让我们对他表达敬意：

> 为此，你也将对俄罗斯深怀谢意，感谢俄罗斯母亲——为了摆在我们面前这无可争辩而确定无疑的标准，这标准对于任何一个严肃小说家来说都是沉重的劳役，即便你不可能有最微小的机会达到大师托尔斯泰的标准，或是大师陀思妥耶夫斯基的标准。但借着他们的榜样，你会成为一个更出色的艺术家，这里"更出色"的意思并非指技巧，而是有着更高的伦理准则。他们消除了你污秽的借口；他们廓清了你的视线；他们强健你的臂膀。②

在这些以知识分子为主题的学院派作家的创作中，索尔·贝娄的《赫索格》集众家之长，达到了一个令人叹为观止的高度。屡屡读之，令人爱不释手。正如哈桑指出的，贝娄"首先是一个观念小说家"③，这是毫无疑问的，但这不意味着《赫索格》成为图解贝娄思想观念的工具，相反，该小说不仅呈现出学院派作家极高的思想水准与高超的写作技巧，更将小说艺术本身推向极致。《赫索格》一方面有着浓重的知识分子观念特征，一方面保留了生活与心灵的纷繁复杂，既是一部20世纪知识分子的心灵史，还是犹太移民的民族史，涉及了美国中产社会的方方面面。贝娄用意识流的手法完成了一部现实巨著，这使得《赫索格》超出了一般意义上的知识分子小说，从而在揭示社会与人性的深度与广度上实现了史诗般的创举。

索尔·贝娄虽被认为开创了现代小说"反英雄"人物的先河，却并不表明他同样落入后现代主义虚无的深渊。其强烈的人道主义关怀和理想主义气质使他终生保持着对现实人生的关注与批判、对人类心灵的探索与反思。在他看来，美国的商业化民主使得越来越多的人"不是要创造一个'更为高尚的人生'，他们追求的是稳定的经济繁荣，中等的生活条件，个人自由的保障，以及大致的公正，也就是一种体面的精神麻木状态"。人

---

① ［南非］J.M. 库切：《凶年纪事》，文敏译，浙江文艺出版社，2009，第176页。
② ［南非］J.M. 库切：《凶年纪事》，文敏译，浙江文艺出版社，2009，第176页。
③ ［美］伊哈布·哈桑：《当代美国文学》，陆凡译，山东人民出版社，1980，第32页。

们已经"沦为自己'良好'教养的牺牲品，这种'良好'教养认为善行必胜，博爱必胜。我本人崇尚美好和自由，自己也尽了很大的努力试图维护这种信仰，不过这已是年轻时候的事了，一个人最终所能接受的却只有那些经历过最严峻的东西"。①

本书无法对《赫索格》的现实容量与思想含量的分析做到面面俱到，在此，笔者想强调的是索尔·贝娄对知识分子理性精神的反思。赫索格这位 48 岁的大学历史教授，在研究界已有相当的名气，婚姻状况却一塌糊涂：和第一任妻子离婚后，娶了同样具有学者气质的玛德琳，玛德琳美丽、性感、冷酷、自私，在精心的设计中与他们共同的好朋友瓦伦丁相好，使得赫索格几乎破产，丧失女儿的抚养权，被周遭同事、朋友视为精神障碍。受到重创的赫索格开始给全世界的活人、死人写信，却一封也不发出去，他在自我痛苦的深渊中挣扎，甚至在花店女老板雷蒙娜主动示好时也停步不前。当赫索格严肃地思考性事的巨大政治意义时，索尔·贝娄的反讽到达极致：

> 只有工作而没有娱乐不是一剂良药。艾克去钓鱼或者玩高尔夫球，我的需要则和他不同。（赫索格睁大的、闪着凶光的眼睛中血管里的血更多了。）在生活中，必须给色欲以适当的地位，尤其是在一个解放了的社会之中，因为这个社会了解性的抑制和疾病、战争、财产、金钱以及极权主义的关系。事实上，做爱是公民一种富于建设性的、有用的社会行为。……我没有力量拒绝一个巨大的工业文明对精神上的要求所开的享乐主义的玩笑，对赫索格式的高尚的期望，对他的道德上的痛苦，对他的对真与善的向往所开的玩笑。②

索尔·贝娄曾提及，赫索格是受过高等教育却在生活中只是一个文盲的现代知识分子的典型。但审视知识人理性的脆弱与局限只是贝娄的起点，《赫索格》的卓越在于，它向我们展示了一个知识小人物如何在生活与心灵的混乱中力图冲破枷锁，从而走向无限宽广的自我。赫索格，这位孤独、软弱、毛病多多的现代浪漫主义者，终于决定邀请雷蒙娜来做客，这也许是一段新生活的开始。索尔·贝娄并没有指出解救之途在何处，我们只是

---

① 马修斯·鲁戴恩：《索尔·贝洛采访记》，郭廉彰译，《国外文学》1998 年第 3 期。
② [美] 索尔·贝娄：《赫索格》，上海译文出版社，宋兆霖译，2006，第 200 页。

看到，在一片鸟声喧哗的大自然中，赫索格感受到某种内在的幸福欢欣，这种强大的力量也许是有意义的。为了迎接雷蒙娜的到来，赫索格在路旁采摘了一些鲜花，并决定停止写信，并且"他知道，他不会再去写那种信了"，那种要向全世界挑战，倾诉怨气、怒气，并满足智识优越感的信。

赫索格想要什么呢？赫索格渴望生活。

三、一种沙龙美学

埃科的意图乃是将文学研究保护在一种科学模式的框架内，不温不火地，用庞杂的符号学术语和令人生畏的博学维持一个小世界温婉、优雅又不乏机智的和平。埃科的小说诗学实为一种高贵的沙龙美学。里头烛光摇曳，衣衫裙摆暗香袭人，大家压低了嗓门，互换高智商的幽默，外头的世界并不美好，他们知道，然而这里有香槟，这里有甜食，这里有书籍，有一切人类文明美好的享受。他们都是有真正良知的人，他们对糟糕的世界抱有深沉的悲观。他们甚至会落泪，之后，他们会不紧不慢地向你叙述古罗马帝国曾经这般衰亡，与你探讨历史与当下存在的某种结构性的类似。

埃科的小说诗学实为后现代主义思潮在文学价值论领域的操演。其小说理论与小说创作可视为理解当代知识领域现状的极好样本。它们是知识精英们面对大众文化的声响日益激烈的一种姿态，这种姿态，不再以"乌合之众"待之，而是表现出真诚的理解与极大的包容，降低知识分子的自我期许，努力消除某种思想的理解癖，亲近个体，体现出一种平易的心态。同时，埃科又呈现出相当的复杂性，他毫不犹豫地维护知识与智性的尊严，并试图将大众文化的诸般形态整合进一个理论系统内，在尽量回避某种可能的意识形态阴谋论指责的前提下，给出排除了主体性与经验性的解释。

小说艺术发展到今天，种种可能性似乎已被开拓殆尽。昆德拉要到欧洲小说最早的传统里去寻求资源，埃科则将希望寄托在知识化与结构化的操作上。埃科的小说创作，可视为对小说艺术可以往何处去的一种自觉努力。既为自觉，则意味着，埃科所代表的学院派小说创作所紧盯的乃是创作本身，写作对于他们来说，是参与对话的过程。以"叙事"而言，埃科们看重的是"叙"，而非"事"。在他们的小说中，我们看到的与其说是故事，不如说是看待故事的姿态与立场。问题在于，语言、形式、技巧之于故事，可否仅仅作为一种物质性的铺排？若是如此，人文研究的价值论基础将被颠覆——当然，在后现代的时尚风气中，"颠覆"是潮流，是理所当然的关键词。

这就使得考察游戏诗学成为必要。赫伊津哈、科林伍德们的古典式道德激情在如今看来似乎不合时宜，若将他们的思想落实到具体，也许可以更清晰地显示其意义。笔者提供了几位学院派作家的作品，试图营造一番复调的氛围。理论本身仅仅是知识行为，这些作家如何在具体的作品中展现他们对于"知识与生活"的思考，这可以为游戏诗学的命题带来生动可感的启示。事实上，这些作家都从不同的层面反思了知识的局限。对于埃科来说，无论是《玫瑰的名字》《傅科摆》，抑或《昨日之岛》等，都一再演绎了知识的怀疑论立场，以及对某种理念可以为人类带来无穷灾难的反讽。纳博科夫、库切、菲利普·罗斯深入知识人生活的诸多困惑与流离，为作品涂抹了一层浓郁的悲伤色彩。索尔·贝娄则通过赫索格的困兽犹斗，向我们展现了一部现代知识小人物的精神历程，它不再是《约翰·克利斯朵夫》的浩瀚宏大，却依然有着失败的崇高。

如何走出知识游戏的小世界？在后现代拼贴的精神时空中，埃科和那些学院派知识分子们一起，努力回应着那个古老的浮士德的故事：

> 唉，我劳神费力把哲学、法学和医学，天哪，还有神学，都研究透了。现在我，这个蠢货！尽管满腹经纶，也并不比从前聪明；称什么硕士，称什么博士，十年来牵着我的学生们的鼻子，天南地北，上下四方，到处驰骋这才知道我们什么也不懂！想到这一点，简直令我五内如焚。比起博士、硕士、官员和教士所有这些夜郎自大之辈，我诚然要懂事一点；没有什么犹豫或疑虑来打扰我，也不畏惧什么地狱或魔鬼——为此我却被剥夺了一切乐趣，不敢自以为有什么真知灼见，更不敢好为人师，去矫正和感化人类，我也没有什么财产与货币，更没有人间的荣华富贵；就是狗也不想再这样活下去！……
>
> 哦，盈满的月光，唯愿你是最后一次看见我的忧伤，多少个午夜我坐在这张书桌旁边把你守望；然后，凄凉的朋友，你才照耀在我的书籍和纸张之上！唉，但愿我能借你可爱的光辉走上山巅，在山洞周围和精灵们一起翱翔，活动在你的幽光下面的草原之上，摆脱一切知识的乌烟瘴气，健康地沐浴在你的露水中央。[①]

---

① [德] 歌德：《浮士德》，绿原译，人民文学出版社，1994，第13页。

　　安德烈·莫洛亚曾讲述这样一个场景，在一家书店里，书店主人询问一位犹疑不决的顾客需要什么书，这位顾客说："我想找这样一本书，它同时既是消遣书，又是教科书；它帮助我飞快地渡过阴雨的星期天同时阅读它又不是荒废时间；它既明晰又深刻。"书店主人为难地回答："噢……您要的是一部小说吗？"①

　　我又想起博尔赫斯的一段话："文学只不过是游戏，尽管是高尚的游戏。我们生活在一个伤害和侮辱人的时代，要想逃避它，只有一条出路，那就是做梦。我们梦见这个坚不可摧、玄秘深奥和清晰可见的世界，它无所不在，无所不有。然而我们为了知道它是有限的，就在其建筑结构中空出了一些狭窄而永恒的虚无飘渺的缝隙。"②

　　这两段话同样让我印象深刻。

　　纵观埃科的小说诗学与小说创作，其核心在于以符号学作为基础，维护小说艺术本身的自主性与纯洁，并诉诸一种游戏美学。诚然，叙事具有游戏性，这不仅表现为叙述技巧的设计，更在于与游戏一样，故事具有虚拟性、超功利性。它意味着暂停现实生活，从而在有限的时空范围内让我们享受自由的感觉。然而小说不仅仅是游戏。游戏诗学的症结在于，它强行将世界隔离为现实生活与梦想生活，并在二者之间设立绝对的对立。在以埃科、博尔赫斯为典型的学院派作家这里，表现为叙事的宽慰作用直接指向学院派特有的智性特色，从而呈现为学识、理论以及思想的大比拼。如果说我们已经对政治、经济以及宗教对于小说艺术的占领耳熟能详，那么，埃科的小说为我们展示了当代小说的另一种趋势：小说叙事的智性化。进一步讲，学院派创作的游戏趋向是后现代诗学的一种，其最大的问题在于有知识却缺乏生活，有理念却缺乏理想。然而，如果我们需要理念，大可以求诸理论或思想著作，我们为何还需要小说艺术？

　　小说叙事的价值论终究落实在艺术的神圣性上，但神圣并不等于超凡脱俗，这正是后现代主义的价值。它告诉我们，没有所谓的超人与英雄，更不存在上帝与天使居于其中的天堂，不存在抽象的神圣性，我们只是平凡世界里的小人物。然而，游戏只是暂停，但生活还得继续。故事永远与生活有关，与人情有关，更与梦想有关，这个梦想不是关于某种具体规划的实现，更不是让我们着手在人间去实现一个乌托邦。小说的可能世界是

────────────

①　[法]安德烈·莫洛亚：《艺术与生活》，郑冰梅译，上海三联书店，1989年，第189页。

②　崔道怡等编《"冰山理论"：对话与潜对话（下册）》，工人出版社，1987，第740页。

符号的重构，它是一种希冀，是生活在别处的永恒诉求。在此意义上，叙事艺术永远是现实的，因为它向我们展现真实生活；叙事艺术又永远是浪漫的，因为它为我们提供一种信念的可能。埃科的叙事诗学提醒我们警惕某种有着意识形态目的的真理独断论，却又过于草率地取消了小说艺术对真理的追求。

"后"时代早已到来，我们没有英雄，我们都是失败者，绝望感无处不在。我们摸爬滚打于无望的生活世界，但内心依稀还有某种骚动的渴望，在没有信仰的时代，虚无主义或许是保护自己的铠甲，但唯有"相信"让我们幸福。

我们在前文中曾提到埃科毕生对宗教信仰的困惑，在经历从信到不信的过程中，埃科并没有与信仰完全割断关系。在《玫瑰的名字》里，威廉经历了对理性与符号的幻灭，而叙述者阿德索也在人生的终端，在理智与信仰的困惑中选择了以一种神秘主义的方式去面对。这也许正是埃科本人的某种伦理思考：

> 上帝是唱高调的虚无，"现在"和"这里"都触碰不到它。很快我将进入这片广阔的沙漠之中，它平坦而浩瀚，在那里一颗真正慈悲的心会得到无上的幸福。我将沉入超凡的黑暗，在无声的寂静和难以言喻的和谐之中消融，而在我那样沉溺时，一切平等和不平等都将逐渐消失，而我的灵魂将在那深渊中得以超脱，不再知道平等和不平等或任何别的；所有的差异都将被忘却。我将回到简单的根基之中；回到寂静的沙漠之中，在那里，人们从无任何差别；回到心灵隐秘之处，在那里，没有人处于适合自己的位置。我将沉浸在寂静而渺无人迹的神的境界，在那里，没有作品也没有形象。①

---

① [意] 翁贝托·埃科：《玫瑰的名字》，沈萼梅、刘锡荣译，上海译文出版社，2010，第557—558 页。

结语：符号的重构

20世纪以来，西方哲学研究中虽有解构本体论的时尚潮流，但人文学科领域中的本体论追问是无法抹去的。解构的矛头同时指向传统美学和现代美学，这并非毫无来头。牟宗三曾批判过："如胡塞尔、海德格尔、维特根斯坦都是纤巧，这些人的哲学看起来有很多的妙处，其实一无所有，他们的哲学在论辩的过程中有吸引力，有迷人的地方，但终究是不通透的，故这些思想都是无归宿无收摄的。"① 对于海德格尔的存在论，雅斯贝尔斯曾一针见血地指出："事实是没有人能够声称，他懂得了海德格尔所谈的那个存在是什么"，"海德格尔的思想本身就是存在：一切都围绕着它谈，指向它，但并达不到它"。② 然而，解构性的后现代理论只有否定，没有建设；只有解构，没有建构；只有开放，没有边际。这样就从否定性、解构性、矛盾性、不确定性最终走向虚无主义，一个领域的范式被废除了，同时并未出现新的范式取而代之，那就意味着该领域本身的废弃。

在此背景下，当代西方美学界有感于后现代理论自身的矛盾及其极端主义和虚无主义缺陷，主张"在解构的基础上建构"，提出"建设性的后现代"，亦称为"重构"。"建设性的后现代"这个方法论概念早先主要由美国学者格里芬提出，其后，德国后现代美学家韦尔施以美学的"重构"实践呼应了"建设性的后现代"的主张，吸纳哲学、社会学、艺术史、心理学、人类学、神经科学等领域的成果，坚持有所肯定、概括，主张在解构的基础上建构。

同时，即便以全盘"解构"著称的理论，也并非毫无建构。阎嘉指出："所谓'解构'，已成了后现代的典型特征。解构主义者所针对的目标

① 牟宗三：《中西哲学之会通十四讲》，上海古籍出版社，1997，第435页。
② [德]吕迪格尔·萨弗兰斯基：《海德格尔传》，靳希平译，商务印书馆，1999，第516页。

是所谓'元叙事'或'元话语'，它们多半是把传统的文学理论与批评当作出发点或理论诉求的'理论预设'……然而，我们时常可以发现，'解构'成了一些理论家和批评家的策略，即借'解构'之名来张扬自己的观点和立场"，"当我们认真阅读那些解构'大师'们的著作时，实际上可以发现一个确凿的事实：他们在对既有理论和观点进行解构时，同时也在建构自己的观点和理论"。①

在历史叙事领域，针对后现代史学潮流，英国史家杰弗里·埃尔顿（Geoffrey Elton）、阿瑟·马维克（Arthur Marwick）、爱尔兰史家杰弗里·罗伯茨（Geoffrey Roberts），美国史家格特鲁德·汉默法布（Gertrude Himmelfarb）等人亦提出自己的见解。埃尔顿指出，"过去"可由身处远方的历史学家，通过理性的、独立的、不偏不倚的对证据的研究，从史料中发现过去真实的故事和真理性解释；之后将其忠实地表达出来，使人们了解和认识，从而做出正确的选择。②罗伯茨也指出，历史学家之所以能够辨析过去人们的行为动机，其原因主要在于过去与现在的人类存在的同质性，史家需要运用专门性技巧、阅历与学识来处理证据和文化背景。重构主义所主张的经验主义是去除概念、论证，以及意识形态意味的、纯粹的实在论，其具有的"反理论"立场、对真理与精确表达的信仰，这恰好是其他两种史学类型（建构主义和解构主义）在认识论上与之相背离的起点。

在该种背景下思考翁贝托·埃科的叙事思想就显示出特别的意义来。与语言学研究密切相关的叙事学理论，自解构主义登场时就受到了很大的影响与冲击。在埃科对卡勒针锋相对的回应中，我们可以看到埃科一方面试图以温和的立场将后现代以来的诸种理论考量纳入自己的诠释批评实践中，一方面又在传统文论和诗学批评中寻找可以利用和对抗解构游戏的资源。埃科表示欣赏 M. H. 艾布拉姆斯的著名文章《论文有所为》，指出文本必须有所作为，而不是一味夸夸其谈，不知所云，任由能指堕落为鬼符幽灵般的白纸黑字。他进一步强调，如果诠释者的权力被过分夸大，对作品进行"无限地衍义"，结果只能扰乱对文本的解读，批评对于文学的诠释不是无限的，实际上，一些诠释的确比另一些诠释更合理或更有价值。

---

① 阎嘉：《21 世纪西方文学理论和批评的走向与问题》，《文艺理论研究》2007 年第 1 期。
② Geoffrey Elton, *Return to Essentials: Some Reflections on the Present State of Historical Study*, Cambridge: Cambridge University Press, 1991, pp.77-98.

已有的埃科研究往往将其文本诠释理论当作一个独立的单元进行解析，或者联系其作品探讨理论与创作的关联性。而本书是将埃科的诠释批评思想作为其叙事诗学的重要组成部分来展示的。在笔者看来，尽管埃科没有从系统构建的角度完整阐释其小说的叙事思想，但综合其理论与创作实践，我们仍可在重构主义思想视野中重新评估其叙事思想，这涉及叙事的本体论、形式论、诠释论和价值论等方面，体现其对后现代以及解构主义潮流的完整反思和建构性努力。

在埃科看来，叙事艺术需要在现实生活中汲取赖以存活的营养。这使得埃科在历史小说的创作实践中，致力于还原历史的原貌，寻求知识的精确性，呈现出显著的重构主义历史叙事特征。同时，埃科认为，叙事世界的真实性相对于现实世界来说更具稳定与永恒，故事自身可以形成一个有着自主逻辑的封闭系统，从而与现实无涉，构成自成一体的独立世界。而叙事艺术的自主性又与埃科的形式论观点息息相关，埃科从结构主义叙事学的内部出发，对之做出了合理的反思，比较全面地体现在"论文体风格""形式中的缺陷""互文反讽以及阅读层次"等研究当中。我们看到俄国形式主义文论和英美新批评派的传统对埃科的影响，并最终使其走向对经典的捍卫。

埃科对叙事技巧和诠释限度的强调，目的在于维护叙事艺术的美学自主。他一方面取消了诗学的精英维度，另一方面又试图去建构其基于专业性的独立立场。埃科反复提醒我们应当去追求叙事技巧的智性趣味，磨炼作为"标准读者"的高素质。同时，作为一个身处后现代的理论家，埃科回避了叙事的价值维度，回避了叙事艺术的经验性和情感性内容，从而为其重构主义的尝试披上了游戏的外衣。

即便如此，埃科对于叙事艺术的阐释，和其在创作领域的实践，仍然为后现代以来人文学领域的诸多困境提供了有意义的参考。埃科对于阅读的捍卫，基于广博学识的阐释性努力，对于思想领域独断主义的一以贯之的批评，终生为之的公共领域写作，都向我们展示了一个深植于人文主义传统中的知识分子对于当今时代的敏锐感知与回应。埃科在叙事诗学中的重构实践，对于叙事艺术独特美学价值的建构努力，告诉我们，无论是身处"后"时代还是其他被各种理论名目标签化的时代，故事仍将不断地对我们发出永恒的诗性召唤。

参考文献

一、中文著作

（一）埃科作品（按中文译本的出版时间排列，同一著作的不同译本予以列出，再版的相同译本不再重复列出）

《符号学理论》，卢德平译，中国人民大学出版社，1990。

《玫瑰的名字》，谢瑶玲译，作家出版社，2001。

《昨日之岛》，谢瑶玲译，作家出版社，2001。

《信仰或非信仰——哲学大师与主教的对谈》（与卡罗·马蒂尼对谈），林佩瑜译，究竟出版社（台北），2002。

《傅科摆》，谢瑶玲译，作家出版社，2003。

《智慧女神的魔法袋》，倪安宇等译，皇冠文化出版有限公司（台北），2004。

《带着鲑鱼去旅行》，殳俏、马淑艳译，广西师范大学出版社出版，2004。

《悠游小说林》，俞冰夏译，生活·读书·新知三联书店出版，2005。

《开放的作品》，刘儒庭译，新星出版社出版，2005。

《诠释与过度诠释》，王宇根译，生活·读书·新知三联书店，2005。

《符号学与语言哲学》，王天清译，百花文艺出版社，2006。

《误读》，吴燕莛译，新星出版社，2006。

《波多里诺》，杨孟哲译，上海译文出版社，2007。

《美的历史》（与哲罗姆·德·米凯莱合编），彭淮栋译，中央编译出版社，2007。

《艾可谈文学》，翁德明译，皇冠文化出版有限公司（台北），2008。

《艾可说故事》，梁若瑜译，皇冠文化出版有限公司（台北），2008。

《密涅瓦火柴盒》，李婧敬译，上海译文出版社，2009。

《玫瑰的名字》，沈萼梅、刘锡荣译，上海译文出版社，2010。

《玫瑰的名字注》，王东亮译，上海译文出版社，2010。

《旧欧洲·新欧洲·核心欧洲》，邓伯宸译，中央编译出版社，2010（收录了埃科、尤尔根·哈贝马斯、雅克·德里达、理查德·罗蒂、苏珊·桑塔格等人的文章）。

《别想摆脱书：艾柯、卡里埃尔对话录》，吴雅凌译，广西师范大学出版社，2010。

《丑的历史》，彭淮栋译，中央编译出版社，2012。

《矮人星上的矮人》，王建全译，上海译文出版社，2012。

《倒退的年代：跟着大师艾柯看世界》，翁德明译，漓江出版社，2012。

《无限的清单》，彭淮栋译，中央编译出版社，2013。

《植物的记忆与藏书乐》，王建全译，译林出版社，2014。

《一位年轻小说家的自白——艾柯现代文学演讲集》，李灵译，广西师范大学出版社，2014。

《傅科摆》，郭世琮译，上海译文出版社，2014。

《树敌》，李婧敬译，上海译文出版社，2016。

《试刊号》，魏怡译，上海译文出版社，2017。

《悠游小说林》，黄寤兰译，广西师范大学出版社，2017。

《昨日之岛》，刘月樵译，上海译文出版社，2017。

《帕佩撒旦阿莱佩：流动社会纪事》，李婧敬、陈英译，上海译文出版社，2019。

《康德与鸭嘴兽》，刘华文译，上海译文出版社，2019。

《布拉格公墓》，文铮、娄翼俊译，上海译文出版社，2020。

《文学这回事》，翁德明译，上海译文出版社，2020。

《中世纪之美》，刘慧宁译，译林出版社，2021。

《如何带着三文鱼旅行》，陈英译，上海译文出版社，2022。

《洛阿娜女王的神秘火焰》，王永年译，上海译文出版社，2023。

《符号学理论》，唐小林、黄晓冬译，上海译文出版社，2023。

（二）中文专著（编著）

崔道怡等编《"冰山理论"：对话与潜对话（下册）》，工人出版社，

1987。

戴锦华：《镜与世俗神话：影片精读 18 例》，中国人民大学出版社，2004。

郭宏安：《从阅读到批评——"日内瓦学派"的批评方法初探》，商务印书馆，2007。

李静：《符号的世界》，四川大学出版社，2017。

李幼蒸：《历史符号学》，广西师范大学出版社，2003。

李幼蒸：《理论符号学导论》，中国人民大学出版社，2007。

李彬：《符号透视：传播内容的本体诠释》，复旦大学出版社，2003。

李宏图、王加丰编《表象的叙述》，上海三联书店，2003。

刘小枫编选《德语诗学文选》，华东师范大学出版社，2006。

刘象愚编选《爱伦·坡精选集》，山东文艺出版社，1999。

马凌：《后现代主义中的学院派小说家》，天津人民出版社，2004。

牟宗三：《中西哲学之十四讲》，上海古籍出版社，1997。

钱钟书：《管锥编（第五册)》，中华书局，1986。

申丹：《叙述学与小说文体学研究》，北京大学出版社，1998。

盛宁：《二十世纪美国文论》，北京大学出版社，1994。

孙慧：《艾柯文艺思想研究》，山东大学出版社，2015。

沈萼梅、刘锡荣：《意大利当代文学史》，外语教学与研究出版社，1996。

汪民安等主编《后现代性的哲学话语：从福柯到赛义德》，浙江人民出版社，2000。

伍蠡甫、胡经之主编《西方文艺理论名著选编》，北京大学出版社，1986。

徐岱：《小说叙事学》，中国社会科学出版社，1992。

徐岱：《批评美学：艺术诠释的逻辑与范式》，学林出版社，2003。

徐岱：《基础诗学：后形而上学艺术原理》，浙江大学出版社，2005。

许正林：《欧洲传播思想史》，上海三联书店，2005。

于晓峰：《诠释的张力：埃科文本诠释理论研究》，南京大学出版社，2010。

余虹、杨恒达、杨慧林：《问题 2》，中国人民大学出版社，2003。

张大春：《小说稗类》，广西师大出版社，2004。

朱虹编选《奥斯丁研究》，中国文联出版公司，1985。

朱虹：《英国小说的黄金时代》，中国社会科学出版社，1997。

赵毅衡选编《符号学文学论文集》，百花文艺出版社，2004。

朱立元、李钧主编《二十世纪西方文论选（下卷）》，高等教育出版社，2002。

（三）译著

[德]阿多诺：《美学理论》，王柯平译，四川人民出版社，1998。

[美]M. H. 艾布拉姆斯：《镜与灯：浪漫主义文论及批评传统》，郦稚牛等译，北京大学出版社，1989。

[吉尔吉斯斯坦]艾特玛托夫：《崩塌的山岳》，谷兴亚译，上海译文出版社，2008。

[美]爱德华·霍尔：《无声的语言》，何道宽译，北京大学出版社，2010。

[法]安德烈·莫洛亚：《艺术与生活》，郑冰梅译，上海三联书店，1989。

[土耳其]帕慕克：《新人生》，蔡娟如译，上海人民出版社，2007。

[丹麦]勃兰兑斯：《十九世纪文学主流》（第五分册），李宗杰译，人民文学出版社，1997。

[阿根廷]博尔赫斯：《作家们的作家》，倪华迪译，云南人民出版社，1995。

[阿根廷]博尔赫斯：《博尔赫斯文集·文论自述卷》，王永年等译，海南国际新闻出版中心，1996。

[苏]巴赫金：《陀思妥耶夫斯基诗学问题》，白春仁，顾亚铃译，生活·读书·新知三联书店，1988。

[俄]巴赫金：《巴赫金文论选》，佟景韩译，中国社会科学出版社，1996。

[秘]巴·略萨：《中国套盒——一位青年小说家》，赵德明译，百花文艺出版社，2000。

[法]柏格森：《笑——论滑稽的意义》，徐继曾译，中国戏剧出版社，1980。

[古希腊]柏拉图：《理想国》，郭斌和、张竹明译，商务印书馆，1986。

［美］保尔·德·曼：《阅读的寓言——卢梭、尼采、里尔克和普鲁斯特的比喻语言》，沈勇译，天津人民出版社，2007。

［英］保罗·约翰逊：《知识分子》，杨正润等译，江苏人民出版社，2003。

［美］彼得·盖伊：《历史学家的三堂小说课》，刘森尧译，北京大学出版社，2006。

［德］汉娜·阿伦特编《启迪：本雅明文选》，张旭东、王斑译，生活·读书·新知三联书店，2008。

［美］查尔斯·赖特·米尔斯：《白领：美国的中产阶级》，周晓虹译，南京大学出版社，2016。

［日］池上嘉彦：《诗学与文化符号论》，林璋译，译林出版社，1998。

［日］村上春树：《挪威的森林》，林少华译，上海译文出版社，2001。

［法］杜拉斯：《情人·乌发碧眼》，王道乾、南山译，上海译文出版社，2002。

［英］丹尼·卡瓦拉罗：《文化理论关键词》，张卫东等译，江苏人民出版社，2006。

［法］德里达：《书写与差异》，张宁译，生活·读书·新知三联书店，2001。

［法］德里达：《论文字学》，汪堂家译，上海译文出版社，1999。

［法］杜夫海纳主编《美学文艺学方法论》，朱立元等编译，中国文联出版公司，1992。

［英］戴维·洛奇编《二十世纪文学评论（上）》，葛林等译，上海译文出版社，1987。

［英］戴维·洛奇：《大英博物馆在倒塌》，杨立平等译，作家出版社，1998。

［美］贝斯特、［美］凯尔纳：《后现代理论：批判性的质疑》，张志斌译，中央编译出版社，1999。

［美］菲利普·罗斯：《垂死的肉身》，吴其尧译，上海译文出版社，2004。

［美］弗拉基米尔·纳博科夫：《洛丽塔》，主万译，上海译文出版社，2006。

［美］弗拉基米尔·纳博科夫：《文学讲稿》，申慧辉等译，上海三联书

店，2005。

[英] 吴尔夫：《普通读者》，刘炳善译，北京十月文艺出版社，2005。

[法] 弗兰克：《Liberted！自由派作家们》，马振骋译，新星出版社，2008。

[瑞士] 费尔南迪·索绪尔：《普通语言学教程》，高名凯译，商务印书馆，2001。

[美] E. 弗洛姆：《追寻自我》，苏娜、安定编译，延边大学出版社，1987。

[德] 歌德：《浮士德》，绿原译，人民文学出版社，1994。

[阿根廷] 豪尔斯·刘易斯·博尔赫斯：《博尔赫斯谈诗论艺》，陈重仁译，上海译文出版社，2008。

[美] 海明威：《永别了，武器》，林疑今译，上海译文出版社，2006。

[美] 哈罗德·布鲁姆：《误读图示》，朱立元、陈克明译，天津人民出版社，2005。

[美] 哈罗德·布鲁姆：《影响的焦虑》，徐文博译，江苏教育出版社，2006。

[美] 哈罗德·布鲁姆：《西方正典》，江宁康译，译林出版社，2005。

[美] 华莱士·马丁：《当代叙事学》，伍晓明译，北京大学出版社，2005。

[德] 汉斯－格奥尔格·加达默尔：《真理与方法（上卷）》，洪汉鼎译，上海译文出版社，2004。

[美] 亨利·詹姆斯：《小说的艺术》，朱雯等译，上海译文出版社，2001。

[英] 霍布斯鲍姆：《极端的年代（下）》，郑明萱译，江苏人民出版社，1998。

[美] J. 希利斯·米勒：《小说与重复——七部英国小说》，王宏图译，天津人民出版社，2008。

[美] 杰弗里·哈特曼：《荒野中的批评：关于当代文学的研究》，张德兴译，天津人民出版社，2007。

[南非] J. M. 库切：《凶年纪事》，文敏译，浙江文艺出版社，2009。

[美] 吉尔伯特·哈特：《讽刺论》，万书元、江宁康译，广西人民出版社，1990。

[英]克莱夫·贝尔:《艺术》，周金环、马钟元译，中国文联出版公司，1984。

[英]科林伍德:《艺术原理》，王至元、陈华中译，中国社会科学出版社，1985。

章安祺编订《缪灵珠美学译文集（第四卷)》，缪灵珠译，中国人民大学出版社，1998。

赵毅衡编选《"新批评"文集》，卞之琳等译，百花文艺出版社，2001。

[英]卡尔·波普尔:《通过知识获得解放》，李本正、范景中译，中国美术学院出版社，1998。

[意]克罗齐:《美学原理》，朱光潜译，上海人民出版社，2007。

[意]贝尼季托·克罗齐:《作为表现的科学和一般语言学的美学的历史》，王天清译，中国社会科学出版社，1984。

[美]马尔科姆·考利:《流放者归来》，张承谟译，重庆出版社，2006。

[英]卡尔·波普尔:《二十世纪的教训》，王凌霄译，广西师范大学出版社，2004。

[英]拉曼·塞尔登等:《当代文学理论导读》，刘象愚译，北京大学出版社，2006。

[英]拉曼·塞尔登编《文学批评理论：从柏拉图到现在》，刘象愚等译，北京大学出版社，2003。

[法]罗兰·巴特:《神话——大众文化诠释》，许蔷蔷、许绮玲译，上海人民出版社，1999。

[法]罗兰·巴特:《S/Z》，屠友祥译，上海人民出版社，2000。

[美]拉塞尔·雅各比:《乌托邦之死：冷漠时代的政治文化》，姚建彬译，新星出版社，2007。

[美]拉塞尔·雅各比:《最后的知识分子》，洪洁译，江苏人民出版社，2002。

[美]雷内·韦勒克:《批评的概念》，张金言译，中国美术学院出版社，1999。

[美]雷内·韦勒克、[美]奥斯汀·沃伦:《文学理论》，刘象愚等译，江苏教育出版社，2005。

［美］莱昂内尔·特里林:《诚与真》,刘佳林译,江苏教育出版社,2006。

［波］罗曼·英加登:《对文学的艺术作品的认识》,陈燕谷译,中国文联出版公司,1988。

［英］劳伦斯:《劳伦斯论文艺》,黑马译,团结出版社,2006。

［美］罗伯特·达恩顿:《拉莫莱特之吻》,萧知纬译,华东师范大学出版社,2010 年。

［法］朗松:《朗松文论选》,徐继曾译,百花文艺出版社,2009。

［英］卢伯克等:《小说美学经典三种》,方土人、罗婉华译,上海文艺出版社,1990。

［美］罗伯特·达恩顿:《屠猫记:法国文化钩沉》,吕健忠译,新星出版社,2006。

［英］利维斯:《伟大的传统》,袁伟译,生活·读书·新知三联书店,2002。

［美］刘易斯·科塞:《理念人:一项社会学的考察》,郭方等译,中央编译出版社,2001。

［英］刘易斯:《文艺评论的实验》,徐文晓译,华东师范大学出版社,2008。

［美］理查德·桑内特:《公共人的衰落》,李继宏译,上海译文出版社,2008。

［德］吕迪格尔·萨弗兰斯基:《海德格尔传》,靳希平译,商务印书馆,1999。

［法］麦茨等:《电影与方法:符号学文选》,李幼蒸译,生活·读书·新知三联书店,2002。

［英］毛姆:《巨匠与杰作》,李锋译,南京大学出版社,2008。

［美］莫里斯·迪克斯坦:《途中的镜子:文学与现实世界》,刘玉宇译,上海三联书店,2008。

［英］马修·阿诺德:《文化与无政府状态》,韩敏中译,生活·读书·新知三联书店,2008。

［美］马克·吐温:《哈克贝里·芬历险记》,张万里译,上海译文出版社,2006。

［德］莫里茨·盖格尔:《艺术的意味》,艾彦译,华夏出版社,1999。

[捷]米兰·昆德拉：《小说的艺术》，董强译，上海译文出版社，2004。

[美]尼尔·波兹曼：《娱乐至死》，章艳译，广西师范大学出版社，2004。

[俄]尼古拉·别尔嘉耶夫：《人的奴役与自由》，徐黎明译，贵州人民出版社，2007。

[美]纳博科夫：《普宁》，梅绍武译，上海译文出版社，2007。

[法]奈瓦尔：《火的女儿：奈瓦尔作品精选》，余中先译，漓江出版社，2000。

[法]普鲁斯特：《驳圣伯夫》，王道乾译，百花洲文艺出版社，1992。

[英]佩特：《文艺复兴：艺术与诗的研究》，张岩冰译，广西师范大学出版社，2000。

[美]皮尔斯：《皮尔斯文选》，涂纪亮、周兆评译，社会科学文献出版社，2006。

[土耳其]帕慕克：《白色城堡》，沈志兴译，上海人民出版社，2006。

[比]乔治·布莱：《批评意识》，郭宏安译，百花洲文艺出版社，1993。

[美]乔纳森．卡勒：《文学理论入门》，李平译，译林出版社，2008。

[法]让－伊夫·塔迪埃：《20世纪的文学批评》，史忠义译，百花文艺出版社，1998。

[美]苏珊·朗格：《情感与形式》，刘大基等译，中国社会科学出版社，1986。

[美]斯蒂芬·格林布拉特：《大转向：世界如何步入现代》，唐建清译，社会科学文献出版社，2020。

[美]塞林格：《麦田里的守望者》，施咸荣译，译林出版社，1998。

[法]萨冈：《你好，忧愁》，余中先等译，人民文学出版社，2006。

[美]索尔·贝娄：《赫索格》，宋兆霖译，上海译文出版社，2006。

[美]苏珊·桑塔格：《同时：随笔与演说》，黄灿然译，上海译文出版社，2009。

[美]苏珊·桑塔格：《反对阐释》，程巍译，上海译文出版社，2003。

[英]T. S. 艾略特：《艾略特文学论文集》，李赋宁译注，百花洲文艺出版社，1994。

[英]特里·伊格尔顿:《文学原理引论》,刘峰译,文化艺术出版社,1987。

[日]篠原资明:《埃柯:符号的时空》,徐明岳、俞宜国译,河北教育出版社,2001。

[英]特里·伊格尔顿:《文学原理引论》,刘峰译,文化艺术出版社,1987。

[英]特伦斯·霍克斯:《结构主义和符号学》,瞿铁鹏译,上海译文出版社,1987。

[美]韦恩·布斯:《小说修辞学》,华明等译,北京大学出版社,1987。

[俄]维克多·什克洛夫斯基等:《俄国形式主义文论选》,方珊等译,生活·读书·新知三联书店,1989。

[苏]维·什克洛夫斯基:《散文理论》,刘宗次译,百花洲文艺出版社,1994。

[意]维柯:《新科学》,朱光潜译,人民文学出版社,1997。

[英]威廉·燕卜荪:《朦胧的七种类型》,周邦宪等译,中国美术学院出版社,1996。

[德]沃尔夫冈·伊瑟尔:《虚构与想象:文学人类学疆界》,陈定家、汪正龙等译,吉林人民出版社,2003。

[美]雷纳·韦勒克:《近代文学批评史(第四卷)》,杨自伍译,上海译文出版社,1997。

[美]伍迪·艾伦:《门萨的娼妓》,孙仲旭译,生活·读书·新知三联书店,2004。

[德]沃尔夫冈·伊瑟尔:《阅读活动:审美反应理论》,金元浦、周宁译,中国社会科学出版社,1991。

[法]文森特·德贡布:《当代法国哲学》,王寅丽译,新星出版社,2007。

[古希腊]亚里士多德:《诗学》,陈中梅译注,商务印书馆,1996。

[英]约翰·凯里:《知识分子与大众:文学知识界的傲慢与偏见,1880-1939》,吴庆宏译,译林出版社,2008。

[荷]约翰·赫伊津哈:《游戏的人》,多人译,中国美术学院出版社,1996。

[德]姚斯：《接受美学与接受理论》，周宁、金元浦译，辽宁人民出版社，1987。

[意]伊塔洛·卡尔维诺：《美国讲稿》，萧天佑译，译林出版社，2008。

[意]伊塔洛·卡尔维诺：《通往蜘蛛巢的小径》，王焕宝、王恺冰译，译林出版社，2006。

[英]伊恩·P. 瓦特：《小说的兴起——笛福、理查逊、菲尔丁研究》，高原、董红钧译，生活·读书·新知三联书店，1992。

王春元、钱中文主编《英国作家论文学》，汪培基等译，生活·读书·新知三联书店，1985。

[日]岩城见一：《感性论：为了被开放的经验理论》，王琢译，商务印书馆，2008。

[美]伊哈布·哈桑：《当代美国文学》，陆凡译，山东人民出版社，1980。

[美]约翰·费斯克：《传播符号学理论》，张锦华译，远流出版事业公司（台北），2001。

[美]爱德华·W. 萨义德：《知识分子论》，单德兴译，生活·读书·新知三联书店，2002。

[法]朱利安·班达：《知识分子的背叛》，佘碧平译，上海人民出版社，2005。

[美]詹明信：《晚期资本主义的文化逻辑》，陈清桥译，生活·读书·新知三联书店，1997。

[美]詹姆斯·W. 凯瑞：《作为文化的传播："媒介与社会"论文集》，丁未译，华夏出版社，2005。

[美]詹姆斯·费伦、彼得·J. 拉比诺维茨主编《当代叙事理论指南》，申丹、马海良、宁一中等译，北京大学出版社，2007。

（四）中文期刊文献

白春苏：《毁灭与重构——荒岛小说的哲学内涵之流变》，《华东师范大学学报》2015 第 1 期。

陈定家：《文本意图与阐释限度——兼论"强制阐释"的文化症候和逻辑缺失》，《文艺争鸣》2015 年第 3 期。

董丽云：《当代西方文本阐释理论研究的现状与限度》，《国外社会科学》2014 年第 1 期。

段吉方：《意图与阐释：作者意图回归的挑战及其理论可能》，《社会科学战线》2017 年第 6 期。

董丽云：《创造与约束——论艾柯的阐释观》，《外语学刊》2008 年第 1 期。

邓志辉：《并非符号学家的悖论——从〈翻译经验谈〉看安贝托·艾柯的诠释学理论》，《文艺理论研究》2008 年第 5 期。

郭全照：《试论埃科的美学及其小说实践》，《文艺研究》2014 年第 9 期。

贺江、于晓峰：《百科全书、符号与运动中的作品——论埃科小说〈波多里诺〉的"开放性"》，《兰州学刊》2014 年第 5 期。

胡全生：《在封闭中开放：论〈玫瑰的名字〉的通俗性和后现代性》，《外国文学评论》2007 年第 1 期。

姜智芹：《经典诠释的无限可能性与限定性》，《云南社会科学》2007 年第 3 期。

李显杰：《因果式线性结构模式：〈玫瑰的名字〉解读》，《电影艺术》1997 年第 3 期。

李洁：《图书馆的文学隐喻与现代图书馆》，《图书馆理论与实践》2007 年第 2 期。

刘佳林：《火焰中的玫瑰——解读玫瑰的名字》，《当代外国文学》2001 年第 2 期。

李静：《符号与叙述化：解读〈波多里诺〉》，《外国文学》2009 年第 2 期。

李静：《试论艾柯小说的百科全书特征》，《江西社会科学》2010 年第 7 期。

李静：《中西博学小说的传统与发展》，《中南民族大学学报（人文社会科学版）》2013 年第 4 期。

刘玉宇：《诠释的不确定性及其限度》，《中山大学学报》2002 年第 1 期。

刘玉宇、雷艳妮：《论"隐含作者"与"真实作者"》，《文艺理论研究》2012 年第 4 期。

刘全福：《意义的回归：阅读中的本文神秘主义批判》，《文艺理论研究》2005 第 4 期。

李遇春：《如何"强制"，怎样"阐释"？——重建我们时代的批评伦理》，《文艺争鸣》2015 年第 2 期。

刘剑、赵勇：《强制阐释论与西方文论话语——与"强制阐释"相关的三组概念辨析》，《文艺争鸣》2015 年第 10 期。

李明彦：《"反思与重构：'强制阐释论'理论研讨会"综述》，《文艺争鸣》2015 年第 8 期。

陆扬：《过度想象与意义的困顿》，《社会科学战线》2017 年第 6 期。

卢嫚：《"后现代主义"的缺席：1980 年代〈玫瑰的名字〉在大陆的跨文化转译》，《辅仁外语学报》（新北）2017 年第 14 期。

马修斯·鲁戴恩：《索尔·贝洛采访记》，郭廉彰译，《国外文学》1998 年第 3 期。

马凌：《玫瑰就是玫瑰》，《读书》2003 年第 2 期。

马凌：《诠释、过度诠释与逻各斯——〈玫瑰的名字〉的深层主题》，《外国文学评论》2003 年第 1 期。

马凌：《解构神秘：〈傅科摆〉的深层主题》，《外国文学评论》2005 年第 2 期。

南帆：《诠释与历史语境》，《读书》1998 年第 11 期。

[法] 皮埃尔·邦瑟恩、阿兰·让伯尔：《恩贝托·埃科访谈录》，张仰钊译，《当代外国文学》2002 年第 3 期。

宋伟：《艾柯反对艾柯：阐释的悖论与辩证的阐释》，《文艺争鸣》2017 年第 11 期。

孙慧：《〈玫瑰的名字〉的元小说特征探幽》，《山东社会科学》2009 年第 4 期

孙慧：《安贝托·艾柯反解构的诠释学理论》，《学术探索》2012 年第 2 期。

孙慧：《符号的衍义与意义的生成——安贝托·艾柯的符号学理论》，《求索》2013 年第 4 期，

孙慧：《符号的意指与交流——论安贝托·艾柯符号诗学的文化逻辑学构想》，《山东社会科学》2013 年第 11 期。

田时纲：《〈美的历史〉中译本错漏百出——从"目录"和"导论"看译者对艾柯的偏离》，《文艺研究》2008 年第 3 期。

王东亮：《埃科的"小辞"》，《读书》1999 年第 4 期。

王斑：《高雅的传奇故事》，《外国文学》1986 年第 6 期。

王伟均、于晓峰：《失忆之殇与重塑之旅：论〈洛安娜女王的神秘火焰〉中埃科的符号叙事》，《当代外国文学》2016 年第 4 期。

薛忆沩：《符号学代表一种生活方式（外一题）》，《天涯》1996 年第 2 期。

弋边：《世界文坛动态》，《译林》1984 年第 2 期。

袁洪庚：《影射与戏拟：〈玫瑰的名字〉中的互为文本性研究》，《外国文学评论》1997 年第 4 期。

杨晓霞、吴翔翔：《论埃科小说〈昨日之岛〉的巴洛克风格》，《兰州学刊》2014 第 2 期。

杨慧林：《"圣杯"的象征系统及其"解码"——〈达·芬奇密码〉的符号考释》，《文艺研究》2005 年第 12 期。

阎嘉：《21 世纪西方文学理论和批评的走向与问题》，《文艺理论研究》2007 年第 1 期。

于晓峰：《意大利新先锋运动与六三学社——兼论翁贝托·埃科的先锋派诗学》，《学术探索》2012 年第 8 期。

张琦：《"笑"与"贫穷"——论埃柯小说〈玫瑰的名字〉的主题》，《当代外国文学研究》2006 年第 2 期。

赵汀阳：《文化为什么成了个问题？》，《世界哲学》2004 年第 3 期。

朱桃香：《试论翁伯托·艾柯的"百科全书迷宫"叙事观的演绎》，《当代外国文学》2017 年第 1 期。

朱桃香：《试论艾柯的百科全书叙事观演进》，《学术研究》2017 年第 5 期。

朱桃香：《翁伯托·艾柯读者理论的符号学解读》，《湘潭大学学报（哲学社会科学版）》2016 年第 3 期。

张广奎：《从艾柯诠释学看翻译的特性》，《外语教学》2007 年第 3 期。

张广奎：《论哲学诠释学视角下的翻译诠释的读者化》，《外语教学》2008 年第 4 期。

张江：《开放与封闭——阐释的边界讨论之一》，《文艺争鸣》2017 年第 1 期。

张江：《文本的角色——关于强制阐释的对话》，《文艺研究》2017 年第 6 期。

张江：《关于"强制阐释"的概念解说——致朱立元、王宁、周宪先生》，《文艺研究》2015 年第 1 期。

张良丛：《文本解释的限度和有效性——试论艾柯的文本解释理论》，《文艺评论》2009 年第 1 期。

张学斌：《写小说的符号学家》，《读书》1996 年第 11 期。

张广查：《论〈傅科摆〉的埃科诠释学回证与诠释熵情》，《外国文学研究》2007 年第 5 期。

张琦：《〈傅科摆〉与〈达·芬奇密码〉——试论通俗小说的界限》，《当代外国文学》2007 年第 4 期。

朱寿兴：《埃科的"过度诠释"在文学解读活动中并不存在》，《湖南文理学院学报（社科版）》2006 年第 4 期。

周颖：《"无边的"语境——解构症结再探》，《外国文学评论》2007 年第 4 期。

周启超：《作品的"开放性"与"文本的权利"——试论埃科的文学作品 / 文本理论》，《中国人民大学学报》2012 年第 4 期。

二、外文文献

Annarita Primier, *The Concept of Self-reflexive Intertextuality in the Works of Umberto Eco*, Toronto: University of Toronto, 2013.

Adele Haft, Jane White and Robert White, *The Key to The Name of the Rose,* Ann Arbor: University of Michigan Press, 1987.

Cristina Farronato, *Eco's Chaosmos, From the Middle Ages to Postmodernity*, Toronto: University of Toronto Press, 2003.

Chadwyck-Healey, *Umberto Eco*, Cambridge: ProQuest Information and Learning Company, 2001.

Cinzia Bianchi, *Umberto Eco's Interpretative Semiotics: Interpretation, Encyclopedia, Translation*, De Gruyter Mouton, 2015.

Charlotte Ross and Rochelle Sibley, *Illuminating Eco: On the Boundaries of Interpretation*, Routledge, 2017.

Dieter Mersch, *Umberto Eco zur Einführung*, Hamburg:Junius,1993.

Daniel S. Schiffer, *Umberto Eco: le labyrinthe du monde,* Paris: Ramsay,

1998.

Gills Deleuze, *The Logic of Sense,* New York: Columbia University Press, 1990.

Douglass Merrell, Umberto Eco, *The Da Vinci Code, and the Intellectual in the Age of Popular Culture,* New York: Springer, 2017.

Gary P. Radford, *On Eco,* Belmont: Thomson Wadsworth, 2003.

Helqe Schalk, *Umberto Eco und das Problem der Interpretation: Ästhetik, Semiotik, Textpragmatik,* Würzburg: Königshausen & Neumann, 2000.

Ioan Williams ed., *Sir Walter Scott on Novelists and Fiction,* London: Routledge, 1968.

Jean Baudrillard, *Simulacra and Simulations,* trans. S. Faria Glaser, Ann Arbor, MI: University Press, 1994.

Joseph Francese, *Socially Symbolic Acts: The Historicizing Fictions of Umberto Eco, Vincenzo Consolo, and Antonio Tabucchi*, Vancouver: Fairleigh Dickinson University Press,2006.

John Picchione, *The New Avant-garde in Italy: Theoretical Debate and Poetic Practices,* Toronto: University of Toronto Press, 2004.

James Aubrey, *The Literature of Replenishment: The Novels of Umberto Eco and J. M. Coetzee and John Barth's Definition of Postmodernist Fiction,* California: Lord John Press, 2010.

Jorge Hernandez Martin, *Readers and Labyrinths: Detective Fiction in Borges, Bustos Domecq, and Eco*, New York: Routledge, 1995.

James L. Contursi, *Umberto Eco: An Annotated Bibliography,* Minneapolis: The Minnesota Bookman, 2005.

Joann Cannon, *Postmodern Italian Fiction*: *The Crisis of Reason in Calvino, Eco, Sciascia, Malerba*, Vancouver: Fairleigh Dickinson University Press, 1989.

Lektüren, *Aufsatze zu Umberto Ecos "Der Name der Rose,"* Göppingen: Kümmerle, 1985.

Linda Hutcheon, *A Poetics of Postmodernism: History, Theory, Fiction,* London: Routledge, 1988.

Michael Caesar, *Umberto Eco: Philosophy, Semiotics and the Work of*

Fiction, Cambridge: Polity Press, 1999.

Max Byrd ed., *Daniel Defoe: A Collection of Critical Essays*, New Jersey: Prentice-Hall, 1976.

M. Thomas Inge, *Naming the Rose: Essays on Eco and The Name of the Rose*, Jackson: University Press of Mississippi, 1988.

Michael Caesar and Peter Hainsworth, *Writer and Society in Contemporary Italy: A Collection of Essays,* London: Palgrave Macmillan, 1984.

Mike Gane and Nicholas Gane eds., *Umberto Eco*, London: SAGE Publications, 2005.

Norma Bouchard and Veronica Pravadelli, *Eco's Alternative: The Politics of Culture and the Ambiguities of Interpretation,* New York: Peter Lang Inc., International Academic Publishers, 1999.

Peter Brand and Lino Pertile, *The Cambridge History of Italian Literature,* Cambridge: Cambridge University Press, 1999.

Piero Cudini and Davide Conrieri, *Manuale Non Scolastico Di Letteratura Italiana: da Francesco d'Assisi a Umberto Eco*, Milano: Rizzoli, 1992.

Peter Bondanella, *New Essays on Umberto Eco,* Cambridge: Cambridge University Press, 2009.

Peter Bondanella, *Umberto Eco and the Open Text: Semiotics, Fiction, Popular Culture,* Cambridge: Cambridge University Press, 1997.

Peter Bondanella and Andrea Ciccarelli ed., *The Cambridge Companion to the Italian Novel,* Cambridge: Cambridge University Press, 2003.

Rocco Capozzi, *Reading Eco: An Anthology*, Bloomington: Indiana University Press, 1997.

S. Chatman, *Story and Discourse,* Ithaca: Cornell University Press, 1978.

Sven Ekblad, *Studi sui sottofondi strutturali nel "Nome della rosa" di Umberto Eco*, Kansli: Lund University Press, 1994.

Stefano Tani, *The Doomed Detective: The Contribution of the Detective Novel to Postmodern American and Italian Fiction*, Carbondale: Southern Illinois University Press, 1984.

Theresa Coletti, *Naming of the Rose: Eco, Medieval Signs, and Modern Theory,* New York: Cornell University Press, 1988.

William E. Tanner and Anne Gervasi, *Out of Chaos: Semiotics: a Festschrift in Honor of Umberto Eco,* Stockbridge: Liberal Arts Press, 1992.

三、媒体报道（含网络文献）：

埃科研究网站 Umberto Eco Readers, https://umbertoecoreaders.blogspot.com/search/label/Eco%20Biography。

"Umberto Eco, 84, Best-Selling Academic, Who Navigated Two Worlds, Dies," *The New York Times*（《纽约时报》), https://www.nytimes.com/2016/02/20/arts/international/umberto-eco-italian-semiotician-and-best-selling-author-dies-at-84.html，2016 年 2 月 19 日。

"Signs of the times," *The Guardian*（《卫报》), https://www.theguardian.com/books/2002/oct/12/fiction.academicexperts，2002 年 10 月 12 日。

《埃科逝世专题》，凤凰网，http://culture.ifeng.com/a/ 20160220/47512 105_0.shtml，2016 年 2 月 20 日。

《我们为什么在乎这位意大利知识分子》，界面文化，https://www.jiemian.com/article/1122309.html，2017 年 2 月 19 日。

"埃科去世一周年，他的最后一本小说'最接近我们'"，澎湃新闻，https://www.thepaper.cn/newsDetail_forward_1622244，2017 年 2 月 20 日。

《埃柯的中国之旅》，《南方人物周刊》2007 年 3 月 21 日。

薛巍：《世界哲学大会（2）》，《三联生活周刊》2013 年 9 月 3 日，http://old.lifeweek.com.cn//2013/0903/42260_2.shtml。

《艾柯："我是一个经常被误读的人"》，《南方周末》2007 年 3 月 15 日，网络来源可参见 https://ptext.nju.edu.cn/bf/05/c12146a245509/page.htm。

《意大利作家埃科：人是在智慧的垃圾中成长》，《东方早报》2016 年 2 月 23 日。

《意大利作家埃科的中国之行》，新浪网，http://news.sina.com.cn/c/2007-03-26/100512615340.shtml。

后　记

修改这部成稿于十四年前的博士论文让我感慨万千。它的缺陷与稚嫩显而易见，某些文字和观点甚至让我惊异。尤其让我忍俊不禁的是：那时的我自己，何来如此确信？

时至今日，我似乎更能理解埃科的清醒与疏离。

但我不忍删去，权将它作为生命的见证。在四十岁来临的前一天，以曾经的单纯，激励此时与未来的勇敢。

感谢时间给予我的一切。

Rose is a rose is a rose is a rose.

Stat rosa pristina, nomina nuda tenemus.

2023 年 12 月 27 日于杭州拱墅